완판본 춘향전 연구

완판본 춘향전 연구

이윤석

보고사

머리말

　한국 고전문학의 대표 작품을 『춘향전』이라고 말하는 데는 이견이 없을 것이다. 남북한 모두 『춘향전』을 '민족의 고전'이라고 부르고 있고, 『춘향전』을 바탕으로 한 다양한 양식의 새로운 문예물이 끊임없이 만들어지고 있는 것을 보아서도 『춘향전』이 한국 고전문학에서 차지하는 위치를 잘 알 수 있다. 그러나 이러한 『춘향전』에 대해서 아직도 모르는 것이 많다. 다른 한글 고소설과 마찬가지로 『춘향전』도 언제 누가 만든 작품인지, 그리고 어떤 경로를 통해 많은 이본이 나타나게 되었는지 연구자들도 정확히 파악하지 못하고 있다. 이도령과 춘향의 이야기는 판소리로도 널리 알려졌는데, 소설 『춘향전』이 판소리 〈춘향가〉의 가사를 옮겨 놓은 것이라는 현재의 통설은 연구자들 사이에 합의된 것은 아니다.

　소설 『춘향전』의 이본은 크게 세 가지로 나눌 수 있는데, 서울에서 유행한 것, 전주에서 유행한 것, 그리고 이해조의 『옥중화』 등이다. 서울의 『춘향전』은 세책과 이 세책을 축약한 경판본으로 그 계통을 쉽게 파악할 수 있으나, 이제까지 알려진 4종의 완판본 『춘향전』은 그 선후관계와 상호 관련성이 명확하지 않다. 그리고 이해조의 『옥중화』는 '명창 박기홍'의 소리를 바탕으로 산정(刪正)한 것이라고 작자 자신이 말했으나, 박기홍이 부른 소리가 무엇인지 알려지지 않았기 때문에 이해조가 무엇을 바탕으로 어떻게 산정했는지 알 수 없다.

　가장 중요한 작품이라고 말하면서도, 아직도 알 수 없는 점이 너무 많은 작품이 바로 『춘향전』이다. 당연한 일이지만, 연구자마다 다른 의견이 있고, 합의되지 않은 많은 문제가 그대로 남아 있다. 필자는 고소설 연구자의 한 사람으로 『춘향전』에 대해 나름대로의 견해를 갖고 있다. 소설 『춘향전』의 성립과 유통에 대한 필자의 생각은 다음과 같다.

첫째, 최초의 『춘향전』은 서울의 세책집에서 창작한 것이다. 세책집에서 제작한 『춘향전』이 인기를 끌자, 이를 축약한 경판35장본이나 경판30장본 같은 방각본이 나타나고, 이를 더 축약한 여러 종의 경판 방각본 『춘향전』이 나왔다. 『춘향전』은 소설이므로 당연히 작자가 있지만, 조선시대 한글소설은 작자를 드러내지 않는 관행이 있었으므로 『춘향전』의 작자도 이름이 알려지지 않았다. 필자는 세책 『춘향전』이 나온 시기를 대체로 19세기 초반이라고 생각하고 있는데, 이러한 추정은 세책집에서 창작한 작품을 빌려주던 시기를 이때쯤으로 보기 때문이다. 이 문제에 대해서는 앞으로 많은 연구가 필요할 것이다.

둘째, 전주에서 나온 완판본 『춘향전』은 서울의 세책이나 경판본의 영향 아래 이루어진 것이다. 현전하는 완판본 『춘향전』은 4종으로, 29장본, 26장본, 33장본, 84장본이 있다. 이 가운데 29장본과 26장본은 33장본이나 84장본보다 먼저 이루어진 것으로 서울의 『춘향전』과 직접적인 연관이 있다. 29장본과 26장본이 단순 축약의 양상을 띠는데 반해, 33장본과 84장본은 독자적인 내용을 첨가한 창조적인 개작이다. 필자는 29장본과 26장본은 19세기 중반 이후에 나온 것이고, 33장본과 84장본은 20세기 초에 간행되었다는 학계의 일반적인 견해에 대체로 동의한다.

셋째, 『옥중화』는 기존의 어떤 텍스트를 바탕으로 이해조가 개작한 것이다. 박기홍(朴起弘)이 부르는 노래를 듣고 썼다는 생각을 할 수도

있으나, 이런 의견을 내기 위해서는 충분한 근거를 제시하지 않으면
안 된다. 이해조가 『옥중화』를 쓸 무렵인 1912년에 현재와 같이 〈춘향
가〉 전체를 부르는 완창(完唱)이 있었음을 증명할 수 있다면 이런 가정
이 가능하다. 그러나 1910년대에는 '완창'이라는 것이 없었다면, 이해
조가 참고한 것은 『춘향전』 텍스트일 수밖에 없다. 그리고 이 텍스트
는 소설 『춘향전』이지 판소리 〈춘향가〉가 아니다.

『춘향전』은 소설이고, 당연히 소설가가 쓴 작품이다. 세책 『춘향전』
이나 경판 『춘향전』의 여러 가지 이본, 또는 완판29장본 〈별춘향전〉이
나 완판84장본 〈열녀춘향수절가〉는 소설이지 판소리 가사가 아니다.
그리고 이들 여러 『춘향전』 이본의 맨 앞에 놓이는 것은 서울의 세책
『춘향전』이다. 서울의 어떤 작가가 쓴 『춘향전』은 여러 개작자들의 손
을 거치면서 다양한 이본을 낳았다. 그러므로 서울의 세책 『춘향전』에
서 이해조의 『옥중화』까지 모든 작품은 소설이고, 전라도 전주에서 간
행된 4종의 방각본도 마찬가지로 당연히 소설이다.

전주의 완판본 『춘향전』은 서울의 세책이나 방각본의 영향 아래 이
루어진 것이지만, 단지 복사나 축약이 아니라 새로운 개작이라는데 그
의의가 있다. 서울의 경판본 『춘향전』이 철저하게 세책을 축약한 것인
데 반해, 완판본은 독자적인 내용을 첨가하고 플롯의 변화를 시도하면
서 작품의 성격을 변화시켰다. 이것은 조선후기의 대중문화가 서울 중
심에서 벗어나 지방색을 띠는 단계로 나아가고 있었음을 보여주는 것
이라고도 볼 수 있다. 그리고 19세기 말에 외래 문물이 들어오기 이전
에 서울이 아닌 곳에서 소설을 창작해낼 수 있는 역량을 갖추기 시작
했음을 보여주는 것이기도 하다.

4종의 완판본 『춘향전』 이본 가운데 84장본은 1930년대부터 잘 알

려졌다. 그러나 나머지 이본은 1970년대에 들어와서야 그 내용을 알 수 있게 되었다. 1970년대까지 내용이 알려진 완판본『춘향전』은 84 장본뿐이었으므로 완판본『춘향전』의 교주본은 대부분 84장본이다. 나머지 이본에 대해서는 연구자들이 크게 관심을 갖지 않았기 때문에 현대어 교주본이 별로 없다.

이 책은 완판본『춘향전』4종의 현대어 교주본이다.『춘향전』의 현대어 교주본은 여러 가지가 있지만, 현재까지 알려진 완판본 4종을 한꺼번에 다룬 것은 이 책이 처음이다.『춘향전』이 민족의 고전으로 정착되는 시기는 고전문학을 근대적인 학문방법으로 다루기 시작한 1930년대이다. 이 시기에 가장 주목을 받은『춘향전』은 완판84장본〈열녀춘향수절가〉이고, 그 영향으로 현재도 완판84장본을 가장 중요한 이본으로 다루고 있다. 그러나 완판본에도 여러 가지 이본이 있고, 이들이 84장본 형성과 어떤 연관이 있는가에 대해서 철저한 검토가 필요하다.

완판84장본이『춘향전』전체의 대표적인 이본으로 자리 잡게 된 이유는, 초기『춘향전』연구자들이 완판84장본을 가장 오래된『춘향전』으로 잘못 알고 있었기 때문이다. 완판 84장본이 완판본『춘향전』가운데서도 가장 늦은 시기에 간행된 것이라는 사실은 이제 연구자들 사이에서는 상식이지만, 1960년대까지는 완판84장본이 가장 오래된 것이라는 생각이 지배적이었다. 이렇게 완판84장본이『춘향전』가운데 가장 오래된 중요한 이본으로 위상을 굳히게 된 또 다른 이유로는, 초기『춘향전』연구자들이 서울의『춘향전』을 몰랐다는 점을 들 수 있다. 최남선은 1913년 서울의 세책『춘향전』을 고쳐 써서『고본춘향전』을 냈지만, 이『고본춘향전』의 원천을 밝히지 않았기 때문에 서울의 세책『춘향전』은 연구자들의 관심을 끌지 못했다. 세책『춘향전』은 1970년대 프랑스에 있는『남원고사』가 알려지면서 비로소 연구가 시작되었다.

　필자는 1984년과 1994년에 완판84장본의 정밀한 주석을 해본 경험이 있고, 2009년부터는 서울의 세책『춘향전』3종의 교주본을 간행한 바 있다. 1990년대까지의 완판본『춘향전』에 대한 이해를 가지고는 세책『춘향전』의 성격을 파악하기 쉽지 않았고, 완판84장본의 교주작업 경험이 세책『춘향전』교주작업에 별로 도움이 되지 않았다. 그런데 이번에 완판본『춘향전』현대어 교주에서는 세책『춘향전』교주작업에서 얻은 지식이 많은 도움이 되었다. 특히 완판 29장본과 26장본의 이해를 위해서는 서울의『춘향전』에 대한 지식이 반드시 필요하다는 점을 이번의 현대어 교주를 통해 새삼 느꼈다.

　현대어로 옮기는 원칙은, 연구자들이 이 책을『춘향전』연구에서 직접 인용하더라도 문제가 생기지 않도록 한다는 것이다. 그리고 수없이 많이 간행되는 초등학생이나 중고등학생을 위한 완판본『춘향전』의 다시쓰기 작자들에게 다시쓰기의 기준이 될 수 있는 현대어로 된 책을 제공하는 것도 또 하나의 목표이다.

　이 책에서 교주의 대본으로 쓴 책은, 84장본은『판각본고소설전집』3권에 영인된 서계서포본, 33장본은『춘향전의 종합적 고찰』에 수록된 영인본, 29장본은 여태명 교수 소장본, 26장본은『판소리연구』7호에 수록된 김종철 교수의 입력본 등이다. 84장본은 기존에 필자가 교주 작업을 한 것이 서계서포본이므로 이것을 택했고, 29장본은 방각본『춘향전』에 대한 상세한 연구를 하고 있는 전상욱 교수의 추천으로 여태명 교수 소장본을 선택했다. 이 책에서 이본의 배열을 89장본, 33장본, 29장본, 26장본의 순서로 한 이유는 순전히 교주의 편의를 위한 것이다. 84장본과 33장본을 한 묶음으로 하고, 29장본과 26장본

을 다른 하나로 묶어서 33장본의 주석 가운데 84장본과 겹치는 내용
은 상당수 뺐고, 마찬가지로 26장본과 29장본 주석의 겹치는 내용은
26장본에서는 대부분 생략했다. 그리고 현대어가 원문의 어디인가 확
인할 수 있도록, 각 장의 첫 글자 위에 점을 찍고 몇 장인가는 난외에
써 두었다.

　이 책의 교주는 많은 선행연구에 기댄 것인데, 특히 이가원 선생의
주석본 『春香傳』(1957년)에 힘입은 바 크다. 필자의 현대어 교주 가운
데 잘못된 것이나 미비한 것은 앞으로 다른 연구자들에 의해서 수정·
보완되기를 기대한다. 이 책은 2013학년도 연세대학교 학술연구비의
지원을 받아서 이루어진 것임을 밝혀둔다.

2016년 2월

이윤석

목차

열녀춘향수절가라

|84장본, 상권|

숙종대왕(肅宗大王)¹⁾ 즉위 초(初)에 성덕(聖德)이 넓으시사 성자성손 (聖子聖孫)²⁾은 계계승승(繼繼承承)하사 금고(金膏)³⁾ 옥촉(玉燭)⁴⁾은 요순 시절(堯舜時節)⁵⁾이요, 의관문물(衣冠文物)은 우탕(禹湯)⁶⁾의 버금이라. 좌 우보필(左右輔弼)⁷⁾은 주석지신(柱石之臣)⁸⁾이요, 용양(龍驤) 호위(虎衛)⁹⁾ 는 간성지장(干城之將)¹⁰⁾이라. 조정에 흐르는 덕화(德化) 향곡(鄕曲)¹¹⁾에 퍼였으니 사해 굳은 기운이 원근(遠近)에 어려 있다. 충신은 만조(滿朝) 하고, 효자 열녀 가가재(家家在)라. 미재미재(美哉美哉)라.¹²⁾ 우순풍조 (雨順風調)¹³⁾하니 함포고복(含哺鼓腹)¹⁴⁾ 백성들은 처처(處處)에 격양가

---

1) 숙종대왕(肅宗大王): 조선 제19대 왕. 이름은 순(焞). 자(字)는 명보(明普). 재위 기간은 1674~1720년.
2) 성자성손(聖子聖孫): 성자신손(聖子神孫). 임금의 자손을 높여 이르는 말.
3) 금고(金膏): 뛰어난 인물.
4) 옥촉(玉燭): 사시(四時)의 기운이 조화를 이룬 것. 태평성대를 형용한 말.
5) 요순시절(堯舜時節): 태평시절. 요, 순은 중국 고대의 어진 임금.
6) 우탕(禹湯): 우임금과 탕임금. 중국 고대의 성군(聖君).
7) 좌우보필(左右輔弼): 임금을 돕는 재상(宰相).
8) 주석지신(柱石之臣): 나라의 중책을 맡은 신하.
9) 용양(龍驤) 호위(虎衛): 용양위(龍驤衛)와 호분위(虎賁衛). 조선 시대 중앙 군사 조직인 오위(五衛) 가운데 좌우에 설치한 부대.
10) 간성지장(干城之將): 외적을 막아내고 임금을 호위할 수 있는 장군.
11) 향곡(鄕曲): 시골의 구석구석.
12) 미재미재(美哉美哉)라: '아름답도다'라는 감탄사.
13) 우순풍조(雨順風調): 비가 때맞추어 알맞게 내리고 바람이 고르게 분다는 뜻으로, 농사에

(擊壤歌)15)라.

이때 전라도 남원부(南原府)16)에 월매(月梅)라 하는 기생이 있으되, 삼남(三南)17)의 명기(名妓)로서 일찍 퇴기(退妓)18)하여 성가(成哥)19)라 하는 양반을 데리고 세월을 보내되 연장사순(年將四旬)20)에 당하여 일점혈육(一點血肉)이 없어 이로 한이 되어 장탄수심(長嘆愁心)에 병이 되겠구나. 일일(一日)은 크게 깨쳐 옛 사람을 생각하고 가군(家君)21)을 청입(請入)하여 여쭈오되, 공손히 하는 말이,

"들으시오. 전생(前生)에 무슨 은혜 끼쳤던지 이생22)에 부부 되어 창기행실(娼妓行實) 다 버리고 예모(禮貌)도 숭상하고 여공(女功)23)도 힘썼건만, 무슨 죄가 진중(鎮重)하여 일점혈육(一點血肉) 없었으니, 육친(六親)24) 무족(無族) 우리 신세 선영향화(先塋香火)25) 뉘라 하며 사후감장(死後監葬)26) 어이 하리. 명산대찰(名山大刹)에 신공(申供)27)이나 하여 남녀간(男女間) 낳거드면 평생한(平生恨)을 풀 것이니 가군의 뜻이 어떠

알맞게 기후가 순조로움을 이르는 말.

14) 함포고복(含哺鼓腹): 배불리 먹고 배를 두드리면서 노래함. 옛날 백성들이 태평시절을 기뻐하는 모양.

15) 격양가(擊壤歌): 풍년이 들어 태평스러움을 즐기는 노래.

16) 남원부(南原府): 지금의 전라북도 남원시.

17) 삼남(三南): 충청도, 전라도, 경상도를 통틀어 말함.

18) 퇴기(退妓): 기생을 그만둔 여자.

19) 성가(成哥): 성씨를 낮춰서 부르는 말.

20) 연장사순(年將四旬): 나이가 거의 40이 됨.

21) 가군(家君): 남에게 자기 남편을 이르는 말.

22) 이생: 이승. 지금 살고 있는 세상.

23) 여공(女功): 부녀자들이 집에서 옷감을 짜는 일.

24) 육친(六親): 부모 형제 처자와 같이 가까운 혈육.

25) 선영향화(先塋香火): 조상의 산소에 제사 드리는 일.

26) 사후감장(死後監葬): 죽은 후에 장사 지내는 일을 맡아서 처리함.

27) 신공(申供): 정성을 들여 기도함.

하오."

　성참판(成參判)28) 하는 말이,

　"일생 신세 생각하면 자네 말이 당연하나, 빌어서 자식을 나을진대 무자(無子)할 사람이 있으리오?"

하니, 월매 대답하되,

　"천하대성(天下大聖) 공부자(孔夫子)29)도 이구산(尼丘山)에 빌으시고, 정(鄭)나라 정자산(鄭子産)30)은 우성산31)에 빌어 나계시고, 아동방(我東方) 강산을 이를진대 명산대천(名山大川)이 없을쏜가? 경상도(慶尙道) 웅천(熊川)32) 주천의33)는 늦도록 자녀 없어 최고봉(最高峰)에 빌었더니 대명천자(大明天子) 나계시사 대명천지(大明天地) 밝았으니 우리도 정성이나 드려 보사이다. 공든 탑이 무너지며 심은 나무 꺾일쏜가?"

　이날부터 목욕재계(沐浴齋戒) 정(淨)히 하고 명산승지(名山勝地) 찾아 갈 제, 오작교(烏鵲橋)34) 썩 나서서 좌우 산천 둘러보니, 서북의 교룡산(蛟龍山)35)은 술해방(戌亥方)36)을 막아 있고, 동으로는 장림(長林)37)

2

---

28) 성참판(成參判). 성씨 성을 가진 참판. 참판은 조선시대 종2품의 관직명.

29) 공부자(孔夫子): 공자(孔子). 『사기(史記)』 공자세가(孔子世家)에 "이구산에 빌어서 공자를 얻었다. 노양공 22년에 공자를 낳았는데, 낳았을 때 머리 위가 오목했다. 그래서 이름을 구(丘)라고 했다. 자(字)는 중니(仲尼)이다.(禱於尼丘 得孔子 魯襄公 二十二年 而孔子生 生而首上圩頂 故因名曰丘云 字仲尼)"라고 했음. 부자(夫子)는 학자에 대한 존칭. 이구산은 산동(山東) 곡부현(曲阜縣) 동남쪽 60리에 있음.

30) 정자산(鄭子産): 중국 춘추시대 정(鄭)나라 대부(大夫) 공손교(公孫僑). 자산은 그의 자(字).

31) 우성산: 미상.

32) 웅천(熊川): 현재 경상남도 창원시 진해구 웅천동.

33) 주천의: 웅천동 북쪽의 천자봉과 관련된 설화에, 명(明)나라 태조 주원장(朱元璋)의 아버지가 웅천에서 살았다는 내용이 있음.

34) 오작교(烏鵲橋): 광한루 앞에 있는 다리. 칠석날 견우와 직녀가 만날 수 있도록 까마귀와 까치가 은하수에 놓는 다리의 이름.

35) 교룡산(蛟龍山): 남원의 서쪽 7리쯤에 있는 산.

36) 술해방(戌亥方): 서북 방향.

37) 장림(長林): 남원에 있는 숲의 이름.

수풀 깊은 곳에 선원사(禪院寺)[38]는 은은히 보이고, 남으로는 지리산 (智異山)이 웅장한데, 그 가운데 요천수(蓼川水)[39]는 일대장강(一帶長江) 벽파(碧波)되어 동남으로 둘렀으니 별유건곤(別有乾坤) 여기로다. 청림 (靑林)을 더위잡고[40] 산수(山水)를 밟아 들어가니 지리산이 여기로다. 반야봉(般若峰)[41] 올라서서 사면을 둘러보니 명산대천 완연하다. 상봉 (上峰)에 단(壇)을 무어[42] 제물(祭物)을 진설(陳設)하고 단하(壇下)에 복 지(伏地)하여 천신만고(千辛萬苦) 빌었더니, 산신님의 덕이신지, 이때는 오월 오일 갑자(甲子)라, 한 꿈을 얻으니, 서기반공(瑞氣盤空)[43]하고 오 채영롱(五彩玲瓏)[44]하더니 일위선녀(一位仙女) 청학(靑鶴)을 타고 오는 데, 머리에 화관(花冠)이요, 몸에는 채의(彩衣)로다. 월패(月佩)[45] 소리 쟁쟁하고 손에는 계화일지(桂花一枝)를 들고 당(堂)에 오르며 거수장읍 (擧手長揖)[46]하고 공손히 여쭈오되,

"낙포(洛浦)의 딸[47]일러니 반도(蟠桃)[48] 진상(進上) 옥경(玉京)[49] 갔 다 광한전(廣寒殿)[50]에서 적송자(赤松子)[51] 만나 미진정회(未盡情懷) 하 올 차(次)에, 시만(時晚)함이 죄가 되어 상제(上帝) 대로(大怒)하사 진토

---

38) 선원사(禪院寺): 현재 남원시 도통동(道通洞)에 있는 절.
39) 요천수(蓼川水): 남원의 동남쪽에 있는 시내.
40) 더위잡다: 높은 데에 오르려고 무엇을 끌어당겨서 휘어잡다.
41) 반야봉(般若峰): 지리산의 서쪽에 있는 봉우리의 이름.
42) 무어: 모아. 쌓아.
43) 서기반공(瑞氣盤空): 상서로운 기운이 공중에 어림.
44) 오채영롱(五彩玲瓏): 여러 무늬의 광채가 찬란함.
45) 월패(月佩): 달 모양으로 생긴, 또는 달무늬를 그린 허리에 차는 패물.
46) 거수장읍(擧手長揖): 두 손을 맞잡아 들고 길게 허리를 숙임.
47) 낙포(洛浦)의 딸: 복희씨(宓羲氏)의 딸인 복비(宓妃). 낙포는 낙수(洛水)가 있는 지명.
48) 반도(蟠桃): 삼천년에 한 번씩 열린다는 신선 세계의 복숭아.
49) 옥경(玉京): 옥황상제가 사는 하늘나라의 서울.
50) 광한전(廣寒殿): 달 속에 있다는 궁전.
51) 적송자(赤松子): 옛날 중국의 신선.

(塵土)에 내치시매 갈 바를 몰랐더니, 두류산(頭流山)52) 신령께서 부인
댁으로 지시하기로 왔사오니 어여삐 여기소서."
하며 품으로 달려들새, 학지고성(鶴之高聲)은 장경고(長頸故)라.53) 학의
소리 놀라 깨니 남가일몽(南柯一夢)54)이라.

　황홀한 정신을 진정하여 가군(家君)과 몽사(夢事)를 설화(說話)하고
천행(天幸)으로 남자를 낳을까 기다리더니, 과연 그 달부터 태기(胎氣)
있어 십삭(十朔)이 당하매, 일일은 향기 만실(滿室)하고 채운(彩雲)이 영
롱하더니, 혼미중(昏迷中)에 생산(生産)하니 일개옥녀(一個玉女)를 낳았
나니, 월매의 일구월심(日久月深) 기루던55) 마음 남자는 못 낳으되 져
근덧56) 풀리는구나. 그 사랑함은 어찌 다 형언하리. 이름을 춘향(春香)
이라 부르면서 장중보옥(掌中寶玉)57)같이 길러내니 효행(孝行)이 무쌍
(無雙)이요, 인자(仁慈)함이 기린(麒麟)58)이라. 칠팔 세 되매 서책(書冊)
에 착미(着味)59)하여 예모정절(禮貌貞節)을 일삼으니 효행을 일읍(一邑)
이 칭송 아니할 이 없더라.

3

---

52) 두류산(頭流山): 지리산의 다른 이름.『동국여지승람』에 "남원의 지리산은, 백두산의 맥
　　이 여기까지 이른 것이다. 그래서 이름을 또한 두류산이라고도 한다. 또는 그 맥이 바다에
　　이르러 그 끝이 여기에 머물렀다고 해서 '流'를 '留'라고도 한다. 또는 '지리(地理)'라고도
　　하고 '방장(方丈)'이라고도 한다."고 했음.
53) 학지고성(鶴之高聲)은 장경고(長頸故)라: 학의 울음소리가 높은 것은 목이 긴 때문이다.
　　이 말은 여러 곳에 우스운 이야기로 나오는데, 대부분 "학이 잘 우는 것은 목이 긴 때문이
　　다.(鶴之善鳴長頸故)"라고 되어 있다.
54) 남가일몽(南柯一夢): 한갓 헛된 꿈. 중국 당나라 이공좌(李公佐)의「남가태수기(南柯太
　　守記)」란 소설의 주인공인 순우분(淳于棼)이 잠깐 조는 동안 평생의 일을 꿈꾼 데서 나
　　온 말.
55) 기루던: 그리워하던.
56) 져근덧: 잠시 동안. 어느덧.
57) 장중보옥(掌中寶玉): 손바닥 안에 들어 있는 보물.
58) 기린(麒麟): 성인(聖人)이 세상에 나타나기 전에 나타난다는 상상의 동물. 용, 거북, 봉황
　　과 더불어 사령(四靈)이라고 하며 상서로운 짐승으로 침.
59) 착미(着味): 맛을 붙이다.

이때 삼청동(三淸洞)60) 이한림(李翰林)61)이라 하는 양반이 있으되 세
대명가(世代名家)요 충신의 후예(後裔)라. 일일은 전하(殿下)62)께옵서 충
효록(忠孝錄)을 올려 보시고 충(忠) 효자(孝子)를 택출(擇出)하사 자목지
관(字牧之官)63) 임용하실새, 이한림으로 과천현감(果川縣監)64)에 금산군
수(錦山郡守)65) 이배(移拜)하여 남원부사(南原府使)66) 제수(除授)하시니,
이한림이 사은숙배(謝恩肅拜) 하직하고 치행(治行) 차려 남원부에 도임하
여 선치민정(善治民情)하니, 사방에 일이 없고 방곡(坊曲)의 백성들은 더
디 옴을 칭송한다.67) 강구연월(康衢煙月) 문동요(聞童謠)라.68) 시화연풍
(時和年豐)하고 백성이 효도하니 요순시절(堯舜時節)이라.

이때는 어느 때뇨. 놀기 좋은 삼춘(三春)이라. 호연(胡燕)69) 비조(翡
鳥)70) 뭇 새들은 농초71) 화답(和答) 짝을 지어 쌍거쌍래(雙去雙來) 날아
들어 온갖 춘정(春情) 다투는데, 남산화발북산홍(南山花發北山紅)과 천사
만사수양지(千絲萬絲垂楊枝)72)에 황금조(黃金鳥)73)는 벗 부른다. 나무

---

60) 삼청동(三淸洞): 현재 서울 종로구 삼청동.
61) 이한림(李翰林): 한림은 예문관(藝文館)의 직책.
62) 전하(殿下): 궁전의 섬돌 아래라는 뜻으로 왕을 말한다. 천자(天子)는 폐하(陛下)라고 하
   고, 제후(諸侯)는 전하라고 함.
63) 자목지관(字牧之官): 수령(守令)을 통틀어 부르는 말. 백성을 사랑하고 기른다는 의미.
64) 과천현감(果川縣監): 과천은 현재 경기도 과천시. 현감은 현의 우두머리로 종6품임.
65) 금산군수(錦山郡守): 금산은 현재 전라북도 금산. 군수는 군의 우두머리로 종4품임.
66) 남원부사(南原府使): 부사는 부(府)의 우두머리로 종3품임.
67) 더디 옴을 칭송한다: 그가 다스리는 것이 훌륭하므로 그 같이 훌륭한 인물이 좀 더 일찍
   오기를 바란다는 의미.
68) 강구연월(康衢煙月) 문동요(聞童謠)라: 태평한 세월에 아이들의 노래를 듣는다는 의미로,
   요(堯)임금이 나라를 잘 다스린 것을 나타낸 말임. 강구연월은 태평한 시대의 길거리의
   평화로운 풍경을 이르는 말.
69) 호연(胡燕): 칼새. 제비 비슷하게 생긴 새.
70) 비조(翡鳥): 청호반새.
71) 농초: 미상.
72) 남산화발북산홍(南山花發北山紅)과 천사만사수양지(千絲萬絲垂楊枝): 남산에 꽃 피고 북

나무 성림(成林)하고 두견(杜鵑)[74] 접동[75] 다 지나니 일년지가절(一年之
佳節)이라.

　이때 사또[76] 자제 이도령[77]이 연광(年光)은 이팔(二八)이요, 풍채(風
采)는 두목지(杜牧之)[78]라. 도량(度量)은 창해(滄海) 같고 지혜 활달(闊達)
하고, 문장(文章)은 이백(李白)[79]이요 필법(筆法)은 왕희지(王羲之)[80]라.
일일(一日)은 방자(房子)[81] 불러 말씀하되,

　"이 골 경처(景處)[82] 어디메냐? 시흥춘흥(詩興春興) 도도(滔滔)하니 절
승(絶勝) 경처 말하여라."

　방자놈 여쭈오되,

　"글공부 하시는 도련님이 경처 찾아 부질없소."

　이도령 이른 말이,

　"너 무식한 말이로다. 자고(自古)로 문장재사(文章才士)도 절승강산(絶
勝江山) 구경키는 풍월작문(風月作文)[83] 근본이라. 신선도 두루 놀아 박
람(博覽)하니 어이 하여 부당하랴. 사마장경(司馬長卿)[84]이 남으로 강회

4

쪽 산은 붉은데, 천 가닥 만 가닥 늘어진 수양버들 가지.

73) 황금조(黃金鳥): 꾀꼬리.

74) 두견(杜鵑): 진달래. 두견새가 울 때 꽃이 피므로 이름을 얻었다고 함.

75) 접동: 소쩍새.

76) 사또: 일반 백성이나 하급 벼슬아치들이 자기 고을의 원(員)을 존대하여 부르던 말.

77) 도령: 총각을 높여서 부르는 말. 한자로 道令 또는 都令이라고도 함.

78) 두목지(杜牧之): 당(唐)나라 시인 두목(杜牧). 목지는 그의 자(字).

79) 이백(李白): 당나라 시인. 자(字)는 태백(太白).

80) 왕희지(王羲之): 동진(東晉)의 서예가. 자(字)는 일소(逸少).

81) 방자(房子): 시골 관청의 남자종 가운데 하나.

82) 경처(景處): 경치 좋은 곳.

83) 풍월작문(風月作文): 시문(詩文)을 짓는 것. 풍월은 음풍영월(吟風詠月)로 자연의 경치를
글을 지어 읊조리는 것.

84) 사마장경(司馬長卿): 중국 한(漢)의 문학가. 이름은 상여(相如), 장경은 그의 자(字). 본문
의 내용은 사마장경의 고사가 아니라 사마천(司馬遷)의 고사임. 사마천의 자(字)는 자장(子

(江淮)에 떴다 대강(大江)을 거스를 제, 광랑성파(狂浪盛波)에 음풍(陰風)이 노호(怒號)하여, 예로부터 가르치니 천지간(天地間) 만물지변(萬物之變)이 놀랍고 즐겁고도 고운 것이 글 아닌 게 없느니라. 시중천자(詩中天子) 이태백(李太白)은 채석강(采石江)[85]에 놀아 있고, 적벽강(赤壁江) 추야월(秋夜月)에 소동파(蘇東坡) 놀아 있고,[86] 심양강(潯陽江) 명월야(明月夜)에 백낙천(白樂天)[87] 놀아 있고, 보은(報恩) 속리(俗離) 운장대(雲藏臺)[88]에 세조대왕(世祖大王) 노셨으니 아니 놀든 못하리라."

이때 방자 도련님 뜻을 받아 사방 경개(景槩) 말씀하되,

"서울로 이를진대 자문밖[89] 내달아 칠성암, 청련암,[90] 세검정(洗劍

長)임. 사마천의 『사기』태사공자서(太史公自序)에 "나는 용문에서 태어나 10세에 고문을 통달하고 20에 남으로 강회를 유람했다(遷生龍門 年十歲 則通古文 二十而南游江淮)"는 구절이 있다. 마존(馬存)의 「자장유증분방식문(子長游贈莅邦式文)」에 "사마천은 평생에 다니기를 좋아하여 남으로 회수를 유람하고 양자강을 거슬러 올라가 미친 듯한 물결과 놀란 파도 그리고 부르짖는 듯한 바람이 되돌아 치는 것을 보았다. 그래서 그의 문장은 분방하고 호탕하다.……대저 천지 사이에 만물의 변화는 놀랍기도 하고 즐겁기도 하며 사람으로 하여금 슬프게도 하고 우울하게 하기도 한다. 사마천은 이런 것을 모두 취해서 글을 썼다. (子長平生喜游 南浮長淮 泝大江見狂瀾驚波 陰風怒號 逆走而橫擊 故其文奔放浩漫.……凡天地之間 萬物之變 可驚可愕 可以娛心 使人憂使人悲者 子長盡取而爲文章.)"고 했음.

85) 채석강(采石江): 이태백이 술에 취해 강물에 비친 달을 잡으려다 죽었다는 전설이 있는 곳으로 안휘성(安徽省)에 있다. 원래의 이름은 우저기(牛渚磯)였음.

86) 적벽강(赤壁江) 추야월(秋夜月)에 소동파(蘇東坡) 놀아 있고: 소동파의 「적벽부(赤壁賦)」에 "임술년 가을 7월 16일에 나는 손님과 더불어 적벽 아래에서 놀았다.(壬戌之秋 七月旣望 蘇子與客 泛舟游於赤壁之下)"는 구절이 있음. 소동파는 중국 송(宋)의 문학가 소식(蘇軾). 동파는 그의 호이고, 자(字)는 자첨(子瞻).

87) 백낙천(白樂天): 당나라의 시인. 이름은 거이(居易). 낙천은 그의 자(字). 백낙천의 「비파행(琵琶行)」에 "심양강 머리에서 밤에 객을 전송하니 단풍잎 갈대꽃에 쓸쓸한 가을이여(潯陽江頭夜送客 楓葉荻花秋瑟瑟)"라는 구절이 있음.

88) 운장대(雲藏臺): 충청북도 보은군에 있는 속리산의 봉우리 이름. 문장대(文藏臺)라고도 하고 운장대라고도 함. 속리산에 세조 임금이 와서 병 치료를 한 일이 있음.

89) 자문밖: 자하문(紫霞門) 밖의 줄인 말. 자하문은 서울 종로구 창의동에 있는 성문 창의문(彰義門)을 말함.

90) 칠성암 청련암: 자하문 밖에 있던 명소를 말하는데, 정확한 위치는 미상.

亭)⁹¹⁾과 평양(平壤) 연광정(練光亭),⁹²⁾ 대동루(大同樓),⁹³⁾ 모란봉(牧丹峰),⁹⁴⁾
양양(襄陽) 낙선대,⁹⁵⁾ 보은(報恩) 속리(俗離) 운장대(雲藏臺), 안의(安義)
수승대(搜勝臺),⁹⁶⁾ 진주(晉州) 촉석루(矗石樓),⁹⁷⁾ 밀양(密陽) 영남루(嶺南
樓)⁹⁸⁾가 어떠한지 몰라와도, 전라도로 이를진대 태인(泰仁) 피향정(披香
亭),⁹⁹⁾ 무주(茂朱) 한풍루(寒風樓),¹⁰⁰⁾ 전주(全州) 한벽루(寒碧樓)¹⁰¹⁾ 좋사
오나, 남원 경처(景處) 들조시오. 동문 밖 나가오면 장림숲 천은사¹⁰²⁾
좋삽고, 서문 밖 나가오면 관왕묘(關王廟)¹⁰³⁾는 천고영웅 엄한 위풍(威
風) 어제 오늘 같삽고, 남문 밖 나가오면 광한루(廣寒樓),¹⁰⁴⁾ 오작교(烏
鵲橋), 영주각(瀛洲閣)¹⁰⁵⁾ 좋삽고, 북문 밖 나가오면 청천삭출금부용(青
天削出金芙蓉)¹⁰⁶⁾ 기벽(奇僻)하여 우뚝 섰으니 기암(奇巖) 둥실 교룡산성

---

91) 세검정(洗劍亭): 자하문 밖에 있는 정자. 인조반정(仁祖反政) 때 이귀(李貴), 김류(金瑬) 등이 이곳에 모여 거사를 의논하고 칼을 씻었다고 함.
92) 연광정(練光亭): 평양 대동강에 있는 정자.
93) 대동루(大同樓): 평양 대동문의 문루(門樓).
94) 모란봉(牧丹峰): 평양 북쪽 5리에 있는 봉우리.
95) 낙선대: 강원도 양양 낙산사(洛山寺) 바닷가에 있는 정자를 말하는 것으로 보임.
96) 수승대(搜勝臺): 경상북도 안의에 있는 대(臺). 원래 이름은 수송대(愁送臺)이다. 삼국시대 삼국의 사신이 이곳에서 헤어졌기 때문에 이런 이름을 얻었다는 전설이 있다. 이황(李滉)은 이곳의 경치가 매우 아름다우나 이름이 우아하지 않다고 하여 수승대로 고쳤음.
97) 촉석루(矗石樓): 진주 남강 가에 있는 누각.
98) 영남루(嶺南樓): 밀양에 있는 커다란 누각.
99) 피향정(披香亭): 전라북도 정읍시 태인면에 있는 누각.
100) 한풍루(寒風樓): 전라북도 무주에 있는 누각.
101) 한벽루(寒碧樓): 현재 전주시 완산구 교동에 있는 한벽당(寒碧堂)을 말한 것인데, 한벽루라고도 부름.
102) 천은사: 장림(長林) 근처의 선원사(禪院寺)를 말한 것으로 보임. 천은사(泉隱寺)는 전라남도 구례군 광의면(光義面)에 있는 절.
103) 관왕묘(關王廟): 삼국시대 장수 관우(關羽)를 받드는 사당. 현재는 남원시 왕정동에 있음.
104) 광한루(廣寒樓): 남원에 있는 누각.
105) 영주각(瀛洲閣): 광한루 근처에 있는 누각.
106) 청천삭출금부용(青天削出金芙蓉): 푸른 하늘에 깎아 세운 금으로 만든 부용 같다. 이백

(蛟龍山城)107) 좋사오니 처분대로 가사이다."

도련님 이른 말씀,

"이 애, 말로 듣더라도 광한루 오작교가 경개로다. 구경 가자."

도련님 거동 보소. 사또 전(前) 들어가서 공손히 여쭈오되,

"금일 일기(日氣) 화난(和暖)하오니 잠깐 나가 풍월(風月) 음영(吟咏) 시운목(詩韻目)108)도 생각하고자 싶으오니 순성(巡城)109)이나 하여이다."

사또 대희(大喜)하여 허락하시고 말씀하시되,

"남주풍물(南州風物)을 구경하고 돌아오되 시제(詩題)110)를 생각하라."

도령 대답,

"부교(父敎)대로 하오리다."

물러나와,

"방자야, 나귀 안장 지어라."

방자 분부 듣고 나귀 안장 짓는다. 나귀 안장 지을 제, 홍영자공산호편(紅纓紫鞚珊瑚鞭) 옥안금천황금륵(玉鞍錦韂黃金勒),111) 청홍사(青紅絲) 고운 굴레 주먹상모112) 덥석 달아 층층 다래113) 은엽등자(銀葉鐙子)114) 호피(虎皮)돋움에 전후 거리 줄방울115)을 염불법사(念佛法師) 염주(念珠)

의 「망여산오로봉(望廬山五老峰)」의 한 구절.

107) 교룡산성(蛟龍山城): 남원 교룡산에 있는 성.

108) 시운목(詩韻目): 한시를 지을 때에 쓰는 같은 운자로 된 두 글자 혹은 세 글자의 숙어.

109) 순성(巡城): 성을 두루 다니며 구경함.

110) 시제(詩題): 글의 제목. 글을 짓는 소재나 제재.

111) 홍영자공산호편(紅纓紫鞚珊瑚鞭) 옥안금천황금륵(玉鞍錦韂黃金勒): 붉은 실로 만든 굴레와 산호로 만든 채찍, 옥으로 만든 안장과 비단으로 지은 언치 그리고 황금색 실로 얽은 굴레. 잠삼(岑參)의 「위절도적표마가(衛節度赤驃馬歌)」의 한 구절.

112) 주먹상모: 주먹처럼 뭉툭한 상모. 여기서는 주락상모(珠絡象毛)를 잘못 말한 것임. 주락상모는 높은 사람이 타는 말에 붉은 줄과 붉은 털로 꾸민 치레를 말함.

113) 다래: 말다래. 장니(障泥). 말의 배 양쪽에 달아서 흙이 튀는 것을 막는 제구.

114) 은엽등자(銀葉鐙子): 은으로 만든 등자. 등자는 말을 타고 앉아서 두 발을 딛는 제구.

메듯,

"나귀 등대(等待)116)하였소."

도련님 거동 보소. 옥안선풍(玉顔仙風) 고운 얼굴 전반117) 같은 채머리118) 곱게 빗어 밀기름119)에 잠재워 궁초(宮綃) 댕기120) 석황(石黃)121) 물려 맵시 있게 잡아 땋고, 성천(成川) 수주(水紬)122) 겹동배123) 세백저(細白苧) 상침 바지124) 극상세목(極上細木) 겹버선125)에 남갑사(藍甲紗) 대님126) 치고, 육사단(六紗緞) 겹배자(褙子)127) 밀화(密花) 단추128) 달아 입고, 통행전(筒行纏)129)을 무릎 아래 넌짓130) 매고, 영초단(英綃緞)131)

---

115) 줄방울: 장식으로 줄을 지어 매단 방울.
116) 등대(等待): 미리 준비하고 기다림.
117) 전반: 종이를 도련할 때 쓰는 좁은 나무판.
118) 채머리: 머리채. 길게 늘어뜨린 머리털.
119) 밀기름: 밀랍에 기름을 섞어 끓인 기름.
120) 궁초(宮綃) 댕기: 궁초로 만든 댕기. 궁초는 비단의 일종. 댕기는 길게 딴 머리 끝에 드리는 헝겊이나 끈.
121) 석황(石黃): 석웅황(石雄黃). 천연광물. 댕기에 물리는 장식.
122) 성천(成川) 수주(水紬): 평안도 성천에서 나는 질 좋은 비단. 수주는 수아주[水禾紬]를 말함.
123) 겹동배: 미상. 웃옷의 일종인 것으로 보임.
124) 세백저(細白苧) 상침 바지: 가는 흰 모시로 만든 고급 바지. 상침은 가장자리를 꿰맬 때 실밥이 겉으로 드러나게 꿰매는 것.
125) 극상세목(極上細木) 겹버선: 최상품의 고운 무명으로 만든 겹버선.
126) 남갑사(藍甲紗) 대님: 남빛 갑사로 만든 대님. 갑사는 얇은 비단. 대님은 한복 바지를 입은 뒤 바지가랑이를 접어서 가든하게 발목을 졸라매는 끈.
127) 육사단(六紗緞) 겹배자(褙子): 비단으로 만든 겹으로 된 배자. 배자는 저고리 위에 덧입는 조끼 모양의 옷. 육사단은 비단의 하나인 것으로 보임.
128) 밀화(密花) 단추: 밀화로 만든 단추. 밀화는 누른빛이 나는 보석으로 호박(琥珀)의 한 종류.
129) 통행전(筒行纏): 행전은 바지나 고의를 입을 때 정강이에 꿰어 무릎 아래 매는 물건. 통행전은 보통 행전.
130) 넌짓: 넌지시. 느슨하게.
131) 영초단(英綃緞): 중국에서 나는 비단의 하나. 모초(毛綃)와 비슷한데 품질이 조금 낮음.

허리띠, 모초단(毛綃緞) 도리낭(囊)¹³²)을 당팔사(唐八絲)¹³³) 갖은 매듭¹³⁴) 고¹³⁵)를 내어 넌짓 매고, 쌍문초(雙紋綃) 긴 동정¹³⁶) 중치막¹³⁷)에 도포(道袍)¹³⁸) 받쳐 흑사(黑紗)띠를 흉중(胸中)에 눌러 매고, 육분(六分) 당혜(唐鞋)¹³⁹) 끄을면서,

"나귀를 붙들어라."

등자 딛고 선뜻 올라 뒤를 싸고 나오실 제, 통인(通引)¹⁴⁰) 하나 뒤를 따라 삼문(三門)¹⁴¹) 밖 나올 적에 쇄금(鎖金) 부채¹⁴²) 호(胡)·당선(唐扇)¹⁴³)으로 일광(日光)을 가리우고, 관도성남(官道城南)¹⁴⁴) 너른 길에 생기 있게 나갈 제, 취래양주(醉來楊州)¹⁴⁵)하던 두목지(杜牧之)의 풍챌(風采)ㄹ)런가, 시시오불(時時誤拂)하던 주랑(周郎)의 고움이라.¹⁴⁶) 향가자맥춘

---

132) 도리낭(囊): 동그랗게 만든 주머니.

133) 당팔사(唐八絲): 중국에서 나는 여덟 가닥의 실로 끈 노끈.

134) 갖은 매듭: 여러 가지 매듭. 매듭은 실을 묶어서 여러 가지 모양을 낸 것.

135) 고: 옷고름이나 노끈 등을 잡아 맬 때에 풀리지 않게 한 가닥을 조금 빼어 고리처럼 맨 것.

136) 쌍문초(雙紋綃) 긴 동정: 중국산 비단으로 만든 긴 동정.

137) 중치막: 벼슬하지 않은 사람이 입던 길이가 긴 웃옷.

138) 도포(道袍): 예복으로 입던 남자의 겉옷. 소매가 넓고 등 뒤에는 딴 폭을 댐.

139) 육분(六分) 당혜(唐鞋): 신발창의 높이가 육 푼인 당혜. 당혜는 울이 깊고 코가 작은 가죽신의 한 종류.

140) 통인(通引): 지방 관아(官衙)에 속해서 잡일을 보는 하인.

141) 삼문(三門): 대궐이나 관청에 세운 문으로 정문(正門), 동협문(東夾門), 서협문(西夾門)을 말함.

142) 쇄금(鎖金) 부채: 사북을 금으로 만든 부채. 사북은 쥘부채에 부챗살을 한꺼번에 끼우는 못 같은 물건.

143) 호(胡)·당선(唐扇): 호선(胡扇)과 당선(唐扇). 외국산 부채.

144) 관도성남(官道城南): 성 남쪽 길. 왕발(王勃)의 「채련곡(採蓮曲)」에 "성 남쪽 길에서 뽕잎을 따는 것이 어찌 강 위에서 연꽃을 따는 것만 하겠는가?(官道城南把桑葉 何如江上採蓮花)"라는 구절이 있음.

145) 취래양주(醉來楊州): 취해서 양주의 거리를 지나감. 당나라 시인 두목지가 술에 취해 수레를 타고 양주의 거리를 지나면, 많은 기생들이 그의 풍채를 사랑하여 귤을 수레에 던져 수레가 가득했다는 고사가 있음.

성내(香街紫陌春城內)요 만성견자수불애(滿城見者誰不愛)라[147]. 광한루 섭
적[148] 올라 사면을 살펴보니 경개가 장히 좋다. 적성(赤城)[149] 아침 날
에 늦은 안개 띠어 있고, 녹수(錄樹)의 저문 봄은 화류동풍(花柳東風) 둘
러 있다. 자각단루분조요(紫閣丹樓紛照耀)요 벽방금전상영롱(壁房錦殿相
玲瓏)[150]은 임고대(臨高臺)를 일러 있고, 요헌기구하최외(瑤軒綺構何崔
嵬)[151]는 광한루를 이름이라. 악양루(岳陽樓)[152] 고소대(姑蘇臺)[153]와 오
초동남수(吳楚東南水)[154]는 동정호(洞庭湖)로 흘러지고, 연자(燕子)[155] 서

146) 주랑(周郞)의 고움: 주유(周瑜)의 고운 모습. 진수(陳壽)의 『삼국지(三國志)』주유전(周
瑜傳)에 "주유는 어려서부터 음악에 밝았다. 높은 벼슬에 이른 이후에도 만약 잘못이
있으면 주유는 꼭 알아차렸다. 잘못된 곳이 있는 것을 알면 꼭 돌아보았다. 그래서 그때
사람들이 노래를 불러 말하기를 '곡조가 틀리면 주유가 돌아본다.'고 했다.(瑜少精意于音
樂 三爵之後 其有闕誤 瑜必知之 知之必顧 故時人謠曰 曲有誤 周郞顧)"는 대목이 있음. 이
단(李端)의 「명쟁(鳴箏)」에 "주랑의 한 번 돌아봄을 얻으려고 때때로 악기를 잘못 연주하
도다.(欲得周郞顧 時時誤拂絃)"라는 구절이 있음.
147) 향가자맥춘성내(香街紫陌春城內)요 만성견자수불애(滿城見者誰不愛)라: 화려한 서울의
봄인데, 성안의 사람들 누가 사랑하지 않으리. 잠삼(岑參)의 「위절도적표마가(衛節度赤
驃馬歌)」의 '香街紫陌鳳城內'를 '香街紫陌春城內'라고 바꿨음.
148) 섭적: 힘을 들이지 않고 가볍게 슬쩍 건너뛰거나 올라서는 모양.
149) 적성(赤城): 남원의 서쪽에 있는 지명. 왕발(王勃)의 「임고대(臨高臺)」에 "적성의 아침
해 비취고 녹수는 춘풍에 흔들리네.(赤城暎朝日 綠樹搖春風)"라는 구절이 있음.
150) 자각단루분조요(紫閣丹樓紛照耀)요 벽방금전상영롱(壁房錦殿相玲瓏): 단장한 누각은
어지럽게 비취고 화려한 방안은 영롱하기 짝이 없다. 왕발의 「임고대」의 한 구절.
151) 요헌기구하최외(瑤軒綺構何崔嵬): 왕발의 「임고대」에 "화려한 누각은 어찌 이리 높으
뇨? 난새의 노래와 봉황의 피리소리는 맑고도 애처롭다.(瑤軒綺構何崔嵬 鸞歌鳳吹淸且
哀)"는 구절이 있음.
152) 악양루(岳陽樓): 중국 호남성(湖南省) 악양(岳陽)에 있는 누각. 서쪽으로 동정호(洞庭湖)
가 있음.
153) 고소대(姑蘇臺): 오(吳)나라 왕 부차(夫差)가 월(越)나라를 깨뜨린 후 세운 건물. 부차는
월나라에서 바친 미인 서시(西施) 등을 여기에 살게 했다.
154) 오초동남수(吳楚東南水): 두보의 「등악양루(登岳陽樓)」에 "지난날 동정호 얘기를 들었
는데 오늘 악양루를 오르도다. 오와 초는 동남으로 갈라져 있고 하늘과 땅은 밤낮으로
떠오르네.(昔聞洞庭水 今上岳陽樓 吳楚東南坼 乾坤日夜浮)"라는 구절에서 따왔음.
155) 연자(燕子): 중국 강소성(江蘇省) 서주에 있던 연자루(燕子樓)를 말함. 백거이(白居易)의
「연자루시(燕子樓詩)」가 있음. 원문의 연지는 연자의 잘못이고, 팽택(彭澤)은 연자루가

북에 팽택(彭澤)이 완연(宛然)한데, 또 한 곳 바라보니 백백홍홍(白白紅紅)

난만중(爛漫中)에 앵무 공작 날아들고, 산천경개(山川景槪) 둘러보니 에

굽은 반송(盤松)솔156) 떡갈잎157)은 아주 춘풍 못 이기어 흐늘흐늘, 폭포

유수(瀑布流水) 시냇가에 계변화(溪邊花)는 뻥끗뻥끗, 낙락장송(落落長松)

울울(鬱鬱)하고, 녹음방초승화시(綠陰芳草勝花時)158)라. 계수(桂樹), 자단

(紫檀),159) 모란(牧丹), 벽도(碧桃)에 취(醉)한 산색(山色) 장강(長江) 요천

(蓼川)에 풍등슬 잠겨 있고.

또 한 곳 바라보니 어떠한 일미인(一美人)이 봄새 울음 한가지로 온

갖 춘정(春情) 못 이기어 두견화(杜鵑花) 질끈 꺾어 머리에도 꽂아보며,

함박꽃도 질끈 꺾어 입에 함쑥 물어보고, 옥수(玉手) 나삼(羅衫)160) 반

만 걷고 청산유수(靑山流水) 맑은 물에 손도 씻고 발도 씻고, 물 머금어

양수(養漱)161)하며, 조약돌 덥석 쥐어 버들가지 꾀꼬리를 희롱하니 타

기황앵(打起黃鶯)162) 이 아니냐? 버들잎도 주르륵 훑어 물에 훨훨 띄워

보고, 백설(白雪) 같은 흰 나비 웅봉자접(雄蜂雌蝶)163)은 화수(花鬚)164)

있던 팽성(彭城)의 잘못으로 보임.

156) 에굽은 반송(盤松)솔: 조금 굽은 반송. 반송은 키가 작고 가지가 가로 퍼진 오래된 소나
무. 반송솔은 반송에 솔을 붙인 겹말임.

157) 떡갈잎: 떡갈나무 잎.

158) 녹음방초승화시(綠陰芳草勝花時): 푸른 숲과 향기로운 풀이 꽃보다 아름다운 시절. 여
름의 아름다운 경치를 말함. 왕안석(王安石)의 「초하즉사(初夏即事)」에 '綠陰幽草勝花時'
라는 구절이 있음.

159) 계수(桂樹) 자단(紫檀): 계수나무와 자단은 남방의 나무임.

160) 나삼(羅衫): 얇고 가벼운 비단으로 만든 적삼. 적삼은 저고리 모양의 홑옷.

161) 양수(養漱): 양치질.

162) 타기황앵(打起黃鶯):「이주가(伊州歌)」의 한 구절.「이주가」의 작자에 대해서는 여러
설이 있음.
타기황앵아(打起黃鶯兒) 꾀꼬리 깨워
막교지상제(莫敎枝上啼) 울게 하지 말아요
제시경첩몽(啼時驚妾夢) 그 울음소리에 놀라 첩의 꿈이 깨면
부득도요서(不得到遼西) 꿈에서라도 요서에 갈 수 없어요

물고 너울너울 춤을 춘다. 황금 같은 꾀꼬리는 숲숲이 날아든다.

　광한(廣寒) 진경(眞景) 좋거니와 오작교(烏鵲橋)가 더욱 좋다. 방가위　　　　7
지(方可謂之)165) 호남(湖南)의 제일성(第一城)이로다. 오작교 분명하면
견우(牽牛)·직녀(織女)166) 어디 있나. 이런 승지(勝地)에 풍월(風月)이
없을쏘냐. 도련님이 글 두 귀(句)를 지었으되,

　　　고면오작선(顧眄烏鵲仙)이요 광한옥계루(廣寒玉界樓)라
　　　차문천상수직녀(借問天上誰織女)요 지응금일아견우(知應今日我牽牛)
　　　라.167)

　이때 내아(內衙)에서 잡술 상(床)이 나오거늘 일배주(一盃酒) 먹은 후
에 통인·방자 물려주고 취흥(醉興)이 도도(滔滔)하여 담배 피워 입에다
물고 이리저리 거닐 제, 경처에 흥을 겨워 충청도(忠淸道) 고마수영(水
營),168) 보련암169)을 일렀은들 이곳 경처 당할쏘냐. 붉을 단(丹), 푸를
청(靑), 흰 백(白), 붉을 홍(紅) 고물고물이 단청(丹靑). 유막(柳幕) 황앵
(黃鶯) 환우성(喚友聲)170)은 나의 춘흥(春興) 도와낸다. 황봉(黃蜂) 백접
(白蝶) 왕나비는 향기 찾는 거동이라. 비거비래(飛去飛來) 춘성내(春城內)
요 영주(瀛洲), 방장(方丈), 봉래산(蓬萊山)171)이 안하(眼下)에 가차우니,

---

163) 웅봉자접(雄蜂雌蝶): 암벌과 수나비.
164) 화수(花鬚): 꽃술.
165) 방가위지(方可謂之): 과연 그렇다고 이를 만하다.
166) 견우(牽牛) 직녀(織女): 견우성과 직녀성 두 별의 이름.
167) 고면오작선(顧眄烏鵲仙)~: 둘러보니 오작교의 신선이요, 하늘 위에 높은 다락이로다.
　　　묻노니 하늘나라의 직녀 아가씨는 누구신고. 오늘의 견우는 반드시 내가 됨을 알겠네.
168) 고마수영(水營): 충청수영(忠淸水營). 현재 충청남도 보령시 오천면 소성리에 있었음.
169) 보련암: 미상.
170) 유막(柳幕) 황앵(黃鶯) 환우성(喚友聲): 버드나무에 앉은 꾀꼬리가 서로 부르는 소리.
171) 영주(瀛洲) 방장(方丈) 봉래산(蓬萊山): 삼신산(三神山). 신선이 산다는 세 산.

물은 본(本)이 은하수(銀河水)요 경개는 잠깐 옥경(玉京)이라. 옥경이 분명하면 월궁(月宮) 항아(姮娥)[172) 없을쏘냐.

이때는 삼월이라 일렀으되 오월 단오일(端午日)이었다. 천중지가절(天中之佳節)[173)이라. 이때 월매 딸 춘향이도 또한 시서음률(詩書音律)이 능통하니 천중절(天中節)을 모를쏘냐. 추천(鞦韆)[174)을 하려하고 향단이 앞세우고 내려올 제, 난초같이 고운 머리 두 귀를 눌러 곱게 땋아 금봉채(金鳳釵)[175)를 정제(整齊)하고, 나군(羅裙)[176)을 두른 허리 미앙(未央)[177)의 가는 버들 힘이 없이 듸운 듯,[178) 아름답고 고운 태도 아장거려 흐늘거려 가만가만 나올 적에, 장림(長林) 속으로 들어가니 녹음방초(綠陰芳草) 우거져 금잔디 좌르륵 깔린 곳에 황금 같은 꾀꼬리는 쌍거쌍래(雙去雙來) 날아들 제, 무성한 버들 백척장고(百尺長高) 높이 매고 추천을 하려 할 제, 수화(水禾) 유문(有紋) 초록 장옷[179) 남방사(藍紡絲) 홑단치마[180) 훨훨 벗어 걸어두고, 자주 영초(英綃) 수당혜(繡唐鞋)[181)를 썩썩 벗어 던져두고, 백방사(白紡絲) 진솔 속곳[182) 턱밑에 훨씬 추고, 연숙마(軟熟麻)[183) 추천 줄을 섬섬옥수(纖纖玉手)[184) 넌짓 들

---

172) 월궁(月宮) 항아(姮娥): 달나라에 살고 있다는 선녀.
173) 천중지가절(天中之佳節): 5월 5일 단오일.
174) 추천(鞦韆): 그네.
175) 금봉채(金鳳釵): 금으로 만든 머리꽂이에 봉황을 새긴 것.
176) 나군(羅裙): 비단치마.
177) 미앙(未央): 한(漢)나라의 궁궐 미앙궁. 미앙궁의 버들이 유명함.
178) 듸운 듯: 늘어진 모양을 말하는 것으로 보임.
179) 수화(水禾) 유문(有紋) 초록 장옷: 무늬가 있는 초록빛 수아주로 만든 장옷. 수아주는 품질이 좋은 비단이고, 장옷은 부녀자가 나들이할 때 머리에 써서 온몸을 가리던 옷.
180) 남방사(藍紡絲) 홑단치마: 남색 비단으로 만든 홑단치마.
181) 수당혜(繡唐鞋): 수놓은 당혜(唐鞋). 당혜는 가죽신의 하나로 무늬를 새겼음.
182) 백방사(白紡絲) 진솔 속곳: 흰 비단으로 만든 새 속곳. 진솔은 한 번도 빨지 않은 새 옷이고, 속곳은 여자의 속옷.
183) 연숙마(軟熟麻): 삼[麻] 껍질을 잿물에 삶아서 부드럽게 만든 것. 이것으로 밧줄을 만듦.

어 양수(兩手)에 갈라 잡고, 백릉(白綾)185) 버선 두 발길로 섭적 올라 발구를 제, 세류(細柳) 같은 고운 몸을 단정히 노니는데, 뒷단장 옥비녀 은죽절(銀竹節)186)과 앞치레 볼작시면, 밀화장도(蜜花粧刀)187) 옥장도(玉粧刀)며 광원사(紗) 겹저고리188) 제 색(色) 고름에 태(態)가 난다.

"향단아, 밀어라."

한 번 굴러 힘을 주며 두 번 굴러 힘을 주니, 발밑에 가는 티끌 바람 좇아 펄펄 앞뒤 점점 멀어가니, 머리 위에 나뭇잎은 몸을 따라 흔들흔들, 오고 갈 제 살펴보니 녹음(綠陰) 속에 홍상(紅裳) 자락이 바람결에 내비치니, 구만장천(九萬長天) 백운간(白雲間)에 번갯불이 쏘이는 듯 첨지재전홀언후(瞻之在前忽焉後)189)라. 앞에 얼른 하는 양(樣)은 가부야운190) 저 제비가 도화일점(桃花一點) 떨어질 제 차려 하고 좇치는 듯, 뒤로 번듯 하는 양은 광풍(狂風)에 놀란 호접(蝴蝶) 짝을 잃고 가다가 돌치는 듯, 무산선녀(巫山仙女)191) 구름 타고 양대상(陽臺上)에 내리는 듯, 나뭇잎도 물어보고 꽃도 질끈 꺾어 머리에다 실근실근.

"이 애 향단아, 근데 바람이 독하기로 정신이 어찔하다. 그넷줄 붙

---

184) 섬섬옥수(纖纖玉手): 여자의 부드럽고 깨끗한 손.
185) 백릉(白綾): 흰 비단.
186) 은죽절(銀竹節): 은으로 대나무의 마디 모양으로 만든 머리 장식.
187) 밀화장도(蜜花粧刀): 밀화로 장식을 한 장도. 밀화는 호박(琥珀)의 일종인 보석.
188) 광원사(紗) 겹저고리: 솜을 두지 않고 겹으로 만든 저고리. 광원사는 여름 옷감으로 쓰는 비단.
189) 첨지재전홀언후(瞻之在前忽焉後): 바라보면 앞에 있다가 갑자기 뒤에 있음.『논어(論語)』「자한(子罕)」에 "안연이 탄식하여 말하기를, 선생님(공자)은 쳐다보면 점점 높아지고 뚫어보면 더욱 단단해진다. 바라보면 앞에 있다가 갑자기 뒤에 있다.(顔淵喟然嘆曰 仰之彌高 鑽之彌堅 瞻之在前忽焉在後)"는 대목이 있음.
190) 가부야운: 가벼운.
191) 무산선녀(巫山仙女): 초회왕(楚懷王)이 양대(陽臺)에서 낮잠을 자다가 무산의 선녀를 만나는 꿈을 꾸었다는 고사.

들어라."

붙들려고 무수히 진퇴(進退)하며 한창 이리 노닐 적에 시냇가 반석
상(盤石上)에 옥비녀 떨어져 쟁쟁(琤琤)하고,

"비녀 비녀."

하는 소리 산호채(珊瑚釵)[192]를 들어 옥반(玉盤)을 깨치는 듯, 그 태도
그 형용은 세상 인물 아니로다.

연자삼춘(燕子三春) 비거래(飛去來)라.[193] 이도령 마음이 울적하고 정
9   신 어찔하여 별 생각이 다 나겠다. 혼자 말로 섬어(譫語)[194]하되,

"오호(五湖)[195]에 편주(扁舟) 타고 범소백(范小伯)을 좇았으니 서시(西
施)[196]도 올 리 없고, 해성(垓城) 월야(月夜)에 옥장비가(玉帳悲歌)로 초
패왕(楚覇王)을 이별하던 우미인(虞美人)[197]도 올 리 없고, 단봉궐(丹鳳
闕) 하직하고 백용퇴(白龍堆) 간 연후에 독류청총(獨留靑塚)하였으니 왕
소군(王昭君)[198]도 올 리 없고, 장신궁(長信宮)[199] 깊이 닫고 백두음(白

---

192) 산호채(珊瑚釵): 산호로 만든 머리 장식.

193) 연자삼춘(燕子三春) 비거래(飛去來)라: 봄에 제비가 날아다님.

194) 섬어(譫語): 잠꼬대. 헛소리.

195) 오호(五湖):『오록(吳錄)』에 "오호는 태호(太湖)의 별명이다. 그 둘레가 500여 리이므
로 오호라고 한다.(五湖者 太湖之別名 以其周行五百餘里 故曰五湖)"고 했음.

196) 서시(西施): 중국 월(越)나라의 미인. 월나라 정승 범려(范蠡)가 서시를 오왕(吳王) 부차
(夫差)에게 바쳐 부차가 서시에 빠져 정사를 돌보지 않는 사이에 오나라를 쳤음. 소백은
범려의 자(字).

197) 우미인(虞美人): 항우(項羽)의 애첩(愛妾). 항우가 해하(垓下)에서 유방(劉邦)에게 패한
후, 우미인은 석별의 노래를 부르고 자살했다 함. 옥장(玉帳)은 장군의 군막.

198) 왕소군(王昭君): 한(漢)나라의 궁녀. 단봉궐은 한나라의 궁전. 백룡퇴는 흉노(匈奴)의
땅 이름. 한나라 원제(元帝)는 궁녀가 많았으므로 화공(畫工)에게 궁녀의 그림을 그려
오게 하여 그 중에서 골라 데리고 갔다. 궁녀들은 모두 화공에게 뇌물을 주어 잘 그려
달라고 했는데 유독 왕소군만은 자신의 미모를 믿고 뇌물을 주지 않았다. 이때 흉노에서
궁인 가운데 한 사람을 배필로 달라고 하므로 왕소군을 보냈다. 보낼 때에 왕소군의 실물
을 보니 천하절색이었다. 임금이 후회했으나 이미 때가 늦었다. 후에 왕소군은 흉노 땅
에서 자살했는데 그의 무덤에는 홀로 풀이 푸르렀다는 얘기가 전함.

頭吟)200)을 읊었으니 반첩여(班婕妤)201)도 올 리 없고, 소양궁(昭陽宮) 아침 날에 시측(侍側)202)하고 돌아오니 조비연(趙飛燕)203)도 올 리 없고, 낙포선년(洛浦仙女ㄴ)가 무산선년(巫山仙女ㄴ)가?"

도련님 혼비중천(魂飛中天)하여 일신(一身)이 고단이라. 진실로 미혼지인(未婚之人)이로다.

"통인아."

"예."

"저 건너 화류중(花柳中)에 오락가락 희뜩희뜩 얼른얼른 하는 게 무엇인지 자세히 보아라."

통인이 살펴보고 여쭈오되,

"다른 무엇 아니오라, 이 골 기생 월매 딸 춘향이란 계집아이로소이다."

도련님이 엉겁결에 하는 말이,

"장히 좋다. 훌륭하다."

통인이 아뢰되,

"제 어미는 기생이오나 춘향이는 도도하여 기생 구실 마다하고 백화초엽(百花草葉)에 글자도 생각하고 여공(女功) 재질(才質)이며 문장(文章)을 겸전(兼全)하여 여염처자(閭閻處子)204)와 다름이 없나이다."

---

199) 장신궁(長信宮): 한(漢)나라 황제의 할머니가 살던 궁궐. 반첩여가 이곳에서 태후에게 시중을 들었음.
200) 백두음(白頭吟): 한(漢)나라 탁문군(卓文君)이 지은 시이나 여기서는 반첩여가 지은 것으로 잘못 알았음.
201) 반첩여(班婕妤): 반첩여는 한나라 성제(成帝) 때 뽑혀서 첩여가 되었으나 조비연(趙飛燕)에게 미움을 받아 장신궁으로 쫓겨났음. 첩여는 후비(后妃)의 계급.
202) 시측(侍側): 곁에 있으면서 웃어른을 모시는 것.
203) 조비연(趙飛燕): 한(漢)나라 성제(成帝)의 궁녀로 춤을 잘 추었음. 조비연은 소양전(昭陽殿)에 거처했음.
204) 여염처자(閭閻處子): 보통 민간의 처녀.

도령 허허 웃고 방자를 불러 분부하되,

"들은 즉 기생의 딸이라니 급히 가 불러오라."

방자놈 여쭈오되,

"설부화용(雪膚花容)205)이 남방에 유명키로 방·첨사(方·僉使), 병·부사(兵·府使),206) 군수(郡守), 현감(縣監), 관장(官長)님네 엄지발가락이 두 뼘가옷207)씩 되는 양반 외입쟁이들도 무수히 보려하되, 장강(莊姜)208)의 색(色)과 임·사(任·姒)209)의 덕행이며, 이·두(李杜)210)의 문필이며, 태사(太姒)의 화순심(和順心)과 이비(二妃)211)의 정절을 품었으니, 금천하지절색(今天下之絶色)이요 만고여중군자(萬古女中君子)오니 황공하온 말씀으로 초래(招來)하기 어렵네다."

도령 대소(大笑)하고,

10   "방자야, 네가 물각유주(物各有主)212)를 모르는도다. 형산백옥(荊山白玉)213)과 여수황금(麗水黃金)214)이 임자가 각각 있느니라. 잔말 말고 불러오라."

---

205) 설부화용(雪膚花容): 눈같이 흰 피부와 꽃다운 용모.

206) 방·첨사(方·僉使) 병·부사(兵·府使): 방(方)은 방백(方伯)으로 관찰사, 첨사는 첨절제사(僉節制使)와 동첨절제사(同僉節制使), 병사(兵使)는 병마절도사(兵馬節度使), 부사는 도호부사(都護府使)의 줄인 말.

207) 두 뼘가옷: 두 뼘 반이라는 뜻으로 둘[兩]과 반(半)을 한자음으로 읽으면 '兩班'과 동음이어(同音異語)이다. 양반을 풍자한 말임.

208) 장강(莊姜): 중국 춘추시대 위장공(衛莊公)의 부인으로 아름다움이 뛰어났음.

209) 임·사(任·姒): 문왕(文王)의 어머니인 태임(太任)과 무왕(武王)의 어머니 태사(太姒). 태임과 태사는 모두 훌륭한 부도(婦道)를 갖췄음.

210) 이·두(李杜): 이백과 두보.

211) 이비(二妃): 순(舜)임금의 두 부인 아황(娥皇)과 여영(女英).

212) 물각유주(物各有主): 모든 물건은 각기 그 주인이 있음. 소식(蘇軾)의 「적벽부(赤壁賦)」의 한 구절.

213) 형산백옥(荊山白玉): 형산은 중국의 좋은 옥이 나는 곳.

214) 여수황금(麗水黃金): 여수는 중국의 강 이름으로 황금이 많이 남. 『천자문』의 '金生麗水 玉出崑崗'에서 가져왔음.

방자 분부 듣고 춘향 초래 건너갈 제, 맵시 있는 방자 녀석 서왕모(西王母) 요지연(瑤池宴)215)에 편지 전턴 청조(靑鳥)216)같이 이리저리 건너가서,

"여봐라, 이 애 춘향아."

부르는 소리 춘향이 깜짝 놀래어,

"무슨 소리를 그 따위로 질러 사람의 정신을 놀래느냐."

"이 애야, 말 마라. 일이 났다."

"일이라니 무슨 일."

"사또 자제 도련님이 광한루에 오셨다가 너 노는 모양 보고 불러오란 영(슈)이 났다."

춘향이 화를 내어,

"네가 미친 자식이다. 도련님이 어찌 나를 알아서 부른단 말이냐. 이 자식, 네가 내 말을 종지리새 열씨 까듯217) 하였나보다."

"아니다. 내가 네 말을 할 리가 없으되 네가 글체 내가 글랴?218) 너 그른 내력(來歷)을 들어보아라. 계집아이 행실로 추천을 하량이면 네 집 후원(後園) 담장 안에 줄을 매고 남이 알까 모를까 은근이 매고 추천하는 게 도리에 당연함이라. 광한루 머지않고 또한 이곳을 논지(論之)할진댄 녹음방초승화시(綠陰芳草勝花時)라. 방초는 푸르렀는데 앞내 버들은 초록장(草綠帳) 두르고 뒷내 버들은 유록장(柳綠帳) 둘러, 한 가지 늘어지고 또 한 가지 펑퍼져 광풍(狂風)을 겨워 흐늘흐늘 춤을 추는데,

---

215) 요지연(瑤池宴): 중국 고대의 선녀인 서왕모가 사는 궁전에 있는 연못에서 벌인 잔치. 주목왕(周穆王)이 이곳에서 서왕모와 함께 잔치를 했다고 함.
216) 청조(靑鳥): 소식을 전하는 새. 서왕모가 한무제에게 올 때 청조를 보내어 알렸다는 고사가 있음. 여기서는 한무제(漢武帝)의 고사를 요지연의 고사와 혼동해서 썼음.
217) 종지리새 열씨 까듯: 종달새가 삼씨를 까듯 하다. 입을 나불거린다는 뜻.
218) 네가 글체 내가 글랴: 네가 그르지 내가 그르겠느냐.

광한루 구경처에 그네를 매고 네가 뛸 제, 외씨 같은 두 발길로 백운간(白雲間)에 노닐 적에 홍상(紅裳) 자락이 펄펄, 백방사(白紡絲) 속곳 가래[219] 동남풍(東南風)에 펄렁펄렁, 박속같은[220] 네 살결이 백운간에 희뜩희뜩, 도련님이 보시고 너를 부르실 제, 내가 무슨 말을 한단 말가? 잔말 말고 건너가자."

춘향이 대답하되,

"네 말이 당연하나 오늘이 단오일이라. 비단 나 뿐이랴? 다른 집 처자들도 예 와 함께 추천하였으되, 그럴 뿐 아니라, 설혹 내 말을 할지라도 내가 지금 시사(時仕)[221]가 아니어든, 여염(閭閻) 사람을 호래척거(呼來斥去)[222]로 부를 리도 없고 부른대도 갈 리도 없다. 당초에 네가 말을 잘못 들은 바라."

방자 이면(耳面)[223]에 볶이어 광한루로 돌아와 도련님께 여쭈오니, 도련님 그 말 듣고,

"기특한 사람이다. 언즉시야(言則是也)[224]로되 다시 가 말을 하되 이리이리 하여라."

방자 전갈(傳喝) 모아[225] 춘향에게 건너가니 그 새에 제 집으로 돌아갔거늘, 저의 집을 찾아가니 모녀간(母女間) 마주 앉아 점심밥이 방장(方將)[226]이라. 방자 들어가니,

"너 왜 또 오느냐?"

---

219) 속곳 가래: 속곳 가랑이. 속곳은 여자의 속옷인 속속곳과 단속곳의 총칭.

220) 박속같다: 매우 흰 것을 말함. 박속은 박의 안에 씨가 박혀 있는 하얀 부분.

221) 시사(時仕): 아전이나 기생이 관아에서 맡은 일을 하는 것.

222) 호래척거(呼來斥去): 사람을 불러왔다가 그 길로 곧 돌려보내는 것.

223) 이면(耳面): 낯. 체면.

224) 언즉시야(言則是也): 말인즉 옳음.

225) 전갈(傳喝) 모아: 전갈을 가지고.

226) 방장(方壯): 바야흐로 한참인 것.

"황송타. 도련님이 다시 전갈하시더라. 내가 너를 기생으로 앎이 아니라, 들으니 네가 글을 잘한다기로 청하노라. 여가(閭家)[227]에 있는 처자 불러보기 청문(聽聞)[228]에 괴이하나 혐의(嫌疑)로 알지 말고 잠깐 와 다녀가라 하시더라."

춘향의 도량(度量)한[229] 뜻이 연분(緣分)되려고 그러한지 홀연히 생각하니 갈 마음이 나되 모친의 뜻을 몰라 침음양구(沈吟良久)[230]에 말 않고 앉았더니, 춘향 모(母) 썩 나앉아 정신없게 말을 하되,

"꿈이라 하는 것이 전수(全數)이 허사가 아니로다. 간밤에 꿈을 꾸니 난데없는 청룡(靑龍) 하나 벽도지(碧桃池)[231]에 잠겨 보이거늘, 무슨 좋은 일이 있을까 하였더니 우연한 일 아니로다. 또한 들으니, 사또 자제 도련님 이름이 몽룡(夢龍)이라 하니, 꿈 몽자(夢字), 용 용자(龍字) 신통하게 맞추었다. 그러나 저러나 양반이 부르시는데 아니 갈 수 있겠느냐. 잠깐 가서 다녀오라."

춘향이가 그제야 못 이기는 체로 겨우 일어나 광한루 건너갈 제, 대명전(大明殿) 대들보에 명매기걸음[232]으로, 양지(陽地) 마당에 씨암탉 걸음으로, 백모래 바탕[233] 금자라 걸음으로, 월태화용(月態花容)[234] 고운 태도 완보(緩步)로 건너갈새, 흐늘흐늘 월(越) 서시(西施) 토성습보(土城習步)[235]하던 걸음으로 흐늘 걸어 건너올 제, 도련님 난간에 절반만

12

---

227) 여가(閭家): 여염집.

228) 청문(聽聞): 남의 이목(耳目).

229) 도량(度量)한: 도량이 넓은.

230) 침음양구(沈吟良久): 오랫동안 결정을 하지 못하고 지체하는 모양.

231) 벽도지(碧桃池): 벽도화(碧桃花)가 핀 연못.

232) 명매기걸음: 맵시 있는 걸음걸이. 명매기는 제비 비슷하게 생긴 새.

233) 백모래 바탕: 흰모래가 깔린 바닥.

234) 월태화용(月態花容): 달 같은 태도와 꽃 같은 얼굴.

235) 토성습보(土城習步): 토성에서 걸음걸이 연습을 함. 월나라에서 오나라 왕 부차(夫差)에

비껴서서 완완(緩緩)히 바라보니 춘향이가 건너오는데 광한루에 가찬지라.236) 도련님 좋아라고 자세히 살펴보니, 요요정정(夭夭貞靜)237)하여 월태화용이 세상에 무쌍(無雙)이라. 얼굴이 조촐하니 청강(淸江)에 노는 학(鶴)이 설월(雪月)에 비침 같고, 단순호치(丹脣皓齒)238) 반개(半開)하니 별도 같고 옥도 같다. 연지(臙脂)를 품은 듯, 자하상(紫霞觴)239) 고운 태도 어린 안개 석양(夕陽)에 비추인 듯, 취군(翠裙)240)이 영롱(玲瓏)하여 문채(文彩)는 은하수 물결 같다. 연보(蓮步)241)를 정(正)히 옮겨 천연(天然)히 누(樓)에 올라 부끄러이 서 있거늘, 통인 불러,

"앉으라고 일러라."

춘향의 고운 태도 염용(斂容)242)하고 앉는 거동 자세히 살펴보니, 백석창파(白石蒼波)243) 새 비244) 뒤에 목욕하고 앉은 제비 사람을 보고 놀라는 듯, 별로 단장한 일 없이 천연한 국색(國色)이라. 옥안(玉顏)을 상대(相對)하니 여운간지명월(如雲間之明月)245)이요, 단순(丹脣)을 반개(半開)하니 약수중지연화(若水中之蓮花)로다.246) 신선을 내 몰라도 영주

게 서시를 바치기 전에 3년 동안 여러 가지를 연습시켰다. 그 가운데 걸음걸이는 토성에서 연습했음.

236) 가찬지라: 가까운지라.

237) 요요정정(夭夭貞靜): 나이가 젊고 용모가 아름다우며 마음이 올바르고 침착하다. 정조가 바르고 성질이 깨끗함.

238) 단순호치(丹脣皓齒): 붉은 입술과 흰 이. 미인을 말함.

239) 자하상(紫霞觴): 국화의 한 종류. 아름다운 모양을 말함.

240) 취군(翠裙): 비취색 치마.

241) 연보(蓮步): 미인의 걸음걸이.

242) 염용(斂容): 얼굴을 단정히 함.

243) 백석창파(白石蒼波): 푸른 파도에 씻긴 흰 바위.

244) 새 비: 새로 온 비.

245) 여운간지명월(如雲間之明月): 구름 사이로 보이는 밝은 달과 같이 아름다운 모습.

246) 단순(丹脣)을 반개(半開)하니 약수중지연화(若水中之蓮花)로다: 붉은 입술을 반만 여니 마치 연못에 핀 연꽃과 같도다.

(瀛洲)에 놀던 선녀 남원에 적거(謫居)[247]하니 월궁(月宮)에 뫼던 선녀 벗 하나를 잃었구나. 네 얼굴 네 태도는 세상 인물 아니로다.

이때 춘향이 추파(秋波)[248]를 잠깐 들어 이도령을 살펴보니, 금세의 호걸이요, 진세간(塵世間) 기남자(奇男子)라. 천정(天庭)[249]이 높았으니 소년공명(少年功名)할 것이요, 오악(五嶽)[250]이 조귀(朝歸)하니 보국충신(輔國忠臣)[251] 될 것이매, 마음에 흠모(欽慕)하여 아미(蛾眉)[252]를 숙이고 염슬단좌(斂膝端坐)[253]뿐이로다.

이도령 하는 말이,

"성현(聖賢)도 불취동성(不取同姓)[254]이라 일렀으니, 네 성은 무엇이며 나이는 몇 살이뇨?"

"성은 성가(成哥)옵고 연세는 십륙 세로소이다."

이도령 거동 보소,

"허허, 그 말 반갑도다. 네 연세 들어하니 나와 동갑(同甲) 이팔(二八)이라. 성자(姓字)를 들어보니 천정(天定)일시 분명하다. 이성지합(二姓之合)[255] 좋은 연분 평생동락(平生同樂)하여 보자. 너의 부모(父母) 구존(俱

---

247) 적거(謫居): 귀양살이 하는 것.
248) 추파(秋波): 미인의 눈이 가을 물같이 맑은 모양.
249) 천정(天庭): 관상에서 이마를 말함. 『신상전편(神相全篇)』에 "이마가 높으니 소년부귀를 기약할 만하다.(天庭高聳 少年富貴可期)"라고 했음.
250) 오악(五嶽): 관상에서 왼쪽과 오른쪽의 광대뼈, 이마, 턱, 코를 말함. 『신상전편』에 "오악이 조공하면 당대에 돈을 많이 번다.(五嶽朝歸 今世錢財自旺)"고 했음.
251) 보국충신(輔國忠臣): 보국숭록대부(輔國崇祿大夫)는 정1품의 벼슬이나, 여기서는 충신의 의미를 강조한 것임.
252) 아미(蛾眉): 미인의 눈썹. 누에나방의 더듬이 모양처럼 가늘고 길게 굽은 눈썹을 말함.
253) 염슬단좌(斂膝端坐): 무릎을 꿇고 단정히 앉음.
254) 불취동성(不取同姓): 같은 성을 가진 여자는 처로 취하지 않는 것을 말함.
255) 이성지합(二姓之合): 서로 다른 두 성이 합한다는 뜻으로 남녀의 혼인을 이르는 말. 여기서는 이도령과 성춘향이 합한다[李成之合]는 이중의 의미가 있음.

13 存)256)하냐."

"편모(偏母) 하(下)로소이다."

"몇 형제나 되느냐."

"육십당년(六十當年) 나의 모친 무남독녀(無男獨女) 나 하나요."

"너도 남의 집 귀한 딸이로다. 천정(天定)하신 연분으로 우리 둘이 만났으니 만년락(萬年樂)을 이뤄보자."

춘향이 거동 보소. 팔자(八字) 청산(靑山)257) 찡그리며 주순(朱脣)258)을 반개(半開)하여 가는 목 겨우 열어 옥성(玉聲)으로 여쭈오되,

"충신(忠臣)은 불사이군(不事二君)이요, 열녀불경이부절(烈女不更二夫節)259)은 옛 글에 일렀으니, 도련님은 귀공자(貴公子)요 소녀는 천첩(賤妾)이라. 한 번 탁정(託情)한 연후에 인(因)하여 버리시면, 일편단심(一片丹心)260)이 내 마음 독숙공방(獨宿空房) 홀로 누워 우는 한(恨)은 이 내 신세 내 아니면 뉘가 길꼬?261) 그런 분부 마옵소서."

이도령 이른 말이,

"네 말을 들어보니 어이 아니 기특하랴. 우리 둘이 인연 맺을 적에 금석뇌약(金石牢約)262) 맺으리라. 네 집이 어디메냐?"

춘향이 여쭈오되,

"방자 불러 물으소서."

---

256) 부모(父母) 구존(俱存): 부모가 다 살아 있음. 『맹자』에 "부모님께서 살아 계시고 형제가 아무 탈이 없는 것이 첫 번째 즐거움이다.(父母俱存 兄弟無故 一樂也)"라고 했음.

257) 팔자(八字) 청산(靑山): 미인의 눈썹.

258) 주순(朱脣): 붉은 입술. 여인의 아름다운 모양.

259) 충신(忠臣)은 불사이군(不事二君)이요, 열녀불경이부절(烈女不更二夫節): 충신은 두 임금을 섬기지 않고 열녀는 남편을 바꾸지 않는 절개.

260) 일편단심(一片丹心): 한 조각 붉은 마음. 임을 향한 굳은 마음.

261) 뉘가 길꼬: 누가 그 사람이겠는가.

262) 금석뇌약(金石牢約): 쇠와 돌같이 굳은 약속.

이도령 허허 웃고,

"내 너더러 묻는 일이 허황하다. 방자야."

"예."

"춘향의 집을 네 일러라."

방자 손을 넌짓 들어 가르치는데,

"저기 저 건너 동산은 울울(鬱鬱)하고 연당(蓮塘)은 청청(淸淸)한데, 양어생풍(養魚生風)[263]하고 그 가운데 기화요초(琪花瑤草)[264] 난만(爛漫)하여, 나무 나무 앉은 새는 호사(豪奢)를 자랑하고, 암상(巖上)에 굽은 솔은 청풍(淸風)이 건듯 부니 노룡(老龍)이 굼니는[265] 듯, 문앞에 버들 유사무사양류지(有絲無絲楊柳枝)[266]요, 들쭉 측백(側栢) 전나무며, 그 가운데 행자목(杏子木)[267]은 음양(陰陽)을 좇아 마주 서고, 초당문전(草堂門前) 오동 대추나무, 깊은 산중 물푸레나무, 포도 다래 으름 넌출[268] 휘휘친친 감겨 담장 밖에 우뚝 솟았는데, 송정(松亭) 죽림(竹林) 두 사이로 은은히 보이는 게 춘향의 집입니다."

도련님 이른 말이,

"장원(莊園)이 정결하고 송죽(松竹)이 울밀(鬱密)하니 여자 절행 가지(可知)로다."

춘향이 일어나며 부끄러이 여쭈오되,

"시속인심(時俗人心) 고약하니 그만 놀고 가겠네다."

도련님 그 말을 듣고,

14

---

263) 양어생풍(養魚生風): 기르는 물고기가 뛰놀아 바람이 일어남.

264) 기화요초(琪花瑤草): 아름다운 꽃과 풀.

265) 굼닐다: 몸을 구부렸다 일으켰다 하다.

266) 유사무사양류지(有絲無絲楊柳枝): 버들가지가 있는 듯 없는 듯.

267) 행자목(杏子木): 은행나무. 은행나무는 암나무와 수나무의 구별이 있음.

268) 넌출: 길게 벋어나가 늘어진 줄기.

"기특하다. 그럴듯한 일이로다. 오늘 밤 퇴령(退令)[269] 후에 너의 집에 갈 것이니 괄시(恝視)나 부디 마라."

춘향이 대답하되,

"나는 몰라요."

"네가 모르면 쓰겠느냐. 잘 가거라. 금야(今夜)에 상봉하자."

누(樓)에 내려 건너가니, 춘향 모 마주 나와,

"애고 내 딸 다녀오냐? 도련님이 무엇이라 하시더냐?"

"무엇이라 하여요. 조금 앉았다가 가겠노라 일어나니, 저녁에 우리 집 오시마 하옵데다."

"그래, 어찌 대답하였느냐?"

"모른다 하였지요."

"잘 하였다."

이때 도련님이 춘향을 아연(俄然)히[270] 보낸 후에 미망(未忘)이 둘데 없어, 책실(册室)[271]로 돌아와 만사에 뜻이 없고 다만 생각이 춘향이라. 말소리 귀에 쟁쟁, 고운 태도 눈에 삼삼, 해 지기를 기다릴새, 방자 불러,

"해가 어느 때나 되었느냐?"

"동에서 아귀[272] 트나이다."

도련님 대로(大怒)하여,

"이 놈, 괘씸한 놈. 서으로 지는 해가 동으로 도로 가랴. 다시금 살펴보라."

---

269) 퇴령(退令): 지방 관청에서 아전과 사령에게 퇴근을 허락하는 명령.

270) 아연(俄然)히: 갑작스러운 모양.

271) 책실(册室): 책방(册房). 독서하는 곳.

272) 아귀: 사물의 갈라진 부분.

이윽고 방자 여쭈오되,

"일락함지(日落咸池)[273] 황혼되고 월출동령(月出東嶺) 하옵네다."

석반(夕飯)이 맛이 없어 전전반측(輾轉反側)[274] 어이허리.

"퇴령을 기다리라."

하고, 서책을 보려 할 제 책상을 앞에 놓고 서책을 상고(詳考)하는데, 중용(中庸), 대학(大學), 논어(論語), 맹자(孟子), 시전(詩傳), 서전(書傳), 주역(周易)이며, 고문진보(古文眞寶),[275] 통(通),[276] 사략(史略)[277]과 이백(李白), 두시(杜詩), 천자(千字)[278]까지 내어놓고 글을 읽을새,

"시전(詩傳)[279]이라. 관관저구(關關雎鳩) 재하지주(在河之洲)로다. 요조숙녀(窈窕淑女)는 군자호구(君子好逑)로다. 아서라, 그 글도 못 읽겠다."

대학(大學)[280]을 읽을새,

"대학지도(大學之道)는 재명명덕(在明明德)하며 재신민(在新民)하며 재춘향(在春香)이로다. 그 글도 못 읽겠다."

주역(周易)[281]을 읽는데,

---

273) 일락함지(日落咸池): 해가 함지에 떨어진다는 뜻으로 해가 서산에 지는 것을 말함. 함지는 해가 들어간다는 하늘에 있는 큰 못.

274) 전전반측(輾轉反側): 마음이 불안해서 몸을 뒤척이는 것. '輾'은 반 바퀴를 도는 것, '轉'은 한 바퀴를 구르는 것. '反'은 4분의 3을 도는 것. '側'은 4분의 1을 도는 것.

275) 고문진보(古文眞寶): 중국의 훌륭한 문장을 모아 놓은 책.

276) 통(通): 통감(通鑑). 중국 송(宋)의 사마광(司馬光)이 쓴『자치통감(自治通鑑)』을 강지(江摯)가 축약한『통감절요(通鑑節要)』를 말함.

277) 사략(史略): 증선지(曾先之)가 쓴 역사책『십팔사략(十八史略)』을 말하나, 조선에서는 이를 증보한『십구사략』이 많이 읽혔음.

278) 천자(千字): 중국 양(梁)나라 주흥사(周興嗣)가 썼다고 전해지는 책.

279) 시전(詩傳):『시경』에 설명을 붙인 책. 아래는『시경』의 첫머리. "낄낄 우는 징경이는 황하의 가에 노니도다, 아리따운 아가씨는 임의 좋은 짝이로다."

280) 대학(大學):『대학』의 첫머리는, "대학의 도(道)는 밝은 덕을 밝히는 데 있으며 인민을 새롭게 하는 데 있으며."인데, 여기에 '춘향에 있다'는 말을 넣었음.

281) 주역(周易):『주역』의 첫머리는 "건은 원, 형, 이, 정이라.(乾元亨利貞)"인데, 여기서는 '원은 형코 정코'라고 하였음.

"원(元)은 형(亨)코, 정(貞)코, 춘향이 코, 딱 댄 코, 좋고 하니라. 그
글도 못 읽겠다."

"등왕각(滕王閣)²⁸²)이라. 남창(南昌)은 고군(故郡)이요, 홍도(洪都)는
신부(新府)로다. 옳다, 그 글 되었다."

맹자(孟子)²⁸³)를 읽을새,

15   "맹자견양혜왕(孟子見梁惠王)하신대, 왕왈수불원천리이래(王曰叟不遠千
里而來)하시니 춘향이 보시려 오시니까."

사략(史略)²⁸⁴)을 읽는데,

"태고(太古)라 천왕씨(天皇氏)는 이(以) 쑥떡으로 왕(王)하여 세기섭제
(歲起攝提)하니 무위이화(無爲而化)이라 하여 형제십일인(兄弟十一人)이
각 일만팔천세(各一萬八千歲)하다."

방자가 여쭈오되,

"여보 도련님, 천황씨(天皇氏)가 목덕(木德)으로 왕이란 말은 들었으
되 쑥떡으로 왕이란 말은 금시초문(今時初聞)이오."

"이 자식, 네 모른다. 천황씨 일만 팔천 세를 살던 양반이라 이가
단단하여 목덕(木德)을 잘 자시거니와 시속(時俗) 선비들은 목떡을 먹겠

---

282) 등왕각(滕王閣): 당(唐)나라 왕발(王勃)의 「추일등홍부등왕각서(秋日登洪府滕王閣序)」
를 보통 「등왕각서(滕王閣序)」라고 하는데, 여기서는 이것을 더 줄여 「등왕각」이라고
했다. 「등왕각서」의 첫머리는, "남창은 옛 고을이요, 홍도는 새 마을이로다."인데, '新府'
의 음이 '新婦'와 같아서 이도령이 좋다고 말한 것임.

283) 맹자(孟子): 『맹자』의 첫머리 "맹자가 양혜왕을 뵈신대 왕이 묻기를 그대가 천리 길을
멀다 않고 찾아주시니."를 썼음.

284) 사략(史略): 『십구사략』의 첫머리는, "가장 옛날이라. 천황씨는 목덕(木德)으로서 임금
노릇을 하여 태세(太歲)를 섭제(攝提)에서 일으키니 힘을 쓰지 않아도 백성이 다스려졌
고, 형제 12인이 각각 18,000살을 살았다.(太古 天皇氏以木德王 歲起攝提 無爲而化 兄弟
十二人 各一萬八千歲)"인데, 여기서는 12인을 11인으로 잘못 말했고, 목덕을 쑥떡으로
고쳐서 읽었다. 천황은 하늘을 상징하는 삼황(三皇)의 하나. 목덕은 오덕(五德, 金, 水,
木, 火, 土)의 하나. 섭제는 12지(支) 가운데 인(寅)을 말함.

느냐? 공자(孔子)님께옵서 후생(後生)을 생각하사 명륜당(明倫堂)[285]에 현몽(現夢)하고 시속 선비들은 이가 부족하여 목떡을 못 먹기로 물씬물씬한 쑥떡으로 하라 하여 삼백육십주(三百六十州)[286] 향교(鄕校)[287]에 통문(通文)[288]하고 쑥떡으로 고쳤느니라."

방자가 듣다가 말을 하되,

"여보, 하나님이 들으시면 깜짝 놀라실 거짓말도 듣겠소."

또 적벽부(赤壁賦)[289]를 들어 놓고,

"임술지추(壬戌之秋) 칠월기망(七月旣望)에 소자여객(蘇子與客)으로 범주유어적벽지하(泛舟游於赤壁之下)할새, 청풍(淸風)은 서래(徐來)하고 수파(水波)는 불흥(不興)이라. 아서라, 그 글도 못 읽겠다."

천자(千字)를 읽을새,

"하늘 천(天), 따 지(地)"

방자 듣고,

"여보 도련님, 점잖이 천자는 웬일이오."

"천자라 하는 글이 칠서(七書)[290]의 본문(本文)이라. 양(梁)나라 주싯변 주흥사(周興嗣)[291]가 하룻밤에 이 글을 짓고 머리가 희었기로 책(冊) 이름을 백수문(白首文)[292]이라. 낱낱이 새겨 보면 뼈똥 쌀 일[293]이 많

---

285) 명륜당(明倫堂): 서울 성균관에 있는 당(堂)의 이름. 조선시대 유생(儒生)을 가르치던 곳.
286) 삼백육십주(三百六十州): 조선시대에 전국을 8도 361주로 나누었음.
287) 향교(鄕校): 각 고을에 공자를 모시는 사당인 문묘(文廟)에 딸린 학교.
288) 통문(通文): 여러 사람에게 돌려서 알리는 글.
289) 적벽부(赤壁賦): 송나라 소식(蘇軾)이 지은 글. 아래에서 이 글의 첫머리인, "임술년 7월 16일에 나는 손님과 더불어 적벽 아래 배를 띄우고 놀았다. 이때 맑은 바람은 조용히 이르고 물결은 일지 않았다."를 이도령이 읽었음.
290) 칠서(七書): 사서삼경(四書三經)을 합해서 부르는 말.
291) 주싯변 주흥사(周興嗣): 주흥사는 양(梁)나라 사람으로 「천자문」을 지었다고 전함. 주싯변은 미상.
292) 백수문(白首文): 천자문의 다른 이름. 양(梁)나라 무제(武帝)가 왕희지(王羲之)의 글씨를

하지야."

"소인(小人)294)놈도 천자 속은 아옵네다."

"네가 알더란 말이냐."

"알기를 이르겠소."

"안다 하니 읽어봐라."

"예, 들으시오. 높고 높은 하늘 천(天), 깊고 깊은 따 지(地), 홰홰 친친 감을 현(玄), 불 타졌다 누루 황(黃)"

"예 이놈, 상놈은 적실(的實)하다. 이놈, 어디서 장타령295)하는 놈의 말을 들었구나. 내 읽을 게 들어라.

16

천개자시생천(天開子時生天)296)하니 태극(太極)297)이 광대 하늘 천(天)

지벽어축시(地闢於丑時)하니 오행(五行) 팔괘(八卦)298)로 따 지(地)

삼십삼천(三十三天) 공부공(空復空)299)에 인심지시(人心指示) 감을 현(玄)

이십팔수(二十八宿)300) 금(金) 목(木) 수(水) 화(火) 토지정색(土之正色)

배웠는데, 은철석(殷鐵石)에게 명령하여 종요(鍾繇)와 왕희지의 글씨 가운데에서 겹치지 않게 1,000자를 베끼도록 했다. 그리고 매 글자를 종이 한 장에 써서 순서 없이 흩어 놓았다. 무제는 주흥사에게 '그대는 재주가 있으니 나를 위해 운(韻)을 맞추라'고 했다. 주흥사가 하루만에 꾸며서 바쳤는데 그의 수염과 머리카락이 모두 셌기 때문에 천자문에 이런 이름이 붙었다고 함.

293) 뼈똥 쌀 일: 힘든 일.

294) 소인(小人): 종이 상전에 대하여 자신을 부르는 말. 쇤네.

295) 장타령: 거지들이 구걸하기 위해서 부르는 노래.

296) 천개자시생천(天開子時生天): 소옹(邵雍)의 『황극경세서(皇極經世書)』에 "하늘은 자시(子時)에 열리고, 땅은 축시(丑時)에 열렸으며, 사람은 인시(寅時)에 생겨났다.(天開於子 地闢於丑 人生於寅)"고 했음.

297) 태극(太極): 하늘과 땅이 나뉘기 전의 혼돈한 상태.

298) 오행(五行) 팔괘(八卦): 오행은 수화목금토(水火木金土)이고, 팔괘는 건태리진손감간곤(乾兌離震巽坎艮坤)임.

299) 삼십삼천(三十三天) 공부공(空復空): 삼십삼천은 불교에서 말하는 하늘의 하나이고, 공부공(空復空)은 불교 공(空) 사상을 말하는 것임.

300) 이십팔수(二十八宿): 하늘을 동서남북의 각 방향에 일곱씩 28자리로 나눈 것.

누루 황(黃)

우주(宇宙) 일월중화(日月重華)301)하니 옥우쟁영(玉宇峥嶸)302) 집 우(宇)

연대국도(年代國都)303) 흥(興), 성(盛), 쇠(衰) 왕고내금(往古來今)304)에
집 주(宙)

우치홍수(禹治洪水)305) 기자추(箕子推)306)에 홍범구주(洪範九疇)307) 넓
을 홍(洪)

삼황오제(三皇五帝)308) 붕(崩)하신 후 난신적자(亂臣賊子) 거칠 황(荒)

동방(東方)이 장차(將且) 계명(啓明)키로 고고천변일륜홍(高高天邊日輪
紅)309) 번뜻 솟아 날 일(日)

억조창생(億兆蒼生)310) 격양가(擊壤歌)에 강구연월(康衢煙月)에 달 월(月)

한심(寒心) 미월(微月)311) 시시(時時) 불어 삼오일야(三五日夜)에 찰 영
(盈)312)

세상만사(世上萬事) 생각하니 달빛과 같은지라 십오야(十五夜) 밝은
달이 기망(旣望)313)부터 기울 측(昃)

---

301) 일월중화(日月重華): 해와 달이 거듭 빛남.
302) 옥우쟁영(玉宇峥嶸): 옥황상제의 집이 우뚝 솟은 모양.
303) 연대국도(年代國都): 대대로 내려오는 도읍지.
304) 왕고내금(往古來今): 옛날부터 지금에 이르는 것.
305) 우치홍수(禹治洪水): 중국 하(夏)나라의 우(禹)임금은 9년 동안 계속된 홍수를 다스렸음.
306) 기자추(箕子推): 기자(箕子)가 더 넓혀서.
307) 홍범구주(洪範九疇): 홍범은 우임금 때 낙수(洛水)에서 나왔다는 큰 법이고, 구주는 천
하를 다스리는 아홉 가지의 법.
308) 삼황오제(三皇五帝): 중국 고대의 제왕들로서 여러 가지 설이 있으나, 삼황은 수인(燧
人)·복희(伏羲)·신농(神農)을 말하고, 오제는 황제(黃帝)·전욱(顓頊)·제곡(帝嚳)·요
(堯)·순(舜)을 말한다.
309) 고고천변일륜홍(高高天邊日輪紅): 높고 높은 하늘가의 붉은 해.
310) 억조창생(億兆蒼生): 수많은 백성.
311) 한심(寒心) 미월(微月): 외로운 초승달.
312) 시시(時時) 불어 삼오일야(三五日夜)에 찰 영(盈): 계속 불어나서 15일 밤에 보름달이 됨.

이십팔수(二十八宿) 하도낙서(河圖洛書)314) 벌인 법(法), 일월성신(日月星辰) 별 진(辰)

가련금야숙창가(可憐今夜宿娼家)315)라 원앙금침(鴛鴦衾枕)316)에 잘 숙(宿)

절대가인(絶代佳人) 좋은 풍류(風流) 나열춘추(羅列春秋)에 벌일 열(列)

의의월색(依依月色) 야삼경(夜三更)317)에 만단정회(萬端情懷) 베풀 장(張)

금일한풍소소래(今日寒風蕭蕭來)318)하니 침실에 들거라 찰 한(寒)

베개가 높거든 내 팔을 베어라, 이마만큼 오너라 올 내(來)

에후리쳐319) 질끈 안고 임 각(脚)320)에 드니 설한풍(雪寒風)에도 더울 서(暑)

침실이 덥거든 음풍(陰風)을 취(取)하여 이리 저리 갈 왕(往)

불한불열(不寒不熱) 어느 때냐 엽락오동(葉落梧桐)321)에 가을 추(秋)

백발(白髮)이 장차 우거지니 소년풍도(少年風度)를 거둘 수(收)

낙목한풍(落木寒風) 찬바람 백운강산322)에 겨울 동(冬)

오매불망(寤寐不忘) 우리 사랑 규중심처(閨中深處)에 갈물 장(藏)

부용(芙蓉) 작야(昨夜) 세우중(細雨中)에 광윤유태(光潤有態) 부루 윤

---

313) 기망(旣望): 16일 밤.

314) 하도낙서(河圖洛書): 하도는 복희씨가 하수(河水)에서 나온 용마(龍馬)의 등에 있는 무늬를 보고 팔괘를 그린 것이고, 낙서는 우임금이 물에서 나온 거북의 등에 있는 글을 보고 홍범구주를 만든 것.

315) 가련금야숙창가(可憐今夜宿娼家): 아름답도다 오늘밤은 창녀집에 머무는도다. 왕발(王勃)의 「임고대(臨高臺)」의 한 구절.

316) 원앙금침(鴛鴦衾枕): 원앙새를 수놓은 베개와 이부자리.

317) 의의월색(依依月色) 야삼경(夜三更): 부드러운 달빛이 비치는 한 밤중. 삼경은 하룻밤을 다섯으로 나눈 것 가운데 세 번째. 밤 12시 무렵.

318) 금일한풍소소래(今日寒風蕭蕭來): 오늘 찬바람이 소소히 불어오니.

319) 에후리쳐: 휘감아 끌어.

320) 임 각(脚): 임의 다리.

321) 엽락오동(葉落梧桐): 오동나무 잎이 떨어지는.

322) 백운강산: 백설강산(白雪江山)의 잘못인 것 같음.

(閏)323)

이러한 고운 태도 평생을 보고도 남을 여(餘)

백년기약(百年期約) 깊은 맹세 만경창파(萬頃蒼波) 이룰 성(成)

이리저리 노닐 적에 부지세월(不知歲月) 해 세(歲)

조강지처불하당(糟糠之妻不下堂)324) 아내 박대 못 하느니 대동통편325)

법중326) 율(律)

군자호구(君子好逑) 이 아니냐. 춘향 입 내 입을 한데다 대고 쪽쪽 빠   17

니 법중 여자(呂字)327) 이 아니냐.

애고 애고 보고지고."

소리를 크게 질러 노니, 이때 사또 저녁 진지를 잡수시고 식곤증(食

困症)이 나계옵셔 평상(平床)에 취침하시다, '애고 보고지고' 소리에 깜

짝 놀래어,

"이로너라."328)

"예."

"책방에서 누가 생침(生鍼)329)을 맞느냐, 신다리330)를 주물렀냐. 알

아 들이라."

---

323) 부루 윤(閏): '閏'에는 불어난다는 의미가 있음.

324) 조강지처불하당(糟糠之妻不下堂):『후한서(後漢書)』 송홍전(宋弘傳)에, 황제가 송홍에
    게 사람이 귀해지면 친구를 바꾸고 부유해지면 처를 바꾼다는 말이 있다고 하자, 송홍이
    말하기를, "신이 듣기를 빈천할 때의 친구는 잊어서는 안 되고 가난을 같이한 처는 쫓아
    낼 수 없다고 합니다.(弘曰 臣聞貧賤之交不可忘 糟糠之妻不下堂)"라는 대목이 있음.

325) 대동통편: 대전통편(大典通編)의 잘못인 듯함. 대전통편은 정조 8년에 경국대전(經國大
    典)과 속대전(續大典) 등에 당시의 법령을 더해서 만든 법전.

326) 법중: 법칙. 법률.

327) 여자(呂字): '몸'자가 '口'자 둘이 붙은 모양과 같음을 말함.

328) 이로너라: 이리 오너라.

329) 생침(生鍼): 아프지도 않은 곳에 생으로 침을 놓는 것.

330) 신다리: 넓적다리. 또는 뼈마디가 저리고 시큰거리는 것을 말함.

통인 들어가,

"도련님, 웬 목통이오. 고함 소리에 사또 놀래시사 염문(廉問)331)하라 하옵시니 어찌 아뢰리까."

"딱한 일이로다. 남의 집 늙은이는 이롱증(耳聾症)도 있느니라마는 귀 너무 밝은 것도 예상(例常) 일 아니로다."

그러한다 하지마는 그럴 리가 왜 있을꼬.

도련님 대경(大驚)하여,

"이대로 여쭈어라. 내가 논어(論語)라 하는 글을 보다가 '차호(嗟乎)라. 오노의(吾老矣) 구의(久矣)라. 몽불견주공(夢不見周公)'332)이란 대문(大文)333)을 보다가 나도 주공(周公)을 보면 그리하여볼까 하여 흥치(興致)로 소리가 높았으니 그대로만 여쭈어라."

통인이 들어가 그대로 여쭈오니, 사또 도련님 승벽(勝癖)334) 있음을 크게 기꺼하여,

"이리 오너라. 책방에 가 목낭청(睦郞廳)335)을 가만히 오시래라."

낭청이 들어오는데, 이 양반이 어찌 고리게336) 생기던지 만지걸음 속(速)한지337) 근심이 담쑥338) 들었던 것이었다.

---

331) 염문(廉問): 염탐. 남모르게 사정을 알아 봄.
332) 차호(嗟乎)라 오노의(吾老矣) 구의(久矣)라 몽불견주공(夢不見周公): 아아, 슬프도다. 내 늙어서 오랫동안 주공을 꿈에서 뵙지 못했도다. 이 말은 『논어』 술이(述而)편에 나오는, "공자가 말하기를 내가 너무도 늙었구나. 주공을 꿈에서 못 뵌 지가 오래 되었도다.(子曰 甚矣吾衰也 久矣吾不復夢見周公)"라는 대목을 적당히 연결해 놓은 것임.
333) 대문(大文): 대목. 말이나 글의 한 토막이나 단락.
334) 승벽(勝癖): 남보다 잘하겠다는 버릇.
335) 목낭청(睦郞廳): 목씨 성을 가진 낭청. 낭청은 조선조 각 관아에 딸린 당하관의 총칭이나 여기서는 실제로 낭청 벼슬을 한 것이 아니라 대접하여 붙여준 것임. 목낭청조(睦郞廳調)라는 속담은 여기서 나온 말로, 자기의 정견(定見)이 없이 상관의 말에 언제나 복종하는 태도를 취하는 사람을 가리키는 말.
336) 고리다: 하는 짓이 잘고 세차지 않아 고리탑탑한 모양.
337) 만지걸음 속(速)한지: 잦은걸음으로 빠른지.

"사또 그새 심심하지요."

"아, 게 앉소. 할 말 있네. 우리 피차(彼此) 고우(故友)로서 동문수업 (同門受業)하였건과, 아시(兒時)에 글 읽기같이 싫은 것이 없건마는 우리 아(兒) 시흥(詩興) 보니 어이 아니 길걸쏜가."339)

이 양반은 지여부지간(知與不知間)에340) 대답하컷다.

"아이 때 글 읽기같이 싫은 게 어이 있으리오."

"읽기가 싫으면 잠도 오고 꾀가 무수(無數)하제. 이 아이는 글 읽기를 시작하면 읽고 쓰고 불철주야(不撤晝夜)하제."

"예, 그럽디다."

"배운 바 없어도 필재(筆才) 절등(絕等)하제."

"그렇지요."

"점(點) 하나만 툭 찍어도 고봉추석(高峯墜石)341) 같고, 한 일(一)을 그어 노면 천리진운(千里陣雲)342)이요, 갓머리는 작두첨(雀頭添)343)이요, 필법논지(筆法論之)하면 붕랑뇌분(崩浪雷奔)344)이요, 내리 그어 채는 획(畫)은 노송도괘절벽(老松倒掛絕壁)345)이라. 창 과(戈)로 이를진댄 마른 등(藤)넝쿨같이346) 뻗어갔다 도로 채는 데는 성낸 쇠뇌 끝 같

18

---

338) 담쑥: 가득 담은 모양.

339) 길걸쏜가: 즐거울쏜가.

340) 지여부지간(知與不知間)에: 알거나 모르거나 간에.

341) 고봉추석(高峯墜石): 위부인(衛夫人)의 「필진도(筆陣圖)」에 "ㆍ은 높은 봉우리에서 바위가 떨어지듯 쓰고(ㆍ如高峰墜石)"라고 했음.

342) 천리진운(千里陣雲): 「필진도」에 "一은 천리에 뻗은 구름과 같이 쓰고(一如千里陣雲)"라고 했음.

343) 갓머리는 작두첨(雀頭添): 한자 부수의 하나인 'ㅗ'에는 참새 머리를 더하고.

344) 붕랑뇌분(崩浪雷奔): 「필진도」에 "ㄟ은 파도가 무너지고 번개가 달리듯 쓰라.(ㄟ如崩浪電奔)"는 대목이 있음.

345) 노송도괘절벽(老松倒掛絕壁): 늙은 소나무가 절벽에 거꾸로 매달린 듯.

346) 마른 등(藤)넝쿨같이: 「필진도」에 "ㅣ는 만년 된 마른 등나무같이 쓰라.(ㅣ如萬歲枯藤)"

고,[347] 기운이 부족하면 발길로 툭 차올려도 획은 획대로 되나니."

"글씨를 가만히 보면 획은 획대로 되옵다."

"글쎄, 듣게. 저 아이 아홉 살 먹었을 제, 서울 집 뜰에 늙은 매화 있는 고로 매화나무 두고 글을 지으라 하였더니, 잠시 지었으되, 정성 드린 것과 용사(用事)[348] 비등(比等)하니 일람첩기(一覽輒記)[349]라. 묘당(廟堂)[350]에 당당(堂堂)한 명사(名士)될 것이니 남면이북고(南眄而北顧)하고 부춘추어일수(賦春秋於一首)[351]하였데."

"장래 정승(政丞)[352]하오리다."

사또 너무 감격하여라고,

"정승이야 어찌 바라겠나마는, 내 생전(生前)에 급제(及第)[353]는 쉬 하리마는, 급제만 쉽게 하면 출륙(出六)[354]이야 범연(泛然)히 지내겠나."

"아니요, 그리할 말씀이 아니라, 정승을 못 하오면 장승[355]이라도 되지요."

사또가 호령하되

"자네 뉘 말로 알고 대답을 그리 하나."

는 대목이 있고, 구양순(歐陽詢)의 「팔법(八法)」에는 "ㄴ는 굳은 소나무가 부러져서 바위 절벽에 거꾸로 매달린 것처럼 쓰라.(ㄴ如勁松倒折 落掛石崖)"는 대목이 있다. 이 둘을 혼동해서 설명이 바뀌었음.

347) 성낸 쇠뇌 끝 같고: 「팔법」에 "ㄱ는 만 근이 되는 쇠뇌를 쏘는 것 같이 쓰고.(ㄱ如萬鈞之 弩發)"라는 대목이 있음. 쇠뇌는 활의 한 종류.

348) 용사(用事): 고사(故事)를 인용하는 것.

349) 일람첩기(一覽輒記): 한 번 보면 바로 기억함.

350) 묘당(廟堂): 조정의 신하들이 모여 나랏일을 의논하는 곳. 의정부(議政府)의 별칭.

351) 남면이북고(南眄而北顧) 부춘추어일수(賦春秋於一首): 눈을 남으로 달리고 또한 북을 돌아다보며 춘추(春秋)의 내용으로 한 수(首)의 부(賦)를 짓노라.

352) 정승(政丞): 영의정, 좌의정, 우의정을 3정승이라 했음.

353) 급제(及第): 과거에 합격한 것을 말함.

354) 출륙(出六): 벼슬이 6품에 오르는 것.

355) 장승: 나무에 사람 모양을 조각하여 길에 세워 놓아 거리를 표시하던 것.

"대답은 하였사오나 뉘 말인지 몰라요."

그런다고 하였으되 그게 또 다 거짓말이렸다.

이때 이도령은 퇴령(退令) 놓기를 기다릴 제,

"방자야."

"예."

"퇴령 놓았나 보아라."

"아직 아니 놓았소."

조금 있더니,

"하인(下人) 물리라."

퇴령 소리 길게 나니,

"좋다 좋다, 옳다 옳다. 방자야 등롱(燈籠)에 불 밝혀라."

통인 하나 뒤를 따라 춘향의 집 건너갈 제, 자취 없이 가만가만 걸으면서,

"방자야, 상방(上房)356)에 불 비친다. 등롱을 옆에 껴라."

삼문(三門)357) 밖 썩 나서서 협로지간(狹路之間)에 월색(月色)이 영롱하고 화간(花間) 푸른 버들 몇 번이나 꺾었으며, 투계소년(鬪鷄少年)358) 아이들은 야입청루(夜入靑樓)하였으니 지체 말고 어서 가자.

그렁저렁 당도하니 가련금야요적(可憐今夜寥寂)한데359) 가기물색(佳期物色)이 아니냐. 가소(可笑)롭다, 어주자(漁舟子)360)는 도원(桃源)361)

19

---

356) 상방(上房): 관아(官衙)의 우두머리가 있는 방.

357) 삼문(三門): 대궐이나 관청 앞에 세운 세 문. 정문과 양쪽에 있는 문을 말함.

358) 투계소년(鬪鷄少年): 닭싸움 시키는 아이.

359) 가련금야요적(可憐今夜寥寂): 아름답도다 오늘 밤 적막한데.

360) 어주자(魚舟子): 고기잡이 하는 사람.

361) 도원(桃源): 도화원(桃花源). 도연명(陶淵明)이 지은 「도화원기(桃花源記)」에 나오는 내용으로, 한 어부가 고기잡이를 하다 길을 잃고 복숭아꽃이 만발한 동네로 들어갔는데, 이곳은 옛날 진시황의 폭정을 피해 숨어 있는 사람들의 마을이었다. 그 어부가 도화원에

길을 모르던가. 춘향 문전(門前) 당도하니 인적야심(人寂夜深)한데 월색
(月色)은 삼경(三更)이라. 어약(魚躍)은 출몰(出沒)하고[362] 대접 같은 금
붕어는 임을 보고 반기는 듯, 월하(月下)의 두루미는 흥(興)을 겨워 짝
부른다.

이때 춘향이 칠현금(七絃琴) 비껴 안고 남풍시(南風詩)[363]를 희롱타가
침석(寢席)에 조을더니, 방자 안으로 들어가되 개가 짖을까 염려하여
자취 없이 가만가만 춘향 방 영창(映窓) 밑에 가만히 살짝 들어가서,

"이 애 춘향아, 잠 들었냐?"

춘향이 깜짝 놀래어,

"네 어찌 오냐?"

"도련님이 와 계시다."

춘향이가 이 말을 듣고 가슴이 월렁월렁 속이 답답하여 부끄럼을 못
이기어 문을 열고 나오더니, 건넌방 건너가서 저의 모친 깨우는데,

"애고 어머니, 무슨 잠을 이다지 깊이 주무시오."

춘향의 모(母) 잠을 깨어,

"아가, 무엇을 달라고 부르느냐."

"누가 무엇 달래었소."

"그러면 어찌 불렀느냐."

엉겁결에 하는 말이,

서 나와 후에 다시 찾으려니 찾을 수가 없었다고 한다. 이것은 도연명이 그 당시를 풍자
한 글인데 이후로 도화원은 이상향을 말함.

362) 어약(魚躍)은 출몰(出沒)하고: 물고기가 뛰어 올랐다 들어감.

363) 남풍시(南風詩):『사기』악서(樂書)에 "옛날 순임금은 오현금을 만들어 이것으로 남풍을
노래했다.(昔者舜作五弦之琴 以歌南風)"고 했다. 본문의 칠현금은 오현금을 혼동한 것임.
「남풍가(南風歌)」는, "남풍의 따뜻함이여, 백성들의 화를 풀 수 있도다. 남풍이 불 때면
백성들의 재산을 늘리겠네.(南風之薰兮 可以解吾民之慍兮 南風之時兮 可以阜吾民之財
兮)"라는 내용임.

"도련님이 방자 모시고 오셨다오."

춘향의 모 문을 열고 방자 불러 묻는 말이,

"뉘가 와야?"

방자 대답하되,

"사또 자제 도련님이 와 계시오."

춘향 어미 그 말 듣고,

"향단아."

"예."

"뒤 초당(草堂)에 좌석(座席) 등촉(燈燭) 신칙(申飭)364)하여 포진(鋪陳)하라."

당부하고 춘향 모가 나오는데, 세상 사람이 다 춘향 모를 일컫더니 과연이로다.

자고로 사람이 외탁(外託)365)을 많이 하는 고로 춘향 같은 딸을 낳았구나. 춘향 모 나오는데 거동을 살펴보니, 반백(半百)366)이 넘었는데 소탈한 모양이며 단정한 거동이 표표정정(表表亭亭)367)하고, 기부(肌膚)가 풍영(豊盈)하여 복(福)이 많은지라. 숫스럽고368) 점잖하게 발막369)을 끌어 나오는데 가만가만 방자 뒤를 따라온다.

이때 도련님이 배회고면(徘徊顧眄)370)하여 무료(無聊)히 서 있을 제, 방자 나와 여쭈오되,

20

---

364) 신칙(申飭): 단단히 일러서 다잡거나 경계함.
365) 외탁(外託): 용모와 성격이 외가를 닮은 것.
366) 반백(半百): 오십 세.
367) 표표정정(表表亭亭): 우뚝 솟아 얼핏 눈에 띄도록 두드러짐. 표표는 대단히 훌륭한 모양이고, 정정은 특출한 모양.
368) 숫스럽고: 수줍어하며.
369) 발막: 마른 땅에서 신는 신발의 한 종류.
370) 배회고면(徘徊顧眄): 바장이며 좌우를 살피는 것.

"저기 오는 게 춘향의 모(母)로소이다."

춘향의 모가 나오더니 공수(拱手)하고 우뚝 서며,

"그 새에 도련님 문안(間安)이 어떠하오."

도련님 반만 웃고,

"춘향의 모이라제. 평안한가."

"예, 겨우 지내옵내다. 오실 줄 진정 몰라 영접이 불민(不敏)하오이다."

"그럴 리가 있나."

춘향 모 앞을 서서 인도하여 대문 중문(中門) 다 지내어 후원(後園)을 돌아가니, 연구(年久)한 별·초당(別草堂)에 등롱(燈籠)을 밝혔는데, 버들가지 늘어져 불빛을 가린 모양 구슬발371)이 갈공이에 걸린 듯 하고, 우편의 벽오동(碧梧桐)은 맑은 이슬이 뚝뚝 떨어져 학(鶴)의 꿈을 놀래는 듯, 좌편에 섰는 반송(盤松) 청풍(淸風)이 건듯 불면 노룡(老龍)이 굼니는 듯, 창전(窓前)에 심은 파초(芭蕉) 일란초(一蘭草)372) 봉미장(鳳尾長)373)은 속잎이 빼어나고, 수심여주(水心驪珠) 어린 연꽃374) 물 밖에 겨우 떠서 옥로(玉露)를 받쳐 있고, 대접 같은 금붕어는 어변성룡(魚變成龍)375)하려하고 때때마다 물결쳐서 출렁 툼벙 굼실 놀 때마다 조롱(嘲弄)하고, 새로 나는 연잎은 받을 듯이376) 벌어지고, 급연삼봉(岌然三峰)377) 석가

---

371) 구슬발: 구슬을 엮어 만든 발.

372) 일란초(一蘭草): 한줄기에 꽃이 한 송이씩 피는 종류의 난초.

373) 봉미장(鳳尾長): 봉황의 꼬리처럼 긴 것. 남송(南宋)의 육유(陸游)의 「희우(喜雨)」에 "파초의 속잎을 뽑으니 봉황의 꼬리같이 길다.(芭蕉抽心鳳尾長)"는 구절이 있음.

374) 수심여주(水心驪珠) 어린 연꽃: 물 가운데 여의주가 어려 있는 것 같은 연꽃. 여주(驪珠)는 여의주(如意珠).

375) 어변성룡(魚變成龍): 물고기가 용으로 변하는 것. 중국 황하(黃河) 상류의 급류를 이루는 곳인 용문(龍門)을 뛰어오르는 잉어는 용이 된다는 고사가 있음.

376) 받을 듯이: 손바닥으로 받을 듯이. 연잎이 넓다는 것을 표현한 말.

377) 급연삼봉(岌然三峰): 우뚝 솟아 있는 세 봉우리.

산(石假山)378)은 층층이 쌓였는데, 계하(階下)의 학(鶴) 두루미 사람을 보
고 놀래어 두 죽지를 떡 벌리고 긴 다리로 징검징검 찔룩 뚜루룩 소리
하며, 계화(桂花) 밑에 삽살개 짖는구나. 그 중에 반가울사 못 가운데
쌍 오리는 손님 오시노라379) 둥덩실 떠서 기다리는 모양이요,

처마380)에 다다르니 그제야 저의 모친 영(令)을 디디어서 사창(紗窓)
을 반개(半開)하고 나오는데, 모양을 살펴보니 두렷한381) 일륜명월(一
輪明月) 구름 밖에 솟았는 듯, 황홀한 저 모양은 칭량(稱量)키 어렵도다.
부끄러이 당(堂)에 내려 천연(天然)히 섰는 거동은 사람의 간장(肝腸)을
다 녹인다. 도련님 반만 웃고 춘향더러 묻는 말이,

"곤(困)치 아니하며 밥이나 잘 먹느냐?"

춘향이 부끄러워 대답지 못하고 묵묵히 서 있거늘, 춘향의 모(母)가
먼저 당에 올라 도련님을 자리로 모신 후에 차(茶)를 드려 권하고 담배
붙여 올리오니, 도련님이 받아 물고 앉았을 제, 도련님 춘향의 집 오
실 때는 춘향에게 뜻이 있어 와 계시지 춘향의 세간 기물(器物) 구경
온 바 아니로되, 도련님 첫 외입(外入)이라 밖에서는 무슨 말이 있을
듯하더니, 들어가 앉고 보니 별로이 할 말이 없고 공연히 천촉기(喘促
氣)382)가 있어 오한증(惡寒症)이 들면서 아무리 생각하되 별로 할 말이
없는지라.

방중(房中)을 둘러보며 벽상(壁上)을 살펴보니 여간(如干) 기물 놓였
는데, 용장(龍欌), 봉장(鳳欌)383), 가께수리384) 이렁저렁 벌였는데, 무

21

---

378) 석가산(石假山): 정원에 돌을 모아 만든 조그만 산.
379) 오시노라: 오신다고.
380) 처마: 지붕이 도리 밖으로 내민 것.
381) 두렷한: 둥그런.
382) 천촉기(喘促氣): 숨이 차서 헐떡거리고 힘없는 기침을 하는 증세.
383) 용장(龍欌) 봉장(鳳欌): 용과 봉황을 조각한 옷장.

슨 그림 장(張)도 붙여 있고, 그림을 그려 붙였으되 서방 없는 춘향이
요 학(學)385)하는 계집아이가 세간 기물과 그림이 왜 있을까마는, 춘
향 어미가 유명한 명기(名妓)라 그 딸을 주려고 장만한 것이었다. 조선
의 유명한 명필 글씨 붙여 있고, 그 사이에 붙인 명화(名畵) 다 후리
쳐386) 던져두고 월선도(月仙圖)란 그림 붙였으되, 월선도 제목이 이렇
던 것이었다.

상제고거강절조(上帝高居絳節朝)387)에 군신조회(君臣朝會) 받던 그림,

청련거사(青蓮居士)388) 이태백(李太白)이 황학전(黃鶴殿) 꿇어앉아 황
정경(黃庭經)389) 읽던 그림,

백옥루(白玉樓)390) 지은 후에 자기(自己) 불러 올려 상량문(上樑文)391)
짓던 그림,

칠월칠석(七月七夕) 오작교(烏鵲橋)에 견우(牽牛) 직녀(織女) 만나는 그림,

광한전(廣寒殿) 월명야(月明夜)에 도약(搗藥)하던 항아(姮娥) 그림,

층층이 붙였으되 광채가 찬란하여 정신이 산란한지라.

또 한 곳 바라보니, 부춘산(富春山) 엄자릉(嚴子陵)392)은 간의대부(諫

---

384) 가께수리: 여닫이 문 안에 여러 개의 서랍을 설치한 장.
385) 학(學): 학문(學問)의 줄인 말.
386) 후리쳐: 팽개쳐.
387) 상제고거강절조(上帝高居絳節朝): 상제는 높이 앉아 사신의 조회를 받는다. 두보의 시
「옥대관(玉臺觀)」의 한 구절. 강절은 외국에 사신 가는 사람이 갖고 가는 부절(符節).
388) 청련거사(青蓮居士): 이태백이 자신의 호를 청련거사라고 했음.
389) 황정경(黃庭經): 도교(道敎) 경전(經典)인데, 천상 세계에서 이것을 잘못 읽으면 인간
세상으로 귀양 온다고 함.
390) 백옥루(白玉樓): 천상세계에 있다는 옥황상제의 궁전. 당나라 이하(李賀)의 고사. 이상
은(李商隱)의 「이하소전(李賀小傳)」에, 이하가 죽을 때 붉은 비단옷을 입은 사람이 와서
"상제께서 백옥루를 짓고 그대를 불러 글을 지으라고 한다.(帝成白玉樓 立召君爲記)"는
내용이 있음.
391) 상량문(上樑文): 들보를 올릴 때 송축하는 글.
392) 엄자릉(嚴子陵): 후한(後漢)의 엄광(嚴光). 자릉은 그의 자(字). 엄자릉은 후한의 광무제

議大夫) 마다하고 백구(白鷗)로 벗을 삼고 원학(猿鶴)393)으로 이웃 삼아,
양구(羊裘)를 떨쳐입고 추(秋) 동강(桐江) 칠리탄(七里灘)에 낚싯줄 던진
경(景)을 역력(歷歷)히 그려 있다. 방가위지선경(方可謂之仙景)이라.394)
군자호구(君子好逑) 놀 데로다.

춘향이 일편단심(一片丹心) 일부종사(一夫從事)395)하려하고 글 한 수
(首)를 지어 책상 위에 붙였으되, 「대운춘풍죽(帶韻春風竹)이요 분향야
독서(焚香夜讀書)라.」396)

"기특하다. 이 글 뜻은 목란(木蘭)397)의 절개로다."

이렇듯 치하할 제, 춘향 어미 여쭈오되,

"귀중하신 도련님이 누지(陋地)에 욕림(辱臨)398)하시니 황공감격(惶恐
感激) 하옵네다."

도련님 그 말 한 마디에 말궁기399)가 열리었제,

"그럴 리가 왜 있는가? 우연히 광한루에서 춘향을 잠깐 보고 연연
(戀戀)히 보냈기로 탐화봉접(探花蜂蝶)400) 취(醉)한 마음 오늘 밤에 오는

(光武帝)와 어렸을 때 같이 공부를 했다. 광무제가 즉위한 후에 세상에 나오지 않고 피해
살았다. 그는 양가죽으로 옷을 만들어 입고 동강(桐江) 칠리탄(七里灘)에서 낚시를 하며
세월을 보냈다. 후에 광무제가 간의대부라는 벼슬을 주었으나, 끝내 세상에 나오지 않고
부춘산에 들어가 세상을 마쳤음.

393) 원학(猿鶴): 원숭이와 학은 은둔하여 사는 선비의 벗으로 비유됨.
394) 방가위지선경(方可謂之仙景)이라: 바야흐로 가히 신선이 사는 곳이라 할 만함.
395) 일부종사(一夫從事): 한 남편만 섬기는 것.
396) 대운춘풍죽(帶韻春風竹)이요 분향야독서(焚香夜讀書)라: 우아한 멋을 띤 봄바람의 대나
무요, 향을 태우곤 밤들어 글 읽노라.
397) 목란(木蘭): 목란은 실재 인물이 아니라 북위(北魏)시대에 시인이 만들어 낸 가공적 인
물. 목란은 아버지를 대신하여 전쟁에 나가 영웅적인 활약을 보였는데, 12년을 그녀와
같이 있으면서도 사람들이 그녀가 여자인 줄 몰랐다 함.
398) 누지(陋地)에 욕림(辱臨): 누추한 곳에 욕되게 오셨다는 겸손의 말.
399) 말궁기: 말구멍. 말문. 말을 꺼내는 실마리.
400) 탐화봉접(探花蜂蝶): 꽃을 찾는 벌과 나비.

뜻은 춘향 어미 보러 왔거니와, 자네 딸 춘향과 백연언약(百年言約)을 맺고자 하니 자네의 마음이 어떠한가?"

춘향 어미 여쭈오되,

"말씀은 황송하오나 들어보오. 자하(紫霞)골[401] 성참판(成參判) 영감(令監)[402]이 보후(補後)[403]로 남원에 좌정(坐定)하였을 때, 소리개를 매로 보고[404] 수청(守廳)[405]을 들라하옵기로, 관장(官長)의 영을 못 어기어 모신지 삼삭(三朔)만에 올라가신 후로 뜻밖에 포태(抱胎)하여 낳은 게 저것이라. 그 연유(緣由)로 고목(告目)[406]하니, 젖줄 떨어지면 데려갈란다 하시더니, 그 양반이 불행하여 세상을 버리시니, 보내들 못 하옵고 저것을 길러낼 제, 어려서 잔병조차 그리 많고, 칠 세에『소학(小學)』[407] 읽혀 수신제가(修身齊家)[408] 화순심(和順心)을 낱낱이 가르치니, 씨가 있는 자식이라 만사(萬事)를 달통(達通)이요, 삼강행실(三綱行實)[409] 뉘라서 내 딸이라 하리오. 가세(家勢)가 부족하니 재상가(宰相家) 부당(不當)이요, 사(士)·서인(庶人) 상하불급(上下不及)[410] 혼인이 늦어가매 주야로

---

401) 자하골: 자하동(紫霞洞). 현재 서울 종로구 청운동에 있던 지명.

402) 영감(令監): 정3품과 종2품의 관리에 대한 호칭. 때로는 남편이나 늙은이의 호칭으로도 쓰임.

403) 보후(補後): 서울에서 직책을 맡기 전에 임시로 지방에서 벼슬을 하는 것.

404) 소리개를 매로 보다: 별로 좋지 않은 것을 좋은 것으로 잘못 보았다는 뜻. 소리개는 솔개.

405) 수청(守廳): 기생이 높은 벼슬아치에게 몸을 바쳐 시중을 들던 일.

406) 고목(告目): 아래 사람이 상급자에게 드리는 글.

407) 소학(小學): 송(宋)나라 유자징(劉子澄)이 주희(朱熹)의 가르침을 받아 지은 초학자들이 익혀야 할 예법과 옛날 사적에 관한 책.

408) 수신제가(修身齊家): 몸을 닦고 집안을 가지런하게 함. 『대학(大學)』의 한 구절.

409) 삼강행실(三綱行實): 삼강(三綱)에 대한 행실. 삼강은 임금과 신하, 부모와 자식, 남편과 아내 사이에 마땅히 지켜야 할 도리.

410) 사(士)·서인(庶人) 상하불급(上下不及): 선비나 서인을 막론하고 모두 마땅한 사람이 없음.

걱정이나, 도련님 말씀은 잠시 춘향과 백년기약(百年期約)한단 말씀이오
나 그런 말씀 마르시고 노르시다 가옵소서."

이 말이 참 말이 아니라, 이도령님 춘향을 얻는다 하니 내두사(來頭
事)[411]를 몰라 뒤를 눌러[412] 하는 말이었다.

이도령 기가 막혀,

"호사(好事)에 다마(多魔)[413]로세. 춘향도 미혼전(未婚前)이요, 나도
미장전(未丈前)이라. 피차 언약이 이러하고, 육례(六禮)[414]는 못할망정
양반의 자식이 일구이언(一口二言)을 할 리 있나."

춘향 어미 이 말 듣고,

"또 내 말 들으시오. 고서(古書)에 하였으되, '지신(知臣)은 막여주(莫
如主)요, 지자(知子)는 막여부(莫如父)[415]'라 하니, 지녀(知女)는 모(母) 아
닌가. 내 딸 심곡(心曲)[416] 내가 알제. 어려서부터 결곡한[417] 뜻이 있
어 행여 신세를 그르칠까 의심이요, 일부종사(一夫從事)하려하고 사사
(事事)이 하는 행실 철석(鐵石)같이 굳은 뜻이 청송(靑松), 녹죽(綠竹), 전
나무 사시절(四時節)을 다투는 듯, 상전벽해(桑田碧海)[418] 될지라도 내
딸 마음 변할쏜가? 금은(金銀) 오촉지백(吳蜀之帛)[419]이 적여구산(積如丘

---

411) 내두사(來頭事): 앞으로 닥쳐 올 일.
412) 뒤를 눌러: 뒤를 눌러 놓다. 미리 예방을 함.
413) 호사(好事)에 다마(多魔): 좋은 일에는 장애가 많음.
414) 육례(六禮): 혼인할 때 치르는 여섯 가지의 예식. 납채(納采), 문명(問名), 납길(納吉),
    납폐(納幣), 청기(請期), 친영(親迎).
415) 지신(知臣)은 막여주(莫如主)요, 지자(知子)는 막여부(莫如父): 신하를 아는 사람은 임금
    만한 사람이 없고 아들을 아는 사람은 아버지만한 사람이 없다.
416) 심곡(心曲): 마음 속.
417) 결곡하다: 마음씨가 깨끗하고 곧다.
418) 상전벽해(桑田碧海): 뽕밭이 푸른 바다로 변한다는 의미로 세상의 변화가 심한 것을
    말함.
419) 오촉지백(吳蜀之帛): 중국의 남쪽 지방 오(吳)와 촉(蜀)에서 나는 좋은 비단.

山)420)이라도 받지 아니할 터이요, 백옥(白玉) 같은 내 딸 마음 청풍(淸風)인들 미치리오. 다만 고의(古義)를 효칙(效則)코자421) 할 뿐이온데, 도련님은 욕심 부려 인연을 맺었다가, 미장전(未丈前) 도련님이 부모 몰래 깊은 사랑 금석(金石)같이 맺었다가, 소문 어려422) 버리시면, 옥결 같은 내 딸 신세 문채(文彩) 좋은 대모(玳瑁) 진주(眞珠) 고운 구슬 구멍놀이423) 깨어진 듯, 청강(淸江)에 놀던 원앙조(鴛鴦鳥)가 짝 하나를 잃었슨들 어이 내 딸 같을쏜가? 도련님 내정(內情) 이 말과 같을진대 심량(深諒)하여 행(行)하소서."

도련님 더욱 답답하여,

24   "그는 두 번 염려할라 마소. 내 마음 헤아리니 특별 간절 굳은 마음 흉중(胸中)에 가득하니 분의(分義)424)는 다를망정 저와 나와 평생기약(平生期約) 맺을 제 전안(奠雁) 납폐(納幣)425) 아니한들 창파(滄波)같이 깊은 마음 춘향 사정 모를쏜가?"

이렇듯이 이 같이 설화(說話)하니, 청실홍실 육례(六禮) 갖춰 만난대도 이 위에 더 뾰족할까?

"내 저를 초취(初娶)같이 여길 테니, 시하(侍下)426)라고 염려 말고 미장전(未丈前)도 염려 마소. 대장부 먹는 마음 박대행실(薄待行實) 있을쏜가? 허락만 하여주소."

---

420) 적여구산(積如丘山): 언덕이나 산과 같이 많이 쌓여 있다. 많은 모양.
421) 고의(古義)를 효칙(效則)코자: 옛 도의를 본받고자.
422) 소문 어려: 남의 소문이 두려워서.
423) 구멍놀이: 구멍이 뚫린 노리개.
424) 분의(分義): 분수에 맞는 도리.
425) 전안(奠雁) 납폐(納幣): 전안은 혼인 때에 신랑이 나무로 만든 기러기를 가지고 신부 집에 가서 상 위에 놓고 절하는 것이고, 납폐는 신랑 집에서 신부 집으로 푸른 비단과 붉은 비단을 보내는 일.
426) 시하(侍下): 부모나 조부모가 살아 있어 모시고 있는 사람.

춘향 어미 이 말 듣고 이윽히 앉았더니, 몽조(夢兆)가 있는지라 연분인 줄 짐작하고 흔연(欣然)히 허락하며,

"봉(鳳)이 나매 황(凰)이 나고,[427] 장군 나매 용마(龍馬) 나고, 남원에 춘향 나매 이화춘풍(李花春風) 꽃다웁다. 향단아 주반(酒盤) 등대(等待)하였느냐?"

"예."

대답하고 주효(酒肴)를 차릴 적에, 안주(安酒) 등물(等物) 볼작시면, 고임새[428]도 정결하고, 대양푼 가리찜,[429] 소양푼 제육찜,[430] 풀풀 뛰는 숭어찜, 포도동 나는 메추리탕에, 동래(東萊) 울산(蔚山) 대전복(大全鰒)[431] 대모장도(玳瑁粧刀)[432] 드는 칼로 맹상군(孟嘗君)[433]의 눈썹처럼 어슷비슷 오려 놓고, 염통산적(散炙)[434] 양(胖)볶기[435]와 춘치자명(春雉自鳴) 생치(生雉)다리,[436] 적벽(赤壁) 대접[437] 분원기(分院器)[438]에 냉면(冷麪)조차 비벼놓고, 생률(生栗), 숙률(熟栗), 잣송이며, 호두, 대추, 석류(石榴), 유자(柚子), 준시(蹲柿),[439] 앵두, 탕기(湯器) 같은 청술

---

427) 봉(鳳)이 나매 황(凰)이 나고: 좋은 짝이 나타남을 말함. 봉(鳳)은 봉황새의 암컷, 황(凰)은 봉황새의 수컷. 봉황은 전설상의 상서로운 새.

428) 고임새: 그릇에 음식을 괴어 놓은 모양.

429) 대양푼 가리찜: 큰 양푼에 갈비찜을 담아 놓은 것. 양푼은 음식을 담거나 데우는 데 쓰는 놋그릇.

430) 소양푼 제육찜: 작은 양푼에 돼지고기 찐 것을 담아 놓은 것.

431) 동래(東萊) 울산(蔚山) 대전복(大全鰒): 경상도 울산과 동래에서 나는 큰 전복.

432) 대모장도(玳瑁粧刀): 바다거북의 등껍데기로 장식한 장도칼.

433) 맹상군(孟嘗君): 중국 제(齊)나라 때의 인물. 식객(食客)이 수천 명이었다는 것으로 유명함.

434) 염통산적(散炙): 염통고기를 넓게 저며 양념을 해서 꼬챙이에 꿰어 구운 것.

435) 양(胖)볶기: 소의 밥통을 볶은 음식.

436) 춘치자명(春雉自鳴) 생치(生雉)다리: 꿩다리 고기. 춘치자명은 봄에 꿩이 스스로 운다는 뜻으로 생치다리 앞에 붙인 것임.

437) 적벽(赤壁) 대접: 경기도 장단(長湍)의 적벽에서 만든 대접.

438) 분원기(分院器): 경기도 광주(廣州)의 분원에서 만든 사기그릇.

레440)를 치수 있게 고였는데,

술병 치레 볼작시면, 티끌 없는 백옥병(白玉瓶)과 벽해수상(碧海水上) 산호병(珊瑚瓶)과 엽락금정(葉落金井)441) 오동병(梧桐瓶)과 목 긴 황새병, 자라병, 당화병(唐畵瓶),442) 쇄금병(碎金瓶),443) 소상(瀟湘) 동정(同庭) 죽절병(竹節瓶),444) 그 가운데 천은(天銀) 알안자,445) 적동자(赤銅子),446) 쇄금자(碎金子)447)를 차례로 놓았는데 구비(具備)함도 갖을시고.448)

술 이름을 이를진대, 이적선(李謫仙)449) 포도주(葡萄酒)와 안기생(安 期生)450) 자하주(紫霞酒)451)와 산림처사(山林處士) 송엽주(松葉酒)452)와 과하주(過夏酒),453) 박문주(博文酒),454) 천일주(千日酒),455) 백일주(百日 酒),456) 금로주(金露酒),457) 팔팔 뛰는 화주(火酒),458) 약주(藥酒). 그 가

---

439) 준시(蹲柿): 꼬챙이에 꿰지 않고 그냥 말린 감.
440) 탕기(湯器) 같은 청술레: 큰 배를 말함. 청술레는 껍질의 색깔이 좀 푸르고 물이 많으며 맛이 좋은 배. 탕기는 국그릇.
441) 엽락금정(葉落金井): 오동잎이 금정(金井)에 떨어짐. 금정은 우물 이름. 이백의 「증별사 인제태경지강남(贈別舍人弟台卿之江南)」에 "오동잎은 금정에 떨어지고 잎새 하나 은상 위로 난다.(梧桐落金井 一葉飛銀牀)"는 구절이 있음.
442) 당화병(唐畵瓶): 중국에서 수입한 그림이 있는 병.
443) 쇄금병(碎金瓶): 금으로 장식한 병.
444) 죽절병(竹節瓶): 대나무 마디 모양의 병. 소상(瀟湘)과 동정호 근처는 대나무가 많이 남.
445) 천은(天銀) 알안자: 좋은 품질의 은으로 만든 알처럼 생긴 주전자.
446) 적동자(赤銅子): 구리 주전자.
447) 쇄금자(碎金子): 금으로 장식을 한 주전자.
448) 갖을시고: 가지가지 갖추었구나.
449) 이적선(李謫仙): 이백(李白)의 호가 적선(謫仙). 적선은 천상에서 지상으로 귀양을 왔다는 의미.
450) 안기생(安期生): 신선의 하나.
451) 자하주(紫霞酒): 신선들이 마시는 술.
452) 송엽주(松葉酒): 솔잎을 넣어서 만든 술. 질병을 고치는데 효험이 있음.
453) 과하주(過夏酒): 소주와 약주를 섞어서 만든 술로 주로 여름에 마심.
454) 박문주(博文酒): 전라도 지방에서 빚은 술의 한 종류.
455) 천일주(千日酒): 담근 후 천 일 만에 마시는 술.

운데 향기로운 연엽주(蓮葉酒)459) 골라내어 알안자 가득 부어 청동화   25
로(靑銅火爐) 백탄(白炭)460) 불에 냄비 냉수(冷水) 끓는 가운데 알안자
둘러 불한불열(不寒不熱) 데워내어 금잔(金盞), 옥잔(玉盞), 앵무배(鸚鵡
杯)461)를 그 가운데 띄웠으니, 옥경(玉京)462) 연화(蓮花) 피는 꽃이 태
을선녀(太乙仙女) 연엽선(蓮葉船)463) 띄듯, 대광보국(大匡輔國) 영의정(領
議政)464) 파초선(芭蕉扇)465) 띄듯 둥덩실 띄워놓고, 권주가(勸酒歌) 한
곡조에 일배일배부일배(一杯一杯復一杯)466)라.

　이도령 이른 말이,

　"금야(今夜)에 하는 절차 보니 관청이 아니어든 어이 그리 구비한가?"

　춘향 모 여쭈오되,

　"내 딸 춘향 곱게 길러 요조숙녀(窈窕淑女) 군자호구(君子好逑)467) 가
리어서 금슬우지(琴瑟友之)468) 평생동락(平生同樂)하올 적에, 사랑(舍廊)
에 노는 손님 영웅호걸 문장(文章)들과 죽마고우(竹馬故友)469) 벗님네

---

456) 백일주(百日酒): 담근 뒤에 백 일 동안 땅속에 묻어 두었다가 마시는 술.
457) 금로주(金露酒): 당시에 유명한 술인 듯함.
458) 화주(火酒): 소주나 배갈같이 알코올 도수가 높은 증류주.
459) 연엽주(蓮葉酒): 시루에 찐 찹쌀밥에 누룩을 버무려 연잎에 싸서 담근 술.
460) 백탄(白炭): 빛이 희읍스름하며 화력이 몹시 센 참숯.
461) 앵무배(鸚鵡杯): 자개로 앵무새 부리 모양으로 만든 잔.
462) 옥경(玉京): 옥황상제가 사는 곳.
463) 태을선녀(太乙仙女) 연엽선(蓮葉船): 하늘나라 선녀가 연잎으로 만든 배를 탔다는 의미.
464) 영의정(領議政): 의정부의 으뜸 벼슬로 정1품의 대광보국숭록대부(大匡輔國崇祿大夫).
465) 파초선(芭蕉扇): 삼정승이 외출할 때 해를 가리던 파초의 잎 모양으로 생긴 큰 부채.
466) 일배일배부일배(一杯一杯復一杯): 한 잔 한 잔 또 한 잔. 이백의 「산중대작(山中對酌)」의
　　한 구절.
467) 요조숙녀(窈窕淑女) 군자호구(君子好逑): 아름다운 아가씨는 군자의 좋은 배필이다. 『시
　　경』 관저(關雎)의 한 구절.
468) 금슬우지(琴瑟友之): 금슬로 벗을 삼는다. 『시경』 관저(關雎)에 "아리따운 아가씨를 금
　　슬로써 벗삼도다.(窈窕淑女 琴瑟友之)"라는 구절이 있음.
469) 죽마고우(竹馬故友): 죽마를 타고 놀던 어릴 때부터의 동무. 죽마는 대나무로 만든 말로

주야로 즐기실 제, 내당(內堂)의 하인 불러 밥상 술상 재촉할 제, 보고 배우지 못하고는 어이 곧 등대(等待)하리. 내자(內子)[470]가 불민(不敏)하면 가장(家長) 낯을 깎임이라. 내 생전 힘써 가르쳐 아무쪼록 본받아 행하라고, 돈 생기면 사 모아서 손으로 만들어서 눈에 익고 손에도 익히려고 일시반때[471] 놓지 않고 시킨 바라. 부족타 마르시고 구미대로 잡수시오."

앵무배 술 가득 부어 도련님께 드리오니, 도령 잔 받아 손에 들고 탄식하여 하는 말이,

"내 마음대로 할진대는 육례(六禮)를 행할 터나 그렇들 못 하고 개구멍서방[472]으로 들고 보니 이 아니 원통하랴. 이 애 춘향아, 그러나 우리 둘이 이 술을 대례(大禮)[473] 술로 알고 먹자."

일배주(一盃酒) 부어 들고

"너, 내 말 들었어라. 첫째 잔은 인사주(人事酒)요, 둘째 잔은 합환주(合歡酒)[474]라. 이 술이 다른 술 아니라 근원 근본 삼으리라. 대순(大舜)의 아황(娥皇)·여영(女英)[475] 귀히귀히 만난 연분 지중(至重)타 하였으되, 월로(月老)[476]의 우리 연분, 삼생(三生)[477] 가약(佳約) 맺은 연분, 천만년이라도 변치 아니할 연분, 대대로 삼태(三台) 육경(六卿)[478] 자손

26

어린아이들의 놀이기구.

470) 내자(內子): 옛날에는 경(卿)이나 대부(大夫)의 본부인을 일컫는 말이었으나, 뒤에는 아내의 통칭이 되었음.

471) 일시반때: 잠깐 동안.

472) 개구멍서방: 정식 혼례를 올리지 아니하고 남몰래 드나들며 남편 행세를 하는 남자를 낮잡아 이르는 말.

473) 대례(大禮): 혼인을 치르는 큰 예식.

474) 합환주(合歡酒): 전통 혼례식에서 신랑 신부가 절을 하고 서로 잔을 바꾸어 마시는 술.

475) 아황(娥皇) 여영(女英): 순임금의 두 부인.

476) 월로(月老): 월하노인(月下老人). 부부의 인연을 맺어주는 전설상의 노인.

477) 삼생(三生): 전생, 현생, 후생을 아울러 이르는 말.

이 많이 번성하여 자손, 증손(曾孫), 고손(高孫)이며 무릎 위에 앉혀 놓
고 죄암죄암 달강달강 백세상수(百歲上壽)479) 하다가서 한날한시 마주
누워 선후(先後)없이 죽거드면 천하에 제일가는 연분이제."

술잔 들어 잡순 후에,

"향단아, 술 부어 너의 마누라480)께 드려라. 장모, 경사 술이니 한
잔 먹소."

춘향 어미 술잔 들고 일희일비(一喜一悲)하는 말이,

"오늘이 여식(女息)의 백년지고락(百年之苦樂)481)을 맡기는 날이라.
무슨 슬픔 있으리까마는, 저것을 길러낼 제 애비 없이 설이 길러 이때
를 당하오니 영감 생각이 간절하여 비창(悲愴)하여이다."

도련님 이른 말이,

"이왕지사(已往之事) 생각 말고 술이나 먹소."

춘향 모 수삼배(數三杯) 먹은 후에 도련님 통인 불러 상 물려주면서,

"너도 먹고 방자도 먹여라."

통인 방자 상 물려 먹은 후에 대문(大門) 중문(中門) 다 닫히고, 춘향
어미 향단이 불러 자리 포진(鋪陳) 시킬 제, 원앙금침(鴛鴦衾枕) 잣베
개482)와 샛별 같은 요강,483) 대야, 자리 포진을 정(淨)히 하고,

---

478) 삼태(三台) 육경(六卿): 영의정, 좌의정, 우의정과 이조, 호조, 예조, 병조, 형조, 공조의
판서(判書).
479) 백세상수(百歲上壽): 백 살까지 오래 사는 것. 『장자(莊子)』 도척(盜跖)에 "사람이 가장
오래 사는 것은 백 살이다.(人上壽百歲)"라고 했음.
480) 마누라: 여기서는 나이 많이 먹은 여자에 대한 존칭으로 썼음.
481) 백년지고락(百年之苦樂): 평생의 고락. 백거이(白居易)의 「태행로(太行路)」에 "사람으로
태어나려거든 여자로 태어나지 마라. 평생의 고락이 다른 사람으로 말미암는다.(人生莫
作婦人身 百年苦樂由他人)"라는 구절이 있음.
482) 잣베개: 마구리의 무늬가 잣 모양이 되게 만든 베개.
483) 샛별 같은 요강: 반짝반짝 잘 닦아놓은 요강. 요강은 방에 두고 오줌을 누는 그릇.

"도련님, 평안히 쉬옵소서."

"향단아, 나오너라. 나하고 함께 자자."

둘이 다 건너갔구나.

춘향과 도련님과 마주 앉아 놓았으니 그 일이 어찌 되겠느냐. 사양 (斜陽)을 받으면서 삼각산(三角山) 제일봉(第一峰) 봉학(鳳鶴) 앉아 춤추는 듯, 두 활개를 에구부시484) 들고 춘향의 섬섬옥수(纖纖玉手) 바드듯이 겸쳐 잡고485) 의복을 공교(工巧)하게 벗기는데, 두 손길 썩 놓더니 춘향 가는 허리를 담쏙 안고,

"나상(羅裳)을 벗어라."

춘향이가 처음 일일 뿐 아니라 부끄러워 고개를 숙여 몸을 틀 제, 이리 곰실 저리 곰실, 녹수(綠水)에 홍련화(紅蓮花) 미풍(微風) 만나 굼니는486) 듯, 도련님 치마 벗겨 제쳐놓고, 바지 속옷 벗길 적에 무한히 힐난(詰難)된다. 이리 굼실 저리 굼실, 동해 청룡이 굽이를 치는 듯,

"아이고, 놓아요. 좀 놓아요."

"에라, 안 될 말이로다."

힐난 중 옷끈 끌러 발가락에 딱 걸고서 끼어 안고 진득이487) 누르며 기지개 쓰니 발길 아래 떨어진다. 옷이 활딱 벗어지니 형산(荊山)의 백옥(白玉)덩이 이 위에 비할쏘냐. 옷이 활씬 벗어지니 도련님 거동을 보려하고 슬그미488) 놓으면서,

"아차차, 손 빠졌다."

춘향이가 침금(枕衾) 속으로 달려든다. 도련님 왈칵 쫓아 드러누워

---

484) 에굽다: 조금 휘우듬하게 굽다.
485) 바드듯이 겸쳐 잡고: 두 손으로 꼭 포개 잡고.
486) 굼닐다: 구부렸다 일으켰다 하다.
487) 진득이: 지긋이. 슬며시 힘주다.
488) 슬그미: 슬그머니.

저고리를 벗겨내어 도련님 옷과 모두 한데다 뚤뚤 뭉쳐 한 편 구석에 던져두고, 둘이 안고 마주 누었으니 그대로 잘 리가 있나. 골즙(骨汁) 낼[489] 제, 삼승(三升)[490] 이불 춤을 추고, 샛별 요강은 장단을 맞춰 청그렁 쟁쟁, 문고리는 달랑달랑, 등잔불은 가물가물 맛이 있게 잘 자고 났구나. 그 가운데 진진(津津)한 일이야 오죽하랴.

하루 이틀 지나가니 어린 것들이라 신맛[491]이 간간(間間) 새로워 부끄럼은 차차 멀어지고 그제는 기롱(譏弄)도 하고 우스운 말도 있어 자연 사랑가가 되었구나. 사랑으로 노는데 똑 이 모양으로 놀던 것이었다.

"사랑 사랑 내 사랑이야
동정칠백(洞庭七百)[492] 월하초(月下初)에 무산(巫山)같이 높은 사랑
목단무변(目斷無邊) 수여천(水如天)에 창해(滄海)같이[493] 깊은 사랑
오산전[494] 달 밝은데 추산천봉(秋山千峰) 완월(翫月) 사랑
증경학무(曾經學舞) 하올 적 차문취소(借問吹簫)[495] 하던 사랑
유유낙일(悠悠落日) 월렴간(月簾間)에 도리화개(桃李花開)[496] 비친 사랑

---

489) 골즙(骨汁) 내다: 뼈에서 즙(汁)이 난다는 말이나, 이 말은 남녀의 성교 때에 남자의 사정(射精)을 나타낸 말로 보임.
490) 삼승(三升): 굵은 베.
491) 신맛: 시다는 의미는 성적(性的)인 의미로 많이 쓰임.
492) 동정칠백(洞庭七百): 동정호의 둘레가 7백 리임.
493) 목단무변(目斷無邊) 수여천(水如天)에 창해(滄海)같이: 눈이 미치지 않을 만큼 가없이 아득한 물이 하늘 같고 바다 같이.
494) 오산전: 미상.
495) 증경학무(曾經學舞) 하올 적 차문취소(借問吹簫): 노조린(盧照隣)의 「장안고의(長安古意)」의 아래 대목을 응용한 것임. "묻노니 피리 불어 자주빛 연기를 향하고 일찍이 춤을 배워 방년(芳年)을 지냈는가?(借問吹簫向紫烟 曾經學舞度芳年)"
496) 유유낙일(悠悠落日) 월렴간(月簾間)에 도리화개(桃李花開): 아득히 해는 지고 달빛이 발 사이로 비취는데, 복숭아꽃 배꽃은 피는구나.

섬섬초월(纖纖初月) 분백(粉白)한데 함소함태(含笑含態) 숱한 사랑[497]

월하(月下)[498]의 삼생(三生) 연분(緣分) 너와 나와 만난 사랑

허물없는 부부(夫婦) 사랑

화우동산(花雨東山) 목단화(牧丹花)같이 펑퍼지고 고운 사랑

28 연평(延坪) 바다 그물같이 얽히고 맺힌 사랑

은하(銀河) 직녀(織女) 직금(織錦)같이 올올이 이은 사랑

청루(靑樓)[499] 미녀 침금(枕衾)같이 혼솔[500]마다 감친 사랑

시냇가 수양(垂楊)같이 청처지고[501] 늘어진 사랑

남창북창(南倉北倉) 노적(露積)같이[502] 다물다물[503] 쌓인 사랑

은장(銀欌) 옥장(玉欌)[504] 장식같이 모모이[505] 잠긴 사랑

영산홍록(映山紅綠)[506] 봄바람에 넘노나니 황봉백접(黃蜂白蝶) 꽃을
물고 즐긴 사랑

녹수청강(綠水淸江) 원앙조격(鴛鴦鳥格)으로 마주 둥실 떠 노는 사랑

연년칠월칠석야(年年七月七夕夜)에 견우 직녀 만난 사랑

---

497) 섬섬초월(纖纖初月) 분백(粉白)한데 함소함태(含笑含態) 숱한 사랑: 가느다란 초승달 같
   은 눈썹에 얼굴에는 분칠했는데, 웃음과 교태를 머금은 다정한 사랑. 당나라 노조린(盧
   照鄰)의 「장안고의(長安古意)」의 다음 대목에서 나온 내용이다. "조각 구름 귀밑머리에
   붙이고 가느다란 초승달 같은 눈썹에 이마에는 곤지 찍고, 곤지 찍고 분칠한 미인이 수레
   밖으로 나오니 교태를 머금은 정은 하나만이 아니네.(片片行雲著蟬鬢 纖纖初月上鴉黃 鴉
   黃粉白車中出 含嬌含態情非一)"

498) 월하(月下): 월하노인.

499) 청루(靑樓): 창가(娼家) 또는 기생집.

500) 혼솔: 홈질한 옷의 솔기.

501) 청처지다: 아래쪽으로 좀 처지다.

502) 남창북창(南倉北倉) 노적(露積)같이: 남북의 창고에 쌓아 놓은 곡식처럼.

503) 다물다물: 무더기무더기 쌓여 있는 모양.

504) 은장(銀欌) 옥장(玉欌): 은장식, 옥장식을 붙인 장롱.

505) 모모이: 모서리마다.

506) 영산홍록(映山紅綠): 영산홍의 붉고 푸른 꽃과 잎을 말하는 것으로 보임.

육관대사(六觀大師) 성진(性眞)507)이가 팔선녀(八仙女)와 노는 사랑

역발산(力拔山)508) 초패왕(楚霸王)이 우미인(虞美人)을 만난 사랑

당(唐)나라 당명황(唐明皇)509)이 양귀비(楊貴妃)510) 만난 사랑

명사십리해당화(明沙十里海棠花)511)같이 연연(娟娟)512)이 고운 사랑

네가 모두 사랑이로구나

어화513) 둥둥 내 사랑아

어화 내 간간(衎衎)514) 내 사랑이로구나

여봐라 춘향아

저리 가거라 가는 태도를 보자

이만큼 오너라 오는 태도를 보자

빵끗 웃고 아장아장 걸어라 걷는 태도 보자

너와 나와 만난 사랑

연분을 팔자한들 팔 곳이 어디 있어

---

507) 성진(性眞):『구운몽』에서 육관대사의 제자 성진이 팔선녀를 희롱한 죄로 인간 세상에
    양소유로 태어났음.

508) 역발산(力拔山): 산을 뽑을 만한 힘. 초패왕 항우(項羽)가 해하(垓下)의 싸움에서 패한
    후 부른 노래에 나오는 구절. 노래의 전문은 다음과 같다. "힘은 산을 뽑을 수 있고 기운
    은 세상을 덮을 수 있도다. 시절이 불리함이여 오추마가 가지 않도다. 오추마가 가지
    않음이여 어찌할 건가. 우미인이여 우미인이여 어찌할 건가?(力拔山兮 氣蓋世 時不利兮
    騅不逝 騅不逝兮 可奈何 虞兮虞兮 奈若何)"

509) 당명황(唐明皇): 당나라 현종(玄宗).

510) 양귀비(楊貴妃): 당나라 현종의 귀비(貴妃). 귀비는 황후 다음 가는 직위. 양귀비는 처음
    여도사(女道士)였으나 현종의 총애를 받아 귀비가 되었다. 후에 안록산(安祿山)의 난 때
    에 죽었음.

511) 명사십리해당화(明沙十里海棠花): 10리나 되는 고운 모래밭에 핀 해당화.

512) 연연(娟娟): 아름다운 모양.

513) 어화: 즐거운 마음을 표하는 뜻으로 쓰는 감탄사. '어와'와 같음.

514) 간간(衎衎): 기쁜 모양.

생전 사랑 이러하고

어찌 사후기약(死後期約) 없을쏘냐

너는 죽어 될 것 있다

너는 죽어 글자 되되

따 지자(地字) 그늘 음자(陰字) 아내 처자(妻字) 계집 여자(女字) 변(邊)
이 되고

나는 죽어 글자 되되

하늘 천자(天字) 하늘 건(乾) 지아비 부(夫) 사내 남(男) 아들 자(子) 몸
이 되어 계집 여(女) 변에다 딱 붙이면 좋을 호자(好字)로 만나 보자

사랑 사랑 내 사랑

또 너 죽어 될 것 있다

너는 죽어 물이 되되

은하수(銀河水) 폭포수(瀑布水) 만경창해수(萬頃滄海水) 청계수(淸溪水)
옥계수(玉溪水) 일대장강(一帶長江)515) 던져두고 칠년대한(七年大旱)516)
가물 때도 일생 진진(津津) 젖어 있는 음양수(陰陽水)517)란 물이 되고

나는 죽어 새가 되되

29　두견조(杜鵑鳥)518)도 될라 말고

요지(瑤池) 일월(日月) 청조(靑鳥) 청학(靑鶴) 백학(白鶴)이며 대붕조(大

---

515) 일대장강(一帶長江): 한 줄기 장강. 장강은 중국에서 가장 긴 양자강(揚子江)을 말함.

516) 칠년대한(七年大旱): 7년 동안 큰 가뭄이 든 일. 탕(湯)임금 때에 7년 동안 비가 오지
　　않았다는 이야기가 있음.

517) 음양수(陰陽水): 끓는 물에 찬물을 탄 물을 말하나, 여기서는 성적인 묘사를 한 듯함.

518) 두견조(杜鵑鳥): 두견이. 망제(望帝). 불여귀(不如歸). 자규(子規) 등의 다른 이름이 있
　　음. 중국 촉(蜀)나라 망제(望帝)가 죽어서 새가 되었다는 고사가 있음. 이 새를 소쩍새와
　　혼동해서 소쩍새라고 쓰는 경우가 많은데, 두견이와 소쩍새는 다른 새임.

鵬鳥)519) 그런 새가 되지 말고

쌍거쌍래(雙去雙來) 떠날 줄 모르는 원앙조(鴛鴦鳥)란 새가 되어

녹수(綠水)에 원앙격(鴛鴦格)으로 어화 둥둥 떠 놀거든 나인 줄을 알려무나

사랑 사랑 내 간간 내 사랑이야."

"아니 그것도 나 아니 될라요."

"그러면 너 죽어 될 것 있다

너는 죽어 경주(慶州) 인경520)도 되지 말고

전주(全州) 인경도 되지 말고

송도(松都) 인경도 되지 말고

장안(長安)521) 종로(鍾路) 인경522) 되고

나는 죽어 인경 마치523) 되어

삼십삼천(三十三天) 이십팔수(二十八宿)를 응(應)하여524)

질마재525) 봉화(烽火) 세 자루 꺼지고

---

519) 대붕조(大鵬鳥): 상상 속의 큰 새. 『장자』 소요유(逍遙遊)에 "북쪽 바다에 그 크기가 수천 리나 되는 곤(鯤)이라는 고기가 있다. 이것이 새로 변하면 그 이름을 붕(鵬)이라고 하는데 붕의 등은 그 크기가 몇천 리인지 알 수 없다.(北冥有魚 其名爲鯤 鯤之大不知其幾千里也 化而爲鳥 其名爲鵬 鵬之背不知其幾千里也)"는 대목에서 나온 말.

520) 경주(慶州) 인경: 신라 혜공왕(惠恭王) 때 만든 봉덕사(奉德寺)의 종. 에밀레종. 현재 경주 국립박물관 안에 있음. 인경은 인정(人定)을 잘못 쓴 것인데 큰 종이라는 뜻.

521) 장안(長安): 중국 한(漢)나라 수도인 장안을 수도의 범칭으로 쓴 것. 서울이라는 의미.

522) 종로(鍾路) 인경: 서울 종로에 있는 보신각(普信閣) 종. 조선 태조 4년에 종을 만들었고, 세종 때에 누각을 세웠다. 이 누각이 임진왜란 때에 불에 타서 없어져서 다른 종을 옮겼고, 고종 때에 다시 누각을 세워 보신각이라고 했음.

523) 마치: 종을 치는 망치.

524) 삼십삼천(三十三天) 이십팔수(二十八宿)를 응(應)하여: 밤에 사대문을 닫을 때는 28번, 새벽에 열 때는 33번 종을 쳤다. 이는 28수(宿)와 33천(天)에서 숫자를 따온 것임.

남산(南山) 봉화526) 두 자루 꺼지면
인경 첫 마디 치는 소리 그저 뎅뎅 칠 때마다
다른 사람 듣기에는 인경소리로만 알아도
우리 속으로는 춘향 '뎅' 도련님 '뎅'이라
만나 보잤구나
사랑 사랑 내 간간 내 사랑이야."

"아니 그것도 나는 싫소."

"그러면 너 죽어 될 것 있다
너는 죽어 방아확527)이 되고
나는 죽어 방아고528)가 되어
경신년 경신월 경신일 경신시(庚申年庚申月庚申日庚申時)에 강태공조
작(姜太公造作) 방아529)
그저 떨구덩 떨구덩 찧거들랑 나인 줄 알려무나
사랑 사랑 내 사랑 내 간간 사랑이야."

---

525) 질마재: 서울 서대문에서 홍제동으로 넘어가는 고개. 안현(鞍峴) 또는 무악재라고도
함. 이 고개의 남쪽에 있는 무악(母岳)에 봉수대(烽燧臺)가 있었음.

526) 남산(南山): 서울 남산의 봉수대로 전국에서 올라오는 봉화가 최종적으로 여기로 전달
되었다. 질마재와 남산의 봉화 숫자를 세 자루, 두 자루라고 한 것은 정확하게 말한 것이
아님.

527) 방아확: 절구의 아가리로부터 밑바닥까지의 구멍.

528) 방아고: 방앗공이. 방아확의 물건을 찧는 몽둥이.

529) 경신년~: 디딜방아를 만들 때, 동티나는 것을 막기 위해 방아의 왼쪽이나 오른쪽 잘
보이는 곳에 '庚申年庚申月庚申日庚申時姜太公造作'이라고 썼음. 경신신앙의 영향인 것
으로 보임.

춘향이 하는 말이,

"싫소. 그것도 내 아니 될라요."

"어찌하여 그 말이냐?"

"나는 항시(恒時) 어찌 이생이나 후생이나 밑으로만 되나이까? 재미
없어 못 쓰겠소."

"그러면 너 죽어 위로 가게 하마. 너는 죽어 독매530) 위짝이 되고
나는 죽어 밑짝 되어, 이팔청춘(二八靑春)531) 홍안미색(紅顏美色)들이 섬
섬옥수(纖纖玉手)로 밀대532)를 잡고 슬슬 두르면 천원지방격(天圓地方
格)533)으로 휘휘 돌아가거든 나인 줄을 알려무나."

"싫소. 그것도 아니 될라요. 위로 생긴 것이 부아 나게534)만 생기었   30
소. 무슨 년의 원수(怨讐)로서 일생 한 구멍이 더 하니 아무 것도 나는
싫소."

"그러면 너 죽어 될 것 있다

너는 죽어 명사십리해당화(明沙十里海棠花)가 되고

나는 죽어 나비 되어

나는 네 꽃송이 물고

너는 내 수염 물고

춘풍이 건듯 불거든

너울너울 춤을 추고 놀아보자

사랑 사랑 내 사랑이야

---

530) 독매: 맷돌.

531) 이팔청춘(二八靑春): 16세의 청춘 남녀.

532) 밀대: 맷손. 맷돌을 돌리는 손잡이.

533) 천원지방격(天圓地方格): 하늘은 둥글고 땅은 네모인 것처럼 아주 자연스럽게.

534) 부아 나다: 부아가 나다. 노엽거나 분한 감정이 일어나다.

내 간간 사랑이지

이리 보아도 내 사랑
저리 보아도 사랑
이 모두 내 사랑 같으면
사랑 걸려 살 수 있나
어허 둥둥 내 사랑
내 에삐[535] 내 사랑이야

방긋방긋 웃는 것은
화중왕(花中王)[536] 모란화(牧丹花)가
하룻밤 세우(細雨) 뒤에 반만 피고자한 듯
아무리 보아도 내 사랑
내 간간이로구나.

그러면 어쩌잔 말이냐. 너와 나와 유정(有情)하니 정자(情字)로 놀아
보자. 음상동(音相同)[537] 하여 정자(情字) 노래나 불러보세."
"들읍시다."

"내 사랑아 들었어라
너와 나와 유정하니 어이 아니 다정하리
담담장강수(澹澹長江水) 유유(悠悠)에 원객정(遠客情)[538]

---

535) 에삐: 예쁜이.
536) 화중왕(花中王): 모란을 꽃 가운데 왕이라고 하였음.
537) 음상동(音相同): 같은 음을 취하여.

하교(河橋)에 불상송(不相送) 강수원함정(江樹遠含情)[539]

송군남포(送君南浦) 불승정(不勝情)[540]

무인불견(無人不見) 송아정(送我情)[541]

한태조(漢太祖)[542] 희우정(喜雨亭)[543]

삼태(三台) 육경(六卿) 백관조정(百官朝廷)

도량(道場)[544] 청정(淸淨)

각시 친정(親庭)

친고통정(親故通情)[545]

난세평정(亂世平定)

우리 둘이 천년인정(千年人情)

월명성희(月明星稀)[546] 소상(瀟湘) 동정(洞庭)

---

538) 담담장강수(澹澹長江水) 유유(悠悠)에 원객정(遠客情): 위승경(韋承慶)의 「남행별제(南行別弟)」의 한 구절.
　　담담장강수(澹澹長江水) 조용히 흐르는 양자강의 강물
　　유유원객정(悠悠遠客情) 아득한 나그네의 정이라
　　낙화상여한(落花相與恨) 떨어지는 꽃잎은 한과 함께
　　도지일무성(到地一無聲) 조용히 땅으로 떨어지네
539) 강수원함정(江樹遠含情): 송지문(宋之問)의 「별두심언(別杜審言)」의 한 구절.
　　와병인사절(臥病人事絕) 병으로 누워 찾아오는 사람 없는데
　　차군만리행(嗟君萬里行) 그대는 만리길을 떠나는구나
　　하교불상송(河橋不相送) 하수(河水)의 다리 위에서 전송하지 못하니
　　강수원함정(江樹遠含情) 다만 강가의 나무가 멀리 정을 머금었도다
540) 송군남포(送君南浦) 불승정(不勝情): 남포에서 임을 보내니 정을 이길 수 없네.
541) 무인불견(無人不見) 송아정(送我情): 아무도 보이지 않는 곳에서 임을 보내는 나의 정.
542) 한태조(漢太祖): 한고조(漢高祖) 유방(劉邦)을 말함.
543) 희우정(喜雨亭): 소식(蘇軾)이 지은 정자. 이 정자를 세웠을 때 마침 기다리던 비가 왔기 때문에 희우정이라고 했음. 한고조의 사수정(泗水亭)과 희우정을 혼돈했음. 사수정은 한고조 유방이 젊어서 관리를 했던 곳의 이름.
544) 도량(道場): 불교나 도교의 수도장. 道場은 도량으로 읽는다.
545) 친고통정(親故通情): 친구끼리 마음이 통함.
546) 월명성희(月明星稀): 조조(曹操)의 「단가행(短歌行)」에 "달은 밝고 별은 드문데 까마귀

세상만물(世上萬物) 조화정(造化定)547)

근심 걱정

소지(所志)548) 원정(原情)549)

주어 인정

음식 투정

복(福) 없는 저 방정

송정(訟庭)550)

관정(官庭)

내정(內情)

외정(外情)

애송정(愛松亭)551)

천양정(穿楊亭)552)

양귀비(楊貴妃) 침향정(沈香亭)553)

이비(二妃)의 소상정(瀟湘亭)554)

한송정(寒松亭)555)

는 남으로 날도다.(月明星稀 烏鵲南飛)"라는 구절이 있음.

547) 세상만물(世上萬物) 조화정(造化定): 세상 만물의 조화는 정해졌다.

548) 소지(所志): 관청에 하소연하기 위해 내는 글.

549) 원정(原情): 억울한 사정을 하소연 하는 것.

550) 송정(訟庭): 송사를 처리하는 곳. 재판정.

551) 애송정(愛松亭): 정자의 이름. 출전 미상.

552) 천양정(穿楊亭): 활 쏘는 정자. 천양(穿楊)은 버드나무 잎사귀를 뚫는다는 뜻으로, 중국 전국시대 양유기(養由基)란 사람이 백 걸음 뒤에서 버드나무 잎사귀를 백발백중으로 맞춘 이야기에서 온 것임.

553) 침향정(沈香亭): 당나라 궁전에 있던 정자. 이 정자에서 당 현종이 양귀비와 놀았음.

554) 이비(二妃)의 소상정(瀟湘亭): 순임금의 두 부인인 아황과 여영이 죽은 곳에 있는 정자를 말함.

555) 한송정(寒松亭): 강원도 강릉에 있던 정자.

백화만발(百花滿發) 호춘정(好春亭)556)

기린토월(麒麟吐月)557) 백운정(白雲亭)558)

너와 나와 만난 정

일정(一情) 실정(實情) 논지(論之)하면

31

내 마음은 원(元)·형(亨)·이(利)·정(貞)559)

네 마음은 일편탁정(一片託情)

이같이 다정타가

만일 즉 파정(破情)하면

복통절정(腹痛絕情) 걱정되니

진정으로 원정(原情)하잔 그 정자(情字)다."

춘향이 좋아라고 하는 말이,

"정(情)속은 도저(到底)하오. 우리 집 재수 있게 안택경(安宅經)560)이
나 좀 읽어주오."

도련님 허허 웃고,

"그 뿐인 줄 아느냐? 또 있지야. 궁자(宮字) 노래를 들어보아라."

"애고, 얄궂고 우습다. 궁자 노래가 무엇이오."

"네 들어보아라. 좋은 말이 많으니라.

---

556) 호춘정(好春亭): 정자의 이름이나 출전은 미상.

557) 기린토월(麒麟吐月): 기린봉(麒麟峰) 위에 솟는 달. 완산팔경(完山八景)의 하나. 기린봉
은 전주 동쪽에 있음.

558) 백운정(白雲亭): 전주에 있던 정자.

559) 원(元)·형(亨)·이(利)·정(貞): 『역경』에 "건(乾)은 크고 통달하고 알맞고 올곧다.(乾元
亨利貞)"고 했음.

560) 안택경(安宅經): 무당이나 판수가 집안에 탈이 없도록 터주를 위로할 때 읽는 경.

좁은 천지(天地) 개택궁[561]

뇌성벽력(雷聲霹靂) 풍우(風雨) 속에 서기(瑞氣) 삼광(三光)[562] 풀려 있
는 엄장(嚴莊)하다 창합궁(閶闔宮)[563]

성덕(聖德)이 넓으시사 조림(照臨)[564]이 어인 일고, 주지객(酒池客) 운
성(雲盛)하던[565] 은왕(殷王)[566]의 대정궁[567]

진시황(秦始皇) 아방궁(阿房宮)[568]

문천하득(問天下得)[569]하실 적에 한태조(漢太祖) 함양궁(咸陽宮)[570]

그 곁에 장락궁(長樂宮)[571]

반첩여(班婕妤)의 장신궁(長信宮)

당명황제(唐明皇帝) 상춘궁(賞春宮)[572]

이리 올라 이궁(離宮)[573]

저리 올라서 별궁(別宮)

---

561) 개택궁: 미상.
562) 삼광(三光): 해와 달과 별의 빛.
563) 창합궁(閶闔宮): 신선이 산다는 하늘나라의 궁전.
564) 조림(照臨): 임금이 백성에게 임하는 것.
565) 주지객(酒池客) 운성(雲盛)하던: 호화로운 잔치에 술 마시는 손님이 구름같이 모임. 은
(殷)나라 주(紂)임금의 고사.
566) 은왕(殷王): 은(殷)나라 주(紂)임금.
567) 대정궁: 궁전의 이름이나 출전은 미상.
568) 아방궁(阿房宮): 진시황이 지은 매우 호화로운 궁전.
569) 문천하득(問天下得): 천하를 얻게 된 원인을 물음.『사기』고조본기(高祖本紀)에 "고조
가 낙양의 남궁에서 술자리를 베풀고 다음과 같이 말했다. 여러 제후와 장수들은 나를
속이지 말고 모든 것을 말하라. 내가 천하를 얻은 것은 무엇 때문이며 항우가 천하를
잃은 것은 무엇 때문인가를.(高祖置酒雒陽南宮 高祖曰 列侯諸將無敢隱朕 皆言其情 吾所以
有天下者何 項氏之所以失天下者何)"이라는 대목이 있음.
570) 함양궁(咸陽宮): 진(秦)나라의 궁전.
571) 장락궁(長樂宮): 한(漢)나라의 궁전.
572) 상춘궁(賞春宮): 당나라 현종의 궁전이라고 했으나, 분명치 않음.
573) 이궁(離宮): 행궁(行宮). 제왕이 거동할 때 머무는 곳.

용궁(龍宮) 속에 수정궁(水晶宮)[574]

월궁(月宮) 속에 광한궁(廣寒宮)[575]

너와 나와 합궁(合宮)[576]하니

한평생 무궁(無窮)이라

이 궁 저 궁 다 버리고 네 양각(兩脚) 새 수룡궁(水龍宮)[577]에 나의 힘줄방망치[578]로 길을 내자꾸나."

춘향이 반만 웃고,

"그런 잡담은 마르시오."

"그게 잡담 아니로다. 춘향아, 우리 둘이 업음질이나 하여 보자."

"애고, 참 잡성스러워라. 업음질을 어떻게 하여요."

업음질 여러 번 한 성부르게[579] 말하던 것이었다.

"업음질 천하 쉽니라. 너와 나와 활씬 벗고, 업고 놀고, 안고도 놀면 그게 업음질이제야."

"애고, 나는 부끄러워 못 벗겠소."

"에라, 요 계집아이야 안 될 말이로다. 내 먼저 벗으마."

버선, 대님, 허리띠, 바지, 저고리 훨씬 벗어 한 편 구석에 밀쳐놓고 우뚝 서니, 춘향이 그 거동을 보고 빵끗 웃고 돌아서며 하는 말이,

"영락없는 낮도깨비 같소."

"오냐 네 말 좋다. 천지만물(天地萬物)이 짝 없는 게 없느니라. 두 도

32

---

574) 수정궁(水晶宮): 바다 속 용궁의 수정으로 장식한 궁전.

575) 광한궁(廣寒宮): 달나라에 있다는 궁전.

576) 합궁(合宮): 남녀 사이의 성교.

577) 수룡궁(水龍宮): 여자의 성기를 상징한 말.

578) 힘줄방망치: 힘줄방망이. 남자의 성기를 상징한 말.

579) 한 성부르게: 해본 것처럼.

깨비 놀아 보자."

"그러면 불이나 끄고 노사이다."

"불이 없으면 무슨 재미있겠느냐? 어서 벗어라, 어서 벗어라."

"애고, 나는 싫어요."

도련님 춘향 옷을 벗기려 할 제 넘놀면서 어른다. 만첩청산(萬疊靑山) 늙은 범이 살찐 암캐를 물어다 놓고 이는 없어 먹든 못하고 으르렁 으르렁 아웅 어르는 듯, 북해(北海) 흑룡(黑龍)이 여의주(如意珠)580)를 입에다 물고 채운간(彩雲間)에 넘노는 듯, 단산(丹山)581) 봉황(鳳凰)이 죽실(竹實) 물고 오동(梧桐)582) 속에 넘노는 듯, 구고(九臯)583) 청학(靑鶴)이 난초(蘭草)를 물고서 오송(梧松)간에 넘노는 듯, 춘향의 가는 허리를 후리쳐다 담쏙 안고 기지개 아드득 떨며, 귓밥584)도 쪽쪽 빨며 입서리585)도 쪽쪽 빨면서 주홍 같은 혀를 물고 오색단청(五色丹靑) 순금장(純金欌) 안에 쌍거쌍래(雙去雙來) 비둘기같이 '꾹꿍 꿍꿍 으흥' 거려 뒤로 돌려 담쏙 안고 젖을 쥐고 발발 떨며, 저고리 치마 바지 속곳까지 활씬 벗겨 놓니, 춘향이 부끄러워 한 편으로 잡치고 앉았을586) 제, 도련님 답답하여 가만히 살펴보니 얼굴이 복찜587)하여 구슬땀이 송실송실588) 앉았구나.

---

580) 여의주(如意珠): 용의 턱 밑에 있는 구슬. 이 구슬을 갖고 있으면 무슨 일이든지 소원대로 됨.

581) 단산(丹山): 봉황이 나는 산.

582) 오동(梧桐): 봉황은 오동나무가 아니면 앉지 않고, 죽실이 아니면 먹지 않는다고 함.

583) 구고(九臯): 먼 소택(沼澤)지대. 『시경』 소아(小雅) 학명(鶴鳴)에 "저기 먼 연못에서 학이 울고 울음소리 들에 퍼지네.(鶴鳴于九臯 聲聞于野)"라는 구절이 있음.

584) 귓밥: 귓불. 귀밑의 도톰한 부분.

585) 입서리: 입술.

586) 잡치고 앉다: 다리를 겹쳐 포개고 앉아 있는 것.

587) 복찜: 복어를 쪄서 만든 음식.

588) 송실송실: 송알송알.

"이 애 춘향아, 이리 와 업히거라."

춘향이 부끄러하니,

"부끄럽기는 무엇이 부끄러워. 이왕에 다 아는 바니 어서 와 업히거라."

춘향을 업고 추키시며,

"어따, 그 계집아이 똥집 장히 무겁다. 네가 내 등에 업히인 게 마음이 어떠하냐?"

"한끗나게589) 좋소이다."

33

"좋으냐?"

"좋아요."

"나도 좋다. 좋은 말을 할 것이니 네가 대답만 하여라."

"말씀 대답하올 테니 하여 보옵소서."

"네가 금(金)이지야?"

"금이라니 당치 않소. 팔년풍진(八年風塵)590) 초한시절(楚漢時節)에 육출기계(六出奇計) 진평(陳平)591)이가 범아부(范亞父)592)를 잡으려고 황금사만(黃金四萬)593)을 흩었으니 금이 어이 남으리까."

"그러면 진옥(眞玉)이냐."

"옥이라니 당치 않소. 만고영웅(萬古英雄) 진시황(秦始皇)이 형산(荊山)의 옥을 얻어 이사(李斯)594)의 명필(名筆)로 '수명우천(受命于天) 기수영

---

589) 한끗나게: 최대한으로.
590) 팔년풍진(八年風塵): 한(漢)나라와 초(楚)나라가 8년 동안 치른 전쟁.
591) 진평(陳平): 한(漢)나라의 승상(丞相)으로 초나라를 치기 위해 여섯 번이나 기이한 계책을 꾸며내었음.
592) 범아부(范亞父): 항우(項羽)의 신하 범증(范增). 항우는 범증을 높여 아부(亞父, 아버지 다음가는 사람이라는 의미)라고 불렀다.
593) 황금사만(黃金四萬): 진평은 항우와 범증의 사이를 이간시키기 위해 유방에게 황금 4만 근을 얻어가지고 여기 저기 뇌물을 쓰고 이간책을 써서 결국 항우와 범증 사이를 갈라놓았음.

창(旣壽永昌)'595)이라 옥새(玉璽)596)를 만들어서 만세유전(萬世流傳)을
하였으니 옥이 어이 되오리까."

"그러면 네가 무엇이냐? 해당화(海棠花)냐?"

"해당화라니 당치 않소. 명사십리(明沙十里) 아니어든 해당화가 되오
리까."

"그러면 네가 무엇이냐? 밀화(蜜花) 금패(錦貝) 호박(琥珀)597) 진주냐?"

"아니 그것도 당치 않소. 삼태육경(三台六卿) 대신재상(大臣宰相) 팔도
(八道) 방백(方伯) 수령(守令)598)님네 갓끈 풍잠(風簪)599) 다 하고서 남은
것은 경향(京鄕)의 일등명기(一等名妓) 지환(指環)벌600) 허다히 다 만드
니, 호박 진주 부당하오."

"네가 그러면 대모(玳瑁)601) 산호(珊瑚)냐?"

"아니 그것도 내 아니오. 대모 간(間) 큰 병풍(屛風)602) 산호로 난간
(欄干)하여 광해왕(廣海王)603) 상량문(上梁文)에 수궁보물(水宮寶物) 되었
으니 대모 산호가 부당이오."

"네가 그러면 반달이냐?"

---

594) 이사(李斯): 진(秦)나라의 승상. 진시황을 도와 천하를 통일하는데 공을 세웠음.

595) 수명우천(受命于天) 기수영창(旣壽永昌): 명을 하늘에서 받아 장수하고 번창할지어다.
진(秦)나라 옥새에 새겨진 글.

596) 옥새(玉璽): 천자(天子)의 도장. 진시황이 처음 만들었다고 함.

597) 호박(琥珀): 보석의 한 가지. 나무의 진이 땅 속에 묻혀 굳은 광물. 밀화와 금패는 호박
의 일종.

598) 방백(方伯) 수령(守令): 방백은 관찰사, 수령은 각 고을을 다스리는 원(員).

599) 풍잠(風簪): 갓이 바람에 벗겨지지 않도록 망건에 붙이는 장식.

600) 지환(指環)벌: 가락지. 벌은 짝을 이루는 물건을 세는 말.

601) 대모(玳瑁): 열대지방 바다에 사는 큰 바다거북. 이 거북의 등껍데기로 장식품을 만듦.

602) 간(間) 큰 병풍(屛風): 칸살이 넓은 병풍을 말하는 것으로 보임.

603) 광해왕(廣海王): 용왕(龍王)을 말하는 것임. 당(唐)나라 때 사해(四海)를 왕으로 봉하여
동해는 광덕왕(廣德王), 남해는 광리왕(廣利王), 서해는 광윤왕(廣潤王), 북해는 광택왕
(廣澤王)이라고 했음.

"반달이라니 당치 않소. 금야(今夜) 초승 아니어든 벽공(碧空)에 돋은 명월(明月) 내가 어찌 기울이까?"

"네가 그러면 무엇이냐. 날 홀려 먹는 불여우냐? 네 어머니 너를 나서 곱도 곱게 길러내어 나만 홀려 먹으려고 생겼느냐? 사랑 사랑 사랑이야 내 간간 내 사랑이야. 네가 무엇을 먹으려느냐? 생률(生栗) 숙률(熟栗)을 먹으려느냐? 둥글둥글 수박 웃봉지 대모장도(玳瑁粧刀) 드는 칼로 뚝 떼고 강릉(江陵) 백청(白淸)604)을 두루 부어 은수저 반간지605)로 붉은 점 한 점을 먹으려냐?"

"아니 그것도 내사 싫소."

"그러면 무엇을 먹으려느냐? 시금 털털 개살구를 먹으려느냐?"

"아니 그것도 내사 싫소."

"그러면 무엇을 먹으려냐? 돝 잡아 주랴. 개 잡아 주랴? 내 몸통째 먹으려느냐?"

"여보 도련님, 내가 사람 잡아먹는 것 보았소."

"에라, 요 것 안 될 말이로다. 어화 둥둥 내 사랑이지."

"이 애, 그만 내리려무나. 백사만사(百事萬事)가 다 품앗이606)가 있느니라. 내가 너를 업었으니 너도 나를 업어야지."

"애고, 도련님은 기운이 세어서 나를 업었거니와 나는 기운이 없어 못 업겠소."

"업는 수가 있느니라. 나을 돋우 업을라 말고 발이 땅에 자운자운하게 뒤로 자진 듯하게607) 업어다고."

---

604) 백청(白淸): 빛깔이 흰 매우 좋은 꿀. 강원도 강릉에서 나는 것이 유명함.

605) 반간지: 반간자. 간자숟가락은 두껍고 고운 숟가락. 반간자는 조금 못한 것.

606) 품앗이: 힘든 일을 서로 번갈아 도와주는 것.

607) 발이 땅에 자운자운하게 뒤로 자진 듯하게: 발이 땅에 닿을까 말까 하게 뒤로 젖혀진 듯하게.

도련님을 업고 툭 추워놓니, 대중이 틀렸구나.

"애고, 잡상스러워라."

이리 흔들 저리 흔들,

"내가 네 등에 업혀놓니 마음이 어떠하냐. 나도 너를 업고 좋은 말을 하였으니, 너도 나를 업고 좋은 말을 하여야제."

"좋은 말을 하오리다. 들으시오.

부열(傳說)[608]이를 업은 듯

여상(呂尙)[609]이를 업은 듯

흉중대략(胸中大略) 품었으니 명만일국(名滿一國) 대신(大臣) 되어 주석지신(柱石之臣) 보국충신(輔國忠臣) 모두 헤아리니

사육신(死六臣)[610]을 업은 듯

생육신(生六臣)[611]을 업은 듯

일선생(日先生), 월선생(月先生), 고운선생(孤雲先生)[612]을 업은 듯

제봉(霽峰)[613]을 업은 듯

요동백(遼東伯)[614]을 업은 듯

---

608) 부열(傳說): 은(殷)나라 황제 무정(武丁)이 꿈에서 성인을 보고 찾아낸 인물. 무정 황제를 도와 은나라를 중흥시켰음.

609) 여상(呂尙): 강태공(姜太公). 여상은 강태공의 이름. 주문왕(周文王)을 보좌하여 은(殷)나라를 쳤음.

610) 사육신(死六臣): 조선의 여섯 번째 왕 단종(端宗)의 복위(復位)를 꾀하다 죽은 여섯 사람. 박팽년(朴彭年), 성삼문(成三問), 이개(李塏), 하위지(河緯地), 유성원(柳誠源), 유응부(兪應孚).

611) 생육신(生六臣): 세조의 왕위 찬탈을 미워하여 절개를 지키고 벼슬을 안 한 여섯 사람. 김시습(金時習), 조여(趙旅), 남효온(南孝溫), 이맹전(李孟專), 성담수(成聃壽), 원호(元昊).

612) 고운선생(孤雲先生): 최치원(崔致遠). 고운은 그의 자(字). 신라 말기의 학자. 당나라에 유학하여 그곳에서 과거에 합격하여 벼슬을 하다가 고국에 돌아왔으나 쓰이지를 못했음.

613) 제봉(霽峰): 고경명(高敬命). 제봉은 그의 호. 임진왜란 때 의병장. 금산(錦山)을 공격하다 전사하였음.

614) 요동백(遼東伯): 김응하(金應河). 광해군 때 조선은 명나라를 도와 만주(후에 청나라)를

정송강(鄭松江)615)을 업은 듯

충무공(忠武公)616)을 업은 듯

우암(尤庵)617) 퇴계(退溪)618) 사계(沙溪)619) 명재(明齋)620)를 업은 듯

내 서방이제. 내 서방 알뜰 간간 내 서방. 진사(進士),621) 급제(及第),

대받쳐 직부주서(直赴注書),622) 한림학사(翰林學士)623) 이렇듯이 된 연

후 부승지(副承旨), 좌승지(左承旨), 도승지(都承旨)624)로 당상(堂上)625)

하여 팔도(八道) 방백(方伯) 지낸 후, 내직(內職)으로 각신(閣臣),626) 대교

(待敎),627) 복상(卜相),628) 대제학(大提學),629) 대사성(大司成),630) 판서

35

쳤는데. 이때 출병하여 만주에서 싸우다 죽었다. 명나라에서 그에게 요동백(遼東伯)이라
는 이름을 주었음.

615) 정송강(鄭松江): 정철(鄭澈). 송강은 그의 호. 정치가로서 서인의 거물이었던 그는 시조
와 가사를 많이 지었음.

616) 충무공(忠武公): 이순신(李舜臣)의 시호(諡號).

617) 우암(尤庵): 송시열(宋時烈). 우암은 그의 호. 정치가로서 노론의 우두머리였으며 많은
저술이 있음.

618) 퇴계(退溪): 이황(李滉). 퇴계는 그의 호. 유학자로 주자(朱子)의 학설을 받아들였으나
독자적 철학을 발전시켰음.

619) 사계(沙溪): 김장생(金長生). 사계는 그의 호. 조선 중기의 학자. 송시열의 스승.

620) 명재(明齋): 윤증(尹拯). 명재는 그의 호. 소론의 우두머리.

621) 진사(進士): 과거의 예비시험인 소과의 복시에 합격한 자에게 준 칭호. 또는 그런 사람.

622) 대받쳐 직부주서(直赴注書): 급제한 뒤에 다른 직책을 거치지 않고 곧바로 주서에 부임
하는 것. 주서는 승정원의 정7품 벼슬. 대받쳐는 그 즉시로라는 의미.

623) 한림학사(翰林學士): 고려시대의 직책이나 조선시대에도 예문관(藝文館)을 한림원(翰林
院)이라고 하여 예문관의 학사를 한림학사라고도 했음.

624) 도승지(都承旨): 승정원의 으뜸벼슬. 승정원은 왕명의 들어오고 나가는 일을 맡아보는
관청으로 도승지(都承旨), 좌승지(左承旨), 우승지(右承旨), 좌부승지(左副承旨), 우부승
지(右副承旨), 동부승지(同副承旨) 각 1명을 두는데 이들은 정3품이었음.

625) 당상(堂上): 당상관(堂上官). 정3품 이상의 벼슬을 이르는 말.

626) 각신(閣臣): 규장각의 벼슬아치.

627) 대교(待敎): 규장각의 정9품에서 정7품 사이의 벼슬.

628) 복상(卜相): 새로 정승이 될 사람을 뽑는 일. 여기서는 새로 임명된 정승을 말했음.

629) 대제학(大提學): 홍문관(弘文館)과 예문관(藝文館)의 정2품 관원.

630) 대사성(大司成): 성균관의 우두머리. 정2품.

(判書),631) 좌상(左相), 우상(右相), 영상(領相),632) 규장각(奎章閣)633) 하신 후에 내삼천(內三千) 외팔백(外八百)634) 주석지신(柱石之臣), 내 서방 알뜰 간간 내 서방이제."

제 손수 농즙(濃汁)635) 나게 문질렀구나.

"춘향아, 우리 말놀음이나 좀 하여 보자."

"애고, 참 우스워라. 말놀음이 무엇이오."

말놀음 많이 하여본 성부르게,

"천하 쉽지야. 너와 나와 벗은 김에 너는 온 방바닥을 기어 다녀라. 나는 네 궁둥이에 딱 붙어서 네 허리를 잔뜩 끼고 볼기짝을 내 손바닥으로 탁 치면서 '이랴' 하거든 '흐흥' 거려 퇴김질636)로 물러서며 뛰어라. 알심637)있게 뛰거드면 탈 승자(乘字) 노래가 있느니라.

타고 노자 타고 노자

헌원씨(軒轅氏)638) 습용간과(習用干戈) 능작대무(能作大霧) 치우(蚩尤) 탁녹야(涿鹿野)에 사로잡고 승전고(勝戰鼓)를 울리면서 지남거(指南車)639)를

---

631) 판서(判書): 육조(六曹)의 우두머리벼슬. 정2품.

632) 좌상(左相) 우상(右相) 영상(領相): 조선조의 최고 행정기관인 의정부의 좌의정, 우의정, 영의정. 모두 정1품.

633) 규장각(奎章閣): 정조가 즉위하면서 설치한 기관으로, 역대 임금의 글, 글씨, 유언 등과 영조의 초상화, 글, 글씨 등을 보관하던 곳.

634) 내삼천(內三千) 외팔백(外八百): 조선시대 서울에 있는 벼슬자리가 3,000이고 지방에 있는 벼슬자리는 800이었음.

635) 농즙(濃汁): 짙은 즙. 여기서는 성적(性的)인 표현으로 보임.

636) 퇴김질: 퇴기는 것. 힘을 모았다가 갑자기 탁 놓아 뻗치는 것.

637) 알심: 속에 들어 있는 야무진 힘.

638) 헌원씨(軒轅氏): 전설적인 중국 고대 제왕의 하나인 황제(黃帝). 황제는 무기를 사용하는 연습을 하여[習用干戈], 요술로 안개를 피우며[能作大霧] 대항하는 치우(蚩尤)를 탁록(涿鹿)의 들판에서 사로잡아 죽였음.

639) 지남거(指南車): 황제가 치우와 싸울 때 탁록의 들에서 탔던 수레. 수레의 앞에 지남철

높이 타고

하우씨(夏禹氏)640) 구년지수(九年之水) 다스릴 제 육행승거(陸行乘車)
높이 타고

적송자(赤松子)641) 구름 타고

여동빈(呂洞賓)642) 백로(白鷺) 타고

이적선(李謫仙) 고래 타고643)

맹호연(孟浩然)644) 나귀 타고

태을선인(太乙仙人) 학(鶴)을 타고

대국천자(大國天子)645) 코끼리 타고

우리 전하(殿下)는 연(輦)646)을 타고

삼정승(三政丞)은 평교자(平轎子)647)를 타고

육판서(六判書)는 초헌(軺軒)648) 타고

훈련대장(訓鍊大將)649)은 수레 타고

각읍(各邑) 수령(守令)은 독교(獨轎)650) 타고

을 놓았으므로 안개 속에서도 방향을 알 수 있었음.

640) 하우씨(夏禹氏): 우(禹)임금이 9년이나 계속된 홍수를 다스렸음. 육행승거(陸行乘車)는
우임금이 뭍에서는 수레를 탔다는 말로 나랏일을 열심히 본 것을 얘기함.

641) 적송자(赤松子): 중국 고대의 신선.

642) 여동빈(呂洞賓): 중국 당나라 때 사람이라고 전하는 전설적인 인물. 팔선(八仙)의 하나.

643) 이적선(李謫仙) 고래 타고: 이백이 술에 취해 고래를 탔다는 전설이 있음.

644) 맹호연(孟浩然): 당나라의 시인. 소식(蘇軾)의 「증사진하수재(贈寫眞何秀才)」에 "그대는
또한 보지 못하였는가 눈오는데 나귀를 탄 맹호연을, 눈썹을 찌푸리며 시를 읊는데 어깨
는 산처럼 움직이도다.(又不見雪中騎驢孟浩然 皺眉吟詩肩聳山)"라는 구절이 있음.

645) 대국천자(大國天子): 조선에서 중국의 제왕을 가리킨 말.

646) 연(輦): 임금이 타는 수레.

647) 평교자(平轎子): 종1품 이상의 벼슬아치와 기로소(耆老所)의 당상관이 타는 가마. 앞뒤
각 2명씩 메게 되어 있음.

648) 초헌(軺軒): 2품 이상이 타는 수레. 바퀴가 달렸음.

649) 훈련대장(訓鍊大將): 훈련도감(訓鍊都監)의 대장. 종2품.

남원부사(南原府使)는 별연(別輦)651)을 타고

일모장강(日暮長江) 어옹(漁翁)들은 일엽편주(一葉扁舟) 돋워 타고

나는 탈 것 없었으니

금야(今夜) 삼경(三更) 깊은 밤에 춘향 배652)를 넌짓 타고

홑이불로 돛을 달아 내 기계(器械)653)로 노(櫓)를 저어

오목섬654)을 들어가되

순풍(順風)에 음양수(陰陽水)를 시름없이 건너갈 제

말을 삼아 탈 양이면 걸음걸이 없을쏘냐

마부는 내가 되어 네 구정655)을 넌지시 잡아

구정 걸음 반부새656)로

화장657)으로 걸어라

기총마(騎驄馬) 뛰듯 뛰어라."

36   온갖 장난을 다 하고 보니 이런 장관이 또 있으랴. 이팔(二八) 이팔
둘이 만나 미친 마음 세월 가는 줄 모르던가보더라.

이때 뜻밖에 방자 나와,

"도련님, 사또께옵서 부릅시오."

도련님 들어가니 사또 말씀하시되,

---

650) 독교(獨轎): 소 등에 가마를 싣고 가마 뒤채를 소 모는 사람이 잡고 가는 가마. 또는
     말 한 마리가 끄는 수레.
651) 별연(別輦): 임금이 타는 연(輦)과 다르게 만든 연.
652) 배: 배[舟]와 배[腹]는 동음이의어.
653) 기계(器械): 남자의 성기를 상징한 말.
654) 오목섬: 여자의 성기를 비유한 말.
655) 구정: 미상. 고삐를 말하는 것으로 보임.
656) 반부새: 말이 조금 거칠게 닫는 것.
657) 화장: 화장걸음. 뚜벅뚜벅 걷는 걸음.

"여봐라, 서울서 동부승지(同副承旨) 교지(敎旨)658)가 내려왔다. 나는 문부사정(文簿査定)659)하고 갈 것이니, 너는 내행(內行)660)을 배행(陪行)하여 명일(明日)로 떠나거라."

도련님 부교(父敎) 듣고, 일(一)은 반갑고 일변(一邊)은 춘향을 생각하니 흉중(胸中)이 답답하여 사지에 맥이 풀리고 간장이 녹는 듯, 두 눈으로 더운 눈물이 펄펄 솟아 옥면(玉面)을 적시거늘, 사또 보시고,

"너 왜 우나니. 내가 남원을 일생 살 줄로 알았더냐.661) 내직(內職)으로 승차(陞差)662)되니 섭섭히 생각 말고 금일부터 치행등절(治行等節)663)을 급히 차려 명일 오전으로 떠나거라."

겨우 대답하고 물러나와 내아(內衙)에 들어가, 사람이 무론(毋論) 상중하(上中下) 하고 모친께는 허물이 적은지라, 춘향의 말을 울며 청하다가 꾸중만 실컷 듣고 춘향의 집으로 나오는데, 설움은 기가 막히나 노상(路上)에서 울 수 없어 참고 나오는데, 속에서 두부장(豆腐醬) 끓듯 하는지라. 춘향 문전(門前) 당도하니 통째, 건더기째, 보(褓)째664) 왈칵 쏟아져 놓니,

"어푸 어푸 어허."

춘향이 깜짝 놀래어 왈칵 뛰어 내달아,

"애고 이게 웬일이오. 안으로 들어가시더니 꾸중을 들으셨소, 노상에 오시다가 무슨 분함 당하겨소,665) 서울서 무슨 기별(奇別)666)이 왔다더

---

658) 교지(敎旨): 4품 이상의 벼슬아치에게 주는 사령장.
659) 문부사정(文簿査定): 문서와 장부를 살펴서 정리함.
660) 내행(內行): 부녀자들의 여행.
661) 남원을 일생 살 줄로 알았더냐: 평생 남원부사를 할 것으로 알았느냐.
662) 승차(陞差): 벼슬이 오르는 것.
663) 치행등절(治行等節): 길 떠날 준비를 차리는 여러 가지 일.
664) 보(褓)째: 보자기째.
665) 당하겨소: 당하시었소.

니 중복(重服)667)을 입어겨소, 점잖으신 도련님이 이것이 웬일이오."

춘향이 도련님 목을 담쏙 안고 치마 자락을 걷어잡고 옥안(玉顔)에 흐르는 눈물 이리 씻고 저리 씻으면서,

"울지 마오, 울지 마오."

도련님 기가 막혀, 울음이란 게 말리는 사람이 있으면 더 울던 것이었다.

춘향 화를 내어,

"여보, 도련님. 아굴지668) 보기 싫소. 그만 울고 내력 말이나 하오."

"사또께옵서 동부승지 하계시단다."

춘향이 좋아하여,

"댁의 경사요. 그래서, 그러면 왜 운단 말이오."

"너를 버리고 갈 터이니 내 아니 답답하냐."

"언제는 남원 땅에서 평생 살으실 줄로 알았겠소. 나와 어찌 함께 가기를 바라리오. 도련님 먼저 올라가시면 나는 예서 팔 것 팔고 추후에 올라 갈 것이니 아무 걱정 마르시오. 내 말대로 하였으면 군속(窘束)669)잖고 졸 것이오. 내가 올라가더라도 도련님 큰댁으로 가서 살 수 없을 것이니, 큰댁 가까이 조그마한 집 방이나 두엇 되면 족하오니 염탐(廉探)하여 사 두소서. 우리 권구(眷口)670) 가더라도 공(空)밥 먹지 아니할 터이니, 그렇저렁 지내다가 도련님 나만 믿고 장가 아니 갈 수 있소. 부귀(富貴) 영총(榮寵) 재상가(宰相家)의 요조숙녀(窈窕淑女) 가리어

---

666) 기별(奇別): 승정원(承政院)에서 처리한 일을 아침마다 널리 알리던 일. 소식을 전한다는 의미로 쓰임.

667) 중복(重服): 사촌이나 고모 또는 고종 사촌 등의 상사 때에 9개월 동안 입는 상복(喪服).

668) 아굴지: 아가리.

669) 군속(窘束): 군색.

670) 권구(眷口): 한 집에 사는 식구.

서 혼정신성(昏定晨省)[671]할지라도 아주 잇든 마옵소서. 도련님 과거(科擧)하여 벼슬 높아 외방(外方)[672] 가면 신래마마(新來媽媽)[673] 치행(治行)할 제, 마마로 내 세우면 무슨 말이 되오리까. 그리 알아 조처(措處)하오."

"그게 이를 말이냐. 사정이 그렇기로 네 말을 사또께는 못 여쭙고 대부인(大夫人) 전(前) 여쭈오니, 꾸중이 대단하시며, 양반의 자식이 부형 따라 하향(下鄕)에 왔다 화방작첩(花房作妾)[674] 하여 데려간단 말이 전정(前程)에도 고이하고, 조정에 들어 벼슬도 못 한다더구나. 불가불(不可不) 이별이 될밖에 수 없다."

춘향이 이 말을 듣더니 고닥이[675] 발연변색(勃然變色)[676]이 되며, 요두전목(搖頭轉目)[677]에 붉으락푸르락 눈을 간잔지런하게[678] 뜨고, 눈썹이 꼿꼿하여지면서 코가 발씸발씸하며, 이를 뽀도독 뽀도독 갈며, 온 몸을 수숫잎 틀듯하며, 매 꿩 차는 듯하고 앉더니,

"허허. 이게 웬 말이오."

왈칵 뛰어 달려들며 치맛자락도 와드득 좌르륵 찢어버리며 머리도 와드득 쥐어뜯어 싹싹 비벼 도련님 앞에다 던지면서,

38

"무엇이 어쩌고 어째요. 이것도 쓸데없다."

명경(明鏡) 체경(體鏡) 산호죽절(珊瑚竹節)[679]을 두르쳐 방문 밖에 탕

---

671) 혼정신성(昏定晨省): 아침저녁으로 부모의 안부를 물어서 살핌. 혼정은 저녁에 부모님 잠자리를 보아드리는 것이고, 신성은 아침에 부모님께서 밤새 편안한가를 살피는 일.

672) 외방(外方): 외직(外職).

673) 신래마마(新來媽媽): 새로 과거에 급제한 사람의 첩. 마마는 벼슬아치의 첩을 이르는 말.

674) 화방작첩(花房作妾): 기생첩을 얻는 것.

675) 고닥이: 별안간.

676) 발연변색(勃然變色): 왈칵 성을 내며 얼굴색이 변함.

677) 요두전목(搖頭轉目): 머리를 흔들고 눈을 굴림.

678) 간잔지런하다: 눈시울이 처지게 가늘게 눈을 뜨는 모양.

탕 부딪치며 발도 동동 굴러 손뼉 치고 돌아앉아 자탄가(自嘆歌)로 우는 말이,

"서방 없는 춘향이가 세간사리 무엇하며
단장하여 뉘 눈에 괴일꼬
몹쓸 년의 팔자로다
이팔청춘(二八靑春) 젊은 것이 이별 될 줄 어찌 알랴
부질없는 이 내 몸을 허망하신 말씀으로 전정(前程) 신세 버렸구나
애고 애고 내 신세야."

천연(天然)히 돌아 앉아,
"여보 도련님, 이제 막 하신 말씀 참말이오, 농(弄)말이오. 우리 둘이 처음 만나 백년언약(百年言約) 맺을 적에 대부인 사또께옵서 시키시던 일이오니까? 빙자(憑藉)가 웬일이오. 광한루서 잠깐 보고 내 집에 찾아와서, 침침(沈沈) 무인(無人) 야삼경(夜三更)에 도련님은 저기 앉고 춘향 나는 여기 앉아 나더러 하신 말씀, 구맹불여천맹(舊盟不如天盟)이요 신맹불여천맹(新盟不如天盟)[680]이라고, 전년(前年) 오월 단오야(端午夜)에 내 손길 부여잡고 우당퉁탕 밖에 나와 당중(堂中)에 우뚝 서서 경경(耿耿)[681]히 맑은 하늘 천 번이나 가리키며 만 번이나 맹세키로 내 정녕(丁寧) 믿었더니, 말경(末境)에 가실 때는 톡 떼어버리시니 이팔청춘(二八靑春) 젊은 것이 낭군 없이 어찌 살꼬. 침침(沈沈) 공방(空房) 추

---

679) 산호죽절(珊瑚竹節): 산호로 만든 대나무 마디 모양의 비녀.
680) 구맹불여천맹(舊盟不如天盟)이요 신맹불여천맹(新盟不如天盟): 옛 맹세도 하늘에 하는 맹세만 못하고, 새 맹세도 하늘에 하는 맹세만 못하다.
681) 경경(耿耿): 불빛이 반짝반짝하는 모양.

야장(秋夜長)에 시름 상사(相思) 어이할꼬. 애고 애고 내 신세야. 모지도 다 모지도다, 도련님이 모지도다. 독하도다 독하도다, 서울 양반[682] 독하도다. 원수로다, 원수로다, 존비(尊卑) 귀천(貴賤) 원수로다. 천하에 다정한 게 부부정(夫婦情) 유별(有別)컨만 이렇듯 독한 양반 이 세상에 또 있을까? 애고 애고 내 일이야. 여보 도련님, 춘향 몸이 천(賤)타고 함부로 버려도 그만인 줄 알지 마오. 첩지박명(妾之薄命)[683] 춘향이가 식불감(食不甘)[684] 밥 못 먹고, 침불안(寢不安)[685] 잠 못 자면 며칠이나 살 듯하오. 상사(相思)로 병이 들어 애통하다 죽게 되면 애원(哀怨)한 내 혼신(魂神) 원귀(寃鬼)가 될 것이니, 존중(尊重)하신 도련님이 근들 아니 재앙(災殃)이오. 사람의 대접을 그리 마오. 인물(人物) 거천(擧薦)[686]하는 법이 그런 법 왜 있을꼬. 죽고지고 죽고지고. 애고 애고 설운지고."

39

한참 이리 자진(自盡)하여[687] 설이 울 제, 춘향 모는 물색(物色)[688]도 모르고,

"애고 저것들 또 사랑쌈이 났구나. 어, 참 아니꼽다. 눈구석 쌍가래톳[689] 설 일 많이 보네."

하고, 아무리 들어도 울음이 장차 길구나. 하던 일을 밀쳐놓고 춘향 방 영창(映窓) 밖으로 가만가만 들어가며 아무리 들어도 이별이로구나.

"허허, 이것 별일 났다."

---

682) 서울 양반: 이도령이 서울 사람이기 때문에 서울 양반이라고 했음.

683) 첩지박명(妾之薄命): 첩의 기구한 운명.

684) 식불감(食不甘): 식불감미(食不甘味). 음식을 먹어도 맛을 모름.

685) 침불안(寢不安): 침불안석(寢不安席). 잠을 자도 자리가 편치 않음.

686) 거천(擧薦): 어떤 일이나 사람에 대하여 관계하기 시작하는 것.

687) 자진(自盡)하여: 스스로 잦아들어.

688) 물색(物色): 까닭이나 형편.

689) 쌍가래톳: 양쪽 허벅다리에 함께 선 가래톳.

두 손뼉 땅땅 마주 치며,

"허허, 동네 사람 다 들어보오. 오늘날로 우리 집에 사람 둘 죽습네."

어간마루[690] 섭적 올라 영창(映窓) 문을 뚜드리며 우르르 달려들어 주먹으로 겨누면서,

"이 년 이 년, 썩 죽어라. 살아서 쓸데없다. 너 죽은 신체(身體)[691]라도 저 양반이 지고 가게. 저 양반 올라가면 뉘 간장(肝腸)을 녹일라냐? 이 년 이 년, 말 듣거라. 내 일상(日常) 이르기를, 후회되기 쉽느니라, 도도한 마음 먹지 말고 여염(閭閻) 사람 가리어서, 형세 지체 너와 같고 재주 인물이 모두 너와 같은 봉황(鳳凰)의 짝을 얻어 내 앞에 노는 양(樣)을 내 안목(眼目)에 보았으면 너도 좋고 나도 좋제. 마음이 도고하여[692] 남과 별로 다르더니 잘되고 잘되었다."

두 손뼉 꽝꽝 마주 치면서 도련님 앞에 달려들어,

40 "나와 말 좀 하여봅시다. 내 딸 춘향을 버리고 간다 하니 무슨 죄로 그러시오. 춘향이 도련님 모신 지 거진[693] 일 년 되었으되 행실이 그르던가? 예절이 그르던가? 침선(針線)이 그르던가? 언어(言語)가 불순(不順)턴가? 잡스런 행실 가져 노류장화(路柳牆花)[694] 음란턴가? 무엇이 그르던가? 이 봉변(逢變)이 웬일인가? 군자 숙녀 버리는 법 칠거지악(七去之惡)[695] 아니며는 못 버리는 줄 모르는가? 내 딸 춘향 어린 것을 밤

---

690) 어간마루: 방과 방 사이에 있는 마루.

691) 신체(身體): 갓 죽은 송장을 이르는 말.

692) 도고하다: 제 딴에는 잘났다고 생각하며 거만하고 교만스러운 것.

693) 거진: 거의.

694) 노류장화(路柳牆花): 길거리의 버드나무나 담벼락의 꽃은 아무나 꺾을 수 있다는 말에서, 기생이나 창녀를 말함.

695) 칠거지악(七去之惡): 여자가 결혼 후 쫓겨날 수 있는 일곱 가지 악행. 부모에게 불순한 것, 자식이 없는 것, 음란한 것, 투기가 있는 것, 나쁜 병이 있는 것, 말이 많은 것, 도둑질하는 것 등임.

낮으로 사랑할 제, 안고, 서고, 눕고, 지며 백년 삼만육천일에 떠나 사지 마자 하고 주야장천(畫夜長川) 어르더니, 말경(末境)에 갔을 제는 뚝 떼어버리시니, 양류천만산(楊柳千萬絲ㄴ)들 가는 춘풍(春風) 어이하며, 낙화(落花) 낙엽 되거드면 어느 나비가 다시 올까. 백옥(白玉) 같은 내 딸 춘향 화용신(花容身)696)도 부득이 세월이 장차 늙어져 홍안(紅顔)이 백수(白首) 되면 시호시호부재래(時乎時乎不再來)697)라 다시 젊던 못 하나니, 무슨 죄가 진중(鎭重)하여 허송백년(虛送百年) 하오리까. 도련님 가신 후에 내 딸 춘향 임 기룰 제,698) 월정명(月正明) 야삼경(夜三更)에 첩첩수심(疊疊愁心) 어린 것이 가장(家長) 생각 절로 나서 초당전(草堂前) 화계상(花階上) 담배 피워 입에다 물고 이리 저리 다니다가, 불꽃 같은 시름 상사(相思) 흉중(胸中)으로 솟아나, 손 들어 눈물 씻고 '후유' 한숨 길게 쉬고 북편을 가리키며 한양 계신 도련님도 나와 같이 기루신지, 무정하여 아주 잊고 일장편지(一張片紙) 아니 하신가. 긴 한숨에 듣는699) 눈물 옥안(玉顔) 홍상(紅裳) 다 적시고, 저의 방으로 들어가서 의복도 아니 벗고 외로운 베개 우에 벽만 안고 돌아 누워 주야장탄(畫夜長嘆) 우는 것은 병 아니고 무엇이오. 시름 상사 깊이 든 병, 내 구치 못 하고서 원통이 죽게 되면, 칠십당년(七十當年) 늙은 것이 딸 잃고 사위 잃고 태백산(太白山) 갈가마귀 게발 물어다 던지듯이700) 혈혈단신(孑孑單身)701) 이 내 몸이 뉘를 믿고 사잔 말고. 남 못 할 일 그리 마오. 애고

41

---

696) 화용신(花容身): 꽃다운 얼굴과 몸.
697) 시호시호부재래(時乎時乎不再來): 때여 때여 다시 오지 않으리.
698) 기룰 제: 그리워할 때.
699) 듣는: 방울져 떨어지는.
700) 태백산(太白山) 갈가마귀 게발 물어다 던지듯이: 제가 필요할 때는 애지중지하다가 쓸 모없게 되면 내버리고 돌아보지도 않는 경우를 비겨 이르는 말.
701) 혈혈단신(孑孑單身): 의지할 곳 없는 외로운 홀몸.

애고 설운지고. 못하지요, 몇 사람 신세를 망치려고 아니 데려가오. 도
련님, 대가리가 둘 돋쳤소. 애고 무서라. 이 쇠띵띵아."702)

왈칵 뛰어 달려드니, 이 말 만일 사또께 들어가면 큰 야단이 나겠거든,

"여보소 장모, 춘향만 데려가면 그만두겠나."

"그래, 아니 데려가고 견뎌낼까."

"너무 것세우지 말고703) 여기 앉아 말 좀 듣소. 춘향을 데려간대도
가마, 쌍교(雙轎), 말을 태워 가자하니 필경(畢竟)에 이 말이 날 것인즉
달리는 변통(變通)할 수 없고, 내 이 기가 막히는 중에 꾀 하나를 생각
하고 있네마는, 이 말이 입 밖에 나서는 양반 망신만 하는 게 아니라
우리 선조(先祖) 양반이 모두 망신을 할 말이로시."

"무슨 말이 그리 좌뜬704) 말이 있단 말인가."

"내일 내행(內行)이 나오실 제 내행 뒤에 사당(祠堂)이 나올 테니 배
행(陪行)은 내가 하겠네."

"그래서요."

"그만하면 알제."

"나는 그 말 모르겠소."

"신주(神主)는 모셔내어 내 창옷705) 소매에다 모시고, 춘향은 요여
(腰轝)706)에다 태워 갈밖에 수가 없네. 걱정 말고 염려 마소."

춘향이 그 말 듣고 도련님을 물끄러미 바라더니,

"마소 어머니, 도련님 너무 조르지 마소. 우리 모녀 평생 신세 도련
님 장중(掌中)에 매었으니 알아 하라 당부나 하오. 이번은 아마도 이별

---

702) 쇠띵띵아: 쇠띵띵이야. 쇠띵띵이는 쇳덩이를 말함. 이도령의 무심함을 비유한 말.
703) 것세우지 말고: 뻑뻑하게 우기지 말고.
704) 좌뜨다: 생각이 남보다 뛰어나다.
705) 창옷: 소창옷. 중치막 밑에 입던 웃옷의 하나. 두루마기와 같은데 소매가 좁음.
706) 요여(腰轝): 혼백(魂帛)이나 신주(神主)를 모시는 작은 가마.

할밖에 수가 없네. 이왕에 이별이 될 바는 가시는 도련님을 왜 조르리까마는, 우선 갑갑하여 그러하제. 내 팔자야, 어머니 건넌방으로 가옵소서."

"내일은 이별이 될 텐가보. 애고 애고 내 신세야. 이별을 어찌할꼬. 여보, 도련님."

"왜야."

"여보, 참으로 이별을 할 테요."

42

촛불을 돋워 켜고 둘이 서로 마주 앉아, 갈 이를 생각하고 보낼 이를 생각하니, 정신이 아득, 한숨질 눈물겨워 경경오열(哽哽嗚咽)[707]하여 얼굴도 대어보고 수족(手足)도 만져보며,

"날 볼 날이 몇 밤이오. 애달라 나쁜[708] 수작(酬酌) 오늘 밤이 망종(亡終)이니 나의 설운 원정(原情)[709] 들어보오. 연근육순(年近六旬) 나의 모친 일가친척 바이없고,[710] 다만 독녀(獨女) 나 하나라. 도련님께 의탁하여 영귀(榮貴)할까 바랐더니, 조물(造物)이 시기(猜忌)하고 귀신이 작해(作害)하여 이 지경이 되었구나. 애고 애고 내 일이야. 도련님 올라가면 나는 뉘를 믿고 사오리까? 천수만한(千愁萬恨) 나의 회포 주야(晝夜) 생각 어이 하리. 이화(李花) 도화(桃花) 만발할 제 수빈행낙(水濱行樂)[711] 어이 하며, 황국(黃菊) 단풍 늦어 갈 제 고절숭상(孤節崇尚)[712] 어이 할꼬. 독숙공방(獨宿空房) 긴긴 밤에 전전반측(輾轉反側) 어이 하리.

---

707) 경경오열(哽哽嗚咽): 슬픔에 목이 막혀 껄떡이며 우는 모양.
708) 나쁘다: 양이 차지 않는다.
709) 원정(原情): 억울한 사정을 호소함.
710) 바이없다: 전혀 없다.
711) 수빈행낙(水濱行樂): 물가에서 즐겁게 놂.
712) 고절숭상(孤節崇尚): 고고한 절개를 숭상함. 국화는 서리가 내린 뒤에도 꽃을 피우므로 절개를 상징함.

쉬나니 한숨이요, 뿌리나니 눈물이라. 적막강산(寂寞江山) 달 밝은 밤
에 두견성(杜鵑聲)을 어이 하리. 상풍고절(霜風高節)713) 만리변(萬里邊)에
짝 찾는 저 홍안성(鴻雁聲)을 뉘라서 금(禁)하오며, 춘하추동(春夏秋冬)
사시절(四時節)에 첩첩히 쌓인 경물(景物), 보는 것도 수심(愁心)이요, 듣
는 것도 수심이라."

애고애고 설이 울 제, 이도령 이른 말이,

"춘향아, 울지 마라. 부수소관첩재오(夫戍蕭關妾在吳)714)라 소관(蕭關)
의 부수(夫戍)들과 오(吳)나라 정부(征婦)715)들도 동서(東西) 임 기루어
서716) 규중심처(閨中深處) 늙어 있고, 정객관산노기중(征客關山路幾重)717)
에 관산(關山)의 정객(征客)이며, 녹수부용(綠水芙蓉)718) 채련녀(採蓮女)도
부부신정(夫婦新情) 극중(極重)타가 추월강산(秋月江山) 적막한데 연을 캐
어 상사(相思)하니, 나 올라간 뒤라도 창전(窓前)에 명월(明月)커든 천리
상사(千里相思) 부디 마라. 너를 두고 가는 내가 일일평분십이시(一日平分
十二時)719)를 낸들 어이 무심하랴. 울지 마라 울지 마라."

춘향이 또 우는 말이,

43   "도련님 올라가면 행화춘풍(杏花春風) 거리거리 취(醉)하는 게 장시주
(長時酒)720)요, 청루미색(靑樓美色) 집집마다 보시느니 미색이요, 처처

---

713) 상풍고절(霜風高節): 어떠한 어려움에 처하여도 굽히지 아니하는 높은 절개.
714) 부수소관첩재오(夫戍蕭關妾在吳): 님은 소관(蕭關)의 수자리 살고 첩은 오(吳)에 있도
    다. 당(唐)나라 왕가(王駕)의 「고의(古意)」의 한 구절. 소관은 감숙성(甘肅省)에 있는 관
    문(關門).
715) 정부(征婦): 싸움터에 나아간 군인의 아내.
716) 기루어서: 그리워하여.
717) 정객관산노기중(征客關山路幾重): 관산에 계신 임은 머나먼 길이 얼마던고. 왕발(王勃)
    의 「채련곡(採蓮曲)」의 한 구절. 정객은 출전한 임. 관산은 변방의 수자리.
718) 녹수부용(綠水芙蓉): 푸른 물에 연꽃. 왕발의 「채련곡」의 한 구절.
719) 일일평분십이시(一日平分十二時): 하루를 12등분으로 나눈 것.
720) 장시주(長時酒): 오랫동안 취하는 술이라는 의미로 보임.

(處處)에 풍악소리 간 곳마다 화월(花月)이라. 호색(好色)하신 도련님이 주야 호강 놀으실 제, 나 같은 하방천첩(遐方賤妾)[721]이야 손톱만치나 생각하오리까. 애고 애고 내 일이야."

"춘향아, 울지 마라. 한양성 남북촌(南北村)에 옥녀(玉女) 가인(佳人) 많건마는 규중심처(閨中深處) 깊은 정 너밖에 없었으니, 내 아무리 대장분들 일각(一刻)이나 잊을쏘냐."

서로 피차(彼此) 기가 막혀 연연(戀戀) 이별 못 떠날지라. 도련님 모시고 갈 후배사령(後陪使令)[722]이 나올 적에, 헐떡헐떡 들어오며,

"도련님. 어서 행차 하옵소서. 안에서 야단났소. 사또께옵서 도련님 어디 가셨느냐 하옵기에, 소인이 여쭙기를, 놀던 친구 작별차(作別次)로 문밖에 잠깐 나가셨노라 하였사오니 어서 행차 하옵소서."

"말 대령하였느냐?"

"말 마침 대령하였소."

백마욕거장시(白馬欲去長嘶)하고, 청아석별견의(靑娥惜別牽衣)로다.[723] 말은 가자고 네 굽을 치는데 춘향은 마루 아래 툭 떨어져 도련님 다리를 부여잡고,

"날 죽이고 가면 가지 살리고는 못 가고 못 가느니."

말 못하고 기절하니, 춘향 모 달려들어,

"향단아, 찻물 어서 떠오너라. 차(茶)를 다려 약(藥) 갈아라. 네 이 몹쓸 년아, 늙은 어미 어쩌려고 몸을 이리 상하느냐."

춘향이 정신 차려,

---

721) 하방천첩(遐方賤妾): 먼 지방의 천한 여자.
722) 후배사령(後陪使令): 뒤에 모시고 따르는 사령.
723) 백마욕거장시(白馬欲去長嘶)하고 청아석별견의(靑娥惜別牽衣)로다: 백마는 떠나자고 길게 울고 미인은 이별이 안타까워 옷을 잡아끌도다.

"애고, 갑갑하여라."

춘향의 모 기가 막혀,

"여보 도련님, 남의 생떼 같은 자식을 이 지경이 웬일이오. 결곡한 우리 춘향 애통하여 죽거드면 혈혈단신 이 내 신세 뉘를 믿고 사잔 말고."

도련님 어이없어,

"이봐 춘향아, 네가 이게 웬일이냐. 나를 영영 안 보란야?

44
하량낙일수운기(河梁落日愁雲起)724)는 소통국(蘇通國)725)의 모자(母子) 이별,

정객관산노기중(征客關山路幾重)에 오희월녀(吳姬越女)726) 부부 이별,

편삽수유소일인(徧揷茱萸少一人)727)은 용산(龍山)728)의 형제 이별,

서출양관무고인(西出陽關無故人)729)은 위성(渭城)의 붕우(朋友) 이별,

---

724) 하량낙일수운기(河梁落日愁雲起): 하수(河水)의 다리에 해가 지는데 쓸쓸한 구름은 일 어난다. 하량(河梁)은 하수의 다리로 이 다리에서 이별을 많이 했음.

725) 소통국(蘇通國): 한(漢)나라 소무(蘇武)가 흉노(匈奴)에 잡혀있을 때 그곳에서 낳은 아들 의 이름. 후에 소통국이 어머니를 이별하고 흉노에서 한나라로 왔음.

726) 오희월녀(吳姬越女): 중국 남쪽 지방의 여자들. 왕발의 「채련곡」의 한 구절로 남편을 변방에 보낸 여자들을 말함.

727) 편삽수유소일인(徧揷茱萸少一人): 왕유(王維)의 「구월구일억산동형제(九月九日憶山東 兄弟)」의 한 구절. 9월 9일 중양절(重陽節)에 높은 곳에 올라가 수유 열매를 머리에 꽂으 면 마귀를 쫓는다고 함.
　독재이향위이객(獨在異鄕爲異客) 타향에 홀로 나그네 되어 있으니
　매봉가절배사친(每逢佳節倍思親) 명절이 되면 어버이 생각이 더욱 나도다
　요지형제등고처(遙知兄弟登高處) 형제들은 높은 곳에 올라 알리라
　편삽수유소일인(徧揷茱萸少一人) 수유 꽂은 사람이 하나 비었음을

728) 용산(龍山): 진(晉)나라 환온(桓溫)이 용산(龍山)에서 9월 9일에 잔치를 열어 즐길 때, 맹가(孟嘉)의 모자가 바람에 날려 떨어진 고사와 왕유의 시 「구월구일억산동형제」를 혼 동한 것으로 보임.

729) 서출양관무고인(西出陽關無故人): 왕유의 「송원이사안서(送元二使安西)」의 한 구절. 이 시는 서쪽 변방인 양관으로 가는 친구를 위성에서 전송하면서 지은 시임.
　위성조우읍경진(渭城朝雨浥輕塵) 위성의 아침 비는 티끌을 적시는데
　객사청청류색신(客舍靑靑柳色新) 객사의 버들은 더욱 푸르도다

그런 이별 많아도 소식 들을 때가 있고 상면할 날이 있었으니, 내가 이제 올라가서 장원급제(壯元及第) 출신(出身)[730]하여 너를 데려 갈 것이니 울지 말고 잘 있거라. 울음을 너무 울면 눈도 붓고 목도 쉬고 골머리도 아프니라. 돌이라도 망주석(望柱石)[731]은 천만년이 지나가도 광석(壙石)[732]될 줄 몰라 있고, 나무라도 상사목(相思木)[733]은 창 밖에 우뚝 서서 일년춘절(一年春節) 다 지내되 잎이 필줄 몰라 있고, 병이라도 훼심병(毁心病)[734]은 오매불망(寤寐不忘) 죽느니라. 네가 나를 보려거든 설워 말고 잘 있거라."

춘향이 하릴없어,

"여보 도련님, 내 손의 술이나 망종(亡終) 잡수시오. 행찬(行饌)[735] 없이 가실진대 나의 찬합(饌盒) 갈마다가[736] 숙소참(宿所站) 잘자리에나 보듯이 잡수시오. 향단아, 찬합 술병 내 오너라."

춘향이 일배주(一盃酒) 가득 부어 눈물 섞어 드리면서 하는 말이,

"한양성 가시는 길에 강수청청(江樹靑靑) 푸르거든 원함정(遠含情)[737]을 생각하고, 천시가절(天時佳節) 때가 되어 세우(細雨)가 분분(紛紛)커든 노상행인욕단혼(路上行人欲斷魂)[738]이라. 마상(馬上)에 곤핍(困乏)하

권군갱진일배주(勸君更進一杯酒) 그대에게 다시 한 잔 술을 권하노니
서출양관무고인(西出陽關無故人) 서쪽으로 양관을 나서면 아는 이 없으리라

730) 장원급제(壯元及第) 출신(出身): 과거에서 1등으로 급제하여 벼슬길에 나아감.
731) 망주석(望柱石): 무덤 앞에 세운 한 쌍의 돌기둥.
732) 광석(壙石): 무덤 속에 묻힌 지석(誌石).
733) 상사목(相思木): 사랑하는 남녀의 무덤에서 나왔다는 나무.
734) 훼심병(毁心病): 마음을 상하는 병. 즉 상사병(相思病).
735) 행찬(行饌): 길을 가다가 먹는 음식의 반찬.
736) 갈마다가: 갊다. 갈무리하다. 잘 간수하다.
737) 원함정(遠含情): 멀리 정을 머금었도다. 송지문(宋之問)의 「별두심언(別杜審言)」의 '강수원함정(江樹遠含情, 강가의 나무는 멀리 정을 머금었도다)'을 이용했음.
738) 노상행인욕단혼(路上行人欲斷魂): 두목(杜牧)의 「청명(淸明)」의 한 구절.

여 병이 날까 염려오니, 방초 우초739) 저문 날에 일찍 들어 주무시고,
아침 날 풍우상(風雨牀)740)에 늦게야 떠나시며, 한 채찍 천리마(千里馬)
에 모실 사람 없사오니 부디부디 천금귀체(千金貴體) 시사(時仕)741) 안
보(安保)하옵소서. 녹수진경도(綠樹秦京道)742)에 평안이 행차하옵시고
일자음신(一字音信) 듣사이다. 종종 편지나 하옵소서."

도련님 하는 말이,

"소식 듣기 걱정마라. 요지(瑤池)의 서왕모(西王母)도 주목왕(周穆王)
45 을 만나려고 일쌍(一雙) 청조(靑鳥) 자래(自來)하여 수천 리 먼먼 길에
소식 전송하여 있고, 한무제(漢武帝) 중랑장(中郞將)743)은 상림원(上林
苑) 군부전(君父前)에 일척금서(一尺錦書) 보냈으니, 백안(白雁)744) 청조
(靑鳥) 없을망정 남원 인편(人便) 없을쏘냐. 슬퍼 말고 잘 있거라."

말을 타고 하직하니, 춘향 기가 막혀 하는 말이,

청명시절우분분(淸明時節雨紛紛) 청명 때 비는 어지럽게 오는데
노상행인욕단혼(路上行人欲斷魂) 길 가는 행인은 수심이 많도다
차문주가하처재(借問酒家何處在) 빌어 묻노니 술집은 어디메뇨
목동요지행화촌(牧童遙指杏花村) 목동이 멀리 행화촌을 가리키도다

739) 방초 우초: 미상.
740) 풍우상(風雨牀): 비바람이 치는 밤 벗이나 형제끼리 침상에 나란히 누워 자는 것을 말하
    는 풍우대상(風雨對牀)에서 온 것으로 보임. 여기서는 침상(寢牀)이라는 의미로 썼음.
741) 시사(時仕): 현직에 있는 것이라는 의미이나, 여기서는 현재라는 의미로 썼음.
742) 녹수진경도(綠樹秦京道): 송지문(宋之問)의 「조발소주(早發韶州)」의 한 구절. 이도령이
    서울로 간다는 것을 이 시의 첫 구절로 표현했음.
    녹수진경도(綠樹秦京道) 푸른 나무는 진나라 서울 가는 길에 있고
    청운낙수교(靑雲洛水橋) 푸른 구름은 낙수의 다리에 걸려 있도다
    고원장재목(故園長在目) 고향은 길이 눈에 삼삼한데
    혼거불수초(魂去不須招) 혼은 떠나 부를 수가 없구나
743) 한무제(漢武帝) 중랑장(中郞將): 한무제 때 소무(蘇武)의 벼슬이 중랑장이었음. 한무제
    는 소무를 흉노에 사신으로 보냈는데, 흉노에서는 그를 감금하고 19년이나 지난 뒤에야
    돌려보냈다. 소무는 흉노에 있으면서 비단에 쓴 편지[一尺錦書]를 기러기 발에 묶어서
    보냈다. 마침 천자가 상림원(上林苑)에서 이 기러기를 쏘아 그 소식을 알았음.
744) 백안(白雁): 소무의 편지를 전한 흰 기러기.

"우리 도련님이 가네 가네 하여도 거짓말로 알았더니, 말 타고 돌아
서니 참으로 가는구나."

춘향이가 마부(馬夫) 불러,

"마부야, 내가 문 밖에 나설 수가 없는 터니 말을 붙들어 잠깐 지체
하여 서라. 도련님께 한 말씀만 여쭐란다."

춘향이 내달아,

"여보 도련님, 이제 가시면 언제나 오시려오.

사절(四節) 소식 끈어질 절(絶)

보내는 이 아주 영절(永絶)

녹죽(綠竹) 창송(蒼松) 백이(伯夷) 숙제(叔齊)745) 만고충절(萬古忠節)

천산(千山)에 조비절(鳥飛絶)746)

와병(臥病)에 인사절(人事絶)747)

죽절(竹節)

송절(松節)

춘하추동 사시절(四時節)

끊어져 단절(斷絶)

분절(分節)

---

745) 백이(伯夷) 숙제(叔齊): 중국 은(殷)나라 말기의 절개 있는 선비. 백이와 숙제는 고죽국
(孤竹國)의 왕자였는데 왕위를 마다하고 숨어 살았다. 후에 무왕(武王)이 주(紂)임금을
칠때 이들은 극력 말렸다. 그러나 결국 무왕은 은나라 쳐서 없앴다. 백이와 숙제는 주
(周)나라 곡식을 먹지 않겠다고 하여 마침내 수양산(首陽山)에서 굶어 죽었음.
746) 천산(千山)에 조비절(鳥飛絶): 유종원(柳宗元)의 「강설(江雪)」의 한 구절.
천산조비절(千山鳥飛絶) 모든 산의 새는 날지 않고
만경인종멸(萬逕人蹤滅) 모든 길에 사람의 발자취는 끊겼는데
고주사립옹(孤舟蓑笠翁) 외로운 배에 삿갓 쓴 늙은이
독조한강설(獨釣寒江雪) 홀로 외롭게 눈 내린 강에서 낚시질 하누나
747) 와병(臥病)에 인사절(人事絶): 병들어 누우니 사람의 왕래가 끊기도다. 송지문(宋之問)
의 「별두심언(別杜審言)」의 한 구절.

훼절(毀節)

도련님은 날 버리고 박절(迫切)히 가시니

속절없는 나의 정절(貞節)

독숙공방(獨宿空房) 수절(守節)할 제 어느 때에 파절(破節)할고

첩(妾)의 원정(冤情) 슬픈 고절(苦節)

주야(晝夜) 생각 미절(未絶)할 제

부디 소식 돈절(頓絶)마오."

대문 밖에 거꾸러져 섬섬(纖纖)한 두 손길로 땅을 꽝꽝 치며,

"애고 애고, 내 신세야."

'애고' 일성(一聲) 하는 소리 황애산만풍소삭(黃埃散漫風蕭索)이요 정기무광일색박(旌旗無光日色薄)이라.[748] 엎어지며 자빠질 제 서운찮게 갈 양(樣)이면 몇 날 며칠 될 줄 모를레라. 도련님 타신 말은 준마가편(駿馬加鞭)이 아니냐. 도련님 낙루(落淚)하고 후기약(後期約)을 당부하고 말을 채쳐 가는 양(樣)은 광풍(狂風)에 편운(片雲)일러라.

춘향전 상(上) 종(終)

---

748) 황애산만풍소삭(黃埃散漫風蕭索)이요 정기무광일색박(旌旗無光日色薄)이라: 백거이의 「장한가」에, "누른 티끌은 흩어지며 바람은 쓸쓸한데 까마득한 잔교(棧橋)는 휘돌아 검각(劍閣)으로 오른다. 아미산 아래 행인은 드문데 깃발은 빛이 없고 햇빛은 엷도다.(黃埃散漫風蕭索 雲棧縈紆登劍閣 蛾嵋山下少人行 旌旗無光日色薄)"라는 구절에서 따왔음.

이때 춘향이 하릴없어 자던 침방(寢房)으로 들어가서,

"향단아, 주렴(珠簾) 걷고 안석(案席) 밑에 베개 놓고 문 닫아라. 도련님을 생시(生時)는 만나보기 망연(茫然)하니 잠이나 들면 꿈에 만나보자. 예로부터 이르기를,

꿈에 와 보이는 임은 신의(信義) 없다고 일렀건만
답답이 기룰진댄1) 꿈 아니면 어이 보리
꿈아 꿈아 네 오너라. 수심(愁心) 첩첩(疊疊) 한(恨)이 되어 몽불성(夢不成)에 어이 하랴.2)

애고 애고 내 일이야.

인간 이별 만사중(萬事中)에3) 독숙공방(獨宿空房) 어이 하리
상사불견(想思不見) 나의 심경 게 뉘라서 알아주리
미친 마음 이렁저렁 흐트러진 근심 후리쳐 다 버리고
자나 누나 먹고 깨나 임 못 보아 가슴 답답

---

1) 기룰진대: 그리워할진대.
2) 꿈에 와 보이는~: 당시에 유행하던 시조를 이용했음.
3) 인간 이별 만사중(萬事中)에~: 이 노래는 12가사 가운데 하나인 「상사별곡(相思別曲)」을 거의 그대로 옮겨놓은 것임.

어린 양자(樣子) 고운 소리 귀에 쟁쟁

보고 지고[4] 보고 지고 임의 얼굴 보고 지고

듣고 지고 듣고 지고 임의 소리 듣고 지고

전생(前生)에 무슨 원수로 우리 둘이 생겨나서

그린[5] 상사(想思) 한데 만나 잊지 말자 처음 맹세

죽지 말고 한데 있어 백년기약(百年期約) 맺은 맹세

천금주옥(千金珠玉) 꿈밖이요 세사일관[6] 관계하랴

근원 흘러 물이 되고 깊고 깊고 다시 깊고

사랑 모여 뫼가 되어 높고 높고 다시 높아

끊어질 줄 모르거든 무너질 줄 어이 알리

귀신이 작해(作害)하고 조물(造物)이 시기(猜忌)로다

일조(一朝) 낭군(郎君) 이별하니 어느 날에 만나보리

천수만한(千愁萬恨) 가득하여 끝끝이 느끼워라

옥안(玉顔) 운빈(雲鬢)[7] 공로(空老)하니 일월(日月)이 무정이라

오동추야(梧桐秋夜)[8] 달 밝은 밤은 어이 그리 더디 새며

녹음방초(綠陰芳草) 비낀 곳에 해는 어이 더디 간고

이 상사(想思) 아르시면 임도 나를 기루련만

독숙공방(獨宿空房) 홀로 누어 다만 한숨 벗이 되고

구곡간장(九曲肝腸)[9] 구비 썩어 솟아나니 눈물이라

눈물 모아 바다 되고 한숨 지어 청풍(淸風) 되면

---

4) 보고 지고: 보고 싶네.
5) 그린: 그리는.
6) 세사일관: 세사일분(世事一分)의 잘못으로 보임. 세사일분은 '세상 일 조금'이라는 의미.
7) 운빈(雲鬢): 여자의 탐스러운 귀밑머리를 함박송이 같은 구름에 비유한 것.
8) 오동추야(梧桐秋夜): 오동나무 잎이 떨어지는 가을 밤.
9) 구곡간장(九曲肝腸): 굽이굽이 사무친 마음 속.

일엽주(一葉舟) 무어10) 타고 한양낭군(漢陽郎君) 찾으련만 어이 그리
못 보는고

2

우수(憂愁) 명월(明月) 달 밝은 때 설심도군(爇心竈君)11) 느끼오니 소
연(昭然)한 꿈이로다

현야월(縣夜月)12) 두우성(斗牛星)13)은 임 계신 곳 비치련만

심중(心中)에 앉은 수심(愁心) 나 혼자 뿐이로다.

야색(夜色) 창망(滄茫)14)한데 경경(耿耿)이 비치는 게 창외(窓外)에 형
화(螢火)로다

밤은 깊어 삼경(三更)인데 앉았은들 임이 올까

누웠은들 잠이 오랴 임도 잠도 아니 온다

이 일을 어이 하리 아마도 원수로다

흥진비래(興盡悲來) 고진감래(苦盡甘來)15) 예로부터 있건마는

기다림도 적지 않고 기룬 제도 오래건만

일촌간장(一寸肝腸)16) 굽이굽이 맺힌 한(恨)을 임 아니면 뉘라 풀꼬

명천(明天)은 하감(下鑒)하사 수이 보게 하옵소서

미진인정(未盡人情) 다시 만나 백발(白髮)이 다 진(盡)토록 이별 없이
살고지고

묻노라 녹수청산(綠水靑山) 우리 임 초췌(憔悴) 행색(行色)

---

10) 뭇다: 조각을 여러 개 붙여서 만들다. 배를 만드는 것.

11) 설심도군(爇心竈君): 향을 태우면서 도군(竈君)께 비는 것. 도군은 부엌을 맡은 신.

12) 현야월(縣夜月): 높이 걸린 달.

13) 두우성(斗牛星): 북쪽의 별자리인 두성(斗星)과 우성(牛星).

14) 창망(滄茫): 아득한 모양.

15) 흥진비래(興盡悲來) 고진감래(苦盡甘來): 흥겨움이 다 지나가면 슬픔이 오고, 괴로움이
다 지나가면 기쁨이 온다.

16) 일촌간장(一寸肝腸): 한 치의 간과 창자라는 뜻으로, 애달프거나 애가 타는 마음을 이르
는 말.

아연(俄然)히 일별후(一別後)에 소식조차 돈절(頓絕)하다
인비목석(人非木石) 아닐진대[17] 임도 응당 느끼리라
애고 애고 내 신세야."

앙천자탄(仰天自嘆)에 세월을 보내는데, 이때 도련님은 올라 갈 제 숙소마다 잠 못 이뤄, 보고지고 나의 사랑 보고지고 주야불망(晝夜不忘) 우리 사랑, 날 보내고 기룬 마음 속히 만나 풀으리라. 일구월심(日久月深) 굳게 먹고 등과(登科) 괴방(魁榜)[18] 바라더라.

이때 수삭(數朔)만에 신관(新官) 사또 났으되, 자하(紫霞)골[19] 변학도(卞學道)라 하는 양반이 오는데, 문필(文筆)도 유여(有餘)하고, 인물풍채(人物風采) 활달(豁達)하고, 풍류(風流) 속에 달통(達通)하여 외입(外入) 속이 넉넉하되, 한갓 흠이 성정(性情) 괴팍(乖愎)한 중에 사증(邪症)[20]을 겸하여 혹시 실덕(失德)도 하고 오결(誤決)[21]하는 일이 간다(間多) 고(故)로[22] 세상에 아는 사람은 다 고집불통이라 하것다. 신연(新延)[23] 하인(下人) 현신(現身)[24]할 제,

"사령(使令) 등(等) 현신이오."

"이방(吏房)[25]이오."

---

17) 인비목석(人非木石) 아닐진대: '인비목석(人非木石)'은 사람이 목석이 아니라는 의미이므로 '아닐진대'는 필요 없이 덧붙인 것임.

18) 괴방(魁榜): 과거에 첫째로 급제하는 것.

19) 자하골: 자하동(紫霞洞). 현재 서울 청운동에 있던 마을 이름.

20) 사증(邪症): 보통 때는 멀쩡한 사람이 때때로 미친 듯이 행동하는 증세.

21) 오결(誤決): 일의 처리나 판단을 잘못하는 것.

22) 간다(間多) 고(故)로: 사이사이 많은 까닭에.

23) 신연(新延): 지방관청의 장교나 아전들이 새로 임명된 원을 그 집에 가서 맞아오는 일.

24) 현신(現身): 아랫사람이 윗사람에게 처음으로 자신을 보이는 것.

25) 이방(吏房): 지방관청의 육방(六房)의 하나. 또는 그 부서의 구실아치. 인사(人事)나 비서(祕書) 따위에 관한 사무를 맡아 봄.

"감상(監床)26)이오."

"수배(隨陪)27)요."

"이방 부르라."

"이방이오."

"그새 너의 골28)에 일이나 없느냐?"

"예, 아직 무고(無故)합네다."

"네 골 관노(官奴)가 삼남(三南)에 제일이라제."

"예, 부림 직하옵네다."

"또 네 골에 춘향(春香)이란 계집이 매우 색(色)이라지."

"예."

3

"잘 있냐."

"무고하옵네다."

"남원이 예서 몇 린(里ㄴ)고?"

"육백삼십 리로소이다."

마음이 바쁜지라,

"급히 치행(治行)하라."

신연하인 물러나와,

"우리 골에 일이 났다."

이때 신관 사또 출행(出行) 날을 급히 받아 도임차(到任次)로 내려올 제, 위의(威儀)도 장(壯)할시고. 구름 같은 별연(別輦) 독교(獨轎)29) 좌우 (左右) 청장(靑帳)30) 떡 벌이고, 좌우 편 부축 급창(及唱)31) 물색(物色)

---

26) 감상(監床): 귀한 사람에게 바치는 음식상을 살펴보는 구실아치.

27) 수배(隨陪): 벼슬아치가 행차할 때 시중드는 구실아치.

28) 골: 고을의 준말.

29) 독교(獨轎): 말 한 마리가 끄는 가마.

30) 청장(靑帳): 가마의 푸른색 휘장.

진한 모시 철릭[32] 백저전대(白苧戰帶)[33] 고[34]를 늘여 엇비슷이 눌러 매고, 대모관자(玳瑁貫子)[35] 통영(統營)갓[36]을 이마 눌러 숙여 쓰고, 청 장 줄 겹쳐 잡고,

"에라, 물렀거라, 나 있거라."[37]

혼금(閽禁)[38]이 지엄(至嚴)하고, 좌우 구종(驅從) 긴경마[39]에 뒤채잡 이[40] 힘써라. 통인(通引) 한 쌍(雙) 착전립(着戰笠)[41]에 행차배행(行次陪 行) 뒤를 딿고, 수배(隨陪), 감상(監床), 공방(工房)[42]이며 신연(新延) 이 방(吏房) 가선[43]하다. 뇌자(牢子) 한 쌍(雙), 사령(使令) 한 쌍, 일산(日傘) 보종(步從)[44] 전배(前陪)[45]하여 대로변(大路邊)에 갈라서고, 백방수주 (白紡水紬)[46] 일산 복판 남수주(藍水紬)[47] 선(線)을 둘러 주석(朱錫) 고리

---

31) 부축 급창(及唱): 부축하는 급창. 급창은 군아(郡衙)에서 부리던 사람.

32) 물색(物色) 진한 모시 철릭: 색이 짙은 모시로 만든 철릭. 철릭은 허리에 주름을 잡고 큰 소매가 있는 무관이 입는 옷.

33) 백저전대(白苧戰帶): 흰 모시로 만든 전대. 전대는 군복에 매던 띠.

34) 고: 옷고름이나 노끈 등을 잡아 맬 때 풀리지 않도록 한 가닥을 조금 빼어 고리처럼 맨 것.

35) 대모관자(玳瑁貫子): 대모로 만든 관자. 대모는 바다거북의 껍데기. 관자는 망건이 흘러 내리지 않게 망건줄을 초여서 줄을 꿰는 고리.

36) 통영(統營)갓: 갓 중에는 경상도 통영에서 나는 갓이 제일 유명했음.

37) 나 있거라: 나가 있거라.

38) 혼금(閽禁): 관청에서 잡인(雜人)의 출입을 금지하는 것.

39) 긴경마: 의식에 쓰는 말의 왼쪽에 달린 긴 고삐.

40) 뒤채잡이: 가마의 뒤채를 잡은 사람.

41) 착전립(着戰笠): 전립을 씀. 전립은 군인이 쓰던 벙거지.

42) 공방(工房): 지방관청의 육방(六房)의 하나 또는 그 부서의 구실아치. 건축 토목 따위에 관한 사무를 맡아 봄.

43) 가선: 쌍꺼풀이 진 눈시울에 주름진 금. 구실아치들의 위엄 있는 풍채를 말함.

44) 일산(日傘) 보종(步從): 일산을 들고 걸어서 따라오는 종. 일산은 자루가 긴 양산으로 감사나 유수 또는 수령이 부임할 때 받는다. 일산은 흰 바탕에 남빛 선을 둘렀음.

45) 전배(前陪): 상전의 앞에서 모시는 것.

46) 백방수주(白紡水紬): 백방사로 짠 수아주. 흰색의 질 좋은 비단. 수아주는 좋은 품질의

얼른얼른 호기(豪氣) 있게 내려올 제, 전후의 혼금(閽禁)소리 청산(靑山)
이 상응(相應)하고 권마성(勸馬聲)48) 높은 소리 백운(白雲)이 담담(澹澹)
이라.49)

전주(全州)에 득달(得達)하여 경기전(慶基殿)50) 객사(客舍)51) 연명(延
命)52)하고, 영문(營門)에 잠깐 다녀 조분목53) 썩 내달아 만마관(萬馬
關)54) 노구바우55) 넘어 임실(任實)56) 얼른 지내어, 오수(獒樹)57) 들러
중화(中火)58)하고 즉일도임(卽日到任)할새, 오리정(五里亭)59)으로 들어
갈 제, 천총(千摠)60)이 영솔(領率)하고 육방(六房)61) 하인 청로도(淸路
道)62)로 들어올 제, 청도(淸道)63) 한 쌍, 홍문기(紅門旗)64) 한 쌍, 주작

비단.
47) 남수주(藍水紬): 남빛 물을 들인 수아주.
48) 권마성(勸馬聲): 임금이나 높은 지위의 사람들이 말이나 가마를 타고 갈 때, 위세를 더하
기 위하여 그 앞에서 역졸이 가는 목청을 길게 빼서 부르는 소리.
49) 담담(澹澹)이라: 맑고 맑다.
50) 경기전(慶基殿): 전주의 남문 근처에 있는 건물로 조선 태조의 초상화를 모셔놓았음.
51) 객사(客舍): 각 지방 관아의 왕명을 받고 오르내리는 벼슬아치들이 묵던 집. 여기에 궐패
(闕牌)를 모셔놓는다. 궐패는 객사 안에 있는 '闕'자를 새긴 나무패로 임금을 상징함.
52) 연명(延命): 감사나 수령 등이 부임할 때 궐패 앞에서 임금의 명령을 전달하는 의식.
53) 조분목: 전주 남쪽 5리쯤에 있는 지명. 좁은 산목장이.
54) 만마관(萬馬關): 전주와 임실 사이에 있는 큰 고개.
55) 노구바우: 노구암(爐口巖). 만마관과 임실 사이에 있는 지명.
56) 임실(任實): 전라북도 임실군 임실읍.
57) 오수(獒樹): 현재 임실군 오수면. 들불이 났을 때 개가 개울에 가서 몸에 물을 묻혀와
술 취한 주인을 살렸다는 전설이 있음.
58) 중화(中火): 길을 가다가 도중에서 먹는 점심.
59) 오리정(五里亭): 남원에서 서울 쪽으로 5리쯤에 있던 정자.
60) 천총(千摠): 천총은 정3품의 무관이나, 여기서는 관아의 장교(將校)를 말하는 것으로 보임.
61) 육방(六房): 승정원(承政院)과 각 지방 관아에 두었던, 이방(吏房), 호방(戶房), 예방(禮
房), 병방(兵房), 형방(刑房), 공방(工房)의 총칭.
62) 청로도(淸路道): 깨끗이 청소한 길.
63) 청도(淸道): 청도기(淸道旗). 행군할 때 선두에 세우는 깃발. 행군의 앞을 치우라는 의미
로 세웠음. 이 아래의 깃발과 인원은 『병학지남(兵學指南)』의 「대장청도도(大將淸道圖)」

(朱雀),65) 남동각(南東角),66) 남서각(南西角), 홍초(紅招),67) 남문(藍門)
한 쌍, 청룡(靑龍),68) 동남각(東南角), 서남각(西南角), 남초(藍招) 한 쌍,
현무(玄武),69) 북동각(北東角), 북서각(北西角), 흑초(黑招), 홍문(紅門) 한
쌍, 등사(騰蛇), 순시(巡視)70) 한 쌍, 영기(令旗)71) 한 쌍, 집사(執事)72)
한 쌍, 기패관(旗牌官)73) 한 쌍, 군뢰(軍牢) 열두 쌍, 좌우가 요란하다.
행군(行軍)74) 취타(吹打)75) 풍악(風樂)소리 성동(城東)에 진동하고, 삼현

에 있는 행군 순서를 그대로 옮긴 것인데, 중간 중간에 빠진 것이 있음.

64) 홍문기(紅門旗): 붉은 색의 문기(門旗). 문기는 진문 밖에 세우던 군기로 동서남북과 중앙
   의 오방에 남색, 붉은색, 흰색, 검은색, 누른색을 각각 둘씩 세웠다. 깃발 바탕에는 날개
   돋친 호랑이를 그렸음.

65) 주작(朱雀): 주작기(朱雀旗). 대오방기(大五方旗) 가운데 진영의 앞에 세워 전군(前軍)을
   지휘하는 데에 쓰던 군기. 붉은 바탕에 머리가 셋인 주작과 파란색, 붉은색, 누런색, 흰색
   의 구름무늬가 그려져 있다. 방위는 남쪽을 맡음.

66) 남동각(南東角): 남동쪽을 알려주는 각기(角旗). 각기는 진중에서 방위를 표시하던 깃발.
   이 아래에 여러 가지 각기가 나옴.

67) 홍초(紅招): 홍초기(紅招旗). 붉은색 고초기(高招旗). 고초기는 군기의 하나로, 동서남북
   과 중앙의 다섯 방위에 나누어 그 방위에 따라 파란색, 흰색, 붉은색, 검은색, 누런색으로
   나타내고 팔괘(八卦)와 불꽃무늬를 그렸음.

68) 청룡(靑龍): 청룡기(靑龍旗). 대오방기(大五方旗) 가운데 진영(陣營)의 왼편에 세워 좌군
   (左軍)을 지휘하는 데에 쓰던 군기(軍旗). 파란 바탕에 청룡과 파란색, 붉은색, 누런색,
   흰색의 구름무늬가 그려져 있다. 방위는 서쪽을 맡음.

69) 현무(玄武): 현무기(玄武旗). 대오방기(大五方旗) 가운데 진영의 뒷문에 세워 후군(後軍)
   을 지휘하는 데 쓰던 군기. 검정 바탕에 거북과 뱀이 얽혀 있는 모양과 파란색, 붉은색,
   누런색, 흰색의 구름무늬가 그려져 있다. 방위는 북쪽을 맡음.

70) 등사(騰蛇) 순시(巡視): 등사기(騰蛇旗)와 순시기(巡視旗). 등사기는 대오방기(大五方旗)
   가운데 진영(陣營) 중앙에 세워 중군(中軍)을 지휘하는 데에 쓰던 군기. 누런 바탕에 상상
   의 뱀인 등사와 파란색, 붉은색, 누런색, 흰색의 구름무늬가 그려져 있다. 방위는 중앙을
   맡는다. 순시기는 군대 안에서 죄를 범한 자를 순찰하여 잡아 올 때에 쓰던 군기로 파란
   바탕에 붉은 글씨로 썼음.

71) 영기(令旗): '令'자를 쓴 깃발.

72) 집사(執事): 지방 관청의 낮은 벼슬의 무관.

73) 기패관(旗牌官): 낮은 벼슬의 무관.

74) 행군(行軍): 군대의 행진.

75) 취타(吹打): 군악대가 관악기와 타악기를 연주하던 일.

육각(三絃六角)⁷⁶⁾ 권마성(勸馬聲)은 원근(遠近)에 낭자(狼藉)하다.

광한루(廣寒樓)에 포진(鋪陳)하여 개복(改服)⁷⁷⁾하고 객사(客舍)에 연명

차(延命次)⁷⁸⁾로 남여(籃輿)⁷⁹⁾ 타고 들어갈새, 백성 소시(所視) 엄숙하게

보이려고 눈을 별양(別樣) 궁글궁글. 객사에 연명하고 동헌(東軒)⁸⁰⁾에

좌기(坐起)하고 도임상(到任床)⁸¹⁾을 잡순 후,

"행수(行首)⁸²⁾ 문안(問安)이오."

행수 군관(軍官) 집례(執禮)⁸³⁾ 받고, 육방(六房) 관속(官屬) 현신(現身)

받고, 사또 분부 하되,

"수노(首奴) 불러 기생 점고(點考)⁸⁴⁾하라."

호장(戶長)⁸⁵⁾이 분부 듣고 기생안책(妓生案冊)⁸⁶⁾ 들여놓고 호명(呼名)

을 차례로 부르는데, 낱낱이 글귀(句)로 부르던 것이었다.

"우후(雨後) 동산(東山) 명월(明月)이."

명월이가 들어를 오는데, 나군(羅裙)⁸⁷⁾ 자락을 거듬거듬 거둬다가 세

류흉당(細柳胸膛)⁸⁸⁾에 딱 붙이고 아장아장 들어를 오더니, 점고 맞고,

"나오."

---

76) 삼현육각(三絃六角): 갖가지 악기. 삼현은 거문고, 가야금, 향비파. 육각은 북, 장고, 해
　금, 피리, 태평소 한 쌍을 합쳐서 말함.
77) 개복(改服): 의식 때 관복을 갈아입던 일.
78) 연명차(延命次): 연명하기 위하여.
79) 남여(籃輿): 앉는 자리가 의자 비슷하고 뚜껑이 없는 작은 가마.
80) 동헌(東軒): 지방 관아의 원(員)들이 공무를 처리하는 대청마루.
81) 도임상(到任床): 원님이 도임할 때 잘 차려서 대접하던 음식상.
82) 행수(行首): 항오(行伍)의 우두머리.
83) 집례(執禮): 예식을 주장하는 사람.
84) 점고(點考): 명부에 일일이 점을 찍어가며 사람 수를 낱낱이 조사하는 것.
85) 호장(戶長): 고을 아전의 우두머리.
86) 기생안책(妓生案冊): 기생의 이름 등을 기록한 장부.
87) 나군(羅裙): 얇은 비단 치마.
88) 세류흉당(細柳胸膛): 버드나무처럼 가는 몸매의 가슴 한 복판.

"어주축수애산춘(漁舟逐水愛山春)⁸⁹⁾에 양편 난만(爛漫) 고운 춘색(春色)이 이 아니냐, 도홍(桃紅)이."

도홍이가 들어를 오는데, 홍상(紅裳) 자락을 거둬 안고 아장아장 조촘 걸어 들어를 오더니, 점고 맞고,

"나오."

"단산(丹山)⁹⁰⁾에 저 봉(鳳)이 짝을 잃고 벽오동(碧梧桐)에 깃들이니 산수지령(山獸之靈)이요, 비충지정(飛蟲之精)이라.⁹¹⁾ 기불탁속(饑不啄粟)⁹²⁾ 굳은 절개 만수문전(萬壽門前) 채봉(彩鳳)이."

채봉이가 들어오는데, 나군 두른 허리 맵시 있게 거둬 안고 연보(蓮步)⁹³⁾를 정(正)히 옮겨 아장 걸어 들어와 점고 맞고, 좌부진퇴⁹⁴⁾로,

"나오."

"청정지연부개절(淸淨之蓮不改節)⁹⁵⁾에 묻노라 저 연화(蓮花), 어여쁘고 고운 태도 화중군자(花中君子)⁹⁶⁾ 연심(蓮心)이."

연심이가 들어오는데, 나상(羅裳)을 거둬 안고 나말(羅襪)⁹⁷⁾ 수혜(繡

---

89) 어주축수애산춘(漁舟逐水愛山春): 왕유(王維)의 「도원행(桃源行)」의 한 구절. "고기잡이 배는 물을 따라 봄의 산을 사랑하고, 강 언덕의 복숭아꽃은 나루를 끼고 있도다.(漁舟逐水 愛山春 兩岸桃花夾去津)"
90) 단산(丹山): 단혈산(丹穴山). 봉황이 사는 산.
91) 산수지령(山獸之靈)이요 비충지정(飛蟲之精)이라: 온갖 산짐승과 날아다니는 것 가운데 가장 신령스러운 존재라. 봉황을 말함.
92) 기불탁속(饑不啄粟): 이백의 시 「고풍(古風)」에 "봉황은 굶어도 좁쌀은 쪼아 먹지 않고 다만 먹는 것은 낭간뿐이다.(鳳饑不啄粟 所食惟琅玕)"라고 했음. 낭간은 옥(玉)의 한 가지.
93) 연보(蓮步): 여인의 아름다운 걸음걸이.
94) 좌부진퇴: 걸음걸이의 하나이나 정확하게 무슨 의미인지 알 수 없음.
95) 청정지연부개절(淸淨之蓮不改節): 맑고 깨끗한 연꽃은 절개를 바꾸지 않음.
96) 화중군자(花中君子): 연꽃. 주돈이(周淳頤)의 「애련설(愛蓮設)」에 "나는, 국화는 꽃 가운데 은둔자요, 모란은 부귀자요, 연은 군자라고 생각한다.(子謂菊花之隱逸者 牧丹花之富貴者 蓮花之君子者也)"고 했음.
97) 나말(羅襪): 비단 버선.

鞋)98) 끌면서 아장 걸어 가만가만 들어오더니, 좌부진퇴로,

"나오."

"화씨(和氏)같이 밝은 달99) 벽해(碧海)에 드렸나니 형산백옥(荊山白玉)
명옥(明玉)이."

명옥이가 들어오는데, 기하상(芰荷裳)100) 고운 태도 이행(履行)이 진
중(珍重)한데,101) 아장 걸어 가만가만 들어를 오더니, 점고 맞고 좌부
진퇴로,

"나오."

"운담풍경근오천(雲淡風輕近午天)102)에 양류편금(楊柳片金)에 앵앵(鶯
鶯)이."

앵앵이가 들어오는데, 홍상(紅裳) 자락을 에후리쳐 세류흉당(細柳胸膛)
에 딱 붙이고 아장 걸어 가만가만 들어오더니, 점고 맞고 좌부진퇴로,

"나오."

사또 분부하되,

"자주 부르라."

"예."

호장(戶長)이 분부 듣고 넉 자 화도103)로 부르는데,

5

---

98) 수혜(繡鞋): 수놓은 비단으로 장식한 여성용 신발.

99) 화씨(和氏)같이 밝은 달: 화씨(和氏)의 옥(玉)과 같이 밝은 달. 화씨의 옥은 중국 초(楚)
나라 사람인 변화(卞和)가 구했다는 좋은 옥.

100) 기하상(芰荷裳): 마름과 연잎으로 만든 치마. 소박한 옷을 말하나, 여기서는 아름다운
옷이라는 의미로 썼음.

101) 이행(履行)이 진중(珍重)한데: 걸음걸이가 신중한데.

102) 운담풍경근오천(雲淡風輕近午天): 정호(程顥)의 시 「춘일우성(春日偶成)」에 "구름은 엷
고 바람은 가벼워 때는 오시(午時)에 가까운데 꽃 찾아 버들 따라 앞 내를 건너도다.(雲淡
風輕近午天 訪花隨柳過前川)"라는 구절이 있음.

103) 넉 자 화도: 네 자씩 글자를 맞추는 것을 말함.

"광한전(廣寒殿) 높은 집에 헌도(獻桃)하던[104] 고운 선비(仙妃)[105] 반겨 보니 계향(桂香)이."

"예, 등대(等待)하였소."

"송하(松下)에 저 동자(童子)야,[106] 묻노라 선생 소식 수첩청산(數疊靑山)에 운심(雲深)이."

"예, 등대하였소."

"월궁(月宮)[107]에 높이 올라 계화(桂花)를 꺾어 애절(愛折)이."

"예, 등대하왔소."

"차문주가하처재(借問酒家何處在)[108]요 목동요지(牧童遙指) 행화(杏花)."

"예, 등대하왔소."

"아미산월반륜추(峨眉山月半輪秋)[109] 영입평강(影入平羌)에 강선(江仙)이."

"예, 등대하였소."

---

104) 헌도(獻桃)하던: 복숭아를 바치던. 3천 년 만에 한 번씩 꽃이 피고 열매가 맺는다는 선경(仙境)에 있는 복숭아를 선녀인 서왕모(西王母)가 한무제(漢武帝)에게 장수를 축복하는 뜻으로 바쳤다고 함.

105) 선비(仙妃): 선녀(仙女). 광한전은 달에 있는 궁전이니 달나라의 선녀를 가리킨다.

106) 송하(松下)에 저 동자(童子)야: 가도(賈島)의 시 「방도자불우(訪道者不遇)」를 이용했음.
　송하문동자(松下問童子) 소나무 밑에서 동자에게 물으니
　언사채약거(言師採藥去) 선생은 약초 캐러 산으로 갔다고 하네
　지재차산중(只在此山中) 다만 산중에는 있으나
　운심부지처(雲深不知處) 구름이 깊어 어디 있는지 모르겠노라

107) 월궁(月宮): 달. 달 속에 계수나무가 있다는 전설이 있음.

108) 차문주가하처재(借問酒家何處在): 묻노니 술집은 어드메 있느뇨. 두목(杜牧)의 시 「청명(淸明)」의 한 구절.

109) 아미산월반륜추(峨眉山月半輪秋): 이백의 시 「아미산월가(峨眉山月歌)」를 이용했음.
　아미산월반륜추(峨眉山月半輪秋) 아미산 높아 달도 반만 뵈는 가을에
　영입평강강수류(影入平羌江水流) 그림자는 평강의 강물에 흐르네
　야발청계향삼협(夜發淸溪向三峽) 밤에 청계를 떠나 삼협으로 향하는 길에
　사군불견하유주(思君不見下渝州) 그대 생각에 유주를 지난 줄도 몰랐네

"오동(梧桐) 복판(腹板) 거문고 타고 나니 탄금(彈琴)이."

"예, 등대하왔소."

"팔월부용(八月芙蓉) 군자(君子) 용(容)은110) 만당추수(滿塘秋水) 홍련(紅蓮)이."

"예, 등대하였소."

"주홍당사(朱紅唐絲)111) 갖은 매듭 차고 나니 금낭(錦囊)이."

"예, 등대하왔소."

사또 분부하되,

"한 숨에 열두서넛씩 부르라."

호장이 분부 듣고 자주 부르는데,

"양대선(陽臺仙), 월중선(月中仙), 화중선(花中仙)이."

"예, 등대하왔소."

"금선(錦仙)이, 금옥(錦玉)이, 금연(錦蓮)이."

"예, 등대하였소."

"농옥(弄玉)이, 난옥(蘭玉)이, 홍옥(紅玉)이."

"예, 등대하였소."

"바람 맞은 낙춘(落春)이."

"예, 등대 들어를 가오."

낙춘이가 들어를 오는데, 제가 잔뜩 맵시 있게 들어오는 체하고 들어오는데, 새면112)한단 말은 듣고 이마빡에서 시작하여 귀 뒤까지 파제치고, 분성적(粉成赤)113)한단 말은 들었던가 개분114) 석 냥 일곱 돈

110) 용(容)은: 모습은.
111) 주홍당사(朱紅唐絲): 주홍색의 중국산 노끈.
112) 새면: 얼굴을 아름답게 하는 것.
113) 분성적(粉成赤): 얼굴 화장을 하는데 연지 같은 것을 많이 쓰지 않고 분으로 담박하게 꾸미는 것.

어치를 무지금하고[115] 사다가, 성(城) 겉에 회 칠하듯 반죽하여 온 낯
에다 맥질[116]하고 들어오는데, 키는 사근내(沙斤乃) 장승만 한[117] 년이
치마 자락을 훨씬 추어다 턱밑에 딱 붙이고 무논[118]에 고니[119] 거름으
로 찔룩 껑충껑충 엉금 섭적 들어오더니, 점고 맞고,

"나오."

연연(娟娟)[120]히 고운 기생 그 중에 많건마는, 사또께옵서는 근
본[121] 춘향의 말을 높이 들었는지라. 아무리 들으시되 춘향 이름 없는
지라. 사또 수노(首奴) 불러 묻는 말이,

"기생 점고 다 되어도 춘향은 안 부르니 퇴기(退妓)냐?"

6 수노 여쭈오되,

"춘향 모(母)는 기생이되 춘향은 기생이 아닙니다."

사또 문왈(問曰),

"춘향이가 기생이 아니면 어찌 규중(閨中)에 있는 아이 이름이 높이
난다?"

수노 여쭈오되,

"근본 기생의 딸이옵고 덕색(德色)이 장(壯)한 고(故)로, 권문세족(權
門世族) 양반네와 일등재사(一等才士) 한량(閑良)[122]들과 내려오신 등내

---

114) 개분: 좋지 않은 분.
115) 무지금하고: 값을 묻지 않고. 비싼 값에.
116) 맥질: 매흙질. 벽 거죽에 마지막으로 곱고 부드러운 흙을 바르는 것.
117) 사근내 장승만 하다: 키가 크다는 뜻. 사근내는 경기도 과천에서 수원으로 가는 도중에
    있는 시내.
118) 무논: 물이 있는 논.
119) 고니: 백조.
120) 연연(娟娟): 아름다운 모양.
121) 근본: 애당초.
122) 한량(閑良): 놀고먹는 말단의 양반계층. 여기서는 돈 잘 쓰고 놀기를 좋아하는 사람을
    말함.

(等內)[123]마다 구경코자 간청하되, 춘향 모녀 불청(不聽)키로 양반 상하 물론(勿論)하고 액내지간(額內之間)[124] 소인 등도 십년 일득대면(一得對面)[125]하되 언어수작(言語酬酌) 없삽더니, 천정(天定)하신 연분인지 구관(舊官) 사또 자제 이도련님과 백연기약(百年期約) 맺사옵고 도련님 가실 때에 입장후(入丈後)에[126] 데려가마 당부하고 춘향이도 그리 알고 수절하여 있삽네다."

사또 분을 내어,

"이놈, 무식한 상놈인들 그게 어떠한 양반이라고. 엄부시하(嚴父侍下)요, 미장전(未丈前) 도련님이 하방(遐方)에 작첩(作妾)하여 사자할꼬. 이놈, 다시는 그런 말을 입 밖에 내어서는 죄를 면치 못하리라. 이미 내가 저 하나를 보려다가 못 보고 그저 말랴. 잔말 말고 불러 오라."

춘향을 부르란 청령(廳令)[127]이 났는데, 이방(吏房) 호장(戶長)이 여쭈오되,

"춘향이가 기생도 아닐 뿐 아니오라 구등(舊等)[128] 사또 자제 도련님과 맹약(盟約)이 중(重)하온데, 연치(年齒)는 부동(不同)이나 동반(同班)[129]의 분의(分義)로 부르라기 사또 정체(政體)[130]가 손상할까 저어하옵네다."[131]

사또 대로(大怒)하여,

---

123) 등내(等內): 벼슬아치가 그 벼슬에 있는 동안.

124) 액내지간(額內之間): 한 집안 사람. 같은 부류에 속하는 사람.

125) 일득대면(一得對面): 얼굴을 한번 얻어 봄.

126) 입장후(入丈後)에: 장원급제한 후에.

127) 청령(廳令): 관청의 명령.

128) 구등(舊等): 구등내(舊等內). 전임 사또.

129) 동반(同班): 동등한 양반.

130) 정체(政體): 지방관으로서 행정하는 사람의 체모.

131) 저어하다: 두려워하다.

"만일 춘향을 시각 지체하다가는 공형(公兄)132) 이하로 각청(各廳) 두목을 일병(一竝) 태거(汰去)133)할 것이니 빨리 대령 못 시킬까."

육방(六房)이 소동, 각청 두목이 넋을 잃어,

"김번수(金番手)134)야, 이번수(李番手)야, 이런 별(別)일이 또 있느냐. 불쌍하다 춘향 정절 가련케 되기 쉽다. 사또 분부 지엄하니 어서 가자, 바삐 가자."

사령(使令) 관노(官奴) 뒤섞여서 춘향 문전(門前) 당도하니, 이때 춘향이는 사령이 오는지 군뢰가 오는지 모르고 주야로 도련님만 생각하여 우는데, 망측(罔測)한 환(患)을 당하려거든 소리가 화평(和平)할 수 있으며, 한 때라도 공방(空房)살이 할 계집아이라 목성(聲)에 청승이 끼어 자연 슬픈 애원성(哀怨聲)이 되어, 보고 듣는 사람의 심장인들 아니 상할쏘냐. 임 기뤄135) 설운 마음 식불감(食不甘) 밥 못 먹어 침불안석(寢不安席) 잠 못 자고 도련님 생각 적상(積傷)136)되어 피골(皮骨)이 모두 다 상련(相連)137)이라. 양기(陽氣)가 쇠진(衰盡)하여 진양조138)란 울음이 되어,

"갈까보다, 갈까보다 임을 따라 갈까보다. 천리라도 갈까보다 만리라도 갈까보다. 풍우(風雨)도 쉬어 넘고 날진,139) 수진,140) 해동청(海東靑),141) 보라매142)도 쉬어 넘는 고봉정상(高峰頂上) 동선령(洞仙嶺)143)

---

132) 공형(公兄): 삼공형(三公兄)의 준말. 각 고을의 호장, 이방, 수형리의 세 관속.
133) 태거(汰去): 잘못이 있는 하급관리나 구실아치를 쫓아냄.
134) 김번수(金番手): 김씨 성을 가진 번수. 번수는 차례가 되어 근무하는 사령.
135) 기뤄: 그리워.
136) 적상(積傷): 걱정이 쌓여 마음이 아픔.
137) 피골(皮骨)이 모두 다 상련(相連): 몹시 여위어서 뼈와 가죽이 모두 맞붙은 것 같음.
138) 진양조: 민속음악에서 쓰는 느린 장단.
139) 날진: 날지니. 길들이지 않은 야생의 매.
140) 수진: 수지니. 길들인 매나 새매.

고개라도 임이 와 날 찾으면, 나는 발 벗어 손에 들고 나는 아니 쉬어
가제. 한양(漢陽) 계신 우리 낭군 나와 같이 기루는지. 무정하여 아주
잊고 나의 사랑 옮겨다가 다른 임을 고이는가."

한참 이리 설이 울 제, 사령 등이 춘향의 애원성을 듣고 인비목석(人
非木石) 아니어든 감심(感心) 아니 될 수 있나. 육천(六千)마디 사대삭
신[144]이 낙수(落水) 춘빙(春氷) 얼음 녹듯[145] 탁 풀리어,

"대체 이 아니 참 불쌍하냐. 이 애 외입(外入)한 자식들이 저런 계집
을 추앙(推仰) 못하며는 사람이 아니로다."

이때에 재촉 사령 나오면서,

"오너라[146]."

웨는[147] 소리에 춘향이 깜짝 놀래어 문틈으로 내다보니, 사령 군뢰
나왔구나.

"아차차, 잊었네. 오늘이 그 삼일점고(三日點考)[148]라 하더니 무슨
야단이 났나보다."

밀창문 열달리며,[149]

"허허, 번수(番手)님네, 이리 오소 이리 오소. 오시기 뜻밖이네. 이

---

141) 해동청(海東靑): 매.『이명기(異名記)』에 "등주 해안에 매 같은 새가 있는데 고려로부터
    날아와 해안을 건넌다. 그 이름을 해동청이라고 한다.(登州海岸有鳥如鶻 自高麗 飛度海
    岸 名海東靑)"고 했음.
142) 보라매: 어미를 떠난 지 얼마 안 된 새끼를 잡아 길들여 사냥에 사용하는 매.
143) 동선령(洞仙嶺): 황해도 황주(黃州) 남쪽 20리에 있는 고개.
144) 사대삭신: 사대육신(四大肉身)의 모든 삭신. 사대육신은 팔, 다리, 머리, 몸뚱이의 온몸.
    삭신은 몸의 근육과 골절.
145) 낙수(落水) 춘빙(春氷) 얼음 녹듯: 낙숫물에 얼음이 녹듯.
146) 오너라: 이리 오너라. 대문 밖에서 부르는 소리.
147) 웨는: 외치는.
148) 삼일점고(三日點考): 신관사또가 도임한지 3일째에 점고하는 일.
149) 밀창문 열달리며: 미닫이를 열어젖히며. 열달리다는 열다를 강조하는 의미로 보임.

번 신연(新延) 길에 노독(路毒)이나 아니 나며, 사또 정체(政體) 어떠하
며, 구관(舊官) 댁(宅)에 가계시며,150) 도련님 편지 한 장도 아니 하던
가. 내가 전일(前日)은 양반을 모시기로 이목(耳目)이 번거하고 도련님
정체 유달라서 모르는 체 하였건마는 마음조차 없을쏜가. 들어가세
들어가세."

8

김번수며 이번수며 여러 번수 손을 잡고 제 방에 앉힌 후에 향단이
불러,

"주반상(酒盤床) 들여라."

취토록 먹인 후에 궤문(櫃門) 열고 돈 닷 냥을 내어놓으며,

"여러 번수님네, 가시다가 술이나 잡숫고 가옵소. 뒷말 없게 하여주
소."

사령 등이 약주(藥酒)를 취하여 하는 말이,

"돈이라니 당치 않다. 우리가 돈 바라고 네게 왔냐."

하며,

"들여놓아라."

"김번수야, 네가 차라."151)

"불가(不可)타마는 닢 수(數)나 다 옳으냐."152)

돈 받아 차고 흐늘흐늘 들어갈 제, 행수(行首) 기생이 나온다. 행수
기생이 나오며 두 손뼉 땅땅 마주 치면서,

"여봐라 춘향아, 말 듣거라. 너만한 정절은 나도 있고 너만한 수절
은 나도 있다. 네라는 정절이 왜 있으며, 네라는 수절이 왜 있느냐. 정
절부인 애기씨, 수절부인 애기씨, 조그마한 너 하나로 망연(茫然)하

---

150) 구관(舊官) 댁(宅)에 가계시며: 이도령 집에 가 보았는지.
151) 차라: 엽전 꿰미를 옆구리에 차는 것.
152) 닢 수(數)나 다 옳으냐: 엽전의 숫자가 닷 냥이 맞느냐는 말.

여153) 육방(六房)이 소동(騷動), 각청두목(各廳頭目)이 다 죽어난다. 어서 가자, 바삐 가자."

춘향이 할 수 없어 수절하던 그 태도로 대문 밖 썩 나서며,

"형님 형님 행수 형님, 사람의 팔시를 그리 마소. 게라는 대대(代代) 행수며, 내라야 대대 춘향인가. 인생일사도무사(人生一死都無事)지154) 한 번 죽제 두 번 죽나."

이리 비틀 저리 비틀 동헌(東軒)에 들어가,

"춘향이 대령하였소."

사또 보시고 대희(大喜)하여, 춘향일시 분명하다.

"대상(臺上)으로 오르거라."

춘향이 상방(上房)155)에 올라가 염슬단좌(斂膝端坐)156) 뿐이로다. 사또가 대혹(大惑)하여,

"책방(冊房)에 가 회계(會計)나리님157)을 오시래라."

회계(會計) 생원(生員)158)이 들어오던 것이었다.

사또 대희하여,

"자네 보게. 저게 춘향일세."

"하, 그 년 매우 예쁜데. 잘 생겼소. 사또께서 서울 계실 때부터 춘향 춘향 하시더니 한 번 구경할 만하오."

사또 웃으며,

153) 망연(茫然)하다: 여기서는 정신이 없다는 의미로 썼음.
154) 인생일사도무사(人生一死都無事)지: 사람이 한 번 죽으면 아무 일이 없게 되겠지.
155) 상방(上房): 관아(官衙)의 어른이 있는 방.
156) 염슬단좌(斂膝端坐): 무릎을 모으고 옷자락을 바로하여 단정히 앉음.
157) 회계(會計)나리님: 고을 원(員)의 일을 개인적으로 도와주는 사람을 높여서 부르는 말.
158) 생원(生員): 소과(小科)에 합격한 사람을 말하나, 일반적으로 나이 많은 선비의 성(姓)이나 직책 밑에 붙여서 쓰기도 함.

9   "자네 중신[159]하겠나."

이윽히 앉았더니,

"사또가 당초에 춘향을 부르시지 말고 매파(媒婆)를 보내어 보시는 게 옳은 것을, 일이 좀 경(輕)히 되었소마는 이미 불렀으니 아마도 혼사(婚事)할밖에 수가 없소."

사또 대희하며 춘향더러 분부하되,

"오늘부터 몸단장 정(正)히 하고 수청(守廳)으로 거행하라."

"사또 분부 황송하나 일부종사(一夫從事)[160] 바라오니 분부 시행 못하겠소."

사또 웃어 왈(曰),

"미재미재(美哉美哉)라. 계집이로다. 네가 진정 열녀로다. 네 정절 굳은 마음 어찌 그리 어여쁘냐. 당연한 말이로다. 그러나 이수재(李秀才)[161]는 경성(京城) 사대부의 자제로서 명문 귀족 사위가 되었으니, 일시 사랑으로 잠깐 노류장화(路柳牆花)하던 너를 일분(一分) 생각하겠느냐? 너는 근본 절행 있어 전수일절(專守一節)[162]하였다가 홍안(紅顏)이 낙조(落照)되고[163] 백발(白髮)이 난수(亂垂)하면[164] 무정세월약류파(無情歲月若流波)[165]를 탄식할 제 불쌍코 가련한 게 너 아니면 뉘가 기랴?[166] 네 아무리 수절한들 열녀포양(烈女褒揚) 누가 하랴. 그는 다 버

---

159) 중신: 중매.
160) 일부종사(一夫從事): 한 남편만을 섬김.
161) 이수재(李秀才): 이도령을 말함. 수재는 과거에 급제한 사람 또는 미혼 남자를 부르는 말.
162) 전수일절(專守一節): 오로지 한 절개를 지키다가.
163) 홍안(紅顏)이 낙조(落照)되고: 아리따운 얼굴이 늙어지고.
164) 백발(白髮)이 난수(亂垂)하면: 흰 머리카락이 어지럽게 날리면. 나이가 들면.
165) 무정세월약류파(無情歲月若流波): 무정한 세월이 흐르는 물결과 같음.
166) 기랴: 그 사람이랴.

려두고 네 골 관장(官長)에게 매임이 옳으냐, 동자(童子)놈에게 매인 게 옳으냐? 네가 말을 좀 하여라."

춘향이 여쭈오되,

"충불사이군(忠不事二君)이요, 열불경이부절(烈不更二夫節)을167) 본받고자 하옵는데 수차 분부 이러하니 생불여사(生不如死)이옵고 열불경이부(烈不更二夫)오니 처분대로 하옵소서."

이때 회계(會計) 나리가 썩 하는 말이,

"네 여봐라. 어, 그년 요망(妖妄)한 년이로고. 부유일생(蜉蝣一生) 소천하(小天下)에168) 일색(一色)이라. 네 여러 번 사양할 게 무엇이냐? 사또께옵서 너를 추앙(推仰)하여 하시는 말씀이제. 너 같은 창기배(娼妓輩)에 수절이 무엇이며, 정절이 무엇인다? 구관(舊官)은 전송(餞送)하고 신관(新官) 사또 연접(延接)함이 법전(法典)에 당연하고 사례(事例)에도 당당(堂堂)커든 괴이한 말 내지 마라. 너와 같은 천기배(賤妓輩)에 충렬이자(忠烈二字) 왜 있으리."

이때 춘향이 하 기가 막혀 천연(天然)히 앉아 여쭈오되,

"충효열녀(忠孝烈女) 상하(上下) 있소? 자상(仔細)히 듣조시오. 기생으로 말합시다. 충효열녀 없다 하니 낱낱이 아뢰리다. 해서(海西)169) 기생 농선(弄仙)이는 동선령(洞仙嶺)에 죽어 있고, 서천 기생170) 아이로되 칠거학문(七去學問)171) 들어 있고, 진주(晋州) 기생 논개(論介)172)는 우리나

10

---

167) 충불사이군(忠不事二君)이요 열불경이부절(烈不更二夫節)을: 충신은 두 임금을 섬기지 않고, 열녀는 지아비를 바꾸지 않는 절개를.
168) 부유일생(蜉蝣一生) 소천하(小天下)에: 하루살이의 일생이 좁은 천지에. 춘향의 아름다움이란 것도 별로 대단치 않다는 말.
169) 해서(海西): 황해도.
170) 서천 기생: 미상.
171) 칠거학문(七去學問): 여자의 행실을 닦는 것을 말함. 칠거(七去)는 칠거지악(七去之惡)을 말함.

라 충렬(忠烈)로서 충렬문(忠烈門)[173]에 모셔놓고 천추(千秋) 향사(享祀)
하여 있고, 청주(淸州) 기생 화월(花月)이는 삼층각(三層閣)에 올라 있고,
평양(平壤) 기생 월선(月仙)[174]이도 충렬문(忠烈門)에 들어 있고, 안동(安
東) 기생 일지홍(一枝紅)[175]은 생열녀문(生烈女門)[176] 지은 후에 정경(貞
敬)[177] 가자(加資)[178] 있사오니 기생 훼패(毁敗)[179] 마옵소서."

춘향 다시 사또 전에 여쭈오되,

"당초에 이수재 만날 때에 태산 서해 굳은 마음 소첩(小妾)의 일심정
절(一心貞節) 맹분(孟賁)[180] 같은 용맹인들 빼어내지 못할 터요, 소진(蘇
秦)[181] 장의(張儀)[182] 구변(口辯)인들 첩의 마음 옮겨가지 못할 터요, 공
명선생(孔明先生)[183] 높은 재주 동남풍(東南風)은 빌었으되, 일편단심 소
녀 마음 굴복치 못하리다. 기산(箕山)의 허유(許由)[184]는 부족수요거천

---

172) 논개(論介): 임진왜란 때에 진주 촉석루 밑에서 왜장을 끌어안고 남강에 빠져 죽었다고
 전함.
173) 충렬문(忠烈門): 논개의 충절을 기리기 위해 촉석루 옆에 세워 놓은 논개의 사당인 의기
 사(義妓祠)를 말하는 것임.
174) 월선(月仙): 계월향(桂月香). 임진왜란 때 김응서(金應瑞) 장군이 왜장 소서비(小西飛)를
 죽일 때 도운 평양 기생.
175) 일지홍(一枝紅): 미상.
176) 생열녀문(生烈女門): 살아 있을 때 세운 열녀문.
177) 정경(貞敬): 정경부인(貞敬夫人). 정1품이나 종1품의 벼슬을 가진 사람의 부인.
178) 가자(加資): 정3품 통정대부(通政大夫) 이상의 품계를 올리는 일.
179) 훼패(毁敗): 헐뜯어 말함.
180) 맹분(孟賁): 중국 제(齊)나라의 장사. 맹분은 살아 있는 소의 뿔을 뽑을 수 있었다
 고 함.
181) 소진(蘇秦): 중국 전국시대의 종횡가(縱橫家). 그는 뛰어난 언변으로 당시 진(秦)나라를
 두려워하는 여섯 나라를 같이 묶어 진나라를 대항하는 합종(合從)의 계책을 꾸몄음.
182) 장의(張儀): 중국 전국시대의 종횡가. 소진과 더불어 언변으로 유명함. 그는 당시의
 여섯 나라가 진나라를 중심으로 동맹을 맺는 연횡(連衡)의 계책을 썼음.
183) 공명선생(孔明先生): 제갈공명(諸葛孔明). 소설『삼국지연의』에 제갈공명이 오(吳)나라
 를 위하여 하늘에 빌어 동남풍을 일어나게 하였다는 내용이 있음.
184) 허유(許由): 요(堯)임금 시대의 절개 높은 선비. 요임금이 천하를 허유에게 넘겨주려고

(不足受堯擧薦)하고,[185] 서산(西山)의 백(伯)·숙(叔)[186] 양인(兩人)은 불식
주속(不食周粟) 하였으니, 만일 허유 없었으면 고도지사(高蹈之士ㄴ)[187]
누가 하며, 만일 백이·숙제 없었으면 난신적자(亂臣賊子) 많으리다. 첩
신(妾身)이 수(雖) 천(賤)한 계집인들 허유(許由) 백(伯)을 모르리까. 사람
의 첩이 되어 배부기가(背夫棄家)[188]하는 법이 벼슬하는 관장(官長)님네
망국부주(忘國負主)[189] 같사오니 처분대로 하옵소서."

사또 대로(大怒)하여,

"이 년, 들어라. 모반대역(謀反大逆)[190]하는 죄는 능지처참(陵遲處斬)[191]
하여 있고, 조롱관장(操弄官長)[192]하는 죄는 제서율(制書律)[193]에 율(律)
써 있고, 거역관장(拒逆官長)하는 죄는 엄형(嚴刑) 정배(定配)[194] 하느니라.
죽노라 설워마라."

춘향이 포악(暴惡)하되,

했으나 허유는 받지 않고 오히려 이것을 부끄럽게 생각하여 도망쳐서 숨었다고 함.

185) 부족수요거천(不足受堯擧薦)하고: 요임금의 천거를 받아들이지 않고.

186) 백(伯)·숙(叔): 백이(伯夷)와 숙제(叔齊). 백이와 숙제는 고죽국(孤竹國)의 왕자였는데
둘이 모두 왕위를 사양하고 서백(西伯, 무왕(武王)의 아버지. 추존하여 문왕(文王)이라고
했음)에게 가서 있었다. 서백이 죽자 그 아들이 스스로 무왕이라고 하고 폭군 주(紂)임금
을 쳤다. 이때 백이와 숙제는 신하로서 임금을 치는 것은 부당하다고 하며 말렸다. 그러
자 무왕의 신하가 이들을 죽이려 했는데 강태공(姜太公)이 구해 주었다. 백이와 숙제는
무도(無道)한 주(周)나라의 곡식은 먹지 않겠다[不食周粟]고 하여 수양산(首陽山)에서 고
사리를 캐어 먹다가 굶어 죽었다. 서산은 이들이 숨어 살던 수양산.

187) 고도지사(高蹈之士): 속세를 피하여 은둔하는 선비.

188) 배부기가(背夫棄家): 남편을 배반하고 가정을 버리는 것.

189) 망국부주(忘國負主): 나라를 잊어버리고 임금을 저버리는 것.

190) 모반대역(謀反大逆): 왕실을 뒤엎고 크게 반역을 꾀함.

191) 능지처참(陵遲處斬): 머리, 몸, 손, 발을 토막 치는 극형.

192) 조롱관장(操弄官長): 수령(守令)을 비웃고 놀리는 일.

193) 제서율(制書律): 제서유위율(制書有違律). 임금의 명령을 위반한 자를 다스리는 형법.
대명률(大明律) 이율(吏律)의 조항.

194) 정배(定配): 귀양 보내는 것.

"유부겁탈(有夫劫奪)하는 것은 죄 아니고 무엇이오."

사또 기가 막혀 어찌 분하시던지 연상(硯床)195)을 두드릴 제, 탕건(宕巾)196)이 벗어지고, 상툿고197)가 탁 풀리고, 대마디198)에 목이 쉬어,

11 "이 년 잡아내리라."

호령하니, 골방의 수청(守廳)199) 통인(通引),

"예."

하고 달려들어 춘향의 머리채를 주르르 끌어내며,

"급창(及唱)"

"예."

"이 년 잡아내리라."

춘향이 떨치며,

"놓아라."

중계(中階)200)에 내려가니, 급창이 달려들어,

"요 년, 요 년, 어떠하신 존전(尊前)이라고 대답이 그러하고 살기를 바랄쏘냐."

대뜰 아래 내리치니, 맹호(猛虎) 같은 군뢰(軍牢) 사령(使令) 벌떼같이 달려들어 감태(甘苔)201) 같은 춘향의 머리채를 전정 시절 연줄 감듯,202) 뱃사공의 닻줄 감듯, 사월 파일(四月八日) 등(燈)대203) 감듯 휘휘

---

195) 연상(硯床): 벼루를 놓는 작은 상.
196) 탕건(宕巾): 갓 아래 받쳐 쓰던 말총으로 만든 관(冠).
197) 상툿고: 상투의 머리를 틀어 감아 맨 부분.
198) 대마디: 첫마디.
199) 수청(守廳): 청지기. 양반집에서 여러 가지 잡일을 맡아보던 사람.
200) 중계(中階): 가옥의 기초가 되도록 한 층을 쌓아 올린 단.
201) 감태(甘苔): 김의 한 종류. 검고 윤기가 나는 머리를 감태같은 머리라고 함.
202) 전정 시절 연줄 감듯: 무엇을 잘 감아쥔다는 의미인 "상전시정(床廛市井) 연(鳶)실 감듯"을 잘못 썼음. 상전(床廛)은 잡화를 파는 가게를 말함.

친친 감아쥐고 동댕이쳐 엎지르니, 불쌍타 춘향 신세 백옥(白玉) 같은
고운 몸이 육자배기204)로 엎어졌구나. 좌우 나졸(羅卒)205) 늘어서서 능
장(稜杖),206) 곤장(棍杖),207) 형장(刑杖)208)이며, 주장(朱杖)209) 짚고,

"아뢰라, 형리(刑吏) 대령하라."

"예. 숙이라.210) 형리요."

사또 분이 어찌 났던지 벌벌 떨며 기가 막혀 어푸어푸 하며,

"여보아라. 그 년에게 다짐이 왜 있으리. 묻도 말고 동틀211)에 올려
매고 정치212)를 부수고 물고장(物故狀)213)을 올리라."

춘향을 동틀에 올려 매고 사장이214) 거동 봐라. 형장(刑杖)이며, 태
장(笞杖)215)이며, 곤장이며 한 아름 담쏙 안아다가 형틀 아래 좌르르
부딪치는 소리 춘향의 정신이 혼미하다. 집장사령(執杖使令) 거동 봐
라. 이놈도 잡고 능청능청, 저놈도 잡고서 능청능청, 등심 좋고 빳빳
하고 잘 부러지는 놈 골라잡고, 오른 어깨 벗어 메고 형장 짚고 대상
(臺上) 청령(廳令) 기다릴 제,

---

203) 등(燈)대: 4월 8일 석가탄신일에 등을 달기 위해 세우는 긴 대.
204) 육자배기: 전라도 지방의 민요의 한 가지. 여기서는 팔다리를 뻗고 '六'자 모양으로 엎어
    졌다는 뜻임.
205) 나졸(羅卒): 군졸과 사령의 총칭.
206) 능장(稜杖): 위에는 소리 나는 쇠붙이 장식을 박고 아래는 물미를 끼운 긴 나무 막대.
207) 곤장(棍杖): 죄인의 볼기를 때리던 형구(刑具). 중곤(重棍), 대곤(大棍), 중곤(中棍), 소
    곤(小棍), 치도곤(治盜棍)의 다섯 가지가 있음.
208) 형장(刑杖): 죄인을 심문할 때 쓰는 몽둥이.
209) 주장(朱杖): 붉은 칠을 한 몽둥이.
210) 숙이라: 머리를 숙이라.
211) 동틀: 형틀.
212) 정치: 정강이.
213) 물고장(物故狀): 죄인을 죽인 것을 보고하는 글.
214) 사장이: 옥사장이. 옥에 갇힌 죄인을 지키는 사령.
215) 태장(笞杖): 죄인의 볼기를 치는 몽둥이나 막대.

"분부 뫼아라. 네 그 년을 사정(私情) 두고 헛장(杖)하여서는 당장에 명(命)을 바칠 것이니[216] 각별(格別)히 매우 치라."

집상사령 여쭈오되,

"사또 분부 지엄(至嚴)한데 저만한 년을 무슨 사정 두오리까. 이 년, 다리를 까딱 마라. 만일 요동하다가는 뼈 부러지리라."

호통하고 들어서서 검장(檢仗)소리 발맞추어 서면서 가만히 하는 말이,

"한두 개만 견디소. 어쩔 수가 없네. 요 다리는 요리 틀고 저 다리는 저리 트소."

"매우 치라."

"예이, 때리오."

딱 붙이니, 부러진 형장 개비는 푸르르 날아 공중에 빙빙 솟아 상방(上房) 대뜰 아래 떨어지고, 춘향이는 아무쪼록 아픈 데를 참으려고 이를 복복 갈며 고개만 빙빙 두르면서,

"애고, 이게 웬일이여."

곤장, 태장 치는 데는 사령이 서서 하나 둘 세건마는, 형장부터는 법장(法杖)[217]이라 형리(刑吏)와 통인(通引)이 닭쌈하는 모양으로 마주 엎디어, 하나 치면 하나 긋고 둘 치면 둘 긋고 무식하고 돈 없는 놈 술집 바람벽에 술값 긋듯[218] 그어놓니 한 일자(一字)[219]가 되었구나.

춘향이는 저절로 설움 겨워 맞으면서 우는데,

"일편단심(一片丹心) 굳은 마음 일부종사(一夫從事) 뜻이오니, 일개형

---

216) 명(命)을 바칠 것이니: 목숨을 바칠 것이니.
217) 법장(法杖): 법이 규정한 대로 엄격히 치는 매.
218) 술값 긋듯: 외상으로 먹은 술값을 적어놓듯.
219) 한 일자(一字): 십장가(十杖歌)의 첫 대목인 '일'자를 맞추기 위해 '一'자를 썼음.

벌(一箇刑罰) 치옵신들 일년이 다 못가서 일각(一刻)인들 변하리까."

이때 남원부(南原府) 한량(閑良)이며 남녀노소 없이 모여 구경할 제, 좌우의 한량들이,

"모질구나 모질구나. 우리 골 원님220)이 모질구나. 저런 형벌이 왜 있으며, 저런 매질이 왜 있을까? 집장사령(執杖使令)놈 눈 익혀 두어라. 삼문(三門) 밖 나오면 급살(急煞)을 주리라."

보고 듣는 사람이야 누가 아니 낙루(落淚)하랴.

둘째 낱 딱 붙이니,

"이부절(二夫節)을 아옵는데 불경이부(不更二夫) 이 내 마음 이 매 맞고 영(永) 죽어도 이도령은 못 잊겠소."

셋째 낱을 딱 붙이니,

"삼종지례(三從之禮)221) 지중한 법 삼강오륜(三綱五倫)222) 알았으니 삼치형문(三致刑問)223) 정배(定配)를 갈지라도 삼청동(三淸洞) 우리 낭군 이도령은 못 잊겠소."

넷째 낱을 딱 붙이니,

"사대부(士大夫) 사또님은 사면공사(四面公事) 살피잖고 위력공사(威力公事)224) 힘을 쓰니 사십팔방(四十八坊)225) 남원 백성 원망함을 모르시

220) 원님: 원(員)을 높여서 부르는 말. 원은 군수(郡守)나 현령(縣令) 같은 지방을 다스리던 우두머리를 말함.
221) 삼종지례(三從之禮): 어려서는 부모를, 결혼해서는 남편을, 남편이 죽은 후에는 자식을 따라야 한다는 여자가 지켜야 할 세 가지 법도.
222) 삼강오륜(三綱五倫): 삼강은 임금과 신하, 부모와 자식, 남편과 아내 사이에 마땅히 지켜야 할 도리로 군위신강(君爲臣綱), 부위자강(父爲子綱), 부위부강(夫爲婦綱)을 이르고, 오륜(五倫)은 사람으로서 지켜야 할 다섯 가지의 도리인, 군신유의(君臣有義), 부자유친(父子有親), 부부유별(夫婦有別), 장유유서(長幼有序), 붕우유신(朋友有信)을 말함.
223) 삼치형문(三致刑問): 세 차례의 형문. 형문은 몽둥이로 죄인의 정강이를 치며 묻는 일.
224) 위력공사(威力公事): 순리로 하지 않고 힘을 가지고 억지로 하는 공사.
225) 사십팔방(四十八坊): 남원도호부의 행정구역이 48방이었음.

13   오. 사지(四肢)를 가른대도 사생동거(死生同居) 우리 낭군 사생간(死生間)
     에 못 잊겠소."

       다섯 낱째 딱 붙이니,

       "오륜윤기(五倫倫紀) 끊치잖고 부부유별(夫婦有別) 오행(五行)으로 맺
     은 연분 올올이 찢어낸들 오매불망(寤寐不忘) 우리 낭군 온전히 생각나
     네. 오동추야(梧桐秋夜) 밝은 달은 임 계신 데 보련마는, 오늘이나 편지
     올까, 내일이나 기별(奇別) 올까. 무죄한 이 내 몸이 악사(惡死)할 일 없
     사오니 오경자수226) 마옵소서. 애고 애고 내 신세야."

       여섯 낱째 딱 붙이니,

       "육륙(六六)은 삼십륙(三十六)으로 낱낱이 고찰하여 육만 번 죽인대
     도, 육천 마디 어린 사랑 맺힌 마음 변할 수 전혀 없소."

       일곱 낱을 딱 붙이니,

       "칠거지악(七去之惡)227) 범하였소? 칠거지악 아니어든 칠개형문(七箇
     刑問) 웬일이오. 칠척검(七尺劍) 드는 칼로 동동이 장글러서228) 이제 바
     삐 죽여주오. 치라하는 저 형방(刑房)아, 칠 때마다 고찰(考察) 마소. 칠
     보홍안(七寶紅顔)229) 나 죽겠네."

       여덟째 낱 딱 붙이니,

       "팔자 좋은 춘향 몸이 팔도(八道) 방백(方伯), 수령(守令) 중에 제일명
     관(第一名官) 만났구나. 팔도 방백, 수령님네 치민(治民)하러 내려왔제
     악형(惡刑)하러 내려왔소."

---

226) 오경자수: 오결죄수(誤決罪囚)의 잘못으로 보임. 오결죄수는 죄수에 대한 판결을 잘못
    하는 것.
227) 칠거지악(七去之惡): 결혼한 여자가 쫓겨나는 일곱 가지 잘못.
228) 동동이 장글러서: "점점이 저며 내어"라는 의미로 보임.
229) 칠보홍안(七寶紅顔): 아름다운 얼굴. 칠보는 불교에서 말하는 일곱 가지 보배로 경(經)
    에 따라 다른데, 금, 은, 호박, 산호, 마노, 유리, 거거(硨磲) 등을 말한다.

아홉 낱째 딱 붙이니,

"구곡간장(九曲肝腸) 구비 썩어 이 내 눈물 구년지수(九年之水) 되겠구나. 구고(九皐)[230] 청산(靑山) 장송(長松) 베어 경강선(京江船)[231] 무어 타고, 한양 성중 급히 가서 구중궁궐(九重宮闕)[232] 성상전(聖上前)에 구구(區區) 원정(原情) 주달(奏達)하고, 구정(九鼎)뜰[233]에 물러나와 삼청동을 찾아가서 우리 사랑 반겨 만나 굽이굽이 맺힌 마음 져근덧[234] 풀련마는."

열째 낱을 딱 붙이니,

"십생구사(十生九死) 할지라도 팔십 년 정한 뜻을 십만 번 죽인대도 가망 없고 무가내(無可奈)[235]지. 십륙 세 어린 춘향 장하원귀(杖下冤鬼) 가련하오."

열 치고는 짐작(斟酌)[236]할 줄 알았더니, 열다섯째 딱 붙이니,

"십오야(十五夜) 밝은 달은 떼구름에 묻혀 있고, 서울 계신 우리 낭군 삼청동에 묻혔으니, 달아 달아 보느냐, 임 계신 곳 나는 어이 못 보는고."

스물 치고 짐작할까 여겼더니, 스물다섯 딱 붙이니,

"이십오현탄야월(二十五絃彈夜月)[237]에 불승청원(不勝淸怨) 저 기러기

14

---

230) 구고(九皐): 깊숙한 곳.

231) 경강선(京江船): 한강에서 물자나 사람을 나르던 개인 소유의 배.

232) 구중궁궐(九重宮闕): 아홉 겹의 궁궐이라는 뜻으로 임금이 있는 대궐을 말함.

233) 구정(九鼎)뜰: 임금이 있는 대궐의 뜰. 구정(九鼎)은 중국 하(夏)나라의 우(禹)임금 때, 전국의 아홉 주(州)에서 쇠붙이를 거두어서 만들었다는 솥. 아홉 개의 솥.

234) 져근덧: 잠깐 동안. 어느덧.

235) 무가내(無可奈): 무가내하(無可奈何). 어찌할 수 없음.

236) 짐작(斟酌): 어림잡아 생각하다. 여기서는 매를 그만 칠까 짐작하였다는 의미.

237) 이십오현탄야월(二十五絃彈夜月): 당나라 전기(錢起)의 「귀안(歸雁)」의 한 구절.
소상하사등한회(瀟湘何事等閑回) 소상강은 어쩐 일로 등한히 돌아왔는가
수벽사명양안태(水碧沙明兩岸苔) 물은 푸르고 모래는 맑은데 강둑에 이끼는 끼었구나

너 가는데 어디메냐. 가는 길에 한양성 찾아 들어 삼청동 우리 임께
내 말 부디 전해다고. 나의 형상 자시 보고 부디부디 잊지 마라."

삼십삼천(三十三天)[238] 어린 마음 옥황전(玉皇前)에 아뢰고져. 옥(玉)
같은 춘향 몸에 솟느니 유혈(流血)이요, 흐르느니 눈물이라. 피 눈물
한데 흘러 무릉도원(武陵桃源)[239] 홍류수(紅流水)라. 춘향이 점점 포악
(暴惡)하는 말이,

"소녀를 이리 말고 살지능지(殺之陵遲)[240]하여 아주 박살(撲殺) 죽여
주면, 사후(死後) 원조(怨鳥)[241]라는 새가 되어 초혼조(楚魂鳥)[242] 함께
울어 적막공산(寂寞空山) 달 밝은 밤에 우리 이도령님 잠든 후 파몽(破
夢)이나 하여지다."

말 못하고 기절하니, 엎졌던 형방(刑房), 통인(通引) 고개 들어 눈물
씻고, 매질하든 저 사령도 눈물 씻고 돌아서며,

"사람의 자식은 못 하겠네."

좌우에 구경하는 사람과 거행하는 관속들이 눈물 씻고 돌아서며,

"춘향이 매 맞는 거동 사람 자식은 못 보겠다. 모지도다 모지도다
춘향 정절이 모지도다. 출천열녀(出天烈女)로다."[243]

남녀노소 없이 서로 낙루(落淚)하며 돌아설 제, 사돈들 좋을 리가 있

이십오현탄야월(二十五絃彈夜月) 이십오현을 달밤에 타니
불승청원각비래(不勝淸怨却飛來) 맑은 원망을 이기지 못해서 날아 왔노라
이십오현은 줄이 스물다섯인 현악기.
238) 삼십삼천(三十三天): 도리천(忉利天). 불교에서 말하는 하늘의 하나.
239) 무릉도원(武陵桃源): 이상적인 세계. 도연명의 「도화원기(桃花源記)」에서 유래한 말.
240) 살지능지(殺之陵遲): 능지처참(陵遲處斬)과 같은 의미.
241) 원조(怨鳥): 두견새. 자규. 피가 나도록 슬피 울어 원조(怨鳥)라고도 함.
242) 초혼조(楚魂鳥): 두견새. 억울하게 죽은 중국 초회왕(楚懷王)의 혼이 새가 되었다고 하
는 전설이 있음.
243) 출천열녀(出天烈女)로다: 하늘이 낸 열녀로다.

으랴.

"네 이 년, 관정(官庭)에 발악하고 맞으니 좋은 게 무엇이냐. 일후(日後)에 또 그런 거역관장(拒逆官長)할까?"

반생반사(半生半死) 저 춘향이 점점 포악하는 말이,

"여보 사또, 들으시오. 일념포한(一念抱恨) 부지생사(不知生死)244) 어이 그리 모르시오. 계집의 곡(曲)한 마음 오뉴월 서리 침네.245) 혼비중천(魂飛中天) 다니다가 우리 성군(聖君) 좌정하(坐定下)에 이 원정(原情)을 아뢰오면 사똔들 무사할까. 덕분에 죽여주오."

사또 기가 막혀,

"허허 그 년, 말 못할 년이로고. 큰칼246) 씌워 하옥(下獄)하라."

하니, 큰칼 씌워 인봉(印封)247)하여 사장이 등에 업고 삼문(三門) 밖 나올 제, 기생들이 나오며,   15

"애고 서울집248)아, 정신 차리게. 애고 불쌍하여라."

사지를 만지며 약을 갈아 드리며 서로 보고 낙루할 제. 이때 키 크고 속없는 낙춘(落春)이가 들어오며,

"얼씨구절씨구 좋을시고, 우리 남원도 현판(懸板)감249)이 생겼구나."

왈칵 달려들어,

---

244) 일념포한(一念抱恨) 부지생사(不知生死): 일념으로 한을 품으면 죽고 사는 것도 모른다.

245) 계집의 곡(曲)한 마음 오뉴월 서리 침네: 여자는 약해보이지만 한번 마음을 독하게 먹으면 한 여름에도 서리가 내릴 정도로 차가워진다는 말. 주로 여자가 억울한 일을 당했을 때 쓰는 말.

246) 큰칼: 무거운 죄를 진 죄인의 목에 씌우던 커다란 나무 판.

247) 인봉(印封): 큰 칼을 씌우고 거기에 도장 찍은 종이를 붙여 다른 사람이 떼지 못하게 한 것.

248) 서울집: 춘향을 말함. 결혼한 여자를 부를 때 시집의 고을 이름을 붙여서 부름.

249) 현판(懸板)감: 현판을 붙일만한 재료가 되는 것. 여기서는 춘향이 열녀로 죽으면 사당을 지어 현판을 달겠다는 의미임.

"애고 서울집아, 불쌍하여라."

이리 야단할 제. 춘향 어미가 이 말을 듣고 정신없이 들어오더니 춘향의 목을 안고,

"애고 이게 웬일이냐. 죄는 무슨 죄며 매는 무슨 매냐. 장청(將廳)250)의 집사(執事)님네, 길청251)의 이방(吏房)님, 내 딸이 무슨 죄요. 장군방(杖軍房)252) 두목(頭目)들아, 집장(執杖)하던 사장이도 무슨 원수 맺혔더냐. 애고 애고 내 일이야. 칠십당년(七十當年) 늙은 것이 의지 없이 되었구나. 무남독녀(無男獨女) 내 딸 춘향 규중(閨中)에 은근히 길러내어, 밤낮으로 서책(書冊)만 놓고 내칙편(內則篇)253) 공부 일삼으며 나보고 하는 말이, '마오 마오 설워 마오. 아들 없다 설워 마오. 외손봉사(外孫奉祀)254) 못하리까.' 어미에게 지극 정성 곽거(郭巨)255) 한256) 맹종(孟宗)257)인들 내 딸보다 더할쏜가. 자식 사랑하는 법이 상중하(上中下)가 다를쏜가. 이 내 마음 둘 데 없네. 가슴에 불이 붙어 한숨이 연기로다. 김번수야, 이번수야, 웃 영(슈)이 지엄타고 이다지 몹시 쳤느냐. 애고 내 딸 장처(杖處)258) 보소. 빙설(氷雪) 같은 두 다리에 연지

---

250) 장청(將廳): 지방 관청과 감영에 소속된 장교들이 직무를 보던 곳.
251) 길청: 군아(郡衙)에서 아전이 일을 보던 곳.
252) 장군방(杖軍房): 집장사령들이 있는 곳을 말하는 것으로 보임.
253) 내칙편(內則篇): 『예기(禮記)』 가운데 한 편으로, 주로 가정생활에서 지켜야할 일을 써 놓았음.
254) 외손봉사(外孫奉祀): 자손이 없거나 양자해 올 수도 없을 때 외손(外孫)이 제사를 받드는 것.
255) 곽거(郭巨): 중국 후한(後漢) 때의 효자. 집안이 가난했는데, 어머니의 반찬을 아들이 자꾸 먹으므로 곽거는 아내와 상의하여 아들을 땅에 묻으려고 땅을 석 자 팠더니, 땅속에서 황금으로 만든 솥이 나왔다고 함.
256) 한: 맹종을 한(漢)나라 사람으로 잘못 알고 붙인 것으로 보임.
257) 맹종(孟宗): 중국 삼국시대의 효자. 맹종의 어머니가 죽순을 좋아하였는데 겨울이라 죽순이 아직 나지 않았다. 이에 맹종이 대나무밭에 들어가 슬피 탄식하니 죽순이 솟아났다는 고사가 있음.

(臙脂) 같은 피 비쳤네. 명문가(名門家) 규중부(閨中婦)야 눈먼 딸도 원하더라. 그런 데 가 못 생기고 기생 월매 딸이 되어 이 경색(景色)[259]이 웬일이냐. 춘향아! 정신 차려라. 애고 애고 내 신세야.”

하며,

“향단아, 삼문 밖에 가서 삯군 둘만 사오너라. 서울 쌍급주(雙急走)[260] 보낼란다.”

춘향이 쌍급주 보낸단 말을 듣고,

“어머니, 마오. 그게 무슨 말씀이오. 만일 급주(急走)가 서울 올라가서 도련님이 보시며는 층층시하(層層侍下)에 어찌할 줄 몰라 심사 울적하여 병이 되면 근들 아니 훼절(毁節)[261]이오. 그런 말씀 마르시고 옥으로 가사이다.”

사장이 등에 업혀 옥으로 들어갈 제, 향단이는 칼머리 들고 춘향 모는 뒤를 따라 옥문(獄門) 전 당도하여,

“옥형방(獄刑房), 문을 여소. 옥형방도 잠 들었나.”

옥중에 들어가서 옥방 형상 볼작시면, 부서진 죽창(竹窓) 틈에 살 쏘느니 바람이요, 무너진 헌 벽이며 헌 자리, 벼룩 빈대 만신(滿身)을 침노한다. 이때 춘향이 옥방에서 장탄가(長嘆歌)로 울든 것이었다.

“이내 죄가 무슨 죄냐

국곡투식(國穀偸食)[262] 아니어든 엄형중장(嚴刑重杖) 무슨 일고

---

258) 장처(杖處): 형장 맞은 곳.
259) 경색(景色): 꼴. 모양.
260) 쌍급주(雙急走): 급주를 두 사람 보내는 것. 급주는 각 역(驛)에 배치된 주졸(走卒)이나, 걸어서 급한 심부름을 하던 사람을 말함.
261) 훼절(毁節): 흠이 되는 것.
262) 국곡투식(國穀偸食): 나라의 창고에 쌓아놓은 곡식을 도둑질해 먹는 것.

살인죄인(殺人罪人) 아니어든 항쇄(項鎖)263) 족쇄(足鎖)264) 웬일이며

역률(逆律) 강상(綱常)265) 아니어든 사지결박(四肢結縛) 웬일이며

음양도적(陰陽盜賊)266) 아니어든 이 형벌이 웬일인고

삼강수267)는 연수(硯水)되어 청천일장지(靑天一張紙)에

나의 설움 원정(原情) 지어 옥황전(玉皇前)에 올리고자

낭군 기뤄268) 가슴 답답 불이 붙네

한숨이 바람 되어 붙는 불을 더 부치니 속절없이 나 죽겠네

홀로 섰는 저 국화는 높은 절개 거룩하다

눈 속에 청송(靑松)은 천고절(千古節)을 지켰구나

푸른 솔은 나와 같고 누른 국화 낭군 같이

슬픈 생각 뿌리느니 눈물이요 적시느니 한숨이라

한숨은 청풍(淸風) 삼고 눈물은 세우(細雨) 삼아

청풍이 세우를 몰아다가 불거니 뿌리거니 임의 잠을 깨우고자

견우(牽牛) 직녀성(織女星)은 칠석상봉(七夕相逢) 하올 적에

은하수 막혔으되 실기(失期)한 일 없었건만

우리 낭군 계신 곳에 무슨 물이 막혔는지 소식조차 못 듣는고

---

263) 항쇄(項鎖): 목에 채우는 형구(刑具).
264) 족쇄(足鎖): 발에 채우는 형구.
265) 역률(逆律) 강상(綱常): 여기서는 반역과 강상에 관한 죄를 말함. 강상은 삼강오륜(三綱
   五倫)을 말함. 강상에 관한 죄는, 부모나 남편을 죽인 자, 노비로서 주인을 죽인 자, 관노
   로서 그 관장을 죽인 자의 죄를 말함.
266) 음양도적(陰陽盜賊): 남녀 사이의 간통죄.
267) 삼강수: 삼강수는 삼상수(三湘水)의 잘못임.
   오로봉위필(五老峰爲筆) 오로봉으로 붓을 삼고
   삼상작현지(三湘作硯池) 삼상수를 벼루 삼아
   청천일장지(靑天一張紙) 푸른 하늘 한 장 종이에
   사아복중시(寫我腹中詩) 내 가슴 속의 시를 써볼까
   이 시는 이백(李白)이 지은 것이라고 알려졌으나 정확하지 않은 것으로 보임.
268) 기뤄: 그리워.

살아 이리 기루느니 아주 죽어 잊고지고

차라리 이 몸 죽어 공산(空山)에 두견이 되어

이화월백(梨花月白) 삼경야(三更夜)269)에 슬피 울어 낭군 귀에 들리고자

청강(淸江)에 원앙(鴛鴦) 되어 짝을 불러 다니면서

다정코 유정함을 임의 눈에 보이고저

삼춘(三春)에 호접(蝴蝶)되어 향기 묻힌 두 나래로

춘광(春光)을 자랑하여 낭군 옷에 붙고지고

청천(靑天)의 명월(明月) 되어 밤 당하면 돋아 올라   17

명명(明明)히 밝은 빛을 임의 얼굴에 비취고자

이 내 간장 썩는 피로 임의 화상(畵像) 그려내어

방문 앞에 족자(簇子) 삼아 걸어두고 들며나며 보고지고

수절 정절 절대가인(絶代佳人) 참혹하게 되었구나

문채(文彩) 좋은 형산백옥(荊山白玉) 진토중(塵土中)에 묻혔는 듯

향기로운 상산초(商山草)270)가 잡(雜)풀 속에 섞였는 듯

오동(梧桐) 속에 노든 봉황(鳳凰) 형극(荊棘) 속에 깃들인 듯

자고(自古)로 성현(聖賢)네도 무죄하고 궂기시니271)

요순우탕(堯舜禹湯)272) 인군(人君)네도 걸주(桀紂)273)의 포악(暴惡)으로

함진옥274)에 갇혔더니 도로 놓여 성군(聖君) 되시고

명덕치민(明德治民) 주문왕(周文王)275)도 상주(商紂)276)의 해(害)를 입어

---

269) 이화월백(梨花月白) 삼경야(三更夜): 배꽃이 달빛을 받아 희게 빛나는 한 밤중.
270) 상산초(商山草): 향기로운 풀. 상산(商山)은 진시황 때 난리를 피해 숨어서 산 네 사람의 노인[商山四皓]이 살던 산.
271) 궂기다: 일에 지장이 생겨서 잘되지 않다.
272) 요순우탕(堯舜禹湯): 중국의 대표적인 훌륭한 임금 네 사람.
273) 걸주(桀紂): 중국 역대 임금 가운데 포악한 임금의 대표적인 인물.
274) 함진옥: 하대옥(夏臺獄)의 잘못인 것 같음. 하대옥은 중국 하(夏)나라 시대의 감옥. 하나라 걸왕(桀王)이 탕임금을 이 옥에 가두었음.

유리옥(羑里獄)277)에 갇혔더니 도로 놓여 성군 되고

만고성현(萬古聖賢) 공부자(孔夫子)278)도 양호(陽虎)의 얼을 입어

광야(匡野)에 갇혔더니 도로 놓여 대성(大聖) 되시니

이런 일로 볼작시면 죄 없는 이 내 몸도 살아나서 세상 구경 다시 할까

답답하고 원통하다 날 살릴 이 뉘 있을까

서울 계신 우리 낭군 벼슬길로 내려와

이렇듯이 죽어갈 제 내 목숨을 못 살릴까

하운(夏雲)은 다기봉(多奇峰)279)하니 산이 높아 못 오던가

금강산(金剛山) 상상봉(上上峰)이 평지 되거든 오려신가

병풍(屏風)에 그린 황계(黃鷄) 두 나래를 툭툭 치며

사경(四更) 일점(一點)280)에 날 새라고 울거든 오려신가

애고 애고 내 일이야"

---

275) 주문왕(周文王): 주(紂)왕을 쳐서 은(殷)나라를 없애고 주(周)나라를 세운 주무왕(周武王)의 아버지. 그는 은(殷)나라의 제후 서백(西伯)이었는데 아들이 주나라를 세우고 문왕(文王)이라고 추존(追尊)했음.

276) 상주(商紂): 은(殷)나라의 주(紂)임금. 은나라의 처음 이름이 상(商)이었음.

277) 유리옥(羑里獄): 은(殷)나라의 감옥. 주(紂)임금이 주문왕을 여기에 가두었음.

278) 공부자(孔夫子): 공자(孔子)를 높여서 말한 것. 공자가 송(宋)나라 광(匡) 지방을 지날 때, 광 지방 사람들이 공자를 양호(陽虎)로 잘못 알고 막은 일이 있음. 양호가 일찍이 광 지방 사람들에게 포악했기 때문에 양호와 비슷하게 생긴 공자를 잘못 알고 이런 일이 있었던 것임. '얼을 입다'는 남 때문에 화를 당하는 것.

279) 하운(夏雲)은 다기봉(多奇峰): 도잠(陶潛)의 시 「사시(四時)」의 한 구절. 이 시는 고개지(顧愷之)가 지은 것이라고도 함.
  춘수만사택(春水滿四澤) 봄 물은 사방 못에 가득하고
  하운다기봉(夏雲多奇峯) 여름의 구름은 기이한 봉우리가 많도다
  추월양명휘(秋月揚明輝) 가을 달은 밝게 비추고
  동령수고송(冬嶺秀孤松) 겨울 언덕에 외로운 소나무 하나 빼어나다

280) 사경(四更) 일점(一點): 새벽 3시 반 무렵. 저녁 7시부터 새벽 5시까지의 시간을 다섯 경(更)으로 나누고, 한 경은 다섯 점(點)으로 나누었음.

　죽창문(竹窓門)을 열뜨리니 명정월색(明淨月色)은 방안에 든다마는,
어린 것이 홀로 앉아 달더러 묻는 말이,

　"저 달아, 보느냐. 임 계신 데 명기(明氣)[281] 빌려라. 나도 보게야.
우리 임이 누웠더냐, 앉았더냐. 보는 대로만 네가 일러 나의 수심(愁
心) 풀어다고. 애고 애고."

　설이 울다 홀연히 잠이 드니, 비몽사몽간(非夢似夢間)에 호접(胡蝶)이
장주(莊周) 되고[282] 장주가 호접 되어 세우(細雨)같이 남은 혼백(魂魄)
바람인 듯 구름인 듯, 한 곳을 당도하니 천공지활(天空地闊)하고 산명
수려(山明水麗)한데 은은(隱隱)한 죽림간(竹林間)에 일층화각(一層畵閣)이
반공(半空)에 잠겼거늘, 대체 귀신 다니는 법은 대풍기(大風起)하고 승
천입지(昇天入地)[283]하니, 침상편시춘몽중(枕上片時春夢中)에 행진강남
수천리(行盡江南數千里)라.[284]　전면을 살펴보니 황금대자(黃金大字)로
'만고정렬황릉지묘(萬古貞烈黃陵之廟)'[285]라 뚜렷이 붙였거늘, 심신(心
身)이 황홀하여 배회터니, 천연(天然)한 낭자(娘子) 셋이 나오는데, 석숭
(石崇)의 애첩(愛妾) 녹주(綠珠)[286] 등롱(燈籠)을 들고, 진주 기생 논개(論

18

---

281) 명기(明氣): 밝은 기운.
282) 호접(胡蝶)이 장주(莊周) 되고: 장자(莊子)가 꿈에 나비가 되어 기쁘게 날아 다녔는데,
　　깨어나서 보니, 자신이 꿈에 나비가 된 것인지 아니면 나비의 꿈에 장주가 된 것인지는
　　확실치 않았다는 고사. 장자의 이름이 주(周)임.
283) 대풍기(大風起)하고 승천입지(昇天入地): 귀신은 큰 바람이 일어난 다음 하늘로 솟고
　　땅 속으로 들어간다고 함.
284) 침상편시춘몽중(枕上片時春夢中)에 행진강남수천리(行盡江南數千里)라: 잠삼(岑參)의
　　시 「춘몽(春夢)」의 한 구절.
　　동방작야춘풍기(洞房昨夜春風起) 동방에 어젯밤 봄바람이 일어
　　요억미인상강수(遙憶美人湘江水) 멀리 상강(湘江)의 미인을 생각했도다
　　침상편시춘몽중(枕上片時春夢中) 잠깐 사이 베개 위 봄꿈 속에서
　　행진강남수천리(行盡江南數千里) 수천 리 강남을 다 지났도다
285) 만고정렬황릉지묘(萬古貞烈黃陵之廟): 황릉묘는 동정호(洞庭湖) 입구에 있는 순(舜)임
　　금의 두 부인 아황(娥皇)과 여영(女英)의 묘(廟).

介), 평양 기생 월선(月仙)이라. 춘향을 인도하여 내당(內堂)에 들어가니, 당상(堂上)에 백의(白衣)한 두 부인이 옥수(玉手)를 들어 청하거늘, 춘향이 사양하되,

"진세간(塵世間) 천첩(賤妾)이 어찌 황릉묘(黃陵廟)를 오르리까."

부인이 기특히 여겨 재삼(再三) 청하거늘, 사양치 못하여 올라가니, 좌(座)를 주어 앉힌 후에,

"네가 춘향인다? 기특하도다. 일전(日前)에 조회차(朝會次)로 요지연(瑤池宴)287)에 올라가니 네 말이 낭자(狼藉)키로 간절히 보고 싶어 너를 청하였으니, 심히 불안(不安)토다."

춘향이 재배(再拜) 주왈(奏曰),

"첩이 비록 무식하나 고서(古書)를 보옵고 사후(死後)에나 존안(尊顔)을 뵈올까 하였더니 이렇듯 황릉묘에 모시니 황공비감(惶恐悲感)하여이다."

상군(湘君), 부인(夫人)288) 말씀하되,

"우리 순군(舜君) 대순씨(大舜氏)289)가 남순수(南巡狩) 하시다가 창오산(蒼梧山)에 붕(崩)하시니, 속절없는 이 두 몸이 소상(瀟湘) 죽림(竹林)290)에 피눈물을 뿌려놓니 가지마다 아롱아롱 잎잎이 원한(怨恨)이라. 창오산붕상수절(蒼梧山崩湘水絶)이라야 죽상지루내가멸(竹上之淚乃可

286) 녹주(綠珠): 진(晉)나라 부자 석숭에게 녹주라는 첩이 있었는데 매우 아름답고 피리를 잘 불었다. 그런데 이 첩을 손수(孫秀)가 뺏으려고 석숭을 감금하자 녹주는 절개를 지키고 석숭을 구하기 위해 자살했음.
287) 요지연(瑤池宴): 주목왕(周穆王)이 서왕모(西王母) 요지에서 벌인 연회.
288) 상군(湘君), 부인(夫人): 이비(二妃). 상군은 아황이고, 부인은 상부인(湘婦人)으로 여영을 말함.
289) 대순씨(大舜氏): 순(舜)임금. 순군, 대순씨라고 두 번이나 부른 것은 지극히 사모하는 마음을 나타낸 것임. 순임금은 왕위에 오른 지 39년에 남방을 순행하다가 창오(蒼梧)의 들에서 돌아갔음.
290) 소상(瀟湘) 죽림(竹林): 소상(瀟湘)은 동정호(洞庭湖) 남쪽의 소수(瀟水)와 상강(湘江)을 합쳐서 말하는 것임. 이 지방의 대나무가 유명함.

滅)을,291) 천추(千秋)의 깊은 한(恨)을 하소할292) 곳 없었더니, 네 절행 기특키로 너더러 말하노라. 송건 기천년(幾千年)에 청백은 어느 때 며293) 오현금(五弦琴) 남풍시(南風詩)294)를 이제까지 전하더냐."

이렇듯이 말씀할 제, 어떤 한 부인,

"춘향아, 나는 기주 명월(明月) 음도성295)에 화선(化仙)하던 농옥(弄 玉)296)이다. 소사(簫史)의 아내로서 태화산(太華山) 이별 후에 승룡비거 (乘龍飛去)297) 한(恨)이 되어 옥소(玉簫)로 원을 풀 제, 곡종비거부지처 (曲終飛去不知處)하니 산하벽도춘자개(山下碧桃春自開)라."298)

이러할 제, 또 한 부인 말씀하되,

"나는 한궁녀(漢宮女) 소군(昭君)299)이라. 호지(胡地)에 오가(誤嫁)하니 일부(一抔) 청총(靑塚)300) 뿐이로다. 마상비파(馬上琵琶) 한 곡조(曲調)에

---

291) 창오산붕상수절(蒼梧山崩湘水絶)이라야 죽상지루내가멸(竹上之淚乃可滅)을: 창오산이 무너지고 상수의 물이 끊어지고야 대나무의 눈물자국이 비로소 없어지리다. 이백의 「원 별리(遠別離)」의 한 구절.

292) 하소하다: 하소연하다.

293) 송건 기천년(幾千年)에 청백은 어느 때며: 미상. 『심청가』에는 "요순후(堯舜後) 기천년 (幾千年)에 지금의 천자(天子) 어느 뉘며"라는 대목이 있음.

294) 남풍시(南風詩): 순(舜)임금이 오현금으로 남풍시를 탔음.

295) 기주 명월(明月) 음도성: 진루(秦樓) 명월(明月) 옥소성(玉簫聲)의 잘못인 듯함. 진루는 농옥과 소사가 거처하던 누각임.

296) 농옥(弄玉): 진목공(秦穆公)의 딸로 소사(簫史)의 아내. 소사는 피리를 잘 불었는데 진목 공의 딸 농옥이 그를 좋아하여 소사의 처가 되었음. 몇 년 후 이들은 봉황을 따라 날아가 버렸음.

297) 승룡비거(乘龍飛去): 태화산에서 이별한 후 용을 타고 날아감. 이 대목은 다음 대목의 시로 볼 때 왕자교(王子喬)의 이야기와 뒤섞여 있음.

298) 곡종비거부지처(曲終飛去不知處)하니 산하벽도춘자개(山下碧桃春自開)라: 곡조 끝나자 날아감에 자취 모르고 산 밑에 벽도화(碧桃花)만 봄에 스스로 피어나도다. 허혼(許渾)의 「구산묘(緱山廟)」의 한 구절. 이 시는 왕자교(王子喬)의 고사임. 그는 주령왕(周靈王)의 태자로 피리를 잘 불었는데, 후에 구씨산(緱氏山)에서 학을 타고 날아가 신선이 되었다 고 함.

299) 소군(昭君): 한(漢)나라 궁녀 왕소군.

화도성식춘풍면(畵圖省識春風面)이요, 환패공귀월야혼(環佩空歸月夜魂)이라.301) 어찌 아니 원통하랴."

한참 이러 할 제 음풍(陰風)이 일어나며 촛불이 벌렁벌렁하며 무엇이 촛불 앞에 달려들거늘, 춘향이 놀래어 살펴보니 사람도 아니요 귀신도 아닌데 의의(依依)한 가운데 곡성(哭聲)이 낭자(狼藉)하며,

"여봐라 춘향아, 네가 나를 모르리라. 나는 넌고 하니 한고조(漢高祖) 아내 척부인(戚夫人)302)이로다. 우리 황제(皇帝) 용비(龍飛)303) 후에, 여후(呂后)의 독한 솜씨 나의 수족(手足) 끊어내어 두 귀에다 불 지르고 두 눈 빼어 암약(瘖藥) 먹여 측간(厠間) 속에 넣었으니, 천추(千秋)의 깊은 한을 어느 때나 풀어보랴."

이리 울 제 상군(湘君), 부인(夫人) 말씀하되,

"이곳이라 하는 데가 유명(幽明)이 노수(路殊)304)하고 항오자별(行伍自別)하니 오래 유(留)치 못할지라."

여동(女童) 불러 하직할새, 동방(洞房)305) 실솔성(蟋蟀聲)306)은 스르렁, 일쌍호접(一雙蝴蝶)은 펄펄, 춘향이 깜짝 놀라 깨어보니 꿈이로다.

---

300) 일부(一抔) 청총(靑塚): 한 줌의 흙으로 남은 청총. 청총은 언제나 푸른 풀이 덮여 있는 무덤이란 뜻으로 왕소군의 무덤을 말함.

301) 화도성식춘풍면(畵圖省識春風面)이요 환패공귀월야혼(環佩空歸月夜魂)이라: 그림으로 아름다운 얼굴을 알았으나 아름다운 여인은 부질없이 달밤의 혼으로 돌아왔도다. 두보의「영회고적(詠懷古跡)」의 한 구절.

302) 척부인(戚夫人): 척부인은 한고조(漢高祖)의 총애를 받아 여의(如意)를 낳아, 여의를 태자로 세우려고 노력했으나 끝내 이루지 못했다. 한고조가 죽자 왕비인 여태후(呂太后)가 권력을 잡아 평소에 미워하던 여의를 죽이고, 척부인의 손과 발을 자르고 눈을 빼고 귀에다 불을 지르고 벙어리가 되는 약을 먹여 변소에 넣어 두었음.

303) 용비(龍飛): 임금이 왕위에 오르는 것을 말하는데, 여기서는 임금이 죽는다는 의미로 썼다.

304) 유명(幽明)이 노수(路殊): 사람과 귀신의 길이 다름.

305) 동방(洞房): 깊숙한 방. 또는 신혼의 방.

306) 실솔성(蟋蟀聲): 귀뚜라미 우는 소리.

옥창앵도화(玉窓櫻桃花)307) 떨어져 보이고, 거울 복판이 깨어져 뵈고, 문 위에 허수아비 달려 보이거늘,

"나 죽을 꿈이로다."

수심 걱정 밤을 샐 제, 기러기 울고 가니 일편(一片) 서강(西江) 달에 행안남비(行雁南飛)308) 네 아니냐. 밤은 깊어 삼경(三更)이요 굿은비는 퍼붓는데, 도깨비 뺙뺙, 밤새 소리 붓붓, 문풍지(門風紙)는 펄렁펄렁. 귀신이 우는데, 난장(亂杖)309) 맞아 죽은 귀신, 형장(刑杖) 맞아 죽은 귀신, 결령치사(結領致死)310) 대롱대롱 목 매달아 죽은 귀신 사방에서 우는데, 귀곡성(鬼哭聲)이 낭자로다. 방안이며, 추녀 끝이며, 마루 아래서도 애고애고 귀신 소리에 잠들 길이 전혀 없다.

춘향이가 처음에는 귀신 소리에 정신이 없이 지내더니, 여러 번을 들어놓니 파겁(破怯)이 되어311) 청성(淸聲) 굿거리312) 삼재비313) 세악(細樂)314) 소리로 알고 들으며,

"이 몹쓸 귀신들아, 나를 잡아가려거든 조르지나 말려무나. 엄급급여율령사파쐬(唵急急如律令娑婆쐬)."315)

---

307) 옥창앵도화(玉窓櫻桃花): 창밖의 앵두꽃.
308) 행안남비(行雁南飛): 줄지어 남쪽으로 날아가는 기러기.
309) 난장(亂杖): 어지럽게 함부로 수없이 치는 매.
310) 결령치사(結領致死): 목을 매어 죽기에 이름.
311) 파겁(破怯)이 되어: 겁이 없어져서.
312) 굿거리: 굿거리장단. 무당이 굿할 때 치는 장단. 가장 널리 쓰이는 장단.
313) 삼재비: 장구, 저, 피리의 세 가지로 연주하는 것.
314) 세악(細樂): 장구, 북, 피리, 저, 깡깡이로 연주하는 군악.
315) 엄급급여율령사파쐬(唵急急如律令娑婆쐬): 율령을 실행하듯이 빨리 해주십시오. 진언(眞言)의 끝에 쓰이는 말. '唵'은 불교 진언의 첫머리에 나오는 말로 '옴'으로 발음함. '急急如律令'은 '율령처럼 빠르게'라는 의미로 원래 공문서에 쓰이던 말이었으나, 후에 주문의 마지막에 쓰이는 상투어가 되었음. 娑婆'는 원만한 성취라는 뜻의 '娑婆訶'를 줄여서 쓴 것으로 불경 진언의 마지막에 쓰이는 말. '쐬'는 '娑婆訶'의 '訶'나 '칙칙'같이 진언의 마지막에 쓰는 말.

진언(眞言) 치고[316) 앉았을 때 옥 밖으로 봉사[317) 하나 지나가되, 서울 봉사 같을진대, '문수(問數)하오' 웨련마는,[318) 시골 봉사라, '문복(問卜)하오'하며 외고 가니, 춘향이 듣고,

"여보 어머니, 저 봉사 좀 불러주오."

20   춘향 어미 봉사를 부르는데,

"여보, 저기 가는 봉사님."

불러놓니, 봉사 대답하되,

"게 뉘기, 게 뉘기니."

"춘향 어미요."

"어찌 찾나."

"우리 춘향이가 옥중에서 봉사님을 잠깐 오시라 하오."

봉사 한 번 웃으면서,

"날 찾기 의외로세. 가제."

봉사 옥으로 갈 제, 춘향 어미 봉사의 지팡이를 잡고 길을 인도할 제,

"봉사님 이리 오시오. 이것은 돌다리요, 이것은 개천이요, 조심하여 건너시오."

앞에 개천이 있어 뛰어볼까 무한히 벼르다가 뛰는데, 봉사의 뛰엄이란 게 멀리 뛰던 못 하고 올라가기만 한 길이나 올라가는 것이었다. 멀리 뛴단 것이 한 가운데 가 풍덩 빠져 놓았는데, 기어 나오려고 짚은 게 개똥을 짚었제.

"어뿔싸, 이게 정녕(丁寧) 똥이제."

손을 들어 맡아보니 묵은 쌀밥 먹고 썩은 놈이로고. 손을 내 뿌린

---

316) 진언(眞言) 치고: 진언을 외우고. 진언은 산스크리트로 된 주문.
317) 봉사: 장님. 소경.
318) 웨련마는: 외치련마는.

게 모진[319] 돌에다가 부딪치니 어찌 아프던지 잎에다가 홀쓸어넣고[320] 우는데, 먼눈에서 눈물이 뚝뚝 떨어지며,

"애고 애고, 내 팔자야. 조그마한 개천을 못 건너고 이 봉변을 당하였으니 수원수구(誰怨誰咎)[321] 뉘더러 하리. 내 신세를 생각하니 천지만물(天地萬物)을 불견(不見)이라. 주야(晝夜)를 내가 알랴, 사시(四時)를 짐작하며, 춘절(春節)이 당해온들 도리화개(桃李花開) 내가 알며, 추절(秋節)이 당해온들 황국단풍(黃菊丹楓) 어찌 알며, 부모를 내 아느냐, 처자(妻子)을 내 아느냐, 친구 벗님을 내 아느냐? 세상천지(世上天地) 일월성신(日月星辰)과 후박장단(厚薄長短)[322]을 모르고 밤중같이 지내다가 이 지경이 되었구나. 진소위(眞所謂) 소경이 그르냐, 개천이 그르냐? 소경이 글체, 아주 생긴 개천이 그르랴? 애고 애고."

설이 우니, 춘향 어미 위로하되,

"고만 우시오."

봉사를 목욕 시켜 옥으로 들어가니, 춘향이 반기면서,

"애고 봉사님, 어서 오."

봉사 그중에 춘향이가 일색이란 말은 듣고 반겨하며,

21

"음성을 들으니 춘향 각씬(閣氏ㄴ)[323]가보다."

"예, 기옵네다."[324]

"내가 벌써 와서 자네를 한 번이나 볼 터로되, 빈즉다사(貧則多事)[325]라 못 오고, 청하여 왔으니 내 쉰사[326]가 아니로세."

---

319) 모진: 모가 난 돌에다가. 또는 딱딱한 돌에다가.
320) 홀쓸어넣다: 마구 한꺼번에 처넣다.
321) 수원수구(誰怨誰咎): 누구를 원망하고 누구를 탓하랴.
322) 후박장단(厚薄長短): 두텁고 엷음과 길고 짧음.
323) 각씨(閣氏): 젊은 여자.
324) 기옵네다: 그렇습니다.

"그럴 리가 있소. 안맹(眼盲)하옵고 노래(老來)에 근력(筋力)이 어떠하
시오?"

"내 염려는 말게. 대체 나를 어찌 청하였나."

"예, 다름 아니라, 간밤에 흉몽(凶夢)을 하였삽기로 해몽(解夢)도 하
고, 서방님이 어느 때나 나를 찾을까 길흉(吉凶) 여부(與否) 점을 하려
고 청하였소."

"그러제."

봉사 점을 하는데,

가이태서유상(假以泰筮有常) 치경이축(致敬而祝)[327] 축왈(祝曰),

"천하언재(天何言哉)시리오 지하언재(地何言哉)시리오마는 고지직응
(叩之卽應)하시느니 신기여의(神旣靈矣)시니 감이순통언(感而順通焉)하소
서. 망지휴고(罔知休咎)와 망석궐의(罔釋厥疑)를 유심유령(惟神惟靈)이 망
수소보(望垂昭報)하여 약가약비(若可若否)를 상명고지직응(尙明叩之卽應)
하시느니,[328] 복희(伏羲),[329] 문왕(文王), 무왕(武王), 무공,[330] 주공(周
公),[331] 공자(孔子), 오대성현(五大聖賢),[332] 칠십이현(七十二賢),[333] 안

---

325) 빈즉다사(貧則多事): 가난하면 일이 많음.

326) 쉰사: 수인사(修人事)의 준말. 수인사는 인사를 차리는 것.

327) 가이태서유상(假以泰筮有常) 치경이축(致敬而祝): 저 태서(泰筮)의 믿음직한 말을 빌어
서 경의를 표하면서 비옵니다. 태서는 점을 칠 때 사용하는 풀을 말함.

328) 천하언재(天何言哉)~: 하늘이 무슨 말씀을 하시겠으며 땅이 무슨 말을 하시리오마는,
두드리면 응답해 주시는 신령께서는 이미 영험하시니 감응하여 통하게 해주소서. 길흉
(吉凶)을 알지 못하고 의심을 풀지 못하니, 오직 신령께서는 밝으신 지시를 내려주시어
될 것인지 안 될 것인지를 밝게 알려주시옵소서.

329) 복희(伏羲): 중국 고대 전설상의 성군(聖君).

330) 무공: 소공(김公)의 잘못인 듯함. 소공은 무왕의 신하.

331) 주공(周公): 주무왕(周武王)의 동생.

332) 오대성현(五大聖賢): 공자(孔子), 안회(顔回), 증삼(曾參), 자사(子思), 맹자(孟子).

333) 칠십이현(七十二賢): 공자의 제자 가운데 뛰어난 자 72명을 일컫는 말.

(顏), 증(曾), 사(思), 맹(孟),334) 성문십철(聖門十哲),335) 제갈공명선생(諸
葛孔明先生), 이순풍(李淳風),336) 소강절(邵康節),337) 정명도(程明道),338)
정이천(程伊川),339) 주렴계(周濂溪),340) 주회암(朱晦庵),341) 엄군평(嚴君
平),342) 사마군(司馬君),343) 귀곡(鬼谷),344) 손빈(孫臏),345) 진(秦), 의
(儀),346) 왕보사(王輔嗣),347) 유훈장,348) 제대선생(諸大先生)은 명찰명
기(明察明記)하옵소서. 마의도자(麻衣道者),349) 구천선녀,350) 육정(六丁)

---

334) 안(顏) 증(曾) 사(思) 맹(孟): 안회(顏回), 증삼(曾參), 자사(子思), 맹자(孟子). 안회는
공자의 가장 뛰어난 제자이고, 증삼은 공자의 제자로 증자(曾子)라고도 한다. 자사는
공자의 손자로 증삼에게 배웠고, 맹자는 자사에게 배웠음. 이상의 네 명을 통해 공자의
사상이 전해졌다.
335) 성문십철(聖門十哲): 공자의 뛰어는 제자 열 명.『논어』에 "공자께서 말씀하시기를, 나
를 따라 진나라와 채나라까지 갔던 사람은 이제 나의 문하에는 없구나. 덕행에는 안연,
민자건, 염백우, 중궁이 있고 언변에는 재아와 자공이 뛰어나고 정치에는 염유와 자로가
있으며 문학에는 자유와 자하가 있다.(子曰 從我於陳蔡者 皆不及門也 德行顏淵閔子騫冉
伯牛仲弓 言語宰我子貢 政事冉有季路 文學子游子夏)"고 했다. 십철은 이들 열 명을 말함.
336) 이순풍(李淳風): 당나라 사람으로 여러 가지 수학책을 지었음.
337) 소강절(邵康節): 중국 송(宋)나라의 유학자 소옹(邵雍). 강절은 그의 시호(諡號).
338) 정명도(程明道): 송나라의 유학자 정호(程顥). 명도는 그의 호.
339) 정이천(程伊川): 송나라의 유학자 정이(程頤). 이천은 그의 호. 정호의 동생.
340) 주렴계(周濂溪): 송나라 유학자 주돈이(周敦頤). 염계는 그의 호.
341) 주회암(朱晦庵): 송나라 유학자 주희(朱熹). 회암은 그의 호. 그를 높여 주자(朱子)라고
부름.
342) 엄군평(嚴君平): 중국 서한(西漢) 때 점치던 사람.
343) 사마군(司馬君): 중국 송나라 사마광(司馬光)을 말하는 것으로 보임. 그의 자(字)는 군실
(君實)임.
344) 귀곡(鬼谷): 중국 전국시대의 종횡가(縱橫家).
345) 손빈(孫賓): 전국시대 병법가(兵法家)로 귀곡선생에게 병법을 배웠다고 함.
346) 진(秦) 의(儀): 소진(蘇秦)과 장의(張儀).
347) 왕보사(王輔嗣): 왕필(王弼). 그의 자(字)가 보사. 중국 삼국시대 위(魏)나라 사람.『주역
주(周易注)』,『노자주(老子注)』등의 저서가 있다.
348) 유훈장: 명(明)나라 태조 주원장(朱元璋). 또는 유, 운장(劉玄德과 關雲長)이라고도 볼
수 있음.
349) 마의도자(麻衣道者): 마의상법(麻衣相法)의 저자로 알려져 있음.
350) 구천선녀: 중국 고대의 선녀 구천현녀(九天玄女)를 말하는 것으로 보임.

육갑(六甲)[351] 신장(神將) 여연월일시(如年月日時) 사치공조(四値功曹)[352] 배괘동자(排卦童子),[353] 척괘동남(擲卦童男),[354] 허공유감(虛空有感) 여왕 본가봉사(本家奉祀) 단로향화(壇爐香火) 육신무차보양 원사강림언(願使降臨焉)하소서.[355] 전라좌도(全羅左道)[356] 남원부 천변(川邊)에 거(居)하는 임자생신(壬子生身) 곤명(坤命)[357] 열녀 성춘향이 하월하일(何月何日)에 방사옥중(放赦獄中)[358]하오며, 서울 삼청동 거(居)하는 이몽룡은 하일하시(何日何時)에 도차본부(到差本府)[359] 하오리까? 복걸(伏乞) 첨신(僉神)[360]은 신명소시(神明昭示)하옵소서."[361]

산통(算筒)[362]을 철겅철겅 흔들더니,

"어디 보자. 일, 이, 삼, 사, 오, 육, 칠, 허허 좋다, 상괘(上卦)로고.

---

351) 육정(六丁) 육갑(六甲): 도교의 신장(神將).

352) 사치공조(四値功曹): 도교(道教)에서 연, 월, 일, 시를 맡는 네 신장(神將).

353) 배괘동자(排卦童子): 괘(卦)를 뿌려 놓는 동자.

354) 척괘동남(擲卦童男): 괘(卦)를 던지는 동남.

355) 허공유감(虛空有感)~: 허공이 감응하사 우리 집에서 받드는 선조의 신께서는 이 향내를 맡고는 강림하소서. '여왕'은 미상. '육신무차보양'은 '明神聞此寶香'의 와전임. 이상은 점칠 때 읽는 경문의 상투적인 문구이다. 여흥국(余興國)의 『복서원류(卜筮源流)』에는 다음과 같다. "……執龜祝之日 伏以易前民用 卦合神明 顯若有孚 仰叩先天之肇敎 感而遂通 撥開後進之迷道 敬爇爐香 愻聞 上帝 伏羲 大禹 文王 周公 孔子 五大聖人 孔門衛道 七十二賢 濂(周敦頤) 洛(程明道 程伊川) 關(張載) 閩(朱晦庵) 陳搏 穆脩 李援 邵康節 王鬼谷 嚴君平 袁天罡 李淳風 孫臏 管輅 諸葛孔明 列位大聖大賢先生 凡有翼易者 共降虛齋 六丁六甲神將 年月日時 四値功曹 排卦童子 成卦童郎 虛空有感 一切聖賢 本境英烈神祇 里裏正神 本家奉祀 壇爐香火 土地福德明神 聞此寶香 願使降臨……"

356) 전라좌도(全羅左道): 전라도를 좌우로 나눈 것 가운데 왼쪽. 남원은 전라좌도에 속함.

357) 곤명(坤命): 여자의 이름.

358) 방사옥중(放赦獄中): 옥에서 풀려나옴.

359) 도차본부(到差本府): 본부에 도착함. 본부(本府)는 지방관청을 이르는 말. 여기서는 남원을 말함.

360) 첨신(僉神): 여러 신령.

361) 신명소시(神明昭示)하옵소서: 하늘과 땅의 신령들은 밝게 알려주옵소서.

362) 산통(算筒):점을 칠 때 산(算)가지를 넣어 흔드는 통.

칠간산(七艮山)363)이로구나. 어유피망(魚游避網)하니 소적대성(小積大成)
이라.364) 옛날 주무왕(周武王)이 벼슬할 제 이 괘를 얻어 금의환향(錦衣
還鄕)하였으니 어찌 아니 좋을쏜가. 천리상지(千里相知)하니 친인(親人)
이 유면(有面)이라.365) 자네 서방님이 불월간(不月間)에 내려와서 평생
한을 풀겠네. 걱정 마소. 참 좋거든."

22

춘향 대답하되,

"말대로 그리하면 오죽 좋사오리까. 간 밤 꿈 해몽이나 좀 하여 주
옵소서."

"어디 자상(仔詳)히 말을 하소."

"단장하던 체경(體鏡)이 깨져 보이고, 창전(窓前)의 앵두꽃이 떨어져
보이고, 문 위에 허수아비 달려 뵈고, 태산이 무너지고, 바다 물이 말
라 보이니 나 죽을 꿈 아니오."

봉사 이윽히 생각다가 양구(良久)에 왈,

"그 꿈 장히 좋다. 화락(花落)하니 능성실(能成實)이요, 파경(破鏡)하
니 기무성(豈無聲)가? 능히 열매가 열어야 꽃이 떨어지고, 거울이 깨어
질 때 소리가 없을쏜가? 문상(門上)에 현우인(懸偶人)하니 만인(萬人)이
개앙시(皆仰視)라. 문 위에 허수아비 달렸으면 사람마다 우러러 볼 것
이오. 해갈(海渴)하니 용안견(龍顔見)이요, 산붕(山崩)하니 지택평(池澤
平)이라. 바다가 마르면 용의 얼굴을 능히 볼 것이요, 산이 무너지면
평지가 될 것이라. 좋다, 쌍가마 탈 꿈이로세. 걱정 마소. 머지않네."

363) 칠간산(七艮山): 팔괘(八卦) 가운데 일곱 번째 괘인 간괘(艮卦). 간(艮)은 자연 가운데
    산을 의미함.
364) 어유피망(魚游避網)하니 소적대성(小積大成)이라: 고기가 물에서 놀되 그물을 피하니
    작은 것이 쌓여서 큰 것이 이루어진다. 점괘를 풀어놓은 말.
365) 천리상지(千里相知)하니 친인(親人)이 유면(有面)이라: 천리나 멀리 떨어져 있어도 서로
    마음을 아니 친한 사람을 만날지라.

한참 이리 수작할 제, 뜻밖에 까마귀가 옥 담에 와 앉더니 까옥까옥 울거늘, 춘향이 손을 들어 '후여' 날리며,

"방정맞은 까마귀야, 나를 잡아가려거든 조르지나 마려무나."

봉사가 이 말을 듣더니,

"가만있소. 그 까마귀가 가옥 가옥 그렇게 울제."

"예, 그래요."

"좋다 좋다. 가자(字)는 아름다울 가자(嘉字)요, 옥자(字)는 집 옥자(屋字)라. 아름답고 즐겁고 좋은 일이 불원간(不遠間)에 돌아와서 평생에 맺힌 한을 풀 것이니 조금도 걱정 마소. 지금은 복채(卜債) 천 냥을 준대도 아니 받아 갈 것이니, 두고 보고 영귀(榮貴)하게 되는 때에 괄시(恝視)나 부디 마소. 나 돌아가네."

23   "예, 평안히 가옵시고 후일 상봉하옵시다."

춘향이 장탄수심(長嘆愁心)으로 세월을 보내니라.

이때 한양성 도련님은 주야로 시서(詩書) 백가어(百家語)366)를 숙독(熟讀)하였으니, 글로는 이백(李白)이요, 글씨는 왕희지(王羲之)라. 국가에 경사 있어 태평과(太平科)367)를 뵈이실새, 서책(書冊)을 품에 품고 장중(場中)에 들어가 좌우를 둘러보니 억조창생(億兆蒼生)368) 허다 선비 일시에 숙배(肅拜)한다. 어악풍류(御樂風流)369) 천아성(天鵝聲)370)에 앵무새가 춤을 춘다. 대제학(大提學) 택출(擇出)하여 어제(御題)371)를 내리시니, 도승지(都承旨) 모셔내어 홍장(紅帳)372) 위에 걸어놓니, 글제(題)

366) 백가어(百家語): 제자백가(諸子百家)의 책.
367) 태평과(太平科): 나라에 경사가 있을 때 특별히 실시하던 과거.
368) 억조창생(億兆蒼生): 수많은 백성.
369) 어악풍류(御樂風流): 궁중에서 임금 앞에 올리는 음악.
370) 천아성(天鵝聲): 임금이 대궐을 나설 때 부는 태평소 소리.
371) 어제(御題): 임금이 정한 과거시험의 문제.

에 하였으되, "춘당춘색(春塘春色)이 고금동(古今同)이라."[373] 뚜렷이 걸
었거늘, 이도령 글제를 살펴보니 익히 보던 배라. 시지(試紙)를 펼쳐
놓고 해제(解題)[374]를 생각하여 용지연(龍池硯)[375]에 먹을 갈아 당황모
(唐黃毛) 무심필(無心筆)[376]을 반중동 덥벅 풀어 왕희지(王羲之) 필법(筆
法)으로 조맹부(趙孟頫)[377] 체(體)를 받아 일필휘지(一筆揮之) 선장(先
場)[378]하니, 상시관(上試官)[379]이 글을 보고 자자(字字)이 비점(批點)[380]
이요, 구구(句句)이 관주(貫珠)[381]로다. 용사비등(龍蛇飛騰)[382]하고 평사
낙안(平沙落雁)[383]이라. 금세(今世)의 대재(大才)로다. 금방(金榜)[384]에
이름을 불러 어주삼배(御酒三盃) 권하신 후 장원급제(壯元及第) 휘장(揮
場)[385]이라. 신래(新來)에 진퇴(進退)[386] 나올 적에 머리에는 어사화(御

---

372) 홍장(紅帳): 과거를 보일 때에 왕이 제시한 어제를 붙인 판을 매다는 뒤쪽의 장막.
373) 춘당춘색(春塘春色)이 고금동(古今同)이라: 춘당대(春塘臺)의 봄빛은 예나 지금이나 같
    다. 춘당대는 창덕궁 안에 있는 대(臺).
374) 해제(解題): 문제를 푸는 것.
375) 용지연(龍池硯): 용모양을 새긴 벼루. 용미연(龍尾硯)의 잘못일 수도 있음. 용미연은
    중국 안휘성(安徽省) 용미산(龍尾山)에서 나는 돌로 만든 좋은 벼루.
376) 당황모(唐黃毛) 무심필(無心筆): 중국에서 나는 족제비털로만 만든 붓. 무심필은 가운데
    심을 박지 않은 붓.
377) 조맹부(趙孟頫): 중국 원(元)나라의 서예가. 그의 호 송설(松雪)을 따서 그의 글씨체를
    송설체라고 함.
378) 선장(先場): 과거를 볼 때 글장을 제일 먼저 바치는 것.
379) 상시관(上試官): 시험관 가운데 우두머리.
380) 비점(批點): 시나 문장의 아주 잘된 곳에 점을 그 곁에 찍는 것.
381) 관주(貫珠): 시나 문장의 잘된 곳에 붉은 색으로 작은 동그라미를 그 곁에 치는 것.
382) 용사비등(龍蛇飛騰): 용이 날아오르듯이 글씨에 활력이 있는 것.
383) 평사낙안(平沙落雁): 필력(筆力)이 가볍고 빠른 것이 모래벌판에 기러기가 날아와 앉은
    것같이 앉기는 앉았으되 자취가 없는 듯함을 말함.
384) 금방(金榜): 과거에 급제한 사람의 이름을 써서 붙인 방(榜).
385) 휘장(揮場): 과거에 합격하였다고 금방(金榜)을 들고 과장(科場)을 돌아다니며 외치
    던 일.
386) 신래(新來)에 진퇴(進退): 새로 과거에 합격한 사람의 얼굴에 먹을 바르고, 하인을 시켜
    팔을 잡고 임금 앞으로 나왔다 들어갔다하며 인사하는 일.

賜花)387)요, 몸에는 앵삼(鶯衫)388)이라. 허리에는 학대(鶴帶)389)로다.

　삼일유가(三日游街)390) 한 연후에 산소(山所)에 소분(掃墳)391)하고 전하(殿下)께 숙배(肅拜)하니, 전하께옵서 친히 불러 보신 후에,

　"경(卿)392)의 재주 조정에 으뜸이라."

하시고, 도승지(都承旨) 입시(入侍)하사 전라도(全羅道) 어사(御史)393)를 제수(除授)하시니, 평생의 소원이라. 수의(繡衣),394) 마패(馬牌),395) 유척(鍮尺)396)을 내주시니 전하께 하직하고 본댁(本宅)으로 나갈 제, 철관(鐵冠)397) 풍채(風彩)는 심산맹호(深山猛虎) 같은지라.

　부모 전 하직하고 전라도로 행할새, 남대문(南大門)398) 밖 썩 나서서 서리(胥吏),399) 중방(中房),400) 역졸(驛卒) 등을 거느리고 청파역(靑坡驛) 말401) 잡아타고, 칠패(七牌), 팔패(八牌),402) 배다리403) 얼른 넘어 밥전

---

387) 어사화(御賜花): 과거 급제자에게 임금이 주던 종이로 만든 꽃.

388) 앵삼(鶯衫): 나이 어린 선비가 생원이나 진사에 합격했을 때나 또는 새로 급제한 사람이 입던 예복.

389) 학대(鶴帶): 학을 수놓은 띠.

390) 삼일유가(三日游街): 과거에 급제한 사람이 사흘 동안 풍악을 잡히고 거리를 돌면서 시험관과 선배 그리고 친척들을 방문하는 일.

391) 소분(掃墳): 경사로운 일이 있을 때 조상의 무덤에 가서 제사지내는 일.

392) 경(卿): 임금이 신하를 부를 때 그를 가리켜 부르는 말.

393) 어사(御史): 정치의 치적이나 백성의 고통을 살피기 위해 임금이 비밀히 파견하던 관리. 암행어사.

394) 수의(繡衣): 수를 놓은 옷인데 암행어사를 가리키는 말로도 쓰임.

395) 마패(馬牌): 벼슬아치가 공무로 지방에 갈 때 역마(驛馬)를 징발하는 증표로 쓰던 둥근 구리 패. 한쪽 면에는 번호와 날짜를 새기고 다른 한쪽에는 말을 새겼는데, 어사가 이것을 인장(印章)으로 쓰기도 하였음.

396) 유척(鍮尺): 놋쇠로 만든 자.

397) 철관(鐵冠): 어사를 가리키는 말. 어사가 일을 바로 처리한다는 의미에서 어사가 쓰는 모자에는 뒤쪽에 두 가닥의 철사를 넣은데서 유래함.

398) 남대문(南大門): 서울의 남쪽 대문 숭례문(崇禮門).

399) 서리(胥吏): 아전(衙前). 지방 관아에서 실무를 보던 하급관리.

400) 중방(中房): 고을 원(員)의 시중을 들던 사람.

거리404) 지나, 동작(銅雀)이405)를 얼풋 건너 남태령(南太嶺)406)을 넘어   24
과천읍(果川邑)407)에 중화(中火)408)하고, 사근내(沙斤乃),409) 미륵당(彌
勒堂)이,410) 수원(水原)411) 숙소하고, 대황교(大皇橋),412) 떡전거리,413)
진개울,414) 중미(中彌),415) 진위읍(振威邑)416)에 중화하고, 칠원,417) 소
사(素沙),418) 애고다리,419) 성환역(成歡驛)420)에 숙소하고, 상류천(上柳
川), 하류천(下柳川),421) 새술막,422) 천안읍(天安邑)423)에 중화하고, 삼
거리,424) 도리티,425) 김제역(金蹄驛)426) 말 갈아타고, 신(新)·구(舊) 덕

401) 청파역(靑坡驛)말: 서울 남대문 밖에 있던 청파역의 말.
402) 칠패(七牌) 팔패(八牌): 현재 서울 염천교 부근의 지명.
403) 배다리: 주교(舟橋). 청파동 근처에 있던 다리.
404) 밥전거리: 현재 삼각지 부근의 지명.
405) 동작(銅雀)이: 동재기 나루. 현재의 동작동. 옛날에 나루가 있었음.
406) 남태령(南泰嶺): 지금의 동작구에서 과천시로 넘어가는 고개.
407) 과천읍(果川邑): 지금 경기도 과천시.
408) 중화(中火): 길을 가다가 도중에 점심을 먹는 것.
409) 사근내: 사근천(沙斤川). 현재 의왕시 고촌동에 있는 내.
410) 미륵당(彌勒堂)이: 수원(水原) 북쪽 지지대고개 너머에 있던 당(堂).
411) 수원(水原): 경기도 수원시.
412) 대황교(大皇橋): 현재 수원시 권선구 대황교동에 있던 다리.
413) 떡전거리: 병점(餠店).
414) 진개울: 병점과 중미 사이에 있던 지명. 현재 화성시 향남읍에 있던 지명.
415) 중미(中彌): 현재 오산시 내삼미동.
416) 진위읍(振威邑): 현재 평택시 진위면 봉남리.
417) 칠원: 갈원(葛院). 진위 남쪽 20리에 있던 지명. 현재 평택시 칠원동.
418) 소사(素沙): 현재 평택시 소사동.
419) 애고다리: 아교(阿橋). 충청남도 천안시 성환읍 안궁리 궁말에 있던 다리.
420) 성환역(成歡驛): 현재 충청남도 천안시 성환읍.
421) 상류천(上柳川) 하류천(下柳川): 천안 북쪽의 버들개.
422) 새술막: 신주막(新酒幕). 천안 북쪽 10리에 있는 지명.
423) 천안읍(天安邑): 지금의 천안시.
424) 삼거리: 천안 삼거리. 천안 남쪽 6리에 있는 지명.
425) 도리티: 천안 삼거리 부근의 고개.
426) 김제역(金蹄驛): 천안 남쪽 23리에 있던 역. 현재 충청남도 연기군 소정면 대곡리 역말

평(德坪)427)을 얼른 지나 원터428)에 숙소하고, 팔풍정(八豊亭),429) 화
란,430) 광정(廣程),431) 모란,432) 공주(公州)433) 금강(錦江)을 건너 금영
(錦營)434)에 중화하고, 높은행길,435) 소개,436) 무너미,437) 널티,438) 경
천(敬天)439)에 숙소하고, 노성(魯城),440) 풋개,441) 사다리,442) 은진(恩
津),443) 간치당이,444) 황화정(皇華亭),445) 장애미고개,446) 여산읍(礪山
邑)447)에 숙소 참(站)하고, 이튿날 서리(胥吏) 중방(中房) 불러 분부하되,
"전라도 초읍(初邑) 여산이라. 막중국사(莫重國事) 거행불명(擧行不
明)448) 즉, 죽기를 면치 못하리라."

────────────────────────

　　마을.
427) 덕평(德坪): 현재 천안시 광덕면 행정리. 신덕평과 구덕평이 있었음.
428) 원터: 원기(院基). 천안시 광덕면 원덕리 원기마을.
429) 팔풍정(八豊亭): 충청남도 공주시 정안면 인풍리에 있던 정자. 동리 이름은 팔풍정이.
430) 화란: 활원. 궁원(弓院). 공주시 정안면 장원리.
431) 광정(廣程): 공주시 정안면 광정리 역말(장터)마을.
432) 모란: 몰원. 모로원(毛老院). 공주시 정안면 상용리 양달마을.
433) 공주(公州): 충청남도 공주시.
434) 금영(錦營): 충청도 감영(監營)의 다른 이름.
435) 높은행길: 충청남도 공주시 소학동(巢鶴洞)에 있는 마을 이름.
436) 소개: 공주시 신기동(新基洞)에 있는 마을 이름.
437) 무너미: 수유리(水踰里). 공주시 계룡면에 있는 마을 이름.
438) 널티: 널재. 판치(板峙). 공주와 경천 사이의 고개.
439) 경천(敬天): 공주시 계룡면 경천리.
440) 노성(魯城): 충청남도 논산시 노성면 읍내리.
441) 풋개: 초포(草浦). 논산시 광석면 항월리에 있는 마을 이름.
442) 사다리: 사교(沙橋) 또는 사제(沙梯). 논산시 부적면 신교리에 있던 다리.
443) 은진(恩津): 현재 논산시 은진면.
444) 간치당이: 작지(鵲旨). 논산시 연무읍 까치말.
445) 황화정(皇華亭): 논산시 연무읍 황화정.
446) 장애미고개: 충청남도 논산시 연무읍과 전라북도 익산시 여산면 경계에 있는 고개.
447) 여산읍(礪山邑): 전라북도 익산시 여산읍.
448) 막중국사(莫重國事) 거행불명(擧行不明): 더할 수 없이 중요한 나라의 일을 밝게 거행하
　　지 않으면.

추상(秋霜)같이 호령하며 서리 불러 분부하되,

"너는 좌도(左道)449)로 들어 진산(珍山), 금산(錦山), 무주(茂朱), 용담 (龍潭), 진안(鎭安), 장수(長水), 운봉(雲峯), 구례(求禮)로 이 팔읍(八邑)를 순행(巡行)하여 아무 날 남원읍으로 대령하고, 자!450) 중방(中房) 역졸 (驛卒) 너희 등은 우도(右道)451)로 용안(龍安), 함열(咸悅), 임피(臨陂), 옥 구(沃溝), 김제(金堤), 만경(萬頃), 고부(古阜), 부안(扶安), 흥덕(興德), 고 창(高敞), 장성(長城), 영광(靈光), 무장(茂長), 무안(務安), 함평(咸平)으로 순행하여 아무 날 남원읍으로 대령하고."

종사(從事) 불러 익산(益山), 금구(金溝), 태인(泰仁), 정읍(井邑), 순창 (淳昌), 옥과(玉果), 광주(光州), 나주(羅州), 창평(昌平), 담양(潭陽), 동복 (同福), 화순(和順), 강진(康津), 영암(靈巖), 장흥(長興), 보성(寶城), 흥양 (興陽), 낙안(樂安), 순천(順天), 곡성(谷城)으로 순행하여 아무 날 남원읍 으로 대령하라 분부하여 각기(各其) 분발(分發)452)하신 후에 어사또453) 행장(行裝)을 차리는데, 모양 보소.

숫사람454)을 속이려고 모자(帽子)455) 없는 헌 파립(破笠)에 버레 줄456) 총총 매어 초사(草紗)457) 갓끈 달아 쓰고, 당458)만 남은 헌 망건 (網巾)에 갓풀관자(貫子)459) 노끈 당줄 달아 쓰고, 의뭉하게460) 헌 도복

---

449) 좌도(左道): 전라좌도.
450) 자: 행동을 재촉하여 지르는 고함 소리.
451) 우도(右道): 전라우도(全羅右道)를 말함.
452) 분발(分發): 따로따로 떠나게 함.
453) 어사또: 어사를 높여 일컫는 말.
454) 숫사람: 순진하고 어수룩한 사람.
455) 모자(帽子): 갓모자. 갓양태 위로 우뚝 솟은 원통 모양의 부분.
456) 버레줄: 벌이줄. 물건을 버티어서 이리저리 얽어매는 줄.
457) 초사(草紗): 품질이 낮은 비단.
458) 당: 망건당. 망건의 윗부분.
459) 갓풀관자(貫子): 아교로 만든 관자.

25 (道服)461)에 무명실 띠를 흉중(胸中)에 둘러매고, 살만 남은 헌 부채에 솔방울 선초(扇貂)462) 달아 일광(日光)을 가리고 내려올 제, 통새암,463) 삼례(參禮) 숙소하고, 한내,464) 주엽쟁이,465) 가린내,466) 싱금정467) 구경하고, 숲정이,468) 공북루(拱北樓)469) 서문을 얼른 지나 남문에 올라 사방을 둘러보니 서호(西湖)470) 강남(江南)471) 여기로다. 기린토월(麒麟吐月)472)이며, 한벽청연(寒碧晴烟),473) 남고모종(南高暮鍾),474) 건지망월(乾止望月),475) 다가사후(多佳射侯),476) 덕진채련(德眞採蓮),477) 비비낙안(飛飛落雁),478) 위봉폭포(威鳳瀑布)479) 완산팔경(完山八景)480)을 다 구경하고 차차로 암행(暗行)하여 내려올 제, 각읍(各邑) 수령(守令)들이 어사

---

460) 의뭉하다: 겉으로는 어리석은 것 같으나 속으로는 엉큼함.
461) 도복(道服): 도포. 예복으로 입던 남자의 겉옷.
462) 선초(扇貂): 선추(扇錘). 부채의 사북에 매어놓은 장식물.
463) 통새암: 전북 익산시 왕궁면 흥암리에 있는 지명.
464) 한내: 완주군 삼례(參禮)에 있는 내[川].
465) 주엽쟁이: 전주의 북쪽 20리에 있는 지명.
466) 가린내: 추천(楸川). 전주시 서신동과 팔복동 사이를 흐르는 내.
467) 싱금정: 전주 덕진동에 있는 지명.
468) 숲정이: 전주시 진북동에 있는 지명.
469) 공북루(拱北樓): 공북정(拱北亭). 현재 전주시 덕진구 팔복동에 있는 누각.
470) 서호(西湖): 중국 절강성(浙江省) 항주(杭州)시에 있는 호수. 전당호(錢塘湖) 등의 다른 이름이 있음.
471) 강남(江南): 중국의 양자강(揚子江) 이남을 말함.
472) 기린토월(麒麟吐月): 기린봉(麒麟峰)에 솟은 달. 기린봉은 전주시 동쪽에 있는 봉우리.
473) 한벽청연(寒碧晴烟): 한벽당의 물안개. 한벽당은 전주 남쪽에 있는 정자.
474) 남고모종(南高暮鍾): 남고사(南高寺)의 저녁 종소리. 남고사는 전주에 있는 절.
475) 건지망월(乾止望月): 건지산(乾止山)의 보름달. 건지산은 전주에 있는 산.
476) 다가사후(多佳射侯): 다가산(多佳山)의 활 쏘는 과녁.
477) 덕진채련(德眞採蓮): 덕진지(德眞池)의 연밥 캐기. 덕진지는 전주 북쪽에 있는 연못.
478) 비비낙안(飛飛落雁): 비비정(飛飛亭)에 내려앉는 기러기. 비비정은 완주군 삼례읍 후정리(後亭里)에 있는 정자.
479) 위봉폭포(威鳳瀑布): 전주 위봉산에 있는 폭포.
480) 완산팔경(完山八景): 완산의 여덟 경치. 앞의 각주 여덟을 말함. 완산은 지금의 전주.

났단 말을 듣고 민정(民情)을 가다듬고 전공사(前公事)를 염려할 제 하인
인들 편하리오. 이방(吏房) 호장(戶長) 실혼(失魂)하고, 공사회계(公事會
計)하는 형방(刑房) 서기(書記) 얼른 하면 도망차(逃亡次)로 신발하고, 수
다(數多)한 각청상(各廳上)이 넋을 잃어 분주할 제.

이때 어사또는 임실(任實) 구화들481) 근처를 당도하니, 차시(此時) 마
침 농절(農節)이라. 농부들이 농부가(農夫歌) 하며 이러할 제 야단이었다.

어여로 상사디요482)
천리건곤(千里乾坤) 태평시(太平時)에 도덕 높은 우리 성군(聖君)
강구연월(康衢烟月) 동요(童謠) 듣던 요(堯)임금 성덕(聖德)이라
어여로 상사디요
순(舜)임금483) 높은 성덕으로 내신 성기(成器) 역산(歷山)에 밭을 갈고
어여로 상사디요
신농씨(神農氏)484) 내신 따비485) 천추만대(千秋萬代) 유전(流傳)하니
어이 아니 높으던가
어여로 상사디요
하우씨(夏禹氏) 어진 임금 구년홍수(九年洪水) 다스리고
여여라 상사디요
은왕성탕(殷王成湯) 어진 임금 대한칠년(大旱七年) 당하였네

481) 구화들: 임실에 있는 들판의 이름.
482) 어여로 상사디요: 여럿이 힘을 합쳐 지르는 흥을 돋우는 말.
483) 순(舜)임금: 순임금이 역산(歷山)에서 밭을 갈았는데 역산의 사람들이 모두 밭을 양보했
고, 하수(河水)가에서 그릇을 구웠는데 그릇이 모두 이지러지지 않았다고 한다. 성기(成
器)는 그릇을 만들 때 잘 만들어진 것을 말함.
484) 신농씨(神農氏): 중국 고대의 농업신. 신농씨는 농기구를 만들어 쓰는 법을 가르쳐주었
다고 함.
485) 따비: 풀뿌리를 뽑거나 밭을 가는 데 쓰는 농기구.

여여라 상사디요

이 농사를 지어 내여 우리 성군(聖君) 공세(貢稅)486) 후에

남은 곡식 장만하여 앙사부모(仰事父母) 아니 하며 하휵처자(下畜妻子)487) 아니 할까

여여라 상사디요

백초(百草)를 심어 사시(四時)을 짐작하니 유신(有信)한 게 백초로다

여여라 상사디요

청운(靑雲)488) 공명(功名) 좋은 호강 이 업(業)을 당할쏘냐

여여라 상사디요

남전북답(南田北畓) 기경(起耕)하여 함포고복(含哺鼓腹)하여 보세

얼럴럴 상사디요

한참 이리 할 제 어사또 주령489) 짚고 이만하고490) 서서 농부가를
26 구경하다가,

"거기는 대풍(大豊)이로고."

또 한편을 바라보니 이상한 일이 있다. 중씰한 노인491)들이 찔찔
이492) 모여 서서 등걸밭493)을 일구는데,494) 갈멍덕495) 숙여 쓰고 쇠

---

486) 공세(貢稅): 세금을 내는 것.
487) 앙사부모(仰事父母) 하휵처자(下畜妻子): 위로 부모를 섬기고 아래로 처자를 먹여 살림. 『맹자』에 "위로는 족히 부모를 섬길 수 있고 아래로는 족히 처자를 거느릴 수 있다.(仰足以事父母 俯足以畜妻子)"는 구절이 있음.
488) 청운(靑雲): 높은 벼슬.
489) 주령: 지팡이.
490) 이만하고: 이만큼 거리를 두고 떨어져서.
491) 중씰한 노인: 중늙은이. 중씰하다는 중년이 넘어 보이는 것을 말함.
492) 찔찔이: 끼리끼리.
493) 등걸밭: 나무를 잘라 낸 그루터기가 많은 땅.
494) 일구다: 논이나 밭을 만들려고 땅을 파서 갈아엎는 것.

스랑496) 손에 들고 백발가(白髮歌)를 부르는데,

등장(等狀)497)가자 등장가자

하느님 전에 등장 가량이면 무슨 말을 하실런지

늙은이는 죽지 말고 젊은 사람 늙지 말게

하느님 전에 등장 가세

원수로다 원수로다 백발(白髮)이 원수로다

오는 백발 막으려고 우수(右手)에 도치498) 들고 좌수(左手)에 가시 들고

오는 백발 뚜드리며 가는 홍안(紅顔) 걸어 당겨

청사(靑絲)로 결박하여 단단히 졸라매되

가는 홍안 절로 가고 백발은 시시(時時)로 돌아와

귀밑에 살 잡히고 검은 머리 백발 되니

조여청사모성설(朝如靑絲暮成雪)499)이라 무정한 게 세월이라

소년행락(少年行樂) 깊은들 왕왕(往往)이 달라가니 이 아니 광음(光陰)인가

천금준마(千金駿馬) 잡아타고 장안(長安)500) 대도(大道) 달리고자

만고강산(萬古江山) 좋은 경개 다시 한 번 보고지고

---

495) 갈멍덕: 갈대로 만든 삿갓.

496) 쇠스랑: 농기구의 일종.

497) 등장(等狀): 여러 사람이 이름을 써서 올리는 소장(訴狀).

498) 도치: 도끼.

499) 조여청사모성설(朝如靑絲暮成雪): 젊은 시절이 금방 지나간다는 의미. 이백의 「장진주(將進酒)」에 "그대는 또한 보지 못했는가? 높은 마루의 맑은 거울에 비친 슬픈 백발을, 아침에는 푸른 실 같더니 저녁에는 흰 눈이 되었구나.(又不見高堂明鏡悲白髮 朝如靑絲暮成雪)"라는 구절이 있음.

500) 장안(長安): 중국 서한(西漢)의 수도인데, 일반적으로 서울이라는 의미로도 쓰임.

절대가인(絶代佳人) 곁에 두고 백만교태(百萬嬌態) 놀고지고
화조월석(花朝月夕)[501] 사시가경(四時佳景) 눈 어둡고 귀가 먹어
볼 수 없고 들을 수 없어 하릴없는 일이로세
슬프다 우리 벗님 어디로 가겠는고
구추단풍(九秋丹楓) 잎 지듯이 서나서나[502] 떨어지고
새벽하늘 별 지듯이 삼오삼오(三五三五)[503] 스러지니
가는 길이 어디멘고 어여로 가래질[504]이야
아마도 우리 인생 일장춘몽(一場春夢)인가 하노라.

한참 이리 할 제, 한 농부 썩 나서며,
"담배 먹세, 담배 먹세."

갈멍덕[505] 숙여 쓰고 두던[506]에 나오더니 곱돌 조대[507] 넌짓 들어
꽁무니 더듬더니 가죽쌈지 빼어 놓고 담배에 세우[508] 침을 뱉어 엄지
가락이 자빠라지게 비빗비빗 단단히 넣어 짚불을 뒤져 놓고 화로(火爐)
에 푹 찔러 담배를 먹는데, 농군이라 하는 것이 대가 빡빡하면[509] 쥐
새끼 소리가 나겄다. 양 볼때기가 오목오목, 콧구멍이 발씸발씸 연기
가 홀홀 나게 피어 물고 나서니, 어사또 반말[510]하기는 공성이 났

---

501) 화조월석(花朝月夕): 꽃 피는 아침과 달뜨는 저녁. 좋은 시절의 아름다운 경치.
502) 서나서나: 시나브로. 모르는 사이에 조금씩 조금씩.
503) 삼오삼오(三五三五): 삼삼오오. 여기저기.
504) 가래질: 가래로 흙을 떠 옮기는 일.
505) 갈멍덕: 갈대로 만든 삿갓.
506) 두던: 두덩. 둔덕.
507) 곱돌 조대: 곱돌로 만든 담뱃대.
508) 세우: 세게.
509) 대가 빡빡하면: 담배를 빡빡하게 넣어 빠는 것을 말하는 것으로 보임.
510) 반말: 말끝을 맺지 않아 높고 낮추는 뜻을 드러내지 않는 말.

제.511)

"저 농부 말 좀 물어보면 좋겠구먼."

"무슨 말."

"이 골 춘향이가 본관(本官)에 수청 들어 뇌물(賂物)을 많이 받아먹고 민정(民政)에 작폐(作弊)한단 말이 옳은지?"

저 농부 열을 내어,

"게가 어데 삽나?"

"아무데 사든지."

"아무데 사든지라니. 게는 눈콩알 귀꽁알이 없나.512) 지금 춘향이를 수청 아니 든다 하고 형장(刑杖) 맞고 갇혔으니 창가(娼家)에 그런 열녀 세상에 드문지라. 옥결 같은 춘향 몸에 자네 같은 동냥치513)가 누설(陋說)을 끼치다는 빌어먹도 못하고 굶어 뒈지리. 올라간 이도령인지 삼도령인지 그놈의 자식은 일거후무소식(一去後無消息)하니 인사(人事)가 그렇고는 벼슬은커니와 내 좃도 못하제."514)

"어, 그게 무슨 말인고."

"왜, 어찌 됨나."

"되기야 어찌 되어마는 남의 말로 구습(口習)515)을 너무 고약히 하는고."

"자네가 철모르는 말을 하매 그렇제."

수작을 파하고 돌아서며,

"허허, 망신이로고. 자, 농부네들 일 하오."

---

511) 공성이 나다: 이골이 나다. 아주 버릇이 된 것을 말함.

512) 눈콩알 귀꽁알이 없나: 눈과 귀가 없느냐는 말을 상스럽게 한 것.

513) 동냥치: 동냥아치. 동냥하는 사람.

514) 내 좃도 못하제: 아무 것도 못한다는 말을 상스럽게 한 것.

515) 구습(口習): 말버릇.

"예."

하직하고 모롱이를 돌아드니, 아이 하나 오는데 주령막대 끄을면서
시조(時調) 절반 사설(辭說) 절반516) 섞어하되,

오늘이 며칠인고
천리(千里) 길 한양성(漢陽城)을 며칠 걸어 올라가랴
조자룡(趙子龍)517)의 월강(越江)하던 청총마(青驄馬)518)가 있거드면
금일(今日)로 가련마는
불쌍하다 춘향이는 이서방(李書房)을 생각하여
옥중에 갇히어서 명재경각(命在頃刻) 불쌍하다
몹쓸 양반 이서방은 일거(一去) 소식(消息) 돈절(頓絶)하니
양반의 도리는 그러한가

어사또 그 말 듣고,
"이 애, 어디 있니."
"남원읍에 사오."
"어디를 가니."
"서울 가오."
"무슨 일로 가니."
"춘향의 편지 갖고 구관댁(舊官宅)에 가오."
"이 애, 그 편지 좀 보자꾸나."
"그 양반 철모르는 양반이네."

---

516) 시조(時調) 절반 사설(辭說) 절반: 반은 노래로 하고, 반은 그냥 말로 함.
517) 조자룡(趙子龍): 삼국시대 촉한(蜀漢)의 조운(趙雲). 자룡은 그의 자(字).
518) 청총마(青驄馬): 몸통은 희고 갈기와 꼬리가 파르스름한 말.

"웬 소린고."

"글쎄, 들어보오. 남의 편지 보기도 어렵거든 황(況) 남의 내간(內簡)을 보잔단 말이오."

"이 애, 들어라. 행인(行人)이 임발우개봉(臨發又開封)[519]이란 말이 있느니라. 좀 보면 관계하냐."

28

"그 양반 몰골은 흉악하구만 문자 속은 기특하오. 얼핏 보고 주오."

"호로자식[520]이로고."

편지 받아 떼어 보니 사연(辭緣)에 하였으되,

일차이별후(一次離別後) 성식(聲息)이 적조(積阻)하니 도련님 시봉체후(侍奉體候)[521] 만안(萬安)하옵신지 원절복모(願切伏慕)[522]하옵네다. 천첩(賤妾) 춘향은 장대뇌상(杖臺牢上)[523]에 관봉치패(官逢致敗)[524]하고 명재경각(命在頃刻)이라. 지어사경(至於死境)에 혼비(魂飛) 황능지묘(黃陵之廟)[525]하여 출몰귀관(出沒鬼關)[526]하니 첩신(妾身)이 수유만사(雖有萬死)나 단지

---

519) 행인(行人)이 임발우개봉(臨發又開封): 장적(張籍)의 시 「추사(秋思)」의 한 구절. 낙양성리견추풍(洛陽城裏見秋風) 낙양성에 가을바람 부는 것을 보고 욕작가서의만중(欲作家書意萬重) 집으로 편지를 부치려는데 그 뜻이 너무 많도다 부공총총설부진(復恐忽忽說不盡) 급히 쓰느라 할 이야기를 다 못했을까 두려워 행인임발우개봉(行人臨發又開封) 전하는 이가 떠나려 할 때 또 편지를 열었도다

520) 호로자식: 후레자식. 버릇이 없는 놈.

521) 시봉체후(侍奉體候): 어버이를 모시는 몸. 부모를 모시고 있는 사람에게 보내는 편지에 쓰는 말.

522) 원절복모(願切伏慕): 간절히 엎드려 바라나이다.

523) 장대뇌상(杖臺牢上): 주리를 트는 형틀 위에서.

524) 관봉치패(官逢致敗): 관가의 재앙을 만나 결딴이 난 것.

525) 혼비(魂飛) 황능지묘(黃陵之廟): 혼이 황릉묘로 날아가다. 황릉묘는 순(舜)임금의 두 부인인 아황(娥皇)과 여영(女英)의 묘(廟).

526) 출몰귀관(出沒鬼關): 혼이 귀문관(鬼門關)에 출몰함. 귀문관은 중국 광서(廣西)에 있는 관문(關門). 이곳에 한 번 가면 살아오기 어렵다고 해서 붙여진 이름.

(但知) 열불이경(烈不二更)이요, 첩지사생(妾之死生)과 노모형상(老母形狀)
이 부지해경(不知奚境)527)이오니 서방님 심량처지(深諒處之)528)하옵소서.

편지 끝에 하였으되,

　　거세하시군별첩(去歲何時君別妾)고
　　작이동절우동추(昨已冬節又動秋)라
　　광풍반야우여설(狂風半夜雨如雪)하니
　　하위남원옥중수(何爲南原獄中囚)라.529)

　혈서(血書)로 하였는데, 평사낙안(平沙落雁)530) 기러기 격(格)으로 그
저 툭툭 찍은 것이 모두 다 '애고'로다. 어사 보더니 두 눈에 눈물이
듣거니 맺거니531) 방울방울이 떨어지니, 저 아이 하는 말이,
　"남의 편지 보고 왜 우시오."
　"어따 이 애, 남의 편지라도 설운 사연을 보니 자연 눈물이 나는구나."
　"여보, 인정 있는 체하고 남의 편지 눈물 묻어 찢어지오. 그 편지
한 장 값이 열닷 냥이오. 편지 값 물어내오."
　"여봐라, 이도령이 나와 죽마고우(竹馬故友) 친구로서 하향(遐鄕)에
볼 일이 있어 나와 함께 내려오다 완영(完營)532)에 들렀으니, 내일 남

527) 부지해경(不知奚境): 어느 지경에 이르렀는지 알 수 없으니.
528) 심량처지(深諒處之): 깊이 헤아려 처리하옵소서.
529) 지난 해 어느 때에 임이 첩을 이별했던고
　　어저께 겨울철이 지났는데 또 다시 가을철이라
　　미친바람 깊은 밤에 비는 눈 같으니
　　무슨 까닭에 남원 옥중에 죄수가 되었던고
　　첫 연은 이백의 시「사변(思邊)」의 한 구절을 따왔음.
530) 평사낙안(平沙落雁): 넓은 백사장에 내려앉는 기러기.
531) 듣거니 맺거니: 떨어지기도 하고 맺히기도 하니.

원으로 만나자 언약하였다. 나를 따라가 있다가 그 양반을 뵈어라."

그 아이 반색하며,

"서울을 저 건너로 아르시오."

하며 달려들어,

"편지 내오."

상지(相持)533)할 제 옷 앞자락을 잡고 힐난(詰難)하며 살펴보니, 명주(明紬) 전대(纏帶)534)를 허리에 둘렀는데, 제기(祭器) 접시 같은 것이 들었거늘, 물러나며,

"이것 어디서 났소. 찬바람이 나오."

"이 놈. 만일 천기누설(天機漏洩)535)하여서는 성명(性命)536)을 보전치 못하리라."

당부하고 남원으로 들어올 제, 박석치537)를 올라서서 사면을 둘러보니, 산도 예 보던 산이요, 물도 예 보던 물이라. 남문 밖 썩 내달아, 광한루야 잘 있더냐, 오작교야 무사하냐, 객사청청유색신(客舍靑靑柳色新)538)은 나귀 매고 놀던 데요, 청운낙수(靑雲洛水)539) 맑은 물은 내 발 씻던 청계수(淸溪水)라. 녹수진경(綠樹秦京) 너른 길은 왕래하던 옛 길이요, 오작교 다리 밑에 빨래하는 여인들은 계집아이 섞여 앉아,

29

---

532) 완영(完營): 전라감영(全羅監營)의 별칭. 전라감영이 전주에 있었음.

533) 상지(相持): 양보하지 않고 서로 자기의 의견을 고집함.

534) 전대(纏帶): 돈이나 물건을 넣어 허리에 매거나 어깨에 두르기 편하도록 폭이 좁고 길게 만든 자루.

535) 천기누설(天機漏洩): 비밀이 새는 것.

536) 성명(性命): 생명.

537) 박석치: 박석고개. 남원 향교(鄕校) 뒷산에 있는 고개.

538) 객사청청유색신(客舍靑靑柳色新): 객사에 푸릇푸릇한 버들 빛이 새롭구나. 왕유(王維)의 「송원이사안서(送元二使安西)」 중의 한 구절.

539) 청운낙수(靑雲洛水): 낙수의 다리에 걸린 푸른 구름. 당나라 송지문(宋之問)의 「조발소주(早發韶州)」의 한 구절

"야야."

"왜야."

"애고 애고 불쌍터라, 춘향이가 불쌍터라. 모지더라 모지더라, 우리
골 사또가 모지더라. 절개 높은 춘향이를 위력겁탈(威力劫奪)하려한들
철석(鐵石) 같은 춘향 마음 죽는 것을 헤아릴까. 무정터라 무정터라,
이도령이 무정터라."

저의끼리 공론하며 추적추적 빨래하는 모양은 영양공주(英陽公主),
난양공주(蘭陽公主), 진채봉(秦彩鳳), 계섬월(桂蟾月), 백릉파(白凌波), 적
경홍(狄驚鴻), 심효연(沈梟烟), 가춘운(賈春雲)540)도 같다마는, 양소유(楊
沙游)가 없었으니 뉘를 찾아 앉았는고.

어사또 누에 올라 자상(仔詳)히 살펴보니, 석양(夕陽)은 재서(在西)하
고 숙조(宿鳥)는 투림(投林)541)할 제, 저 건너 양류목(楊柳木)은 우리 춘
향 그네 매고 오락가락 놀던 양을 어제 본 듯 반갑도다. 동편(東便)을
바라보니 장림(長林) 심처(深處) 녹림간(綠林間)에 춘향 집이 저기로다.
저 안에 내동헌(內東軒)542)은 예 보던 고면(故面)이요, 석벽(石壁)의 험
한 옥(獄)은 우리 춘향 우니는 듯 불쌍코 가긍(可矜)하다. 일락서산(日落
西山) 황혼시(黃昏時)에 춘향 문전(門前) 당도하니, 행랑(行廊)은 무너지
고 몸채는 쾨를 벗었는데,543) 예 보던 벽오동(碧梧桐)은 수풀 속에 우
뚝 서서 바람을 못 이기어 추레하고 서 있거늘, 단장(短牆) 밑에 백두
룸544)은 함부로 다니다가 개한테 물렸는지 깃도 빠지고 다리를 징검

---

540) 영양공주(英陽公主)~: 영양공주 이하 여덟 명은 『구운몽』의 주인공 양소유(楊少游)의
　　여덟 부인.
541) 숙조(宿鳥)는 투림(投林): 잘 새는 숲으로 들어감.
542) 내동헌(內東軒): 내아(內衙). 지방 관아의 안채.
543) 쾨벗다: 발가벗다.
544) 백두룸: 백두루미.

찔룩, 뚜루룩 울음 울고, 비창(扉窓)[545] 전(前) 누렁개는 기운 없이 조
을다가 구면객(舊面客)을 몰라보고 꽝꽝 짖고 내달으니,

"요 개야 짖지 마라. 주인 같은 손님이다. 너의 주인 어디 가고 네가
나와 반기느냐."

중문(中門)을 바라보니, 내 손으로 쓴 글자가 충성 충자(忠字) 완연터
니 가운데 중자(中字)는 어디 가고 마음 심자(心字)만 남아 있고, 와룡
장자(臥龍壯字)[546] 입춘서(立春書)[547]는 동남풍에 펄렁펄렁 이 내 수심
(愁心) 도와낸다.

그렁저렁 들어가니, 내정(內庭)은 적막한데 춘향의 모(母) 거동 보소.
미음솥에 불 넣으며,

"애고 애고, 내 일이야. 모지도다 모지도다 이서방이 모지도다. 위
경(危境) 내 딸 아주 잊어 소식조차 돈절(頓絕)하네. 애고 애고 서룬지
고. 향단아, 이리 와 불 넣어라."

하고 나오더니, 울안의 개울물에 흰 머리 감아 빗고 정화수(井華水)[548]
한 동이를 단하(壇下)에 받쳐놓고 복지(伏地)하여 축원(祝願)하되,

"천지지신(天地之神) 일월성신(日月星辰)은 화위동심(化爲動心)[549] 하
옵소서. 다만 독녀(獨女) 춘향이를 금쪽같이 길러내어 외손봉사(外孫奉
祀) 바랐더니, 무죄한 매를 맞고 옥중에 갇혔으니 살릴 길이 없삽네다.
천지지신은 감동하사 한양성 이몽룡을 청운(靑雲)에 높이 올려 내 딸

30

---

545) 비창(扉窓): 좌우로 열어젖혀서 여닫게 되어 있는 창문.
546) 와룡장자(臥龍壯字): 도사리고 누워 있는 용처럼 힘 있는 글씨를 비유적으로 이르
    는 말.
547) 입춘서(立春書): 입춘 때에 대문이나 기둥에 써 붙이는 글씨.
548) 정화수(井華水): 이른 새벽에 처음 길어온 우물물. 부정을 타지 않은 깨끗한 물이므로
    정성을 들여 귀신한테 바치거나 또는 약을 달이는 물로 썼음.
549) 화위동심(化爲動心): 감화되어 마음을 움직임.

춘향 살려지다.”

빌기를 다한 후에,

“향단아, 담배 한 대 붙여다구.”

춘향의 모 받아 물고 ‘후유’ 한숨 눈물질 제, 이때 어사 춘향 모 정성 보고,

“나의 벼슬한 게 선영음덕(先塋蔭德)550)으로 알았더니 우리 장모 덕이로다.”

하고,

“그 안에 뉘 있나.”

“뉘시오.”

“내로세.”

“내라니 뉘신가?”

어사 들어가며,

“이서방일세.”

“이서방이라니. 옳지, 이풍헌(李風憲)551) 아들 이서방인가.”

“허허, 장모 망녕이로세. 나를 몰라, 나를 몰라.”

“자네가 뉘기여.”

“사위는 백년지객(百年之客)552)이라 하였으니 어찌 나를 모르는가.”

춘향의 모 반겨하여,

“애고 애고, 이게 웬일인고. 어디 갔다 인자 와. 풍세대작(風勢大作) 터니 바람결에 풍겨 온가. 봉운기봉(峰雲奇峰)553)터니 구름 속에 싸여

---

550) 선영음덕(先塋蔭德): 조상이 드러나지 않게 베푸는 덕.

551) 이풍헌(李風憲): 이씨 성을 가진 풍헌. 풍헌(風憲)은 유향소(留鄕所)의 직책으로 면(面)이나 이(里)에서 일을 맡아 보았음.

552) 사위는 백년지객(百年之客): 처가에서는 사위를 평생 소홀히 대접할 수 없는 손님으로 여긴다는 뜻.

온가. 춘향의 소식 듣고 살리려고 와계신가. 어서 어서 들어가세."

손을 잡고 들어가서 촛불 앞에 앉혀 놓고 자세히 살펴보니 걸인중 31
(乞人中)에는 상걸인(上乞人)이 되었구나. 춘향의 모 기가 막혀,

"이게 웬일이오."

"양반이 그릇 되매 형언할 수 없네. 그때 올라가서 벼슬길 끊어지고
탕진가산(蕩盡家産)하여, 부친께서는 학장(學長)질554) 가시고, 모친은
친가(親家)로 가시고, 다 각기 갈리어서 나는 춘향에게 내려와서 돈천
(千)555)이나 얻어갈까 하였더니, 와서 보니 양가이력(兩家履歷) 말 아
닐세."

춘향의 모 이 말 듣고 기가 막혀,

"무정한 이 사람아, 일차 이별 후로 소식이 없었으니 그런 인사(人
事)가 있으며 후긴(後期ㄴ)556)지 바랐더니 일이 잘 되었소. 쏘아 논 살
이 되고 엎질러진 물이 되어 수원수구(誰怨誰咎)557)를 할까마는, 내 딸
춘향 어쩔람나."

홧김에 달려들어 코를 물어 떼려하니,

"내 탓이제 코 탓인가. 장모 나를 몰라보네. 하늘이 무심태도 풍운
조화(風雲造化)와 뇌정전기(雷霆電氣)는 있느니."

춘향 모 기가 차서,

"양반이 그릇 되매 간능(幹能)558)조차 들었구나."

어사 짐짓 춘향 모의 하는 거동을 보려 하고,

---

553) 봉운기봉(峰雲奇峰): 봉우리에 걸린 구름이 기이한 봉우리를 만든다.
554) 학장(學長)질: 시골 서당에서 아이들을 가르치는 일.
555) 돈천(千): 몇 천으로 헤아릴 만한 적지 않은 돈.
556) 후기(後期): 뒷날의 기약.
557) 수원수구(誰怨誰咎): 누구를 원망하고 누구를 탓하겠느냐.
558) 간능(幹能): 간릉. 남의 환심을 사려고 슬쩍 넘기는 모양.

"시장하여 내 죽겠네. 날 밥 한 술 주소."

춘향 모 밥 달라는 말을 듣고,

"밥 없네."

어찌 밥 없을꼬마는 홧김에 하는 말이었다.

이때 향단이 옥에 갔다 나오더니, 저의 아씨 야단 소리에 가슴이 우
둔우둔 정신이 월렁월렁 정처 없이 들어가서 가만히 살펴보니 전의 서
방님이 와겼구나. 어찌 반갑던지 우르르 들어가서,

"향단이 문안(問安)이오. 대감(大監)559)님 문안이 어떠하옵시며, 대
부인(大夫人) 기후(氣候) 안녕하옵시며, 서방님께서도 원로(遠路)에 평안
이 행차하시니까."

"오냐, 고생이 어떠하냐."

"소녀 몸은 무탈(無頉)하옵네다. 아씨 아씨, 큰 아씨.560) 마오 마오
그리 마오. 멀고 먼 천리길에 뉘 보려고 와겼관대 이 괄시가 웬일이오.
애기씨가 아르시면 지레561) 야단이 날 것이니 너무 괄시 마옵소서."

부엌으로 들어가더니 먹던 밥에 풋고추 저리김치562) 양념 넣고 단
간장에 냉수 가득 떠서 모반563)에 받쳐 드리면서,

"더운 진지 할 동안에 시장하신데 우선 요기(療飢)하옵소서."

어사또 반겨하며,

"밥아, 너 본 지 오래로구나."

여러 가지를 한데다가 붓더니, 숟가락 댈 것 없이 손으로 뒤져서 한

---

559) 대감(大監): 정2품 이상의 벼슬아치를 높여서 부르는 말. 여기서는 이도령의 아버지를
    가리킨 말.
560) 큰 아씨: 월매를 가리킨 말.
561) 지레: 먼저.
562) 저리김치: 겉절이. 배추나 열무를 절여서 바로 무쳐 먹는 것.
563) 모반: 음식을 담아 나르는 나무그릇.

편으로 몰아치더니 마파람에 게 눈 감추듯[564] 하는구나. 춘향 모 하는 말이,

"얼씨구 밥 빌어먹기는 공성이 났구나."[565]

이때 향단이는 저의 애기씨 신세를 생각하여 크게 울든 못 하고 체읍(涕泣)하여 우는 말이,

"어찌할꺼나 어찌할꺼나. 도덕 높은 우리 애기씨를 어찌하여 살리시랴오. 어쩔꺼나요 어쩔꺼나요."

실성(失聲)[566]으로 우는 양을 어사또 보시더니 기가 막혀,

"여봐라, 향단아. 울지 마라 울지 마라. 너의 아기씨가 설마 살지 죽을쏘냐. 행실이 지극하면 사는 날이 있느니라."

춘향 모 듣더니,

"애고, 양반이라고 오기는 있어서. 대체 자네가 왜 저 모양인가."

향단이 하는 말이,

"우리 큰 아씨 하는 말을 조금도 괘념(掛念) 마옵소서. 나[567] 많아서 노망(老妄)한 중에 이 일을 당해 놓니 홧김에 하는 말을 일분(一分)인들 노하리까. 더운 진지 잡수시오."

어사또 밥상 받고 생각하니 분기탱천(忿氣撑天)[568]하여 마음이 울적, 오장(五臟)이 월렁 월렁, 석반(夕飯)이 맛이 없어,

"향단아, 상 물려라."

---

564) 마파람에 게 눈 감추듯: 음식을 어느 결에 먹었는지 모를 만큼 빨리 먹어버림을 이른 속담. 마파람은 남쪽에서 부는 바람.
565) 공성이 나다: 이골이 나다. 어떤 일이 몸에 푹 배어서 익숙하게 된 것을 좋지 않게 이르는 말.
566) 실성(失聲): 울음소리가 막혀서 나오지 않는 것.
567) 나: 나이.
568) 분기탱천(忿氣撑天): 분한 기운이 하늘을 찌를 듯함.

담뱃대 툭툭 털며,

"여보 장모, 춘향이나 좀 보아야제."

"그러지요. 서방님이 춘향을 아니 보아서야 인정이라 하오리까."

향단이 여쭈오되,

"지금은 문을 닫았으니 바라569) 치거든 가사이다."

이때 마침 바라를 뎅뎅 치는구나. 향단이는 미음상(米飮牀) 이고 등롱(燈籠) 들고, 어사또는 뒤를 따라 옥문간(獄門間) 당도하니, 인적이 고요하고 사장이도 간 곳 없네. 이때 춘향이 비몽사몽간(非夢似夢間)에 서방님이 오셨는데, 머리에는 금관(金冠)이요, 몸에는 홍삼(紅衫)570)이라. 상사일념(相思一念)에 목을 안고 만단정회(萬端情懷)하는 차(次)라.

"춘향아."

부른들 대답이 있을쏘냐. 어사또 하는 말이,

"크게 한번 불러 보소."

"모르는 말씀이오. 에서 동헌(東軒)이 마주치는데, 소리가 크게 나면 사또 염문(廉問)571)할 것이니 잠깐 지체하옵소서."

"무어 어때, 염문이 무엇인고? 내가 부를 게 가만있소. 춘향아."

부르는 소리에 깜짝 놀래어 일어나며,

"허허, 이 목소리 잠결인가 꿈결인가. 그 목소리 괴이하다."

어사또 기가 막혀,

"내가 왔다고 말을 하소."

"왔단 말을 하거드면 기절담락(氣絕膽落)할 것이니 가만히 계옵소서."

춘향이 저의 모친 음성 듣고 깜짝 놀래어,

---

569) 바라: 파루(罷漏). 통행금지를 풀 때 치던 큰 북. 새벽 4시 무렵에 33번을 쳤음.
570) 홍삼(紅衫): 조정에서 임금을 뵐 때 입는 웃옷. 붉은 바탕에 검은 선을 둘렀음.
571) 염문(廉問): 사정이나 형편 따위를 몰래 물어봄.

"어머니, 어찌 와겼소. 몹쓸 딸자식을 생각하와 천방지방(天方地方)572) 다니다가 낙상(落傷)하기 쉽소. 일훌(日後ㄹ)랑은 오실라 마옵소서."

"날랑은 염려 말고 정신을 차리어라. 왔다."

"오다니 뉘가 와요."

"그저 왔다."

"갑갑하여 나 죽겠소. 일러 주오. 꿈 가운데 임을 만나 만단정회(萬端情懷) 하였더니 혹시 서방님께서 기별(奇別) 왔소. 언제 오신단 소식 왔소. 벼슬 띠고 내려온단 노문(路文)573) 왔소. 애고, 답답하여라."

"너의 서방인지 남방(南方)인지 걸인 하나 이리 왔다."

"허허, 이게 웬 말인가. 서방님이 오시다니. 몽중(夢中)에 보던 임을 생시(生時)에 보단 말가?"

문틈으로 손을 잡고 말 못 하고 기색(氣塞)574)하며,

"애고, 이게 뉘기시오. 아마도 꿈이로다. 상사불견(想思不見) 기룬575) 임을 이리 수이 만날쏜가. 이제 죽어 한이 없네. 어찌 그리 무정한가. 박명(薄命)하다 나의 모녀 서방님 이별 후에 자나 누나 임 기루워 일구 월심(日久月深) 한(恨)일러니, 내 신세 이리 되어 매에 감겨 죽게 되니 날 살리려 와겨시오."

한참 이리 반기다가 임의 형상 자시 보니 어찌 아니 한심하랴.

"여보 서방님, 내 몸 하나 죽는 것은 설운 마음 없소마는 서방님 이 지경이 웬일이오."

"오냐 춘향아, 설워마라. 인명(人命)이 재천(在天)인데 설만들 죽을

572) 천방지방(天方地方): 방향을 잃고 허둥지둥 분주히 다니는 것.
573) 노문(路文): 벼슬아치가 도달할 날짜를 미리 앞길에 알리는 공문.
574) 기색(氣塞): 기운이 막히는 것.
575) 기룬: 그리워한.

쏘냐."

춘향이 저의 모친 불러,

"한양성 서방님을 칠년대한(七年大旱) 가문 날에 갈민대우(渴民待雨)576) 기다린들 나와 같이 자진(自盡)577)턴가. 심은 남기 꺾어지고 공든 탑이 무너졌네. 가련하다 이 내 신세 하릴없이 되었구나. 어머님 나 죽은 후에라도 원이나 없게 하여 주옵소서. 나 입던 비단 장옷578) 봉장(鳳欌) 안에 들었으니, 그 옷 내어 팔아다가 한산세저(韓山細苧)579) 바꾸어서 물색(物色) 곱게 도포(道袍) 짓고, 백방사주(白紡絲紬)580) 긴 치마를 되는 대로 팔아다가 관망(冠網),581) 신발 사 드리고, 절병582) 천은(天銀) 비녀,583) 밀화장도(蜜花粧刀), 옥지환(玉指環)이 함(函) 속에 들었으니 그것도 팔아다가 한삼(汗衫),584) 고의(袴衣)585) 불초찬케586) 하여 주오. 금명간(今明間) 죽을 년이 세간 두어 무엇 할까? 용장(龍欌) 봉장(鳳欌) 빼닫이587)를 되는 대로 팔아다가 별찬(別饌)진지588) 대접하오. 나 죽은 후에라도 나 없다 마르시고 날 보듯이 섬기소서. 서방님, 내 말씀 들으시오. 내일이 본관(本官)사또 생신(生辰)이라. 취중(醉中)에

576) 갈민대우(渴民待雨): 목마른 백성이 비를 기다린다는 뜻으로, 아주 간절히 기다림을 이르는 말.
577) 자진(自盡): 물기가 잦아드는 것.
578) 장옷: 부녀자가 나들이할 때 머리에 써서 온몸을 가리던 옷.
579) 한산세저(韓山細苧): 충청도 한산에서 나는 올이 가늘고 고운 모시.
580) 백방사주(白紡絲紬): 흰 누에고치만으로 실을 켜서 짠 명주.
581) 관망(冠網): 갓과 망건.
582) 절병: 미상.
583) 천은(天銀) 비녀: 좋은 은으로 만든 비녀.
584) 한삼(汗衫): 속적삼. 저고리나 적삼 밑에 받쳐 입는 소매가 짧은 적삼.
585) 고의(袴衣): 남자의 여름 홑바지.
586) 불초찬케: 초라하지 않게.
587) 빼닫이: 서랍장. 서랍이 여러 개 있는 장.
588) 별찬(別饌)진지: 특별한 반찬을 장만한 진지.

주망(酒妄) 나면 나를 올려 칠 것이니, 형문(刑問) 맞은 다리 장독(杖毒)
이 났으니 수족(手足)인들 놀릴쏜가. 만수운환(漫垂雲鬟)[589] 흐트러진
머리 이렁저렁 거둬 얹고 이리 비틀 저리 비틀 들어가서 장폐(杖斃)하
여 죽거들랑, 삯군인 체 달려들어 둘러업고 우리 둘이 처음 만나 놀던
부용당(芙蓉堂)에 적막하고 요적(寥寂)한 데 뉘어 놓고 서방님 손수 염습
(斂襲)[590]하되, 나의 혼백(魂魄) 위로하여 입은 옷 벗기지 말고 양지 끝
에 묻었다가, 서방님 귀히 되어 청운(靑雲)에 오르거든, 일시(一時)도 둘
라 말고, 육진장포(六鎭長布)[591] 개렴(改斂)[592]하여 조촐한 상여(喪轝)
위에 덩그렇게 실은 후에 북망산천(北邙山川)[593] 찾아갈 제, 앞 남산 뒤
남산 다 버리고, 한양으로 올려다가 선산(先山) 발치에 묻어 주고, 비문
(碑文)에 새기기를 수절원사춘향지묘(守節冤死春香之墓)[594]라 여덟 자만
새겨 주오. 망부석(望夫石)[595]이 아니 될까? 서산에 지는 해는 내일 다
시 오련마는, 불쌍한 춘향이는 한 번 가면 어느 때 다시 올까? 신원(伸
冤)[596]이나 하여 주오. 애고 애고 내 신세야. 불쌍한 나의 모친 나를
잃고 가산(家産)을 탕진(蕩盡)하면 하릴없이 걸인 되어 이 집 저 집 걸식
타가, 언덕 밑에 조속조속[597] 조을면서 자진(自盡)하여 죽거드면, 지리

---

589) 만수운환(漫垂雲鬟): 어지럽게 흘러내린 구름 같은 머리. 운환(雲鬟)은 구름같이 쪽진
　　　머리를 말함.
590) 염습(斂襲): 죽은 사람의 몸을 씻긴 다음, 옷을 입히고 홑이불로 싸는 일.
591) 육진장포(六鎭長布): 한 필의 길이가 다른 곳의 것보다 훨씬 긴 함경도 육진 지방에서
　　　나는 베.
592) 개렴(改斂): 다시 염습을 하는 것.
593) 북망산천(北邙山川): 무덤. 중국 한(漢)나라 때의 서울인 낙양(洛陽) 북쪽에 있는 망산
　　　(邙山)에는 묘지가 많아서, 후대에 북망산은 묘지의 대명사가 되었음.
594) 수절원사춘향지묘(守節冤死春香之墓): 수절하다 원통하게 죽은 춘향이의 묘.
595) 망부석(望夫石): 남편을 떠나보낸 아내가 남편을 기다리다 그대로 돌이 된 것.
596) 신원(伸冤): 원통하고 억울한 사정을 풀어 줌.
597) 조속조속: 기운 없이 꼬박꼬박 조는 모양.

산 갈가마귀 두 날개를 떡 벌리고 둥덩실 날아들어 까옥까옥 두 눈을
다 파먹은들 어느 자식 있어 '후여' 하고 날려주리. 애고 애고."

설이 울 제, 어사또,

"울지 마라. 하늘이 무너져도 솟아날 궁기598)가 있느니라. 네가 나
를 어찌 알고 이렇듯이 설워하냐."

작별하고 춘향 집에 돌아왔제. 춘향이는 어둠침침 야삼경(夜三更)에
서방님을 번개같이 얼른 보고 옥방(獄房)에 홀로 앉아 탄식하는 말이,

"명천(明天)은 사람을 낼 제 별로 후박(厚薄)이 없건마는, 나의 신세
무슨 죄로 이팔청춘(二八靑春)에 임 보내고 모진 목숨 살아 이 형문(刑
問), 이 형장(刑杖) 무슨 일고. 옥중고생(獄中苦生) 삼사삭(三四朔)에 밤낮
없이 임 오시기만 바랐더니, 이제는 임의 얼굴 보았으니 광채 없이 되
었구나. 죽어 황천(黃泉)599)에 돌아간들 제왕전(諸王前)600)에 무슨 말
을 자랑하리. 애고 애고."

설이 울 제, 자진(自盡)하여 반생반사(半生半死)하는구나.

어사또 춘향 집에 나와서 그날 밤을 새려하고 문안 문밖 염문(廉問)
할새, 질청601)에 가 들으니, 이방(吏房) 승발(承發)602) 불러 하는 말이,

"여보소, 들으니 수의또603)가 새문604) 밖 이씨(李氏)라더니, 아까
삼경(三更)에 등롱(燈籠) 불 키어들고 춘향 모 앞세우고 폐의파관(弊衣破
冠)한 손님이 아마도 수상하니, 내일 본관(本官) 잔치 끝에 일습(一襲)을

---

598) 궁기: 구멍
599) 황천(黃泉): 저승. 사람이 죽은 다음 간다는 곳.
600) 제왕전(諸王前): 불교에서 저승에 있다는 열 명의 대왕인 시왕(十王)의 앞. 사람이 죽으
    면 차례로 십대왕에게 심판을 받고 내생에서 어느 곳으로 태어날지가 결정됨.
601) 질청: 길청. 아전이 일을 보는 곳.
602) 승발(承發): 지방 관아의 서리 밑에서 잡무를 맡은 사람
603) 수의또: 어사의 별칭인 수의(繡衣)사또의 줄임말.
604) 새문: 신문(新門). 서울의 서대문을 새로 세웠기 때문에 새문이라고 했음.

구별하여 생탈(生頃) 없이 십분(十分) 조심하소."

어사 그 말 듣고,

"그놈들 알기는 아는데."

하고 또 장청(將廳)에 가 들으니, 행수(行首) 군관(軍官) 거동 보소.

"여러 군관님네. 아까 옥거리605) 바장이는 걸인 실로 괴이하데. 아마도 분명 어산 듯하니 용모파기(容貌疤記)606) 내어놓고 자상(仔詳)이 보소."

어사또 듣고,

"그놈들 개개여신(個個如神)이로다."

하고 현사(縣司)607)에 가 들으니, 호장(戶長) 역시 그러한다.

육방(六房) 염문(廉問) 다 한 후에 춘향 집 돌아와서 그 밤을 샌 연후에, 이튿날 조사608) 끝에 근읍(近邑) 수령이 모여 든다. 운봉영장(雲峰營將),609) 구례(求禮), 곡성(谷城), 순창(淳昌), 옥과(玉果), 진안(鎭安), 장수(長水) 원님이 차례로 모여 든다. 좌편에 행수(行首) 군관(軍官), 우편에 청령(廳令) 사령(使令), 한가운데 본관은 주인이 되어 하인 불러 분부하되,

"관청색(官廳色)610) 불러 다담(茶啖)611)을 올리라. 육고자(肉庫子)612) 불러 큰 소를 잡고, 예방(禮房)613) 불러 고인(鼓人)614)을 대령하고, 승   36

---

605) 옥거리: 옥 앞의 길거리.
606) 용모파기(容貌疤記): 어떤 사람을 찾기 위하여 그 사람의 용모의 특징을 기록한 것.
607) 현사(縣司): 호장이 직무를 보던 곳.
608) 조사: 미상.
609) 운봉영장(雲峰營將): 운봉은 현재 남원시 운봉면. 영장은 진영장(鎭營將)을 말함. 운봉 현감이 영장을 겸임하였음.
610) 관청색(官廳色): 관청빛. 수령의 음식물을 맡은 아전.
611) 다담(茶啖): 손님을 접대하기 위하여 차린 다과 따위.
612) 육고자(肉庫子): 각 관아에 속한 푸줏간에서 일을 보던 관노(官奴).

발(承發) 불러 차일(遮日)615)을 대령하라. 사령 불러 잡인을 금하라.”

이렇듯 요란할 제, 기치군물(旗幟軍物)이며 육각(六角) 풍류(風流) 반공(半空)에 떠 있고, 녹의홍상(綠衣紅裳) 기생들은 백수(白袖)616) 나삼(羅衫) 높이 들어 춤을 추고, ‘지화자’617) ‘둥덩실’ 하는 소리 어사또 마음이 심란하구나.

“여봐라 사령들아, 너희 원 전(前)에 여쭈어라. 먼데 있는 걸인이 좋은 잔치에 당하였으니 주효(酒肴) 좀 얻어먹자고 여쭈어라.”

저 사령 거동 보소.

“어느 양반이관데, 우리 안전(案前)님618) 걸인 혼금(閽禁)619)하니 그런 말은 내도 마오.”

등 밀쳐내니 어찌 아니 명관(名官)인가. 운봉(雲峰)620)이 그 거동을 보고 본관에게 청하는 말이.

“저 걸인의 의관(衣冠)은 남루(襤褸)하나 양반의 후옌(後裔ㄴ)듯 하니 말석(末席)에 앉히고 술잔이나 먹여 보냄이 어떠하뇨.”

본관 하는 말이,

“운봉 소견대로 하오마는.”

하니, ‘마는’ 소리 후 입맛621)이 사납겠다. 어사 속으로,

---

613) 예방(禮房): 지방관청의 육방(六房)의 하나. 또는 그 부서의 구실아치. 예전(禮典)에 대한 일을 맡아봄.

614) 고인(鼓人): 악기를 가지고 음악을 하는 사람.

615) 차일(遮日): 볕을 가리기 위해 치는 포장.

616) 백수(白袖): 한삼(汗衫). 웃옷의 소매부리에 손을 감출 수 있게 흰 천으로 길게 덧대는 부분. 춤을 출 때 손의 움직임에 따라 흔들림.

617) 지화자: 노래나 춤을 출 때 흥을 돋우느라고 내는 소리.

618) 안전(案前)님: 아전이 고을의 원(員)을 가리키는 말.

619) 혼금(閽禁): 잡인의 출입을 금하는 것.

620) 운봉(雲峰): 운봉영장을 말함. 고을의 수령을 부를 때 고을 이름만으로 부르기도 함.

621) 후 입맛: 뒷맛.

"오냐, 도적질은 내가 하마. 오라는 네가 져라."622)

운봉이 분부하여,

"저 양반 듭시래라."

어사또 들어가 단좌(端坐)하여 좌우를 살펴보니, 당상(堂上)의 모든 수령 다담(茶啖)을 앞에 놓고 진양조가 양양(洋洋)623)할 제, 어사또 상을 보니 어찌 아니 통분(痛忿)하랴. 모 떨어진 개상반624)에 닥채 저붐,625) 콩나물, 깍두기, 막걸리 한 사발 놓았구나. 상을 발길로 탁 차 던지며 운봉의 갈비를 직신,626)

"갈비 한 대 먹고지고."

"다라도 잡수시오."

하고, 운봉이 하는 말이,

"이러한 잔치에 풍류(風流)로만 놀아서는 맛이 적사오니 차운(次韻)627) 한 수(首)씩 하여보면 어떠하오."

"그 말이 옳다."

하니, 운봉이 운(韻)을 낼 제, 높을 고자(高字) 기름 고자(膏字) 두 자를 내어 놓고 차례로 운을 달 제, 어사또 하는 말이,

"걸인도 어려서 추구(抽句)628) 권(卷)이나 읽었더니, 좋은 잔치 당하여서 주효를 포식하고 그저 가기 무렴(無廉)하니629) 차운 한 수 하사이다."

---

622) 도적질은~: 좋은 결과는 자기에게 돌리고 나쁜 결과는 남에게 돌리겠다는 말. 오라는 도적이나 중죄인을 묶을 때 쓰던 붉은 줄.
623) 양양(洋洋): 넓고도 큰 모양. 여기서는 노랫소리가 좋은 것을 말함.
624) 개상반: 개다리소반.
625) 닥채 저붐: 닥나무 가지로 만든 젓가락.
626) 직신: 꾹꾹 찌르거나 슬슬 건드리는 것.
627) 차운(次韻): 남이 지은 시(詩)의 운자(韻字)를 따서 시를 짓는 것.
628) 추구(抽句): 한시의 좋은 구절을 뽑아서 묶은 책.
629) 무렴(無廉)하다: 염치가 없다.

운봉이 반겨 듣고 필연(筆硯)을 내어주니, 좌중(座中)이 다 못 하여 글 두 구(句)630)를 지었으되 민정(民情)을 생각하고 본관 정체(政體)631)

37   를 생각하여 지었겠다.

금준미주(金樽美酒)는 천인혈(千人血)이요
옥반가효(玉盤佳肴)는 만성고(萬姓膏)라
촉누낙시민루낙(燭淚落時民淚落)이요
가성고처원성고(歌聲高處怨聲高)라

이 글 뜻은,

금(金) 동이에 아름다운 술은 일만(一萬) 백성의 피요
옥(玉) 소반(小盤)의 아름다운 안주는 일만 백성의 기름이라
촛불 눈물 떨어질 때 백성 눈물 떨어지고
노래 소리 높은 곳에 원망 소리 높았더라

이렇듯이 지었으되 본관은 몰라보고, 운봉 이 글을 보며 내념(內念)에,
'어뿔싸, 일이 났다.'
이때 어사또 하직하고 간 연후에, 공형(公兄)632) 불러 분부하되,
"야야, 일이 났다."
공방(工房) 불러 포진(鋪陳) 단속, 병방(兵房)633) 불러 역마(驛馬) 단

---

630) 두 구(句): 조선에서는 네 구를 두 구라고 말했음.
631) 정체(政體): 지방관으로서 행정을 맡은 사람의 체모.
632) 공형(公兄): 삼공형(三公兄)의 줄인 말. 삼공형은 호장, 이방, 수형리(首刑吏)를 말함.
633) 병방(兵房): 지방관청의 육방의 하나. 또는 그 부서의 구실아치. 군사관계의 사무를 맡아 봄.

속, 관청색(官廳色) 불러 다담(茶啖) 단속, 옥(獄) 형리(刑吏) 불러 죄인
단속, 집사(執事) 불러 형구(形具) 단속, 형방(刑房) 불러 문부(文簿) 단
속, 사령(使令) 불러 합번(合番)634) 단속. 한참 이리 요란할 제, 물색(物
色) 없는 저 본관이,

"여보, 운봉은 어디를 다니시오."

"소피(所避)635)하고 들어오."

본관이 분부하되,

"춘향을 급히 올리라."

고 주광(酒狂)이 난다.

이때에 어사또 군호(軍號)할 제, 서리(胥吏) 보고 눈을 주니 서리 중
방(中房) 거동 보소. 역졸(驛卒) 불러 단속할 제 이리 가며 수군 저리 가
며 수군수군. 서리 역졸 거동 보소. 외올망건(網巾)636) 공단(貢緞) 싸
개637) 새 펴립638) 눌러 쓰고 석 자 감발639) 새 짚신에 한삼(汗衫) 고의
(袴衣) 산뜻 입고, 육모방치640) 녹비(鹿皮)끈을 손목에 걸어 쥐고 예서
번뜩 제서 번뜩, 남원읍이 우군우군. 청파역졸(靑坡驛卒)641) 거동 보소.
달 같은 마패를 햇빛같이 번뜩 들어,

"암행어사 출또야."

외는 소리642) 강산이 무너지고 천지가 뒤눕는 듯 초목금수(草木禽獸

---

634) 합번(合番): 중대한 일이 있을 때 관원이 모여 숙직하던 곳.
635) 소피(所避): 오줌 누는 것을 점잖게 이르는 말.
636) 외올망건: 외올로 뜬 품질이 좋은 망건. 외올은 여러 겹이 아닌 단 하나의 올로 된 것.
637) 공단 싸개: 공단은 두껍고 무늬가 없는 비단. 싸개는 갓 싸개를 말하는데 갓의 거죽을
바르는 헝겊.
638) 펴립: 패랭이.
639) 감발: 버선이나 양말 대신에 좁고 긴 무명으로 발을 감는 것.
640) 육모방치: 육모방망이. 포졸들이 쓰던 여섯 모가 난 방망이.
641) 청파역졸(靑坡驛卒): 서울 숭례문 밖에 있던 청파역에 소속된 하인.

ㄴ)들 아니 떨랴. 남문에서,

"출또야."

북문에서,

"출또야."

동, 서문 '출또' 소리 청천(靑天)에 진동하고,

"공형(公兄) 들라."

외는 소리 육방(六房)이 넋을 잃어,

"공형이오."

등채643)로 '후다닥',

"애고, 죽는다."

"공방(工房) 공방"

공방이 포진(鋪陳)644) 들고 들어오며,

38　　"안 하려는 공방을 하라더니 저 불 속에 어찌 들랴."

등채로 '후다닥',

"애고, 박645) 터졌네."

좌수(座首)646) 별감(別監)647) 넋을 잃고, 이방(吏房) 호장(戶長) 실혼(失魂)하고, 삼색나졸(三色邏卒)648) 분주하네. 모든 수령 도망할 제 거동 보소. 인궤(印櫃) 잃고 과줄649) 들고, 병부(兵符)650) 잃고 송편 들

---

642) 외는 소리: 외치는 소리.

643) 등채: 옛날 무장(武裝)의 하나로 쓰던 채찍. 굵은 등나무토막의 머리 쪽에 사슴의 가죽 또는 비단끈을 달았다.

644) 포진(鋪陳): 돗자리나 방석 같은 깔개.

645) 박: 대갈박. 머리의 낮춤말.

646) 좌수(座首): 유향소(留鄕所)의 우두머리.

647) 별감(別監): 좌수의 버금 자리.

648) 삼색나졸(三色邏卒): 지방 관아에 속하여 죄인을 다루는 일이나 심부름 따위를 하던 나장(羅將), 군뢰(軍牢), 사령(使令).

고, 탕건(宕巾) 잃고 용수[651] 쓰고, 갓 잃고 소반(小盤) 쓰고, 칼집 쥐고
오줌 누기, 부서지니 거문고요, 깨지느니 북 장구라. 본관이 똥을 싸
고 멍석 궁기 새앙쥐 눈 뜨듯[652] 하고 내아(內衙)로 들어가서,

"어, 추워라. 문 들어온다 바람 닫아라. 물 마르다 목 들여라."

관청색(官廳色)은 상(床)을 잃고 문짝 이고 내달으니 서리 역졸 달려
들어 후다닥,

"애고, 나 죽네."

이때 수의사또 분부하되,

"이 골은 대감이 좌정(坐定)하시던 골이라.[653] 훤화(喧譁)를 금하고
객사(客舍)로 사처(徙處)[654]하라."

좌정 후에,

"본관은 봉고파직(封庫罷職)[655]하라."

분부하니,

"본관은 봉고파직이오."

사대문에 방(榜) 붙이고 옥(獄) 형리(刑吏) 불러 분부하되,

"네 골 옥수(獄囚)를 다 올리라."

호령하니 죄인을 올리거늘, 다 각각 문죄(問罪) 후에 무죄자(無罪者)

---

649) 과줄: 기름에 지진 과자인 유밀과(油密果).

650) 병부(兵符): 발병부(發兵府)의 줄인 말. 발병부는 군대를 동원하는 표지로 쓰던 둥글납
    작한 나무패.

651) 용수: 술을 거를 때 쓰는 싸리로 만든 긴 통.

652) 멍석 궁기 새앙쥐 눈 뜨듯: 멍석에 난 구멍으로 생쥐가 몰래 보듯이. 겁이 나서 몸을
    숨기고 밖의 동정을 살피는 것.

653) 대감(大監)이 좌정(坐定)하시던 골이라: 이도령이 자신의 아버지가 다스리던 고을이라
    고 말한 것임.

654) 사처(徙處): 옮겨 둠.

655) 봉고파직(封庫罷職): 어사나 감사가 악한 정치를 하는 원을 파직시키고 관가의 창고를
    봉해 잠그던 일.

방송(放送)656)할새,

"저 계집은 무엇인다?"

형리 여쭈오되,

"기생 월매 딸이온데 관정(官庭)에 포악(暴惡)한 죄로 옥중에 있삽네다."

"무슨 죈다?"

형리 아뢰되,

"본관사또 수청으로 불렀더니 수절(守節)이 정절(貞節)이라. 수청 아니 들랴하고 관정에 포악한 춘향이로소이다."

어사또 분부하되,

"너만 년이 수절한다고 관정 포악하였으니 살기를 바랄쏘냐. 죽어 마땅하되 내 수청도 거역할까?"

춘향이 기가 막혀,

"내려오는 관장(官長)마다 개개(個個)이 명관(名官)이로구나. 수의사또 들조시오. 층암절벽 높은 바위 바람 분들 무너지며, 청송녹죽(靑松綠竹) 푸른 남기 눈이 온들 변하리까? 그런 분부 마옵시고 어서 바삐 죽여주오."

하며,

"향단아, 서방님 어디 계신가 보아라. 어제 밤에 옥문간에 와겼을 제 천만 당부하였더니 어디를 가셨는지 나 죽는 줄 모르는가."

어사또 분부하되,

"얼굴 들어 나를 보라."

39 하시니, 춘향이 고개 들어 대상(臺上)을 살펴보니 걸객(乞客)으로 왔던

---

656) 방송(放送): 석방.

낭군 어사또로 뚜렷이 앉았구나. 반 웃음 반 울음에,

얼씨구나 좋을시고 어사낭군 좋을시고
남원 읍내 추절(秋節) 들어 떨어지게 되었더니
객사(客舍)에 봄이 들어 이화춘풍(李花春風) 날 살린다
꿈이냐 생시냐 꿈을 깰까 염려로다.

한참 이리 즐길 적에 춘향 모 들어와서 가없이[657] 즐거하는 말을 어찌 다 설화(說話)하랴. 춘향의 높은 절개 광채 있게 되었으니 어찌 아니 좋을쏜가? 어사또 남원 공사(公事) 닦은 후에 춘향 모녀와 향단이를 서울로 치행(治行)할 제 위의(威儀) 찬란하니 세상 사람들이 누가 아니 칭찬하랴.

이때 춘향이 남원을 하직할새, 영귀(榮貴)하게 되었건만 고향을 이별하니 일희일비(一喜一悲)가 아니 되랴.

놀고 자던 부용당(芙蓉堂)아 너 부디 잘 있거라
광한루 오작교며 영주각(瀛洲閣)도 잘 있거라
춘초(春草)는 연년록(年年綠)하되 왕손(王孫)은 귀불귀(歸不歸)라[658]
나를 두고 이름이라
다 각기 이별할 제 만세무량(萬歲無量)[659] 하옵소서

---

657) 가없이: 한없이. 끝이 없이.
658) 춘초(春草)는~: 왕유(王維)의 「산중별곡(山中送別)」의 한 구절.
　　　산중상송파(山中相送罷) 산중에서 서로 이별을 하고
　　　일모엄시비(日暮掩柴扉) 날이 저무니 사립문을 닫는다
　　　춘초년년록(春草年年綠) 봄풀은 해마다 푸르건만
　　　왕손귀불귀(王孫歸不歸) 임은 가시더니 아니 오네

다시 보기 망연(茫然)이라.

이때 어사또는 좌우도(左右道)660) 순읍(巡邑)하여 민정(民情)을 살핀 후에 서울로 올라가 어전(御前)에 숙배(肅拜)하니, 삼당상(三堂上)661) 입시(入侍)하사 문부(文簿)를 사정(査正) 후에, 상(上)이 대찬(大贊)하시고 즉시 이조참의(吏曹參議) 대사성(大司成)662)을 봉(封)하시고 춘향으로 정렬부인(貞烈夫人)을 봉하시니, 사은숙배(謝恩肅拜)하고 물러나와 부모전에 뵈온대, 성은(聖恩)을 축수(祝手)하시더라.

이때 이판(吏判), 호판(戶判), 좌우 영상(領相) 다 지내고 퇴사후(退仕後)에 정렬부인으로 더불어 백년동락(百年同樂)할새, 정렬부인에게 삼남이녀(三男二女)를 두었으니 개개(個個)이 총명하여 그 부친을 압두(壓頭)하고 계계승승(繼繼承承)하여 직거(職居) 일품(一品)으로 만세유전(萬世流傳)하더라.

完西溪書舖663)

---

659) 만세무량(萬歲無量): 만수무강(萬壽無疆). 건강과 장수를 비는 말.
660) 좌우도(左右道): 전라좌도와 전라우도를 통틀어 말한 것임.
661) 삼당상(三堂上): 육조(六曹)의 판서, 참판, 참의를 통틀어 이르는 말. 이들은 모두 당상 관임.
662) 대사성(大司成): 성균관의 우두머리. 정3품의 벼슬.
663) 완서계서포(完西溪書舖): 전주 서계서포. 전라도 전주에 있던 방각본 업소 이름.

열녀춘향수절가라

|33장본|

숙종대왕(肅宗大王) 즉위 초에 성덕(聖德)이 넓으시사 성자성손(聖子聖孫)은 계계승승(繼繼承承)하사 금고(金膏) 옥촉(玉燭)은 요순시절(堯舜時節)이요, 의관문물(衣冠文物)은 우탕(禹湯)의 버금이라. 좌우보필(左右輔弼)은 주석지신(柱石之臣)이요, 용양(龍驤) 호위(虎衛) 간성지장(干城之將)이라. 조정에 흐르는 덕화(德化) 향곡(鄕曲)에 펴어 있고, 사해의 굳은 기운 원근에 어리었다. 충신은 만조정(滿朝庭)이요, 효자 열녀 가가재(家家在)라. 미재미재(美哉美哉)여! 우순풍조(雨順風調)하니 일대건곤(一帶乾坤) 성명세(聖明世)라.[1]

이때에 삼청동(三淸洞) 거(居)하시는 이한림(李翰林)이라 하는 양반이 있으되 세대재명지족(世代才名之族)으로 국가 충신지후예(忠臣之後裔)라. 일일은 전하(殿下)께옵서 충효록(忠孝錄)을 올려 보시고 충(忠) 효자(孝子)로 택출(擇出)하사 자목지관(字牧之官) 임용하실새, 이한림으로 과천현감(果川縣監)에 금산군수(錦山郡守) 이배(移拜)하여 남원부사(南原府使) 제수(除授)하시니, 이한림이 사은숙배(謝恩肅拜) 하직하고 즉시 치행(治行)하여 남원부에 도임하고 선치민정(善治民情)하니, 사방에 일이 없고 백성들은 더디 옴을 칭송하고, 강구연월(康衢煙月)에 문동요(聞童謠)라. 시화연풍(時和年豐)하고 백성이 효도하니 요순시절(堯舜時節)이라.

---

1) 일대건곤(一帶乾坤) 성명세(聖明世)라: 온 천지가 밝은 세상이라.

이때는 때마침 춘삼월(春三月)이라. 춘조(春鳥)는 비거비래(飛去飛來) 쌍쌍(雙雙)하여 춘정(春情)을 도웁는데, 사또 자제 이도령이 연광(年光) 은 이팔(二八)이요, 풍채(風采)는 두목지(杜牧之)라. 문장(文章)은 이태백 (李太白)이요 필법(筆法)은 왕희지(王羲之)라.

이때에 도련님이 방자(房子) 불러 이른 말이,

"이 곳 경처(景處) 어드메냐?"

방자놈 여쭈오되,

"글공부 세우는 도련님이 경처 알아 무엇하시려오."

이도령 하시는 말이,

"어허, 이 놈, 네 모른다. 시중천자(詩中天子) 이태백(李太白)은 채석 강(采石江)에 놀아 있고, 적벽강(赤壁江) 추야월(秋夜月)에 소자첨(蘇子瞻) 놀았으니, 아니 놀든 못하리라."

방자 다시 여쭈오되,

"서울로 이를진대 자문밖 내달아 칠성암 청련암 세검정(洗劍亭)이 어 떠한지 몰라와도, 전라도 오십삼관(五十三官) 중에 남원이라 하는 고 을, 광한루(廣寒樓)라 하는 곳이 놀음직하나이다."

이도령 이른 말이,

"광한루 구경 가게 행장을 차리어라."

방자놈 거동 보소. 서산나귀[2] 솔질 살살하여 갖은 안장 지을 적에, 홍영자공산호편(紅纓紫鞚珊瑚鞭)에 옥안금천황금륵(玉鞍錦韉黃金勒), 청 홍사(靑紅絲) 고은 굴레 주먹상모 덥벅 달아 앞뒤 걸어 질끈 매고, 층층 다래 은엽등자(銀葉鐙子) 호피(虎皮)돋움 새가 난다.

도련님 치레 보소. 신수 고운 얼굴 분세수 정히 하고, 감태(甘苔) 같

---

2) 서산나귀: 보통 나귀보다 체구가 조금 큰 중국산 나귀.

은 채머리 해남을 많이 발라 반달 같은 용여리3)로 설설 흘려 빗겨 궁초(宮綃)댕기 석황(石黃) 물려 맵시 있게 잡아매고, 보라 수주(水紬) 잔누비돌지4) 육사단(六紗緞) 겹배자(褙子) 밀화(密花) 단추 달아 입고, 분주(粉紬) 바지 세포(細布) 버선, 통행전(筒行纏) 무릎 아래 넌짓 매고, 영초단(英綃緞) 허리띠, 모초단(毛綃緞) 도리줌치5) 대구팔사(八絲) 갖은 매듭6) 고를 내어 넌짓 매고, 청사 도포(道袍) 몸에 맞게 지어 입고, 궁초(宮綃)띠를 흉중(胸中)에 넌짓 매고, 맹호연(孟浩然)7) 본을 받아 갖은 안주 국화주를 왜화병(倭畵瓶)에 가득 넣어 나귀 등에 넌짓 싣고, 은죽산 부산(釜山)대 별낙죽(別烙竹)8) 길게 맞춰 삼등초(三登草)9) 꿀물 맞게 축여 천은(天銀) 서랍10)에 가득 넣어 자지(紫地) 녹비(鹿皮) 끈을 달아 방자놈게 채운 후에, 나귀 등에 섭적 올라 홍선(紅扇)으로 일광을 떡 가리고 맹호연 본을 받아 '호호달랑 호호달랑'11) 오작교(烏鵲橋) 다리 가에 광한루 섭적 올라 좌우를 둘러보니 산천물색(山川物色) 새로웁다.

악양루(岳陽樓) 고소대(姑蘇臺)와 오초동남수(吳楚東南水)는 동정호(洞庭湖)로 흘러지고, 연자(燕子) 서북에 팽택(彭澤)이 완연(宛然)하고, 또 한 곳 바라보니 백백홍홍(白白紅紅) 난만중(爛漫中)에 앵무(鸚鵡) 공작(孔雀) 날아든다. 산천경개(山川景槪) 둘러보니 반송(盤松)솔 덕가라잎12)은

---

3) 용여리: 용을 장식한 빗.

4) 잔누비돌지: 잘게 누빈 누비. 돌지는 미상.

5) 도리줌치: 도리낭(囊). 동그랗게 만든 주머니.

6) 대구팔사(八絲) 갖은 매듭: 팔사로 만든 여러 가지 매듭. 팔사는 여덟 가닥의 실로 꼰 끈. 대구는 미상.

7) 맹호연(孟浩然): 당(唐)나라 시인.

8) 은죽산 부산(釜山)대 별낙죽(別烙竹): 부산에서 나는 대나무에 특별히 무늬를 넣은 담뱃대를 말함.

9) 삼등초(三登草): 평양 근방의 삼등에서 나는 좋은 담배.

10) 서랍: 통인들이 가지고 다니던 문방구를 넣는 상자.

11) 호호달랑 호호달랑: 나귀에 달린 방울 소리로 보임.

춘풍(春風)에 너울너울, 폭포유수(瀑布流水) 시냇가에 계변화(溪邊花)는
뻥끗뻥끗, 낙락장송(落落長松) 울울(鬱鬱)하고, 녹음방초승화시(綠陰芳草
勝花時)라. 벽도화지(碧桃花枝) 만발한데 별유건곤(別有乾坤) 여기로다.

　난간에 비끼어 앉아 한 곳을 바라보니, 어떠한 일 미인(美人)이 봄새
울음 한가지로 온갖 춘정(春情) 못 다 이기어 두견화(杜鵑花)도 질끈 꺾
어 머리에도 꽂아보며, 함박꽃도 질끈 꺾어 입에 함쑥 물어보고, 옥수
(玉手) 나삼(羅衫) 반만 걷고 청산유수(青山流水) 흐르는 물에 손도 씻고
발도 씻고, 물도 머금어 양수(養漱)하고, 조약돌 덥석 쥐어 버들가지
꾀꼬리도 희롱하고, 버들잎도 주르륵 훑어내어 물에도 훨훨 흘려보고,
백설(白雪) 같은 흰 나비는 곳곳마다 춤을 추고, 황금 같은 꾀꼬리는
숲숲이 날아들어 온갖 소리 다 할 적에, 춘향이 거동 보소.

　춘흥을 못 이기어 추천(鞦韆)을 하려하고 연숙마(軟熟麻)13) 추천 줄을
수양버들 상상지(上上枝)에 친친 얽어 감아 매고, 세류(細柳) 같은 고은
몸을 단정히 놀릴 적에, 청운 같은 고운 머리 반달 같은 용얼레로 어리
설설 흘려 빗겨 전반 같이 넓게 땋아, 뒷단장(丹粧) 은죽절(銀竹節)14)과
앞 치레 볼작시면, 밀화장도(蜜花粧刀) 옥장도(玉粧刀)며 광원사 겹저고
리15) 백방사주(白紡絲紬) 진솔 속곳에16) 수화(水禾) 유문(有紋) 초록(草綠)
장옷 남방사주(藍紡絲紬) 홑단치마 훨훨 벗어 걸어두고, 자지(紫地) 비단
수당혜(繡唐鞋)를 썩썩 벗어 던져두고, 황건 백건 지우자17)를 뒷단장에
떡 붙이고 섬섬옥수(纖纖玉手) 넌짓 들어 추천줄을 갈라 잡고, 백릉(白綾)

---

12) 덕가라잎: 떡갈나무잎.
13) 연숙마(軟熟麻): 삼[麻] 껍질을 잿물에 삶아서 부드럽게 만든 것. 이것으로 밧줄을 만듦.
14) 은죽절(銀竹節): 은으로 대나무의 마디 모양으로 만든 머리 장식.
15) 겹저고리: 솜을 두지 않고 겹으로 만든 저고리. 광원사는 옷감의 하나.
16) 백방사주(白紡絲紬) 진솔 속곳에: 원문은 '빅방사주진속곳셔'임.
17) 황건 백건 지우자: 미상.

버선 두 발길로 섭적 올라 발 구를 제, 한 번 굴러 힘을 주며 두 번   3
굴러 통통 차니, 반공에 훨쩍 솟아 가지가지 노든 새는 평림(平林)으로
날아들고, 비거비래(飛去飛來) 하는 양은 진왕녀(秦王女)가 난봉(鸞鳳) 타
고 옥경(玉京)으로 향하는 듯, 무산선녀(巫山仙女) 구름 타고 양대상(陽臺
上)에 내리는 듯, 그 태도 그 형용은 세상 인물 아니로다.

　이도령이 정신이 어찔하며 안경(眼境)이 희미하여 방자 불러 이른
말이,

　"저 건너 화류간(花柳間)에 알른알른 하는 게 무엇인지 알겠느냐?"

　방자놈 여쭈오되,

　"과연 분명 모르나이다."

　이도령 이른 말이,

　"금이냐, 옥이냐?"

　방자 여쭈오되,

　"금생여수(金生麗水)18) 아니어든 금이 어찌 논다 하며, 옥출곤강(玉出
崑岡)19) 아니어든 옥이 어이 있으리까?"

　"네 그리할진대 신선이며 귀신인다?"

　방자 여쭈오되,

　"영주(瀛洲) 봉래(蓬萊)20) 아니어든 신선 오기 만무하고, 천음우습(天
陰雨濕)21) 아니어든 귀신 있기 고이하여이다."

　"네 말이 그러할진대 네 정녕 무엇인다?"

---

18) 금생여수(金生麗水):『천자문』의 한 구절. 중국 운남성(雲南省) 영창부(永昌府)의 여수는
　　금이 나는 곳으로 유명함.
19) 옥출곤강(玉出崑岡):『천자문』의 한 구절. 곤강은 중국의 지명으로 이곳에서는 좋은 옥이
　　많이 남.
20) 영주(瀛洲) 봉래(蓬萊): 방장(方丈), 봉래, 영주는 신선이 산다는 삼신산(三神山)을 말함.
21) 천음우습(天陰雨濕): 하늘이 흐리고 비가 내려 습기가 많음.

방자 다시 여쭈오되,

"이 고을 기생 월매 딸 춘향이란 기생아이 낮이면 추천하고, 밤이면 풍월(風月) 공부하와 돌하기로22) 일읍(一邑)에 낭자(狼藉)하여이다."

이도령 대희(大喜)하고 이른 말이,

"그러할시 분명하면 잔말 말고 불러오라."

방자놈 거동 보소. 도련님 분부 뫼아 춘향 초래(招來)하러 갈 제, 논 틀이며 밭틀이며 뒷죽23)을 높이 끼고 껑충 걸어 건너가서, 춘향 초래하는 말이,

"책방 도련님 분부 내에 너를 급히 부르신다."

춘향이 깜짝 놀래어 이른 말이,

"너더러 춘향이니 오냥이니, 고양이니 잘량24)이니, 종지리새 열씨 까듯 다 외어 바치라더냐."

방자 이른 말이,

"추천을 할 양이면 네 집 후원(後園)에서 할 것이제, 탄탄대로에 나와 에굽은 늙은 버들 장장채승(長長彩繩) 그넷줄을 양수(兩手)에 갈라 쥐고, 백릉(白綾)버선 두 발길로 백운간(白雲間)에 노닐 적에, 물명주 속곳 가래25) 동남풍(東南風)에 펄렁펄렁, 박속같은26) 네 살결이 백운간에 희뜩희뜩하니, 도련님 네 태도 잠깐 보고 정신이 희미하여 너를 급히 부르시니, 네 어이 거역하리."

춘향이 거동 보소. 추천하던 그 태도로 한 번 걸어 주저하고, 두 번 걸어 사양하니, 방자놈 이른 말이,

---

22) 돌하기로: 도뜨기로. 도뜨다는 말씨나 행동이 정도가 높은 것을 말함.
23) 뒷죽: 팔꿈치 부분.
24) 잘량: 개잘량. 개가죽.
25) 속곳 가래: 속곳 가랑이. 속곳은 여자의 속옷인 속속곳과 단속곳의 총칭.
26) 박속같다: 매우 흰 것을 말함. 박속은 박의 안에 씨가 박혀 있는 하얀 부분.

"네 교태 한 번에 나의 수노(首奴) 갈 데 있냐?[27] 사양 말고 바삐 가자."

춘향이 거동 보소. 옥태화용(玉態花容) 고은 얼굴 백모래 밭에 금자라 걷듯, 대명전(大明殿) 대들보 명매기걸음으로, 앙금살짝[28] 걸어와서 공경하야 예(禮)한 후에, 이도령의 거동 보소. 단순호치(丹脣皓齒) 반개(半開)하여 웅사(雄辭) 교담(巧談)으로 말씀하여 이른 말이,

"네 얼굴 보아하니 일국(一國)의 절색(絶色)이라. 네 바삐 오르거라."   4

춘향이 거동 보소. 추파(秋波)를 잠깐 들어 이도령을 살펴보니, 만고(萬古)의 호걸이요 진세간(塵世間) 기남자(奇男子)라. 천정(天庭)이 높았으니 소년공명(少年功名)할 것이요, 오악(五嶽)이 조귀(朝歸)하니 보국충신(輔國忠臣) 될 것이매, 춘향이 흠모(欽慕)하여 아미(蛾眉)를 숙이고 염슬단좌(斂膝端坐)뿐이로다.

이도령 하는 말이,

"네 연세(年歲) 몇이며, 네 성은 무엇인다?"

춘향이 여쭈오되,

"연세는 십륙 세요, 성(姓)은 성가(成哥)라 하나이다."

이도령 거동 보소.

"허 그 말 반갑도다. 네 연세 들어하니 나와 동갑(同甲)이요, 성자(姓字)는 들으니 이성지합(二姓之合)이라. 천연(天緣)일시 분명하다. 날 섬김이 어떠하뇨?"

춘향이 거동 보소. 팔자(八字) 청산(靑山) 찡그리며 주순(朱脣)을 반개(半開)하여 가는 목 겨우 열어 여쭈오되,

"충불사이군(忠不事二君)이요 열불경이부절(烈不更二夫節)은 옛글에 있사오니, 도련님은 귀공자요 소녀는 천첩(賤妾)이라. 한 번 탁정(託情)한

---

27) 네 교태~: 춘향을 소개한 공으로 수노(首奴) 자리를 얻을 수 있다는 의미.

28) 앙금살짝: 앙금쌀쌀. 처음에는 굼뜨게 기다가 차차 빠르게 기는 모양.

연후에 인하여 버리시면 독숙공방(獨宿空房) 호올로 누어 우는 내 아니
고 누가 할고. 그런 분부 마옵소서."

이도령 이른 말이,

"네 말을 들어보니 어이 아니 기특하리. 우리 둘이 인연 맺을 적에
금석뇌약(金石牢約) 맺으리라. 네 집이 어드메뇨?"

춘향의 거동 보소. 섬섬옥수 높이 들어 한곳 넌짓 가리키되,

"저 건너 동편에 송정(松亭)이요, 서편에는 죽림(竹林)이라. 앞뜰에
매화 피고 뒤뜰에 도화 피어, 초당(草堂) 앞에 연못 파고 연못 위에 석
가산(石假山)29) 무은 것이 소녀의 집이로소이다."

춘향을 보낸 후에 책실(冊室)로 돌아와 춘향을 생각하니, 말소리 귀
에 쟁쟁, 고운 태도 눈에 암암(暗暗). 해 지기를 기다릴새, 방자 불러
이른 말이,

"오늘 해가 어느 때뇨?"

방자 여쭈오되,

"동에서 아귀 트나이다."

이도령 이른 말이,

"어허 이 놈 괘씸하다. 서으로 지는 해가 동으로 도로 가랴? 다시금
살피어라."

이윽고 방자 아뢰되,

"일락함지(日落咸池) 황혼하고 월출동령(月出東嶺) 달이 밝았소."

석반(夕飯)이 맛이 없어 전전반측(輾轉反側) 어이하리. 방자 불러 분
부하되,

"퇴령(退令)을 기다리라."

---

29) 석가산(石假山): 뜰이나 연못 같은 곳에 돌을 쌓아올려 조그맣게 만든 산.

하고 서책(書冊)을 보려할 제, 『맹자(孟子)』30)를 내어놓고 읽을새,

"맹자견양혜왕(孟子見梁惠王)하신대 왕왈수불원천리이래(王曰叟不遠千里而來)하시니 역장유이리오국호(亦將有以利吾國乎)이까? 아서라 그 글도 못 읽겠다.

『시전(詩傳)』을 들여라. 관관저구(關關雎鳩) 재하지주(在河之洲)로다. 요조숙녀(窈窕淑女)는 군자호구(君子好逑)로다. 아서라 그 글도 못 읽겠다.

『대학(大學)』을 들여라. 대학지도(大學之道)는 재명명덕(在明明德)하며 재신민(在新民)하며 재춘향(在春香)이니라. 아서라 그 글도 못 읽겠다.

『주역(周易)』을 들여라. 원(元)은 형(亨)코, 정(貞)코, 춘향이 코 내 코 딱 대이니 좋고 하니라. 아서라 그 글도 못 읽겠다.

『천자(千字)』를 들여라. 하늘 천(天) 따 지(地) 가물 현(玄) 춘향이 누를 황(黃), 집 우(宇) 집 주(宙) 넓을 홍(洪) 춘향아 거칠 황(荒)."

방자 여쭈오되,

"천자가 도련님께 당치 않소."

도련님 대책(大責)하여,

"네 무식하다 천자라 하는 게 칠서(七書)의 본문이라. 천자를 새겨 읽을 게 들어보아라.

천개자시생천(天開子時生天)하니 태극(太極)이 광대(廣大) 하늘 천(天) 지벽어축시생후(地闢於丑時生後)하니31) 오행(五行) 팔괘(八卦)로 따 지(地) 삼십삼천(三十三天) 공부공(空復空)하니 인심지시(人心指示) 감을 현(玄) 이십팔수(二十八宿) 금(金) 목(木) 수(水) 화(火) 토지정색(土之正色)에

5

---

30) 맹자(孟子): 이도령이 읽은 부분은 『맹자』의 첫머리인 "맹자가 양혜왕을 뵈신대 왕이 묻기를 그대가 천리 길을 멀다 않고 찾아주신 것은 장차 우리나라를 이롭게 해주시려는 것이겠지요?"라는 대목임.

31) 지벽어축시생후(地闢於丑時生後)하니: 땅은 축시에 열리어 늦게 태어남.

누루 황(黃)

　　일월(日月) 생(生)하여 천지(天地)가 명(明)하니 만물을 원하여 집 우(宇)

　　토지(土地)가 두터 초목이 생(生)하니 살기를 취하여 집 주(宙)

　　인의예지(仁義禮智)하여 천하이광(天下而廣)하니 십이제국의 넓을 홍(洪)

　　삼황오제(三皇五帝) 붕(崩)하신 후에 난신적자(亂臣賊子) 거칠 황(荒)

　　동방(東方)이 계명(啓明) 일월이 생(生)하니 소관32) 부상(扶桑)에 날

일(日)

　　서산낙조일모궁(西山落照日暮窮)하니33) 월출동령(月出東嶺)에 달 월(月)

　　한심(寒心) 미월(微月) 시시(時時) 불어 삼오일야(三五日夜)에 찰 영(盈)

　　태백(太白)의 애월(愛月)을 낚대로 달 건지랴34) 점점 수그려 기울 측(仄)

　　하도낙서(河圖洛書) 벌인 법(法) 일월성신(日月星辰)에 별 진(辰)

　　무월동방(無月洞房) 원앙금(鴛鴦衾)에 춘향 동침에 잘 숙(宿)

　　춘향과 나와 동침할 제 사양 말고 벌일 열(列)

　　일야동침(一夜同寢)에 백년을 기약 온갖 정담에 베풀 장(張)

　　금일한풍(今日寒風)이 소소래(蕭蕭來)35)하니 침실에 들거라 찰 한(寒)

　　베개가 높거든 내 팔을 베어라 이만큼 올 내(來)

　　침실이 온(溫)하면 서열(暑熱)을 취(取)하여 이리저리 갈 왕(往)

　　불한불열(不寒不熱)이 어느 때냐 엽락오동(葉落梧桐) 가을 추(秋)

　　백발(白髮)이 장차 우거지니 소년풍도(少年風度)를 거둘 수(收)

　　추절한풍(秋節寒風) 사념(思念)타가는 설한풍(雪寒風)에 겨울 동(冬)

　　소한(小寒) 대한(大寒) 염려 마소 우리 임 의복에 갈물 장(藏)

---

32) 소관: 미상.

33) 서산낙조일모궁(西山落照日暮窮): 서산에 해는 지고 날은 저무니.

34) 달 건지랴: 이태백이 물에 비친 달을 잡으려 했다는 고사.

35) 금일한풍소소래(今日寒風蕭蕭來): 오늘 찬바람이 소소히 불어오니.

부용작야세우중(芙蓉昨夜細雨中)[36]에 광윤유태(光潤有態) 부루 윤(閏)

이 해가 어이 그리 긴고 이제도 사오시(巳午時) 남을 여(餘)

외로이 정담을 이루지 못하여 춘향 만나 이룰 성(成)

나는 일각(一刻)이 여삼추(如三秋)라 일년사시에 송구영신(送舊迎新)에

해 세(歲)

군자호구(君子好逑) 이 아니냐? 춘향과 나와 혀를 물고 쪽쪽 빨아도

남을 여(餘)자 이 아니냐?

아서라 그 글도 못 읽겠다."

방자 불러 이른 말이,

"하마 거의 야심(夜深)이라. 초롱에 불 밝히어라. 춘향 집 찾아 가

자."

일개(一個) 방자 앞세우고 춘향 집을 다다르니, 인적야심(人寂夜深)한

데 대접 같은 금붕어는 임을 보고 반기는 듯, 월하(月下)의 두루미는

흥을 겨워 짝을 부른다.

이때 춘향이 칠현금(七絃琴) 비껴 안고 춘면곡(春眠曲)[37] 타올 때, 이

도령이 그 금성(琴聲)을 반겨 듣고 글 두 귀를 읊었으되,

"세사(世事)는 금삼척(琴三尺)이요 생애(生涯)는 주일배(酒一杯)라.

서정강상월(西亭江上月)이요 동각설중매(東閣雪中梅)라"[38]

춘향어미 듣고 나와,

6

---

36) 부용작야세우중(芙蓉昨夜細雨中): 지난 밤 가는 비를 맞고 핀 연꽃.

37) 춘면곡(春眠曲): 12가사의 하나.

38) 세사(世事)는~:「추구(推句)」의 한 구절.
　　세사금삼척(世事琴三尺) 세상일은 세 자 거문고에 맡기고
　　생애주일배(生涯酒一杯) 평생 술 한 잔으로 지낸다
　　서정강상월(西亭江上月) 서쪽 정자에는 강 위로 오르는 달
　　동각설중매(東閣雪中梅) 동쪽 누각에는 눈 속의 매화

"신동인가, 선동(仙童)인가?"

이도령 이른 말이,

"선동일러니, 할미집에 술 있다 하기로 내 왔노라."

하거늘, 할미 대답하되,

"이게 주가(酒家)가 아니라. 이 아래 행화촌(杏花村)을 찾아갑소."

이도령 하는 말이,

"내 일정(一定) 선동이 아니로세."

방자 이르되,

"이 골 사또 자제 도련님이 춘향 구경 와겼으니39) 잔말 말고 들어가소."

춘향이 이 말 듣고 바삐 나와 소매를 부여잡고,

"들어가세, 들어가세."

춘향의 방을 들어가서 방안 치레 볼작시면, 청릉화(靑菱花) 도벽(塗壁)에40) 황릉화(黃菱花) 띠를 띠고41) 황릉화(黃菱花) 도벽(塗壁)에 청릉화(靑菱花) 띠를 띠고, 왜경대(倭鏡臺) 경 가께수리42) 이렁저렁 벌여놓고, 자개함농(紫介函籠) 반다지43)며, 벽상(壁上)을 둘러보니 온갖 그림 다 붙이었다.

어떠한 그림 붙이었는고. 부춘산(富春山) 엄자릉(嚴子陵)44)은 간의태

---

39) 와겼으니: 와서 계시니.

40) 청릉화(靑菱花) 도벽(塗壁)에: 푸른 마름 무늬의 벽지로 벽을 바른 것에.

41) 황릉화(黃菱花) 띠를 띠고: 누런 마름 무늬 종이로 굽도리를 하고.

42) 가께수리: 여닫이 문 안에 서랍이 많이 설치된 작은 궤. 앞에 붙은 '경'은 잘못 들어갔거나, 서울을 말하는 것으로 보임.

43) 반닫이: 앞의 위쪽 절반이 문짝으로 되어 아래로 잦혀 여닫는 가구.

44) 엄자릉(嚴子陵): 중국 동한(東漢) 사람. 그의 친구 조광윤(趙匡胤)이 송(宋)나라를 세우고 그에게 벼슬을 주었으나 끝내 벼슬을 사양하고 부춘산에서 농사짓고 동강(桐江) 칠리탄(七里灘)에서 낚시질하며 세월을 보냈음.

후[諫議大夫] 마다하고, 백구(白鷗)로 벗을 삼고 원학(猿鶴)으로 이웃 삼
아, 양구(羊裘)를 떨쳐입고 추동강(秋桐江) 칠리탄(七里灘)에 낚싯줄 던
진 경을 역력히 그려 있고, 진처사(晉處士) 도연명(陶淵明)45)은 팽택령
(彭澤令)을 마다하고 오류촌(五柳村) 북창하(北窓下)에 국화주(菊花酒)를
취케 먹고, 백학(白鶴)을 희롱하며 무현금(無弦琴)46) 무릎 위에 놓고 소
리 없이 슬픈 경을 역력키 그려 있고, 또 저 편 바라보니, 남양초당(南
陽草堂) 풍설중(風雪中)에 한종실(漢宗室) 유황숙(劉皇叔)47)이 와룡선생
(臥龍先生) 보려하고 걸음 좋은 적토마(赤兎馬)48)를 뚜덕 꿈벅 바삐 몰
아 지성으로 가는 경을 역력히 그려 있고, 또 저 편을 바라보니, 상산
사호(商山四皓)49) 네 노인이 바둑판 앞에 놓고, 어떠한 노인은 백기(白
碁)50)를 들고 또 한 노인은 흑기(黑碁)를 들고, 또 한 노인은 구절죽장
(九節竹杖)51)에 호로병(胡虜瓶) 매어 후리쳐 질끈 잡고 요마만큼 하여 있
고, 또 한 노인은 훈수(訓手)를 하다가 무렴을 보고52) 암상(巖上)에 홀
로 앉아 조으는 양(樣)을 역력히 그려 있고, 또 저 편 바라보니, 채석강

---

45) 도연명(陶淵明): 중국 동진(東晉)의 시인 도잠(陶潛). 연명(淵明)은 그의 자(字)이다. 그는
   팽택(彭澤)의 현령이 되었으나 넉 달 만에 사직했다. 그의 시 「귀거래사(歸去來辭)」는 벼
   슬을 버리고 전원에 돌아가 유유자적하는 모습을 잘 그려내었다. 오두미는 다섯 말 쌀이
   라는 뜻으로 월급을 말함.
46) 무현금(無弦琴): 줄이 없는 거문고. 도연명은 음률(音律)을 알지 못하여 줄이 없는 거문고
   를 하나 가지고 있으면서 술이 취하면 이것을 어루만졌다고 함.
47) 유황숙(劉皇叔): 중국 삼국시대 촉한(蜀漢)의 유비(劉備). 그가 제갈공명(諸葛孔明)을 찾
   아가 삼고초려(三顧草廬)한 고사가 유명함.
48) 적토마(赤兎馬): 관우가 탔다는 말. 유비가 탔던 말은 적로마(的盧馬)임.
49) 상산사호(商山四皓): 중국 진시황 때 세상의 어지러움을 피해 상산에 숨어살던 네 사람.
   동원공(東園公), 기리계(綺里季), 하황공(夏黃公), 녹리(甪里)를 말하는데, 이들의 수염과
   눈썹이 모두 희기 때문에 사호라고 했음.
50) 백기(白碁): 흰 바둑돌.
51) 구절죽장(九節竹杖): 마디가 아홉인 대나무로 만든 지팡이.
52) 무렴을 보고: 무안을 당하고.

(采石江)53) 명월야(明月夜)에 시중천자(詩中天子) 이태백(李太白)은 포도
주 취케 먹고 낚싯배 비껴 앉아 지는 달 건지려고 물밑에 손 넣는 양을
역력히 그려 있고, 백이(伯夷) 숙제(叔齊) 채미경(採薇景)54)과 만고성인
(萬古聖人) 공부자(孔夫子)55) 그림, 오강(烏江)의 항우(項羽)56) 그림, 광
충다리57) 춘화(春畵) 그림을 역력히 그렸는데, 구경을 다한 후에 이도
령 춘향더러 이른 말이,

"나도 태후[大夫]집 자제로서 경성(京城)에 생장하여 청루미색(靑樓美
色) 좋은 계집 많이 보고 구경하였으되, 네 인물 네 태도는 세상사람
아니로다. 근원 있어 그러한가, 연분 있어 그러한가? 네가 일정 국색
(國色)인가, 내가 미쳐 그러한가? 이리 혜고 저리 세되 놓고 갈 뜻 전혀
없다. 만일 나곧 아니런들 너의 배필 누가 되며, 만일 너곧 아니런들
나의 가인(佳人) 누가 될꼬? 너 죽어도 내 못 살고, 나 죽어도 너 못
살리로다. 나 살아야 너도 살고 너 살아야 나도 살고, 너의 연세(年歲)
들어하니 나와 같이 이팔(二八)이라. 이도 또한 천연(天緣)인지 반갑기
도 그지없다."

우리 둘이 잊지 말자 깊은 맹서 맺을 적에, 공단(貢緞) 대단(大緞) 도
리줌치, 주홍사(朱紅絲) 벌매듭58)을 차례로 끌러 놓고, 면경(面鏡) 석경
(石鏡) 들어내어 춘향 주며 이른 말이,

"대장부 정절행(貞節行)이 석경(石鏡) 빛과 같을진대, 진토(塵土) 중에

---

53) 채석강(采石江): 이태백이 술에 취해 강물에 비친 달을 잡으려다 죽었다는 전설이 있는
  곳으로 안휘성(安徽省)에 있다. 원래의 이름은 우저기(牛渚磯)였음.
54) 채미경(採薇景): 백이와 숙제가 수양산에서 고사리를 캐는 모양.
55) 공부자(孔夫子): 공자(孔子).
56) 오강(烏江)의 항우(項羽): 항우가 해하(垓下)의 전투에서 패한 후 오강을 건너지 않고
  자살했음.
57) 광충다리: 광충교(廣沖橋). 서울 청계천의 광교(廣嬌).
58) 벌매듭: 벌 모양의 매듭.

빠져서도 천만년이 지나간들 변할쏘냐?"

춘향이 재배(再拜)하고 석경 받아 품에 품고 저도 또한 신(信)59)을 낼 제, 섬섬옥수(纖纖玉手)를 들어 보라 대단(大緞)60) 속저고리 제색 고름 어루만져 옥지환(玉指環)을 끌러 내어, 옥수(玉手)에 걸어들고 단정이 궤좌(跪坐)하여 이도령께 드릴 적에, 가는 목 겨우 열어 옥성(玉聲)으로 여쭈오되,

"여자의 진절행(眞節行)이 옥지환과 같을지라. 진애(塵埃) 중에 빠져서도 천만년이 지나간들 변할 때 있을쏘냐?"

이도령 옥지환 받아 금낭(錦囊)에 얼른 넣고 춘향보고 이른 말이,

"야심인적(夜深人寂)하였으니 잔말 말고 잠을 자자."

춘향이 거동 보소. 주효(酒肴)를 차릴 적에 기명(器皿) 등물(等物) 볼작시면, 통영소반(統營小盤),61) 안성유기(安城鍮器),62) 당화기(唐畫器)63)며 동래(東萊)주발64) 적벽(赤壁)대접,65) 천은(天銀)술66) 유리저(琉璃箸)67)에.

안주 등물(等物) 볼작시면, 대양푼의 가리찜에 소양푼의 제육초에 풀풀 뛰는 숭어찜에 포드득 포드득 메추리탕에, 꼬기오 우는 영계탕에 톰방톰방 오리탕에 곱장곱장 대하(大蝦)찜에, 동래(東萊) 울산(蔚山) 대전복(大全鰒)을 맹상군(孟嘗君)의 눈썹처럼 어슥비슥 오려 놓고, 염통산

59) 신(信): 신물(信物). 믿음의 표시로 서로 주고받는 물건.
60) 보라 대단(大緞): 보라색의 비단.
61) 통영소반(統營小盤): 통영반. 경상남도 통영에서 만든 소반. 통영은 자개가 유명함.
62) 안성유기(安城鍮器): 경기도 안성에서 만든 놋그릇.
63) 당화기(唐畫器): 중국에서 수입한 그림을 그린 그릇.
64) 동래(東萊)주발: 경상도 동래에서 만든 주발.
65) 적벽(赤壁)대접: 경기도 장단의 적벽에서 나던 대접.
66) 천은(天銀)술: 좋은 은(銀)으로 만든 숟가락.
67) 유리저(琉璃箸): 유리로 만든 젓가락.

적(散炙) 양(胖)볶이며 낄낄 우는 생치(生雉)다리 석가산(石假山)같이 고
여 놓고.

술병 치레 볼작시면, 일본기물(日本奇物) 유리병과 벽해수상(碧海水
上) 산호병(珊瑚瓶)과 티끌 없는 백옥병(白玉瓶)과 쇄금병(碎金瓶) 천은병
(天銀瓶)과 자라병 황새병과 왜화(倭畵) 당화병(唐畵瓶)을 차례로 놓았는
데 갖음도 갖을시고.

술 치레로 볼작시면, 도연명(陶淵明)의 국화주(菊花酒)와 두초당(杜草
堂)68)의 죽엽주(竹葉酒)와 이적선(李謫仙)의 포도주(葡萄酒)와 안기생(安期
生)의 자하주(紫霞酒)와 산림처사(山林處士) 송엽주(松葉酒)와 천일주(千日
酒)를 가지가지 놓았는데, 향기로운 연엽주(蓮葉酒)를 그 중에 골라내어
주전자에 가득 부어 청동화로 쇠적쇠69)에 덩그렇게 걸어놓고 불한불열
(不寒不熱) 데워내어 유리배(琉璃杯) 앵무잔(鸚鵡盞)을 그 가운데 띄웠으
니, 옥경(玉京) 연화(蓮花) 피는 꽃이 태을선인(太乙仙人) 연엽선(蓮葉船)70)
뜬 듯 둥덩실 띄워놓고, 권주가(勸酒歌) 한 곡조에 일배일배부일배(一杯
一杯復一杯) 반취(半醉)하게 먹은 후에, 분벽(粉壁) 사창(紗窓) 깊은 밤에
둘이 안고도 놀고 업고도 노니, 이게 모두 다 사랑이로구나.

"굽이굽이 깊은 사랑
　시냇가 수양같이 청처지고 늘어진 사랑
　화우동산(花雨東山) 목단화(牧丹花)같이 펑퍼지고 고은 사랑
　포도 다래 같이 휘휘친친 감친 사랑
　연평(延坪) 바다 그물같이 얽히고 맺힌 사랑아

---

68) 두초당(杜草堂): 두보(杜甫).
69) 쇠적쇠: 쇠로 만든 석쇠. 석쇠는 고기 같은 것을 굽는데 쓰는 부엌세간의 한 가지.
70) 태을진인(太乙眞人) 연엽선(蓮葉船): 하늘나라 신선이 연잎으로 만든 배를 탔다는 의미.

은하(銀河) 직녀(織女) 직금(織金)같이 올올이 이룬 사랑

청루(青樓) 미녀 침금(枕衾)같이 혼솔마다 감친 사랑

은장(銀欌) 옥장(玉欌) 장식(妝飾)같이 모모이 잠긴 사랑

남창(南倉) 북창(北倉)같이 다물다물 쌓인 사랑

네가 모두 사랑이로구나 어화 둥둥 내사랑아

어화 내 간간 내 사랑이로구나

여봐라 춘향아

저리 가거라 가는 태도를 보자

이리 오너라 오는 태도를 보자

빵끗빵끗 웃어라 웃는 태도를 보자

아장아장 걸어라 걷는 태도를 보자서라

동정칠백(洞庭七百) 월(月)[71] 무산(巫山)같이 놉푼 사랑

여천(如天) 창해(滄海)같이 깊은 사랑

너와 나와 만난 사랑

허물없는 부부 사랑

너는 죽어 무엇 되며 나는 죽어 무엇 되리

생전(生前) 사랑 이러하면 사후기약(死後期約) 없을쏘냐

너 죽어 될 것 있다

은하수 폭포수 만경창해수(萬頃滄海水) 일대장강(一帶長江)[72] 다 버리고

칠년대한(七年大旱)에 일생 진진(津津) 젖어 있는 음양수(陰陽水)란 물

---

71) 동정칠백(洞庭七百) 월(月): 동정호에 뜬 달을 말하는 것으로 보임. 동정호의 둘레가 700
리임.
72) 일대장강(一帶長江): 허리띠 같은 장강. 장강은 중국에서 가장 긴 양자강(揚子江)을 말함.

이 되고

나는 죽어 청학(靑鶴) 백학(白鶴) 청조(靑鳥) 용조(龍鳥) 그런 새는 될
라 말고

쌍비쌍래(雙飛雙來) 떠날 줄 모르는 원앙새 되어

녹수(綠水) 원앙격(鴛鴦格)으로 어화 둥둥 떠 놀거든 나인 줄을 알려
무나

사랑 사랑 내 간간이제."

"싫소. 그것 내 아니 될라요."

"그러면 너 죽어 또 될 것 있다. 너는 죽어 종로(鍾路) 인경이 되고
나는 죽어 인경 마치 되어, 새벽이면 삼십삼천(三十三天) 저녁이면 이
십팔수(二十八宿) 그저 '뎅뎅' 치거든 남은 인경소리로 알고 우리 둘이
는 '뎅뎅' 춘향, '뎅뎅' 도련님으로 놀아보자. 사랑 사랑 내 간간 사랑
이로구나."

"싫소. 그것도 아니 될라요."

"그러면 무엇이 된단 말이냐? 옳다. 너 죽어 될 것 있다.

너 죽어 해당화(海棠花) 되고 나는 죽어 나비 되어

나는 네 꽃송이 물고 너는 내 수염 물고

춘풍이 건듯 불면 너울너울 춤을 추고 놀아보자

사랑 사랑 내 간간 사랑이야

이리 보아도 내 사랑

저리 보아도 내 사랑

나 죽어도 너 못 살고

너 죽어도 나 못 살제

사랑이 핍진하여도 갈릴 마음 바이 없다

너 죽어 될 것 있다

너는 죽어 방아확이 되고

나는 죽어 방아고가 되어

경신년 경신월 경신시(庚申年庚申月庚申時)에 강태공조작(姜太公造作)

으로[73]

어화 떨구덩 하거든 나인 줄 알려무나.”

춘향이,

“싫소. 아무 것도 아니 될라요.”

“야, 그러하면 어찌하잔 말이냐?”

“품앗이[74]를 하여야 하지요. 나는 항시(恒時) 어찌 이생이나 후생(後生)이나 밑으로만 되나이까? 재미없어 못 쓰겠소.”

“옳지. 너 죽어 위로 될 것 있다. 너는 죽어 매[75] 위짝이 되고 나는 죽어 매 밑짝 되어, 사람이 손으로 얼른 하면 천원지방(天圓地方)으로 홰홰 둘러 돌리거든 나인 줄 알려무나. 사랑 사랑 내 간간 사랑이야.”

춘향이 하는 말이,

“아무 것도 아니 될라요. 위로 생긴 것이 부아 나게 생겼소.”

“오냐 춘향아, 우리 둘이 업음질이나 좀 하여 보자.”

“애고, 잡성스러워라. 업음질을 어떻게 하잔 말이오.”

“너와 나와 활씬 벗고, 등도 대고 배도 대면 맛이 한끗 나제야.”

“나는 부끄러워 못 하겠소.”

“어서 벗어라. 어서 벗어라.”

9

73) 강태공 조작: 디딜방아를 만들 때, 동티나는 것을 막기 위해 방아의 왼쪽이나 오른쪽 잘 보이는 곳에 '庚申年庚申月庚申日庚申時姜太公造作'이라고 썼음. 경신신앙의 영향인 것으로 보임.

74) 품앗이: 힘든 일을 서로 번갈아 도와주는 것.

75) 매: 맷돌.

"나는 부끄러워 못 벗겠소"

"에라, 이 계집아. 안 될 말이로다. 어서 벗어라. 어서 벗어라."

만첩청산(萬疊靑山) 늙은 범이 살찐 암캐 물어다 놓고 이는 빠져 먹든 못하고 으르렁 으르렁 어르는 듯, 북해상(北海上) 황룡(黃龍)이 여의주(如意珠)를 물고 채운간(彩雲間)에 넘노는 듯, 도련님 급한 마음 와락 달려들어 춘향의 가는 허리를 후리쳐 안고 저고리 풀며 바지 버선 다 벗겨 놓았더니, 춘향이 못 이기어 이마 전에도 구슬땀이 송실송실.

"애고 잡성스러워라."

"네가 뉘 간장을 녹이려고 이리 곱게 생겼느냐. 여봐라 춘향아, 이리 와 업히어라."

옷을 벗은 계집아(兒)라 어쩔 줄을 몰라 부끄러워 못 견디는 아이를 업고 못할 소리가 없다.

"애고 춘향아. 네가 내 등에 업혔으니 네 마음이 어떠하냐?"

"한정이 없이 좋소."

"여봐라. 내가 너를 업고 좋은 말을 할 터이니 네가 대답을 하려느냐."

"좋은 말씀 할 양(樣)이면 대답 못 할 것 없소."

"사랑이로구나 사랑이야. 어화 둥둥 내 사랑이야. 네가 금(金)이냐?"

"금이라니 당치 않소. 옛날 초한(楚漢) 적에 진평(陳平)이가 범아부(范亞父)를 잡으려고 황금사만(黃金四萬)을 흩었으니 금이 어이 있으리까."

"그러면 네가 무엇이냐? 내 사랑 네가 내 사랑이제. 그러면 네가 옥이냐?"

"옥이라니 당치 않소. 만고영웅(萬古英雄) 진시황(秦始皇)이 형산(荊山)의 옥을 얻어 이사(李斯)의 명필(名筆)로 '수명우천(受命于天) 기수영창(旣壽永昌)'이라 옥새(玉璽)를 만들어서 만세유전(萬世流傳)을 하였으니 옥이 어이 되오리까."

"그러면 네가 무엇이냐? 네가 해당화(海棠花)냐?"   10

"해당화라니 당치 않소. 명사십리(明沙十里) 아니어든 해당화가 되오리까."

"에라 이 계집아야, 안될 말이다. 내 사랑 내 사랑이제. 그러면 네가 무엇이냐? 네가 반달이냐?"

"반달이라니 당찮하오.76) 금야(今夜) 초승이 아니어든 반달이라니 당치 않소."

"네가 무엇이냐. 내 사랑 내 간간아. 네가 무엇을 먹으랴냐? 생률(生栗) 숙률(熟栗)을 먹으랴냐?"

"그것도 내 아니 먹을라요."

"그러면 무엇을 먹으랴느냐? 둥굴둥글 수박 웃봉지를 뚝 떼고 강릉(江陵) 백청(白淸)을 가득 부어 붉은 점을 먹으려느냐?"

"아니 그것도 내사 싫소."

"그러면 무엇 먹으려느냐? 시금털털 개살구 먹으려느냐?"

"아니 그것도 내사 싫소."

"그러면 무엇을 먹으려느냐? 돝 잡아 주랴. 개 잡아 주랴? 내 몸 통째 먹으려느냐?"

"도련님, 내가 사람 잡아 먹는 것 보았소?"

"에이, 계집아야 안 될 말이다. 어화 둥둥 내 사랑이제. 이 애 무겁다. 그만 내리렴. 여봐라 춘향아. 백사만사(百事萬事)가 다 품앗이가 있느니라. 나도 너를 업었으니 너도 나를 업어야지."

"애고 여보, 도련님은 기운 세어서 업었거니와 나는 기운 없어 못 업겠소."

---

76) 당찮하오: 당치 아니하오.

"나도 너를 업고 좋은 말을 하였으니, 너도 나를 업고 좋은 말 하여라."

"그러면 이리 업히시오. 좋은 말 하오리다."

하올 적에,

"둥둥 좋을시고. 진사(進士) 급제(及第)를 업은 듯, 동부승지(同副承旨)를 업은 듯, 팔도감사(八道監司)를 업은 듯, 삼정승(三政丞)을 업은 듯, 여상(呂尙)77)이를 업은 듯, 부열(傅說)78)이를 업은 듯, 보국판서(輔國判書)를 업은 듯, 외삼천 내팔백79) 주석지신(柱石之臣)이 내 서방이제 내 서방. 이리 보아도 내 서방, 저리 보아도 내 서방, 알뜰 간간 내 서방이제.

사랑노래 다 버리고 탈 승자 노래 들어보소.

타고 노자 타고 노자. 헌원씨(軒轅氏) 습용간과(習用干戈)하여 능작대무(能作大霧) 치우(蚩尤) 탁녹야(涿鹿野) 사로잡아 지남거(指南車) 비껴 타고 남원천 구경할 제, 이적선(李謫仙) 고래 타고 안기생(安期生) 나귀 타고, 일모장강(日暮長江) 어옹(漁翁)들은 일엽선(一葉船) 돋워 타고 만경창파 어기야 어기야 하며 떠나간다. 나는 탈 것 바이없어 춘향 배 잡아 타고 탈 승자(乘字)로만 둥둥 놀아보자."

밤낮으로 세월 가는 줄 모르고 이 지경으로 놀아놓니 형용이 완전하리. 흥진비래(興盡悲來)는 고진감래(苦盡甘來)로다.

이때에 사또 도련님을 찾으시니, 방자놈 급히 나와 도련님전 문안후에,

---

77) 여상(呂尙): 강태공(姜太公). 여상은 강태공의 이름. 주문왕(周文王)을 보좌하여 은(殷)나라를 쳤다.

78) 부열(傅說): 은(殷)나라 황제 무정(武丁)이 꿈에서 성인을 보고 찾아낸 인물. 무정 황제를 도와 은나라를 중흥시켰음.

79) 외삼천 내팔백: 내삼천(內三千) 외팔백(外八百)의 잘못. 조선시대 서울에 있는 벼슬자리가 3,000이고 지방에 있는 벼슬자리는 800이었다는 말.

"여보 도련님. 사또께옵서 꾸중 났소."

도련님 놀래어,

"여봐라 춘향아. 내 잠깐 다녀오마."

11

정신없이 들어가 사또전 문안하니, 사또 보시고 전과 달라 몰라보게 생겼는지라. 사또 대로(大怒)하사,

"근래 어디를 갔더니?"

"글흥(興)이 과도하와 각처 경개를 구경차로 다녔나이다."

사또 더욱 진노(震怒)하사,

"경개 구경하면 무엇하니?"

도련님이 여쭈오되,

"자고로 문장(文章)80)이 산수(山水)에 놀았기로 고인(古人)을 사모하왔나이다."

"잔말 말고 내일 일찍 내행(內行) 모시고 올라가거라. 서울서 동부승지(同副承旨) 유지(有旨) 내려왔다."

도련님 기가 막혀 먼 산 바라보며 하염없는 눈물이 옥면(玉面)에 가득한지라. 사또 대로하사,

"이 자식 부형이 말하는데 왜 우느니?"

총망(悤忙) 중에 깜짝 놀래어,

"눈물이 자연 우지 아니하여도 흐르나이다."

사또 어이없어,

"허 그 자식 내가 남원을 일생(一生) 살 듯하였더냐."

도련님이 부교(父教)를 거역지 못하여 책실(冊室)로 돌아와 곰곰 생각하니, 만사에 뜻이 없고 가슴이 답답하여, 눈물을 거두고 대부인 전

---

80) 문장(文章): 문장가. 글을 잘 짓는 사람.

(前)에 들어가서 돈담무심(頓淡無心)[81]하고 눈물만 흘려놓니, 대부인이 보시고,

"아가 웬 일이냐? 아버지께서 꾸중하시더냐?"

"아니지요. 데려갈 것 있소."

"무엇을 데려갈라냐?"

대부인 눈치 채고 대로(大怒)하사 꾸중하시니, 도련님이 두 말도 못하고 춘향한테 이별차(次)로 나오면서 생각하되, 데려갈 길 바이없어 춘향이 집 들어가 앉으며 울음을 정신없이 울거늘, 이때 춘향이 도련님 채우려고 금낭(錦囊)에 수놓다가 놀래어 물으니 아무 말도 못하거늘, 춘향이 도련님 거동 보고,

"어인 일이까? 이러한 경사(慶事)에 과도히 슬퍼 마옵소서."

위로하니, 도련님 하는 말이,

"내 경사를 놀람이 아니라, 그런 일이 있도다."

하니, 춘향이 대왈(對曰),

"무삼 일이 있나이까?"

이도령 탄식 왈,

"너를 두고 갈 터이니 그러한 연고로다."

춘향이 이 말 듣고 안색을 졸변(猝變)하여 왈,

"당초에 우리 만나 맹약(盟約)을 어떻게 하였습나? 못하나니, 가망 없고 무가내(無可奈)[82]제. 날 죽이고 가제 살리고는 못 가오리."

이도령 하릴없어 춘향을 달랜 후에 책방에 돌아와 동헌(東軒)에 들어가 사또께 뵈온데, 사또 말씀하시되,

"급히 내행(內行)을 모셔 치행(治行)을 바삐 하라."

---

81) 돈담무심(頓淡無心): 도무지 탐탁하게 여기는 마음이 없음.
82) 무가내(無可奈): 무가내하(無可奈何). 어찌할 수 없음.

이도령 이 말씀 듣고 내행 모셔 오리정(五里亭)으로 나가니라.

이때 춘향이 이별주 차릴 새, 풋고추 저리김치 문어 전복 곁들여 환소주(還燒酒)[83] 꿀물 타서 향단이게 들리고 세대삿갓[84] 숙여 쓰고 오리정으로 나가 이도령을 기다릴새, 이때 이도령 나와 춘향과 이별할 제, 이별이야 이별이야. 청강(淸江)에 원앙새 놀다 떠나는 듯 하고, 광풍(狂風)에 놀란 봉접(蜂蝶) 가다가 돌치는 듯, 석양은 재를 넘고 정마(停馬)는 슬피 울 제, 나삼(羅衫)을 부여잡고 한숨지고 눈물지니. 이도령 이른 말이,

"기룬 사랑[85] 한데 만나 이별 맞아 백년기약(百年期約). 죽지 마자 한데 있어 잊지 마자 처음 맹세. 일조(一朝)에 이별할 줄 어이 알 리."

춘향이 거동 보소. 아미(蛾眉)를 나직하고 옥 같은 두 귀밑에 진주 같은 눈물을 흘리면서, 이별주 가득 부어 이도령님께 권하면서,

"첫째 잔은 인사주(人事酒)요, 둘째 잔은 근원주(根源酒)요, 셋째 잔은 이별주오니 부디 부디 백년언약(百年言約) 잊지 마소."

이도령 이른 말이,

"춘향아, 부디 잘 있거라."

춘향이 여쭈오되,

"도련님 경성(京城)에 올라가서 절대가인(絕代佳人) 미색들과 영웅호걸 문장(文章)들 데리고 밤이면 가무(歌舞)하고 낮이면 풍악(風樂)할 제, 나 같은 천첩(賤妾)이야 손톱만치나 생각할까. 나만 나만 데려가오. 우리 둘이 만날 적에 일월(日月)로 본증(本證) 삼고, 산천(山川)으로 증인 삼아 떠나가지 마잤더니, 간단 말이 웬 말이오. 죽어 영이별(永離別)은 남대

---

83) 환소주(還燒酒): 소주를 다시 고은 것으로 알코올 함량이 높음.
84) 세대삿갓: 가늘게 쪼갠 대나무로 만든 삿갓.
85) 기룬 사랑: 그리는 사랑.

되[86] 하려니와 살아 생이별(生離別)은 생초목(生草木)에 불이 붙네. 나만
나만 데려가오. 쌍교(雙轎)는 금법(禁法)이요 독교(獨轎)[87]는 내가 싫고,
워르렁 충청[88] 걷는 말에 반부담(半負擔)[89] 정히 지어 날 데려가오."

이도령 이른 말이,

"울지 말고 잘 있거라. 네 울음 한 소리에 이 내 일촌간장(一寸肝
腸)[90] 다 녹는다. 내 너 데려갈 줄 모르랴마는, 양반의 자식이 하방(遐
方)에 작첩(作妾)하면 문호(門戶)에 욕이 되고 사당(祠堂) 참예(參詣) 못하
기로 못 데려가느니. 부디부디 좋이 있거라. 어린 아이 너무 울면 목
도 쉬고 눈 붓나니라. 울지 말고 좋이 있거라. 수이 다녀오마."

이렇듯이 이별할 제, 방자놈 거동 보소. 와당퉁탕 바삐 와서,

"아나 이 애 춘향아. 이별이라 하는 것이 '도련님 부디 평안이 가오.'
'오냐. 춘향 네 잘 있거라.' 이것이었지. 날이 지우도록[91] 이별이란 말
이 되단 말가? 단삼초에[92] 사또 아르시면, 도련님 꾸중 듣고 나는 곤
장 맞고, 너의 늙은 어미 형문(刑問) 맞고 귀양 가면 네게 유익하리오?
아서라 울지 말고 잘 있으라."

하며, 나귀를 채쳐 몰아 이 모롱이 지내어 저 모롱이 지내어 박석치[93]
를 넘어서니, 요만큼 뵈이다가 저만큼 뵈이다가, 밤지내[94]를 지내어

---

86) 남대되: 모든 사람이.
87) 독교(獨轎): 말 한 마리가 끄는 가마.
88) 워르렁 충청: 말의 걷는 모양을 묘사한 의태어.
89) 반부담(半負擔): 부담은 말이나 소에 싣는 작은 농짝인데, 반부담은 이 작은 부담짝과
   함께 사람이 타는 것을 말한다.
90) 일촌간장(一寸肝腸): 한 치의 간과 창자라는 뜻으로, 애달프거나 애가 타는 마음을 이르
   는 말.
91) 지우다: 시간을 보내다.
92) 단삼초에: 미상.
93) 박석치: 박석고개. 남원에서 전주로 가는 길에 있는 고개.
94) 밤지내: 임실에 있는 지명.

가뭇없이95) 올라가니, 춘향이 하릴없어 잔디를 와드득 와드득 쥐어뜯   13
으며 울 제, 춘향어미 거동 보소.

"어따 이 년아. 우리는 너만 때 행창(行娼)으로 이별을 여러 번 하였
으되 저다지 하여본 일 없다."

하니, 춘향이 대답지 아니하고, 할 수 없어 향단이 데리고 집에 돌아
와 그 날부터 단장을 전폐(全廢)하고 독숙공방 홀로 앉아 이별시(離別
詩)를 지어 벽상에 걸었으니, 그 시에 하였으되,

남북(南北)96)에 군신(君臣) 이별
호지(胡地)에 모자(母子) 이별
역로(驛路)에 형제 이별
운수(雲水)에 붕우(朋友) 이별
이별마다 설건마는 임 이별 같을쏘냐
여자 몸 삼길 제 이별조차 타고 난가
이별이야 이별이야.

이리저리 세월을 보내더니, 이때 사또 났으되, 자학골 막바지 변학
도라 하는 양반이 있으되, 성정(性情)이 혹독하여 음정97)이라 하면 범
연치 아니하더니, 이때 남원부가 색향(色鄕)이란 말 듣고 염문(廉問)하
여 춘향의 어진 이름 반겨 듣고 마음을 진정치 못하던 차에, 남원부
하인이 현신(現身)98)하거늘, 사또 이방(吏房)99) 불러 분부하되,

95) 가뭇없이: 흔적이 없이.
96) 남북(南北): 원문은 '복'이나 '남북'의 잘못임.
97) 음정: 미상. 색정(色情)이라는 의미로 보임.
98) 현신(現身): 아랫사람이 윗사람에게 처음으로 자신을 보이는 것.
99) 이방(吏房): 지방관청의 육방(六房)의 하나 또는 그 부서의 구실아치. 인사(人事)나 비서

"네 고을의 '양'이가 있단 말이 옳으냐?"

이방이 여쭈오되,

"소인 고을에 남창(南倉)에 염소 있삽고, 한량(閑良) 못되면 잘량도 있삽고, 고양이도 있삽나이다."

하니, 사또 대로 왈,

"그 양 말고 사람 양이 없느냐?"

이방이 다시 아뢰되,

"소인 골에 안양이란 기생도 있삽고, 난양이라 하는 기생도 있삽나이다."

사또 더욱 대로하여,

"네 고을에 일정 양이란 기생이 그 뿐인다?"

이방이 아뢰되,

"월매 딸 춘향이란 기생 있으되, 구관(舊官) 사또 자제 이도령님과 백년언약(百年言約) 맺어 수절하나이다."

사또 춘향이란 말을 듣고 내심에 대희하여 하는 말이,

"어허 그러하면 춘향이 편안히 계시냐?"

이방이 아뢰되,

"무고(無故)히 있나이다."

"그러하면 이제 치행(治行) 차려 명일(明日)에 득달 못할까?"

이방 아뢰되,

"천리마(千里馬) 있사오면 금일 내 득달하오려니와 천리마 없사오니 대죄(待罪)하나이다."

"그러하면 행차(行次)를 급히 차리라."

(祕書) 따위에 관한 사무를 맡아 봄.

이방 청령(聽令)하고 치행(治行) 차릴 적에, 구름 같은 별연(別輦)[100]
독교(獨轎) 좌우 청장(靑帳)[101] 높이 괴고, 일산 우산은 일광(日光)을 가
리웠고, 남대문 밖 썩 나서 칠패(七牌) 팔패(八牌) 배다리[102] 건네어 저
룬 궁중[103] 긴경마 권마성(勸馬聲)이 섯두하다.[104]

하인 호사 보소. 이방(吏房) 수배(隨陪) 감상(監床)[105] 공방(工房)은 한
산모시 청징염에 걸는단을[106] 좋은 말에 갖은 부담[107] 지어 타고. 통
인(通引) 한 쌍 호사 보소. 성천주(成川紬) 부산 배자 체도(體度) 있게 지
어 입고 유문항라(有紋亢羅) 허리띠에 왜청우단(倭靑羽緞) 도리낭자(囊
子),[108] 당팔사(唐八絲) 갖은 매듭 맵시 있게 꿰어 차고, 갑사(甲紗) 쾌
자 남전대(藍戰帶) 띠를 띠고 착전립(着氈笠)에 새가 난다. 도군뢰(都軍
牢) 호사 보소. 산수(山獸)털벙거지[109] 남일광(藍一光) 안을 받쳐[110] 갑
사 갓끈 달아 쓰고, 은색(銀色) 수주(水紬) 누비돌지[111] 양색단(兩色緞)
등거리[112] 남색 수건을 옳게 달아 어깨 위에 펄렁펄렁. 소리 좋은 왕

14

---

100) 별연(別輦): 임금이 타는 가마와 다르게 만든 것.
101) 청장(靑杖): 가마의 휘장.
102) 배다리: 주교(舟橋). 청파동 근처에 있던 다리.
103) 저룬 궁중: 짧은 고삐를 말하는 것으로 보임.
104) 섯두하다: 미상.
105) 수배(隨陪) 감상(監床): 원님이 행차할 때나 전근할 때에 따라다니며 시중을 들던 구실
   아치.
106) 청징염에 걸는단을: 미상.
107) 부담: 부담롱. 말에 실어서 물건을 운반할 때 쓰는 작은 상자.
108) 도리낭자(囊子): 두루주머니.
109) 산수(山獸)털벙거지: 짐승의 털가죽으로 만든 벙거지. 벙거지는 전립(戰笠)을 말하나,
   일반적으로는 머리에 쓰는 모자를 말하다.
110) 남일광(藍一光) 안을 받쳐: 벙거지의 안쪽을 남빛 구름무늬 비단으로 꾸미며.
111) 누비돌지: 누빈 옷을 말하는데, 돌지는 미상.
112) 양색단(兩色緞) 등거리: 비단 등거리. 양색단은 빛깔이 서로 다른 씨실과 날실로 짠
   비단. 등거리는 등만 덮을 만하게 걸쳐 입는 홑옷.

방울113)은 걸음을 따라 얼그렁 덜그렁. 도사령(都使令) 거동 보소. 홍
철릭에 홍광단(紅光緞) 띠를 띠고 키 같은 공작미(孔雀尾)114)를 요동(搖
動)찮게 달아 쓰고, 일산(日傘) 밑에 갈라서서 호기 있게 내려온다. 감
영(監營)에 들어와 객사(客舍)에 연명(延命)하고, 영문(營門)에 잠깐 다녀
이날 오수(獒樹)에 숙소하고, 도임차로 육방관속 차례로 시위(侍衛)하
고, 사십 명 기생은 채의(彩衣) 단장 착전립(着戰笠)에 쌍쌍이 말을 타고
전후좌우로 시위하고, 군악(軍樂) 사명(司命) 긴소리 반공(半空)에 높이
난다.

"하마포(下馬砲). 대포수(大砲手) 방포일성(放砲一聲)하라."

"예이."

'퉁뎅.'

사또는 백성에게 무섭게 하느라고 눈을 둥글둥글. 객사에 연명하고,
동헌(東軒)에 좌기(坐起)한 삼일 후에 육방(六房) 하인 점고(點考) 받고,

"기생 점고 바삐 하라."

호장(戶長)이 기생안책(妓生案册) 펴어놓고 호명(呼名)을 부르는데,

"우후동산(雨後東山) 명월(明月)이."

들어올 제, 자지(紫地) 당혜(唐鞋) 끌면서 얌전하게 들어오더니, 공수
(拱手)하고,

"나오."

"남산 봉황(鳳凰)이 죽실(竹實) 물고 벽오동(碧梧桐)에 깃들이니 산수
지령(山獸之靈)에 백충지장(百蟲之長)이라. 기불탁속(饑不啄粟) 굳은 절개
만수문전(萬壽門前)에 채봉(彩鳳)이."

"나오."

---

113) 왕방울: 사령이 입는 옷에 단 방울.
114) 키 같은 공작미(孔雀尾): 키처럼 생긴 공작새의 꼬리털. 키는 쌀을 까불리는 기구.

채봉이가 들어오는데, 홍상(紅裳) 자락을 걷어다가 세류흉당(細柳胸膛)에 딱 붙이고 아장아장 아주 걸어 가만가만 들어오더니, 점고(點考) 맞고 좌우진퇴(左右進退)로 나아간다. 사또 보시더니,

"여봐라. 자주 부르라."

호장이 분부 듣고 넉 자 화도로 부른다.

"운담풍경근오천(雲淡風輕近午天)에 양류편금(楊柳片金)에 앵앵(鶯鶯)이."

"예. 등대하왔소."

"죽실(竹實) 찾는 저 봉황 소상(瀟湘)강변 날아드니 훨훨 헤쳐 중엽(中葉)이."

"예. 등대하왔소."

"송하(松下)에 저 동자(童子), 묻노라 선생(先生) 소식 수첩청산(數疊青山)에 운심(雲深)이."

"예, 등대하왔소."

"월궁(月宮)에 높이 올라 계화(桂花)를 꺾어내니 애절(愛折)이."

"예, 등대하왔소."

"차문주가하처재(借問酒家何處在)요 목동요지(牧童遙指) 행화(杏花)."

"예, 등대하왔소."

"아미산월반륜추(峨眉山月半輪秋) 영입평강(影入平羌) 강선(江仙)이."

"예, 등대하왔소."

"오동(梧桐) 복판(腹板) 거문고 타고 나니 탄금(彈琴)이."

"예, 등대하왔소."

"팔월부용(八月芙蓉) 군자용(君子容) 만당추수(滿塘秋水) 홍련(紅蓮)이."

"예, 등대하왔소."

"주홍당사(朱紅唐絲) 갖은 매듭 차고 나니 금낭(錦囊)이." 15

"예, 등대하왔소."

"이 산 명월 저 산 명월 양산(兩山) 명월이 다 들어왔느냐?"

"예, 등대하왔소."

사또 다시 분부하되,

"한 참에 근 이십 명씩 불러라."

호장 분부 듣고 자주 부르는데,

"양대선(陽臺仙)이, 월중선(月中仙)이, 화중선(花中仙)이."

"예, 등대하왔소."

"금선(錦仙)이, 금옥(錦玉)이, 금연(錦蓮)이."

"예, 등대하왔소."

"농옥(弄玉)이, 난옥(蘭玉)이, 홍옥(紅玉)이."

"예, 등대하왔소."

사또 분부하되,

"기생 점고 다 하여도 춘향이 어이 없단 말이냐?"

호장(戶長)이 여쭈오되,

"구관 사또 자제와 백년언약 맺어 수절하여 있삽네다."

사또 진노하여,

"제가 수절하면 우리 마누라는 기절할까. 이제 바삐 부르라."

방울이 덜렁.115)

"사령이."

"예."

"춘향을 바삐 부르라."

사령놈 하는 말이,

"걸리었다, 걸리었다. 춘향이 걸리었다. 좋을시고 좋을시고. 양반

---

115) 방울이 덜렁: 사령의 옷에 달린 방울이 울렸다는 의미로 보임.

서방 얻었노라하고 도고함116)도 도고하고 도랑터니.117)"

춘향이 벌써 저 잡으러 온 줄 알고 문을 열고 내달아 김번수(金番首)며 이번수(李番首)의 손을 잡고,

"이리 오소, 이리 오소. 이번 신연길에 노독(路毒)이나 아니 나계신가? 도련님 서간 한 장도 아니 오던가?"

방으로 들여앉히고 주찬(酒饌)으로 대접하고 온 연고를 물은대,

"신관 사또 분부 모시고 너를 잡으러 왔으되, 너를 보니 잡아갈 길 전혀 없다."

한데, 춘향이 궤를 열고 돈 닷 냥을 내어주며 왈,

"가다가 한 때 주채118)나 하고 가소."

사령 등이 술을 취케 먹고 돈 받아 요하(腰下)에 차고 주정하며 하는 말이,

"너의 죄는 우리가 당하마. 곤장(棍杖)에 대갈119) 박아 치며 태장(笞杖) 바늘 박아 치랴."

하고 들어가 아뢰되,

"춘향 잡으러 갔던 사령이옵더니, 아뢰나이다. 춘향을 잡으러 갔삽더니, 어제 죽어 그저께 초빈(草殯)120)하였삽더이다."

또 한 놈 아뢰라 호령하니, 또 한 놈이 다시 아뢰되,

"춘향의 집에 가니, 춘향이 돈 닷 냥과 술을 많이 주옵기로 먹삽고, 참아 잡아오지 못하와 그저 오다, 그 돈으로 술 사먹고 재전(在錢)121)

116) 도고하다: 제 딴에 잘난 체하면서 거만함.
117) 도랑하다: 지나치게 똘똘하고 거리낌이 없음.
118) 주채: 술값이라는 의미임.
119) 대갈: 말굽에 편자를 박을 때 쓰는 징. 대가리가 크고 짧은 쇠못.
120) 초빈(草殯): 장사를 바로 치를 수 없을 때, 관을 방 밖에 놓고 그 위에 이엉 따위로 덮어놓는 것.

이 다만 냥 두 돈 오 푼이오니, 이 놈이나 사또 쓰시고 소인의 택으로[122) 그만저만 마옵소서."

사또 대로하여,

"저 놈들을 일병(一竝) 결곤(決棍)[123) 하옥(下獄)하고 춘향을 바삐 잡아 대령하라."

호령한대, 청령(聽令) 사령 거동 보소. 썩 내달아,

"춘향아 바삐 가자서라."

춘향 할 수 없어 수절하던 그 태도로 들어가 청령하니, 사또 춘향을 보고 바삐 오르라 하신대, 춘향이 대답하여 아뢰되,

"무삼 분부온지 알아지이다."

"네 무삼 잔말하느냐. 어서 바삐 오르거라."

16   춘향이 올라가 앉으니, 책방(冊房)의 목낭청(睦郎廳)[124)을 부르니, 낭청이 들어와 앉거늘, 사또 이른 말이,

"자네 알거니와, 평양감영(平壤監營) 갔을 제, 저러한 어여쁜 아이 보고 한 손에 돈 두 푼도 주었제. 그 아이 매우 어여쁘제."

낭청이 대답하되,

"그 아이 어여쁩니다."

"저 아이 일색(一色)이제."

낭청 대답하되,

"제 일색이오."

---

121) 재전(在錢): 셈을 하고 남은 돈.

122) 택으로: 부탁으로, 또는 덕택으로 라는 의미로 보임.

123) 일병(一竝) 결곤(決棍): 모조리 곤장을 쳐서.

124) 목낭청(睦郎廳): 목씨 성을 가진 낭청. 낭청은 조선시대 임시 기구에서 실무를 맡아보던 당하관 벼슬이나, 여기서 목낭청은 실제 낭청벼슬을 하는 사람이 아니라 서울에서 같이 온 사또의 친구를 그냥 높여서 부른 것이다.

"자네 왜 나의 하는 대로 하는가?"

"예. 나의 하는 대로 하옵네다."

"에, 그것 고이한 것이로고."

낭청 대답하되,

"어, 그것 고이한 것이로고."

"이것이 무엇이니?"

"어, 이것이 무엇이니?"

사또 대로(大怒)하여, '이제로 올라가라' 하고, 춘향더러 분부하여 이른 말이,

"몸단장 정히 하고 오늘부터 수청(守廳)하라. 수청하거드면 관청고(官廳庫)가 네 반찬이 될 것이요, 관수미(官需米)[125]가 네 곳집이 될 것이요, 관고(官庫) 돈이 다 네 돈이 될 것이니 잔말 말고 수청 들라."

춘향이 여쭈오되,

"충불사이군(忠不事二君)이요, 열불경이부절(烈不更二夫節)을 본받고자 하옵거늘, 분부 시행 못 하겠소."

"잔말 말고 수청하라."

춘향이 아뢰되,

"죽으면 죽사와도 분부 시행 못하겠나이다."

"네 무삼 잔말하는고? 이제 바삐 수청 들라."

춘향이 아뢰되,

"사또님은 세상이 변하오면 두 무릎을 꿇어 두 임군을 섬기려 하시나이까?"

사또 이 말을 듣더니 목이 메어 낭청더러 이른 말이,

---

125) 관수미(官需米): 수령(守令)의 양식(糧食)으로 일반 백성에게 거두어들이던 쌀.

"저 년이 나더러 욕하였제."

"예, 그 년이 사또더러 역적이라 하옵네다."

사또 대로하여,

"이 년 급히 잡아내리라."

좌우 통인이 춘향을 차 내리치니 뜰아래 급장이며 사령(使令) 등이 벌떼같이 달려들어 춘향의 감태(甘苔) 같은 채머리126)를 선정 시절에 연실 감듯,127) 사월파일 등(燈)대128) 감듯, 뱃사공의 닻줄 감듯 휘휘친친 감아 매고, 넓은 대뜰 아래 동댕이쳐 내리니, 김번수 이번수며 오른 어깨를 빼어들고, '일분(一分) 사정 두는 동관(同官)이면 박살시키리라' 약속을 하고, 춘향을 동틀129)에 비껴 매고, 사장이 거동 보라. 태장(笞杖)이며 곤장이며 능장(稜杖)이며 형장(刑杖) 한 아름을 동틀 밑에 좌르륵 펼쳐 놓며, 팔을 빼어 형장을 고른다. 이 놈도 잡고 능청능청, 저 놈도 잡고 능청능청, 그 중에 등심 좋고 잘 부러지는 놈 골라잡고 저만큼 물러났다가 도로 왈칵 달려들어, 사또 보는 데는 웃 영(令)이 지엄(至嚴)키로,

"이 년 꼼짝 마라."

사또 아니 보는 데는 속말로 말하기를,

"여봐라 춘향아, 어쩔 수가 없구나. 요 다리는 요리 틀고 저 다리는 저리 틀어라."

"매우 때려."

"예잇, 때리오."

---

126) 채머리: 머리채와 같은 의미로 썼음.
127) 선정 시절에 연줄 감듯: 무엇을 잘 감아쥔다는 의미인 "상전시정(床廛市井) 연(鳶)실 감듯"을 잘못 썼음. 상전(床廛)은 잡화를 파는 가게를 말함.
128) 등(燈)대: 4월 8일 석가탄신일에 등을 달기 위해 세우는 긴 대.
129) 동틀: 죄인을 심문할 때 앉히던 의자같이 생긴 기구.

첫째 낱을 딱 붙이니, 부러진 형장 가지는 공중에 빙빙 솟아 상방(上房) 대뜰 밑에 떨어지고, 춘향이는 아무쪼록 아픈 것을 참으려고 고개만 빙빙 두르면서,

"애고, 이 지경이 웬 일이오."

개개(箇箇)이 고찰하는 게 십장가(十杖歌)가 되었구나.

"일부종사(一夫從事)하올 년이 일심으로 굳었으니 인력으로 하오리까."

둘째 낱을 딱 붙이니,

"불경이부(不更二夫) 이 내 심사 이 매 맞고 죽인대도 이도령은 못 잊겠소."

셋째 낱을 딱 붙이니,

"삼종지도(三從之道)130) 지중한 법 삼강오륜(三綱五倫) 알았으니 삼치형문(三致刑問)131) 정배(定配)하여도 분부 시행 못 하겠소."

넷째 낱을 딱 붙이니,

"사대부(士大夫) 사또님은 사기사(事其事)132)를 모르시오. 사지(四肢)를 갈라내어 사대문에 회시(回示)하여도 사부(士夫)집 도련님은 못 잊겠소."

다섯째 낱 딱 붙이니,

"오매불망(寤寐不忘) 우리 사랑 오늘이나 소식 올까, 내일이나 기별(奇別) 올까?"

여섯 일곱 딱 붙이니,

"육시(戮屍)하여 쓸 데 있소. 칠척검(七尺劍) 드는 칼로 동동 장글르제133) 형장으로 칠 것 있소."

---

130) 삼종지도(三從之道): 어려서는 부모를, 결혼해서는 남편을, 남편이 죽은 후에는 자식을 따라야 한다는 여자가 지켜야 할 세 가지 법도.
131) 삼치형문(三致刑問): 세 차례의 형문. 형문은 몽둥이로 죄인의 정강이를 치며 묻는 일.
132) 사기사(事其事): 일을 일대로 정당하게 함.
133) 동동 장글르다: 점점이 저며낸다는 의미로 보임.

여덟째 낱 딱 붙이니,

"팔도(八道) 방백(方伯) 수령(守令)님네 치민(治民)하러 내려왔제 학정
(虐政)하러 내려왔소."

아홉째 낱 딱 붙이니,

"구곡간장(九曲肝腸) 흐르는 눈물 구천(九泉)에 사무치니 죽인대도 쓸
데없소."

열째 낱을 딱 붙이니,

"십실부로(十室父老)도 충렬이 있삽거든,[134] 고금 허다 창기 중에 열
녀 하나 없으리까?"

열 치고는 짐작(斟酌)할까, 열다섯 딱 붙이니,

"십오야(十五夜) 밝은 달은 떼구름에 묻혔는 듯."

스물 치고 짐작할까, 스물다섯 딱 붙이니, 이십오현탄야월(二十五絃
彈夜月)에 불승청원각비래(不勝淸怨却飛來)라.[135] 삼십 도에 맹장(猛杖)
하니 옥 같은 두 다리에서 유수(流水)같이 나는 피는 두 다리에 어리었
네. 춘향이 점점 포악하되,

"소녀를 이리 말고 살지능지(殺之陵遲)하여 아주 박살(撲殺)시켜주면,
초혼조(楚魂鳥) 넋이 되어 적막공산(寂寞空山) 달 밝은 밤에 도련님 계신
곳에 나아가 파몽(破夢)이나 하여이다."

---

134) 십실부로(十室父老)도 충렬이 있삽거든: 열 집 정도의 작은 마을의 노인 가운데에도
　　충성스러운 사람은 있거든. 『논어』 「공야장」에 "열 가구밖에 안 되는 작은 마을에도 나
　　만큼 충신한 사람이 있겠지만(十室之邑 必有忠信 如丘者焉)"이라는 말을 응용한 것임.
135) 이십오현탄야월(二十五絃彈夜月)에 불승청원각비래(不勝淸怨却飛來)라: 당나라 전기
　　(錢起)의 「귀안(歸雁)」의 한 구절.
　　소상하사등한회(瀟湘何事等閑回) 소상강은 어쩐 일로 등한히 돌아왔는가
　　수벽사명양안태(水碧沙明兩岸苔) 물은 푸르고 모래는 맑은데 강둑에 이끼는 끼었구나
　　이십오현탄야월(二十五絃彈夜月) 이십오현을 달밤에 타니
　　불승청원각비래(不勝淸怨却飛來) 맑은 원망을 이기지 못해서 날아 왔노라
　　이십오현은 줄이 스물다섯인 현악기.

　말 못하고 기절하니, 엎드렸던 형방(刑房)도 눈물지고, 매질하든 집 장사령도 혀를 끌끌,

　"사람의 자식은 못 보겠다. 모지도다 모지도다 우리 사또 모지도다. 저것을 때리면 땅이나 치제. 저것 몸에 매질하다니, 모지도다 모지도다 우리 사또 모지도다. 가세 가세 어서 가세, 사람은 차마 못 보겠네."

　사또 그저 분이 남아,

　"네 그 년 항쇄(項鎖) 족쇄(足鎖)[136]하고 칼머리에 인봉(印封)하여 엄수옥중(嚴囚獄中)하라."

하니, 사령이 분부 뫼와 춘향을 등에 업고 삼문 밖 나올 때, 춘향이 통곡하여 이른 말이,

　"국곡투식(國穀偸食)[137] 하였던가 엄형중장(嚴刑重杖) 무삼 일이며, 살인죄인(殺人罪人) 아니어든 항쇄(項鎖) 족쇄(足鎖) 엄수옥중(嚴囚獄中) 무삼 일고."

18

　통곡할 제, 이때 남원 기생들이 춘향이 매 맞고 죽게 되었단 말을 듣고 낄낄이[138] 동무 지어 이름 불러 나오는데,

　"애고 형님."

　"애고 동생."

　"애고 춘향아."

　조그마한 동기(童妓)는,

　"애고 선생님. 청가묘무(清歌妙舞)[139]를 뉘한테 배우리까?"

　한참 이러할 제 어떤 기생 하나 춤추며 나오는데,

---

136) 항쇄(項鎖) 족쇄(足鎖): 목에 채우는 형구(刑具)와 발에 채우는 형구.
137) 국곡투식(國穀偸食): 나라의 창고에 쌓아놓은 곡식을 도둑질해 먹는 것.
138) 낄낄이: 끼리끼리.
139) 청가묘무(清歌妙舞): 맑은 노래와 묘한 춤.

"얼씨구절씨구 좋을시고."

여러 기생 듣더니,

"저 년 미쳤구나. 춘향은 매를 맞고 거의 죽게 되었는데, 너는 무삼 혐의 있어 춤을 추고 즐기느냐?"

"형님네 들어보소. 해서(海西)140) 기생 농선(弄仙)이는 동선령(洞仙嶺)에 죽어 있고, 평양(平壤) 기생 월선(月仙)141)이는 소섭의 목을 베어 김 장군께 드리고 천추혈식(千秋血食)142)하였고, 진주(晉州) 기생 논개(論介)143)는 왜장의 목을 안고 남강에 떨어졌기로 천추(千秋)에 향사(享祀)하였으니, 우리 남원도 현판감이 삼겼구나."

한참 이리하더니, 와락 달려들어 춘향의 목을 안고,

"애고, 서울집아. 불쌍하여라."

춘향어미 달려들어,

"이게 웬 일이냐? 장청(將廳)의 집사(執事)네, 길청의 이방(吏房)님네, 내 딸이 무슨 죄로 이리 죽게 때렸다뇨? 칠십당년(七十當年) 늙은 것이 의지 없이 되었구나. 여봐라 향단아, 삼문 밖에 급히 나가 삯군 둘만 사오라. 서울 쌍급주(雙急走) 보낼란다."

춘향이 혼미(昏迷) 중에 급주 보낸단 말을 듣고,

"마소, 어머님. 그게 무삼 말씀이오. 만일 급주(急走)가 서울 올라가서 도련님이 알고 보시면 층층시하(層層侍下)에 어쩔 수 없어 심사 울적하여 병이 되면 근들 아니 훼절(毀節)이오. 그런 말씀 마르시고 옥으로

---

140) 해서(海西): 황해도.

141) 월선(月仙): 계월향(桂月香). 임진왜란 때 김응서(金應瑞) 장군이 왜장 소서비(小西飛)를 죽일 수 있도록 도운 기생.

142) 천추혈식(千秋血食): 영원히 나라에서 제사를 지냄.

143) 논개(論介): 임진왜란 때에 진주 촉석루 밑에서 왜장을 끌어안고 남강에 빠져 죽었다고 전함.

가사이다."

이때 남원 한량(閑良) 거숙이 무숙이 평숙이 진숙이 여숙이 부숙이 차문주가(借問酒家)하올 적에, 춘향이 중장(重杖)하고 나옴을 보고 깜짝 놀라 달려들어 춘향 손 덥벅 잡고,

"어따 이 애, 정신 차려 진정하라. 동변(童便)144)을 들여라. 소합원 (蘇合元)145)을 들여라. 청심환(淸心丸)을 들여라."

무숙이 썩 내달아,

"내 줌치146)에 있더니라."

"그러면 쥐어 내소."

청심환 한 줌을 쥐어내니 토끼똥이 분명하다. 거숙이 썩 내달아,

"내 줌치에 소합원 있더니라."

하고, 강즙(薑汁)147)에 급히 먹이라 하고, 춘향 불러,

"정신 차려 진정하라."

평숙이는 칼머리 들고, 진숙이는 부축하여 옥중으로 들어가서 옥방을 점화(點火)하여 뉘어 놓고 위로할 제, 춘향이 정신 차려 통곡하여 우는 말이,

"송백(松柏)같은 굳은 절개 추호도 변할쏘냐?"

옥방 형상 볼작시면, 무너진 헌 벽이며 부서진 죽창문(竹窓門)에 살 쏘나니 바람이요,148) 헌 자리 벼룩 빈대 만신(滿身)을 침노하고, 흩어진 머리카락은 이리저리 산발하고, 수절 정절 절대가인 참혹히 되었구나. 문채(文彩) 좋은 형산백옥(荊山白玉) 진토(塵土) 중에 묻혔는 듯, 향

19

---

144) 동변(童便): 열두 살 이하 사내아이의 오줌을 약재로 이르는 말.
145) 소합원(蘇合元): 소합환(蘇合丸). 정신을 맑게 하는 데 쓰는 환약.
146) 줌치: 주머니.
147) 강즙(薑汁): 생강즙.
148) 살 쏘나니 바람이요: 날카로운 바람이 들어옴.

기 좋은 상산초(商山草)가 잡(雜)풀 속에 섞였는 듯, 오동(梧桐) 속에 노
는 봉황 형극(荊棘) 속에 깃들인 듯, 이렇듯이 울을 적에,

"자고(自古)로 성현(聖賢)네도 무죄히 궂겼으니

요순우탕(堯舜禹湯) 인군(人君)네 걸주(桀紂)의 포악(暴惡)으로

함진옥에 갇혔더니 도로 놓여 성군(聖君) 되고

명덕치민(明德治民) 주문왕(周文王)도 상주(商紂)의 음학(淫虐)으로

유리옥(羑里獄)에 갇혔더니 도로 놓여 성군 되고

만고성인(萬古聖人) 공부자(孔夫子)도 양호(陽虎)의 얼을 입어

광야(匡野)에 갇혔더니 도로 놓여 대성(大聖) 되시니

이런 일로 볼작시면 무죄(無罪)한 이내 목숨 살아나서 세상 구경 다
시 할까

갑갑하고 원통하다 나 살릴 이 뉘 있을까

우리 서방 이도령님 처음 언약 맺을 적에

나 주던 석경(石鏡) 빛은 변치 아니하였건마는

사오 년이 지나가되 소식이 돈절(頓絕)하니

보고지고 보고지고 어찌 그리 못 보는고 아주 잊고 못 보는가

춘수만사택(春水滿四澤)하니 물이 깊어 못 오던가

하운(夏雲)은 다기봉(多奇峰)하니[149] 산이 높아 못 오던가

독조한강설(獨釣寒江雪)하니 눈이 막혀 못 오던가

만경(萬徑)에 인종멸(人蹤滅)하니[150] 종적을 몰라 못 오던가

---

149) 하운(夏雲)이 다기봉(多奇峰)하니: 도잠(陶潛)의 시 「사시(四時)」의 한 구절. 이 시는
  고개지(顧愷之)가 지은 것이라고도 한다.
  춘수만사택(春水滿四澤) 봄 물은 사방 못에 가득하고
  하운다기봉(夏雲多奇峯) 여름의 구름은 기이한 봉우리가 많도다
  추월양명휘(秋月揚明輝) 가을 달은 밝게 비추고
  동령수고송(冬嶺秀孤松) 겨울 언덕에 외로운 소나무 하나 빼어나다

노중(路中)에 노무궁(路無窮)[151]하니 길이 멀어 못 오던가

금강산 상상봉(上上峰)이 평지 되거든 오랴신가

병풍에 그린 황계(黃鷄) 두 날개를 툭툭 치며

자시말(子時末) 축시초(丑時初)에 날 새라고 꼬끼오 울거든 오랴신가

오늘이나 소식 올까 내일이나 기별 올까

그린 지도 오래거니와 이렇듯이 죽어갈 제

벼슬길로 내려와서 죽을 나를 살려놓고

나의 설치(雪恥)하련마는 소식조차 돈절하고

종적이 끊겼으니 죽을밖에 할 수 없네

밥 못 먹고 잠 못 자니 몇 날 며칠을 살드란 말이냐

애고 애고 내 일이야.”

비몽사몽간(非夢似夢間)에 호접(胡蝶)이 장주(莊周) 되고 장주가 호접
되어 세류(細柳)같이 남은 혼백(魂魄) 바람인 듯 구름인 듯, 한 곳을 당
도하니 천공지활(天空地闊)하고 산명수려(山明水麗)하니 은은한 죽림(竹
林) 속에 일층화각(一層畵閣)이 반공(半空)에 잠겼더라. 대체 귀신 다니
는 법은 대풍여기(大風如起)하고 승천입지(昇天入地)하여, 침상편시(枕上
片時)에 일장춘몽(一場春夢)에 만리 강가로 가던가보더라.[152] 아무 덴

---

150) 독조한강설(獨釣寒江雪), 만경(萬徑)에 인종멸(人蹤滅)하니: 유종원(柳宗元)의 시 「강설
(江雪)」의 한 구절.
　　천산조비절(千山鳥飛絶) 온 산에 새는 날지 않고
　　만경인종멸(萬徑人蹤滅) 모든 길엔 사람 발길 끊어졌다
　　고주사립옹(孤舟蓑笠翁) 외로운 배에 삿갓 쓴 노인
　　독조한강설(獨釣寒江雪) 눈 내려 차가운 강에 홀로 낚시질 한다
151) 노중(路中)에 노무궁(路無窮): 길에 끝이 없네. 『백련초해(百聯抄解)』에 ‘노중다로노무
궁(路中多路路無窮)’이란 구절이 있음.
152) 침상편시(枕上片時)~: 당나라 잠삼(岑參)의 시 「춘몽(春夢)」 중의 “베개 위 잠깐의 봄꿈
속에서 강남 수천리를 다 다녔네(枕上片時春夢中 行盡江南數千里)”라는 구절을 이용해서
만들었음.

줄 모르고서 문밖에 방황할 제, 소복(素服)한 임 쌍등(雙燈)을 돋워 들고 앞길을 인도하거늘, 뒤를 따라 들어가니 백옥 현판에 황금대자(黃金大字)로 '만고정렬황릉묘(萬古貞烈黃陵廟)'라 뚜렷이 새겼거늘, 심신(心身)이 황홀하여 진정키 어렵더니, 당상(堂上)에 백의(白衣)한 두 부인이 옥수(玉手)를 넌짓 들어 춘향을 청하거늘, 춘향이 사양하되,

"첩(妾)은 진세(塵世) 천인(賤人)이오니 어찌 황릉묘(黃陵廟)를 오르리까."

부인이 기특히 여겨 재삼(再三) 청하거늘, 춘향이 사양치 못하여 올라가니, 부인이 기꺼하여 좌(座)를 주어 앉힌 후에,

"네가 춘향이냐? 기특한 사람이로다. 조선이 비록 소국이나 예의동방(禮義東方) 기자유친,[153] 청루주색(青樓酒色) 번화장(繁華場)에 저런 절행(節行) 있단 말가? 일전(日前)에 조회차(朝會次)로 요지연(瑤池宴)[154]에 올라가니 네 말이 천상(天上)에 낭자(狼籍)키로 간절히 보고 싶은 마음 일시 참지 못하여 네 혼백을 만리 외에 청하여 왔으니, 정리(情理)에 심히 불안하다."

춘향이 이 말 듣고 공순히 일어나 두 번 절하고 여쭈오되,

"첩이 비록 무식하나 고서(古書)를 보아 일찍 죽어 존안(尊顔)을 뵈올까 하였더니 이렇듯 황릉묘에 모시니 황공(惶恐)하고 비감(悲感)하여이다."

상군(湘君), 부인(夫人) 하신 말씀,

"춘향아, 네가 우리를 안다 하니, 설운 말을 들어보라. 우리 순군(舜君) 유우씨(有虞氏)[155] 남순수(南巡狩) 하시다가 창오산(蒼梧山)에 붕(崩)

---

153) 기자유친: 기자가 남긴 풍습이라는 의미인 '기자유풍(箕子遺風)'의 잘못으로 보임.
154) 요지연(瑤池宴): 주목왕(周穆王)이 서왕모(西王母) 요지에서 벌인 연회.
155) 유우씨(有虞氏): 순(舜) 임금을 말함. 순임금은 왕위에 오른 지 39년에 남방을 순행하다가 창오(蒼梧)의 들에서 돌아갔음.

하시니, 속절없는 이 두 몸이 소상(瀟湘) 대수풀 속에 피눈물을 뿌리어
놓니 가지마다 아롱아롱 잎잎이 원한(怨恨)이라. 창오산붕상수절(蒼梧山
崩湘水絶)이라야 죽상지루내가멸(竹上之淚乃可滅)이라.[156] 천추(千秋)의
깊은 한(恨)을 하소할[157] 곳 없었더니, 네 절행이 기특키로 너더러 말
하노라. 송건 기천년(幾千年)에 청백은 어느 때며 오현금(五弦琴) 남풍시
(南風詩)를 이제까지 전하더냐."

이렇듯이 설이 울 제, 저 편의 어떤 부인 추추(啾啾)히[158] 울고 나오
면서,

"여봐라 춘향아, 네가 나를 모르리라. 나는 뉜고 하니, 진루명월옥
소성(秦樓明月玉蕭聲)[159]에 화선(化仙)하던 농옥(弄玉)[160]이다. 소사(蕭
史)의 아내로서 태화산(太華山) 이별 후 승룡비거(乘龍飛去)[161] 한(恨)이
되어 옥소(玉簫)로 원을 풀 제, 곡종비거부지처(曲終飛去不知處)하여 산
하벽도춘자개(山下碧桃春自開)[162]라."

---

156) 창오산붕상수절(蒼梧山崩湘水絶)이라야 죽상지루내가멸(竹上之淚乃可滅)이라: 창오산
이 무너지고 상수의 물이 끊어지고야 대나무의 눈물자국이 비로소 없어지리다. 이백의
「원별리(遠別離)」의 한 구절.
157) 하소하다: 하소연하다.
158) 추추(啾啾)히: 귀신 따위의 우는 소리가 구슬프게.
159) 진루명월옥소성(秦樓明月玉蕭聲): 밝은 달밤 진루의 옥피리 소리. 진루는 농옥과 소사
가 거처하던 누각임.
160) 농옥(弄玉): 진목공(秦穆公)의 딸로 소사(蕭史)의 아내. 소사는 피리를 잘 불었는데 진목
공의 딸 농옥이 그를 좋아하여 소사의 처가 되었다. 몇 년 후 이들은 봉황을 따라 날아가
버렸다.
161) 승룡비거(乘龍飛去): 태화산에서 이별한 후 용을 타고 날아감. 이 대목은 다음 대목의
시로 볼 때 왕자교(王子喬)의 이야기와 뒤섞여 있음.
162) 곡종비거부지처(曲終飛去不知處)하니 산하벽도춘자개(山下碧桃春自開): 곡조 끝나자
날아감에 자취 모르고 산 밑에 벽도화(碧桃花)만 봄에 스스로 피어 나도다. 허혼(許渾)의
「구산묘(緱山廟)」의 한 구절. 이 시는 왕자교(王子喬)의 고사임. 그는 주령왕(周靈王)의
태자로 피리를 잘 불었는데, 후에 후씨산(緱氏山)에서 학을 타고 날아가 신선이 되었다
고 함.

이렇듯이 슬피 울 제, 서편의 어떤 부인 추추이 울고 나오면서,

"여봐라 춘향아, 네가 우리를 모르리라. 우리는 뉜고 하니, 석숭(石崇)의 소애(所愛) 녹주(綠珠)163)로다. 불칙한 조왕(趙王) 윤(倫)이 누전갑사분여설(樓前甲士紛如雪)하여 정시화비옥쇄시(正是花飛玉碎時)라.164) 낙화유사추루인(落花猶似墜樓人)165)하여 두 사람에 비(比)함이라."

이렇듯이 설이 울 제, 음풍(陰風)이 대작(大作)하고 남기 소삽더니,166) 촛불이 벌렁벌렁 무엇이 '떠그럭' 하더니 촛불 앞에 달려들거늘, 춘향이 깜짝 놀래어 자세히 살펴보니 사람도 아니요 귀신도 아니요, 불타진 나무둥치도 아닌데, 의의(依依)한 가운데 대곡성(大哭聲)이 낭자(狼藉)하며,

"어이 어이. 여봐라 춘향아, 네가 나를 모르리라. 나는 뉜고 하니 한 고조(漢高祖) 아내 척부인(戚夫人)이로다. 우리 황제(皇帝) 용비(龍飛) 후에, 여후(呂后)의 독한 솜씨 나의 수족(手足) 끊어내어 두 귀에다 불 지르고 두 눈 빼어 암약(瘖藥) 먹여 측간(厠間) 속에 넣었더니, 천추(千秋)의 깊은 한을 어느 때나 풀어보랴. 어이 어이."

이리 한참 울 제 상군(湘君), 부인(夫人) 하시는 말씀.

"이곳이라 하는 데가 유명(幽明)이 노수(路殊)하고 항오자별(行伍自別)하니 오래 유(留)치 못할지라."

21 여동(女童) 불러 하직할새, 동방(洞房) 실솔성(蟋蟀聲)은 시르륵, 일쌍

<hr>

163) 녹주(綠珠): 진(晉)나라 부자 석숭(石崇)의 애기(愛妓)인데, 조왕 윤의 하수인 손수(孫秀) 때문에 자살하였음.
164) 누전갑사분여설(樓前甲士紛如雪) 정시화비옥쇄시(正是花飛玉碎時): 누각의 앞에는 무장한 군사가 어지러우니, 이때에 꽃은 떨어져 절개 지켰네. 송(宋)나라 두동(杜東)의 시 「녹주(綠珠)」의 한 구절.
165) 낙화유사추루인(落花猶似墜樓人): 낙화는 누각에서 떨어진 사람을 닮았구나. 두목(杜牧)의 「금곡원(金谷園)」의 한 구절.
166) 남기 소삽더니: 미상.

호접(一雙蝴蝶)은 펄펄, 춘향이 깜짝 놀라 깨어보니 꿈이로다. 옥창(玉窓)의 앵도화(櫻桃花) 떨어지고, 저 보던 거울 복판이 깨어져 뵈이고, 문 위에 허신(虛身)이 달려 보이거늘, '나 죽을 꿈이로다.' 허희탄식(歔欷歎息)[167]하고 누었다가, 저의 모친 불러 이른 말이,

"봉사 하나 청하여 주오. 해몽(解夢)이나 하여보세."

마침 외촌(外村)의 허봉사(許奉事)가 춘향 죽인단 말을 듣고 위문차로 들어오다, 도랑을 건너뛰다가 자빠져 개똥을 짚어 놀래어 뿌리다가 담돌에 부딪쳐, 엉겁결에 입에 무니 구린내가 나매 탄식코 하는 말이,

"명천(明天)이 사람을 낼 제 별로 후박(厚薄)이 없건만, 말 못하는 벙어리도 부모 동기(同氣) 천지만물을 보건마는, 어찌 이 내 신세 앞 못 보는 맹인 되어 흑백장단(黑白長短)을 모르는고."

옥중의 춘향이 봉사 지나감을 알고 사장이 불러 봉사를 청하니, 봉사 들어와 앉으며 하는 말이,

"내 네 소식을 듣고 벌써 한 순(巡)이나 와서 볼되, 빈즉다사(貧則多事)라. 이제야 보니 무안(無顏)토다."

발명(發明)[168]하니 춘향이 대답하여 인사하되,

"이 새에 봉사님 기체(氣體)[169] 안녕하시니까? 나는 신수(身數)가 불길하야 이 고생이 웬 고생이니까?"

봉사 왈,

"인명(人命)이 재천(在天)이라. 간대로[170] 죽으랴?"

하고, '장처(杖處)가 어떠하냐?' 하며, '내 만져보자' 하고 손이 점점 깊

---

167) 허희탄식(歔欷歎息): 한숨 지며 탄식함.
168) 발명(發明): 잘못이 없음을 밝혀 발뺌함.
169) 기체(氣體): 윗사람의 기력과 건강상태를 이르는 말.
170) 간대로: 그리 쉽사리.

이 오거늘, 춘향이 깜짝 놀래어 하는 말이,

"애고, 봉사님 웬 일이오. 봉사님 내 부친 생시에 나를 가지고 서로 하시기를, '내 딸, 내 딸이제' 하시더니, 부친은 일찍 돌아가시고 봉사님을 뵈오니 부친 뵈오나 다름없나이다. 그러나 저러나 간밤 꿈 해몽이나 하여주오. 간밤 몽사(夢事)가 여차여차 하오니 해몽하여 보옵소서."

봉사 왈,

"네 무삼 꿈인다?"

춘향이 대답하되,

"단장하던 거울 한복판이 깨어져 뵈이고, 옥창(獄窓)에 앵도화 떨어져 뵈이고, 문 위에 허수아비 달려 뵈오니, 그 아니 흉몽(凶夢)이니까?"

봉사 침음양구(沈吟良久)[171]에 산통(算筒)을 내어 들고 흔들며 축사(祝辭)를 외우거늘, 축사에 왈(曰),

"천하언재(天何言哉)며 지하언재(地何言哉)시리오. 고지즉응(叩之卽應)하나니 감이순통(感而順通)하사 금우태세(今于太歲) 모년 모월 모일 남원 천변리(川邊里) 거(居)하는 임자생(壬子生) 신(身) 열녀 성춘향이 엄수옥중(嚴囚獄中)하였으니, 경거(京居)하는 이가(李哥) 양반을 어느 때나 만나보며, 하일하시(何日何時)에 방사옥중(放赦獄中)하오며, 몽사(夢事) 길흉여부(吉凶與否)를 자상지(仔詳知)하니, 복걸(伏乞) 신명소시(神明昭示)하옵고 감이순통하소서."[172]

---

171) 침음양구(沈吟良久): 속으로 깊이 생각한 지 오랜 뒤.

172) 천하언재(天何言哉)~: 하늘이 무슨 말씀을 하시겠으며 땅이 무슨 말씀을 하시리까마는, 두드리면 응답해 주시는 신령께서는 이미 영험하시니 감응하여 통하게 해주소서. 올해 모년 모월 모일에 남원 천변리에 사는 임자생 열녀 성춘향이 옥중에 갇히었으니, 서울에 사는 이가 양반을 어느 때나 만나보며, 어느 날 어느 때에 감옥에서 풀려나오며, 꿈의 내용이 길한지 흉한지 자세히 알고 싶으니, 엎드려 바라건대 밝은 신령께서는 감응하여 통하게 하옵소서. '자상지(仔詳知)하니'에는 '바란다'는 의미의 글자가 빠진 것으로 보임.

점을 다한 후에 눈을 희번덕이며 글 두 귀를 지었으되,

화락(花落)하니 능성실(能成實)이요
파경(破鏡)하니 기무성(豈無聲)가
문상(門上)에 현우인(懸偶人)하니
만인(萬人)이 개앙시(皆仰視)라

22

이 글 뜻은,

옥창에 앵도화 떨어져 뵈니 능히 열매 열 것이요
거울이 깨져 뵈니 어찌 소리 없으며
문 위에 허수아비 달렸으니
일만 사람이 우러러 볼 꿈이라

"어허 이 꿈 잘 꿨도다. 쌍가마 탈 꿈이로다. 너의 서방 이도령이 지금 고추 같은 벼슬173) 띠고 오니 내일 정녕 만나리라. 네 과도히 설워 말라. 때를 잠깐 기다리라."

봉사 가며 일정(一定) 두고 보라더니, 마침 이때 까마귀 옥담에 앉아 '까옥 까옥' 울거늘, 춘향이 탄식 왈,

"여보 봉사님. 저 까마귀 날 잡아갈 까마귀 아니오?"

봉사 이른 말이,

"까마귀 출처를 들어봐라. '가옥 가옥' 하는 뜻은, '가'자는 아름다울 가(佳)자요, '옥'자는 집 옥(屋)자라. 너의 집에 경사 있을 징조로다."

---

173) 고추 같은 벼슬: 미상.

하고 간 연후에, 춘향이 점서[174] 베껴놓고 오늘이나 소식 올까, 내일이나 기별 올까 바라더니,

이때 이도령님은 서울로 올라가서 춘향 상봉하잔 마음 구곡(九曲)에 맺고 맺혀 사서삼경(四書三經) 백가어(百家語)를 주야(晝夜) 읽고 쓰니, 짝이 없는 문장이요, 짝이 없는 명필이라. 국가의 대경사(大慶事)로 태평과(太平科)를 뵈이실 제, 서책을 품에 품고 장중(場中)에 들어가 좌우를 둘러보니 억조창생(億兆蒼生) 허다 선비 일시에 사배(四拜)한다. 어악풍류(御樂風流) 소리 앵무새가 춤을 춘다. 대제학(大提學) 택출(擇出)하여 어제(御題)를 내리시니, 도승지(都承旨) 모셔내어 홍장(紅帳) 위에 걸어놓니, 글제(題)에 하였으되, '춘당춘색고금동(春塘春色古今同)'이라 뚜렷이 걸었거늘, 이도령 글제를 살펴보니 평생 짓던 배라. 시지(試紙)를 펼쳐 놓고 해제(解題)를 생각하여 왕희지(王羲之) 필법(筆法)으로 조맹부(趙孟頫) 체(體)를 받아 일필휘지(一筆揮之) 선장(先場)하니, 상시관(上試官) 이 글을 보시고 자자(字字)이 비점(批點)이요, 구구(句句)이 관주(貫珠)로다. 상지상(上之上) 등(等)을 휘장(揮場)[175]하여 금방(金榜)[176]에 이름 불러 어주(御酒)로 사송(賜送)하니, 전고(前古)에 좋은 것이 급제밖에 또 있는가?

삼일유가(三日游街)한 후에, 전하께옵서 친히 불러 보시고,

"네 재주는 조정에 드문지라."

도승지(都承旨) 입시(入侍)하사 전라어사(全羅御史)를 제수(除授)하시니, 평생소원이로다. 마패(馬牌) 하나, 유척(鍮尺) 일 동,[177] 사모정 일

---

174) 점서: 여기서는 점괘(占卦)를 말하는 것임.
175) 휘장(揮場): 과거에 합격하였다고 금방(金榜)을 들고 과장(科場)을 돌아다니며 외치던 일.
176) 금방(金榜): 과거에 급제한 사람의 이름을 써서 붙인 방(榜).
177) 유척(鍮尺) 일 동: 놋쇠로 만든 자 하나. 유척은 암행어사가 검시(檢屍)할 때 쓰는 도구.

벌,[178) 수의(繡衣) 일 벌을 내주시니, 전하께 하직하고 본댁(本宅)으로 나아갈 제, 철관(鐵冠) 풍채(風彩)는 심산맹호(深山猛虎) 같은지라.

집으로 돌아와 부모 전에 뵈온 후에 선산에 소분(掃墳)하고 전라도로 내려올 제, 남대문(南大門) 밖 썩 나서서 청파역(靑坡驛)에 말 잡아타고, 칠패(七牌), 팔패(八牌), 배다리를 얼른 넘어 밥전거리를 지내어, 동작강(銅雀江) 얼른 건너 남태령(南太嶺)을 바삐 넘어 과천(果川)에 숙소(宿所)하고, 상류천(上柳川), 하류천(下柳川), 대황교(大皇橋), 떡전거리, 진개울, 죽산(竹山)[179) 자고, 천안(天安) 김제역(金蹄驛) 말 갈아타고, 역졸에게 분부하고 금강(錦江)이 얼른 건너 높은행길 여기로다. 소개, 널티, 무너미, 경천(敬天) 중화(中火)하고, 노성(魯城), 풋개, 사다리, 닥다리, 황화정(皇華亭)이, 여산(礪山) 숙소하고, 서리(胥吏) 불러 분부하고, 전라도 땅이로구나. 게서부터 어사 모양 차릴 적에, 철대 없는 헌 파립(破笠) 노갓끈[180) 달아 쓰고, 편자만 남은 헌 망건(網巾)에 갓풀관자(貫子) 종이 당줄 두통(頭痛) 나게 졸라 쓰고, 다 떨어져 깃만 남은 도포(道袍)에 삼동 이은 헌 복띠[181)를 흉복(胸腹)통에 눌러 매고, 뒷축 없는 헌 길목[182) 그렁저렁 걸어 신고, 세살부채[183) 손에 들고 서리 역졸 불러 약속하고,

"너희는 이제로 발행하여 고산(高山), 진산(珍山), 무주(茂朱), 용담(龍潭), 진안(鎭安), 장수(長水), 운봉(雲峯)으로 넘어, 아무 달 아무 날에 남

---

178) 사모정 일 벌: 미상. 어사의 임무를 적은 사목(事目)이나, 관복을 입을 때 머리에 쓰는 사모(紗帽)를 말하는 것으로 보임.
179) 죽산(竹山): 경기도 안성시 죽산면. 죽산은 이 길로 가다가 들릴 수 있는 곳이 아님.
180) 노갓끈: 노끈으로 만든 갓끈.
181) 삼동 이은 헌 복띠: 세 조각을 이어 붙인 헌 도포띠.
182) 길목: 길목버선. 허름한 버선.
183) 세살부채: 거의 다 찢어져 살이 몇 개 남지 않은 부채.

원 읍내로 대령하라."

　중방 불러 분부하되,

　"너는 이제 발행하여 김제(金堤), 임피(臨陂), 금구(金溝), 태인(泰仁), 고부(古阜), 영광(靈光), 나주(羅州), 보성(寶城), 순천(順天), 곡성(谷城)으로 넘어, 아무 달 아무 날에 남원 읍내로 대령하라."

　은근히 분부하고 어사또는 감영으로 들어올 제, 경기전(慶基殿)[184] 오목대(梧木臺)[185] 한벽루(寒碧樓)[186] 구경하고, 남천교(南川橋)[187] 얼른 건너 반석역(半石驛)[188]에 중화하고, 임실(任實) 오수역(獒樹驛)에 숙소하고, 생각하니 춘향 얼굴 눈에 삼삼 귀에 쟁쟁하여 지팡막대 겸쳐 잡고 흐늘흐늘 내려갈 제, 이때 방농시절(方農時節)이라[189] 농부 등 수십 명이 술, 밥, 고기 많이 먹고 갖은 풍장[190] 둘러메고 멋이 있게 노는데,

　　두리 퉁퉁퉁 꽹매 꽹꽹 어이여루 상사디오
　　여보소 농부들아 내 말을 들어 보소
　　천리건곤(千里乾坤) 태평시(太平時)에 도덕 높은 우리 성군
　　강구(康衢)에 문동요(聞童謠)라 순(舜)인군의 버금일제
　　어이여여루 상사디오 두리둥 퉁퉁 꽹매 꽹 어이여여루 상사디오
　　모지도다 모지도다 우리 골 사또가 모지도다
　　월삼동추(月三同推)[191] 독한 형벌 몹시도 꽝꽝 때려서

---

184) 경기전(慶基殿): 조선 태조 이성계의 초상화를 모셔 놓은 곳.
185) 오목대(梧木臺): 이성계가 잠시 머물렀던 곳에 세운 누각.
186) 한벽루(寒碧樓): 전주 한벽당(寒碧堂)을 말함.
187) 남천교(南川橋): 전주 남천에 놓인 다리.
188) 반석역(半石驛): 전주 남쪽의 역 이름.
189) 방농시절(方農時節)이라: 바야흐로 농사철이라.
190) 풍장: 풍물놀이.
191) 월삼동추(月三同推): 한 달에 세 번 죄수들을 함께 심문하는 일.

거의 죽게 생겼으되 종시 훼절 아니하고
죽기로만 결단하니 그런 열녀 어디 있나
여이여여루 상사디오
패랭이 꼭지에 계화(桂花)를 꽂고 해오라기 춤이나 추어볼까
어이여여루 상사디오 투둥퉁 꽹매 꽹 어이여여루 상사디오
서 마지기 논배미 반달만큼 남았네
어이여여루 상사디오
네가 무슨 반달이냐 초승달이 반달이제
어이여여루 상사디오
은왕성탕(殷王成湯) 어진 인군 대한칠년(大旱七年) 만났도다
어이여여루 상사디오
하우씨(夏禹氏) 어진 인군 구년지수(九年之水) 만났도다
어이여여루 상사디오
이 농사를 어서 지어 왕세(王稅) 국곡(國穀) 하여보세
어이여여루 상사디오
여봐라 농부들아 농사 어서 지어 부모처자 보존하세
어이여여루 상사디오

이러할 때에 어사 거동 보소. 답두192)에 올라서며 하는 말이,
"어허 그 농부 제 밥그릇에 똥 누었고?"
하고,
"저 농부네 말 좀 물어보세?"
그 중의 젊은 농부 썩 나서며 어사의 멱살을 잡고,

---

192) 답두: 논둑을 말하는 것으로 보임.

"이 놈, 이 놈. 고약한 놈."

이리할 때에 늙은 농부 곁에 섰다가,

"마소, 마소. 그리 마소. 걸인 죽이면 살인 없나. 이 보 이 양반, 저 보 저 양반. 무삼 말인지 나더러 하오."

줌치 썩 벌려 주먹에 쥐어내어 손바닥의 침 탁 뱉어 뜨적뜨적 뜨적일새, 지간(指間)에 흐르는 침을 이리저리 훔쳐, 곰방대 쑥 잡아 빼어 꾹꾹 뭉쳐 화로 불끈 잡아당겨 손 불쑥 넣어 이리 뒤적 저리 뒤적 곰방대 쑥 처녀 두 볼태기가 오목오목 빨아낼 제, 두 콧궁기서 내[193]가 홀홀 나며,

"어허 그 담배 맛있고."

어사의 이른 말이,

"이 골 사또 정체(政體) 어떠한고?"

농부 대답하되,

"우리 사또 정체 어떠할 것 있소. 원님은 노망(老妄)이요, 좌수(座首)는 주망(酒妄)이요, 아전(衙前)은 도망이요, 백성은 원망이니, 사망[194]이 물밀듯하지요."

어사 다시 무르되,

"들으니 춘향이가 사또 수청들시 분명한가?"

저 농부 대골이 출(出)하여[195] 하는 말이,

"옥(玉) 같은 춘향 몸에 누추한 말 어찌 함나? 구관 사또 자제 이도령인가, 난정의 아들인가,[196] 춘향과 백년가약(百年佳約) 맺었더니, 이

---

193) 내: 연기.
194) 사망: 장사에서 이익이 많이 남는 것. 여기서는 앞의 네 가지 '망'을 말한 것임.
195) 대골이 출(出)하여: 크게 골을 내어.
196) 난정의 아들인가: 욕하는 말임. 난정은 기생으로 윤원형의 부인이 되었음.

도령 오기만 기다리고 독숙공방(獨宿空房) 빈 방안에 수절하더니, 신관
사또 도임 초에 급히 불러 수청 들라 하니, 수절(守節)이 정절(貞節)이
라. 수청 아니 든다 하고 무죄한 춘향을 옥 같은 두 다리에 독한 형문
(刑問) 학치197) 맹장(猛杖)하여 항쇄(項鎖) 수쇄(手鎖) 금수옥중(禁囚獄中)
하여 명재경각(命在頃刻)하였으니, 그러한 선정지관원(善政之官員)198)은
어디 있으랴?"

어사 농부를 하직하고 남원으로 행(行)하더니, 이때 한 노고(老姑) 술
을 팔거늘, 어사또 가직이199) 앉아,

"여보게 주모. 이 골 춘향이가 열녀란 말이 옳은가?"

"애고 여보시오. 비단 열녀라 하리요마는, 죽은 지가 십여 일이오."

어사 어이없어,

"자네 그게 참말인가?"

"여보 내 말 들어보오. 일전에 남원 한량들이 춘향을 불쌍히 생각하
여 빈소(殯所)에다 주효(酒肴)를 많이 차려놓고 축문(祝文) 지어 읽으기
에 술 밥 고기 많이 얻어먹었소."

어사 기가 막혀,

"여보게 춘향의 빈소를 가르치소."

노고 손을 들어,

"저 건너 반송(盤松) 밑에 새 빈소가 기요."

어사 급한 마음 천방지축(天方地軸) 건너가서,

"애고, 춘향아 이게 웬일이냐. 애고 애고, 춘향아 네가 이게 웬일이냐."

한참 이리 야단할 제, 그 빈소가 옹생원(邕生員)의 빈소로다. 이때에   25

197) 학치: 정강이.
198) 선정지관원(善政之官員): 선정을 베푸는 관원.
199) 가직이: 거리가 조금 가깝게.

작은 옹상인(壅喪人)이 빈소를 바라보니, 어떠한 소년이 빈소 앞에 거꾸러져 방성대곡 설이 울며, '춘향아 춘향아' 부르며 울거늘, 집에 돌아와,

"형님, 어떤 사람이 어머님 빈소에서 우나니다."

"야야, 그게 외삼촌이다."

"모친 아명(兒名)이 춘자(春字) 향자(香字)오니까?"

"야야, 그러나 가보자."

상복(喪服)을 떨쳐입고 상장(喪杖)막대 검쳐 잡고 어이어이 울며 건너가니, 이때 어사 정신없이 잔디를 와드득 쥐어뜯으며,

"애고 애고, 내 사랑아."

한참 이리 기절할 제, 옹상인(壅喪人)이 사랑이란 말을 듣더니,

"어허 이게 웬 놈이니."

상장막대로 어사를 냅다 치니, 어사 깜짝 놀래어 돌아보니 어떤 상인(喪人)이 섰거늘, 정신없이 일어나서 두 주먹을 발끈 쥐고 몇 십리를 도망하여 생각한즉 허망하다.

그렁저렁 내려갈 제, 어떠한 아이놈이 신세 자탄(自嘆)하는 말이,

"어떤 사람은 팔자(八字) 좋아 대광보국(大匡輔國) 숭록대부(崇祿大夫) 팔도방백(八道方伯) 각읍수령(各邑守令) 다 사는데,[200] 요 내 신세 들어보소. 십세(十歲) 안에 양친(兩親)을 조별(早別)[201]하고 길품으로 나서니 단 십리를 못 나와서 발가락이 아니 아픈 데 없이 다 아프네. 요 내 약한 이 다리로 몇 날 며칠 걸어 서울 가며, 동지장야(冬至長夜) 긴긴 밤에 몇 밤 자고 한양(漢陽) 가리. 조자룡(趙子龍)[202]의 용총마(龍驄

---

200) 살다: 벼슬하는 것을 말함.
201) 조별(早別): 일찍이 이별함.
202) 조자룡(趙子龍): 삼국시대 촉한(蜀漢)의 조운(趙雲). 자룡은 그의 자(字).

馬)203)가 있거드면 이제 잠깐 가련마는. 애고 애고 서룬지고. 육백여
리를 언제 갈꼬?"

어사 마침 지내다가 그 아이 노래를 듣고,

"여봐라 이 애, 어디 살며, 어디를 가는다?"

그 아이 대답하되,

"남원부 사옵더니, 구관 사또 자제 이도령님이 춘향과 백연기약 맺
고 가신 후에 소식이 돈절(頓絕)할 뿐 아니라, 춘향이 방장(方將)204) 형
문 맞고 옥중에 간친 편지 맡아 가는 길이오."

"이 애. 그 편지 이 다고. 너 나를 아니 만났더면 허행(虛行)할 뻔하
였다."

이 아이 그 말 듣고,

"그 어인 말씀이니까?"

"네 내 말을 들어보아라. 이도령과 절친(切親)터니라. 그 집이 탕패
(蕩敗)하여서 풍비박산(風飛雹散)하고, 가중이 다 비었나니라."

그 편지를 떼어보니 하였으되,

두어 자 글을 도련님 좌하(座下)에 올리나이다. 복미심하절(伏未審夏
節)에 시중(侍中) 기체후일향만안(氣體候一向萬安)하옵시며 복모구구불
임하성지지(伏慕區區不任下誠之至)압.205) 전라좌도(全羅左道) 남원 천변
리 거(居)하는 임자생(壬子生) 신(身) 성춘향은, 도련님 올라가신 후에
신관사또 내려와서 수청 아니 든다 하고 형문 때려 항쇄 수쇄 족쇄하

---

203) 용총마(龍驄馬): 잘 달리는 좋은 말.
204) 방장(方將): 지금.
205) 복미심하절(伏未審夏節)~: 안부를 살피지 못하는 여름날에 부모님 모시면서 몸과 마음
이 언제나 평안하신지요. 삼가 사모하는 마음이 그지없습니다.

여 엄수옥중(嚴囚獄中)하여 거의 죽게 되었으니, 도련님 내려와겨 불쌍한 춘향을 살려주옵.

편지 끝에 하였으되,

거세하시(去歲何時)에 군별첩(君別妾)고
작이동절우동추(昨已冬節又動秋)라.
광풍반야우여설(狂風半夜雨如雪)하니
하위남원옥중수(何爲南原獄中囚)라.[206]

혈서(血書)로 하였는데, 평사낙안(平沙落雁)[207] 기러기 격(格)으로 그저 뚝뚝 찍은 것은 모두 다 '애고'로다.

어사 보고 방성대곡 설이 우니, 저 아이 하는 말이,

"남의 편지를 보고 왜 우요?"

"어따 이 애, 남의 편지라도 설운 사연을 보니 자연 눈물이 나는구나."

"여보, 인정 있는 체하고 남의 편지 눈물 묻어 찢어지오. 그 편지 한 장(張) 값이 열닷 냥(兩)이오. 편지 값 물어내오."

"여봐라, 이도령이 내려오는데, 내일 오시(午時)에 남원으로 나와 만나기로 언약하였으니, 나를 따라가서 답장 맡아 가거라."

그 아이 곧이 아니 듣고, 방색(防塞)[208]하며,

---

206) 거세하시군별첩(去歲何時君別妾) 지난 해 어느 때에 임이 첩을 이별했던고
    작이동절우동추(昨已冬節又動秋) 어저께 겨울철이 지났는데 또 다시 가을철이라
    광풍반야우여설(狂風半夜雨如雪) 미친바람 깊은 밤에 비는 눈 같으니
    하위남원옥중수(何爲南原獄中囚) 무슨 까닭에 남원 옥중에 죄수가 되었던고
    첫 연은 이백(李白)의 시 「사변(思邊)」의 한 구절을 따왔음.
207) 평사낙안(平沙落雁): 넓은 백사장에 내려앉는 기러기.

"서울을 저 건너로 아르시오."

하거늘, 어사 이상한 것을 뵈니, 저 놈 보고 물러나며,

"그것 어서 났소. 찬바람이 나오."

"이 놈. 만일 천기누설(天機漏洩)하였다가는 성명(性命)을 보존 못하리라."

아이를 하직하고 남원으로 내려올 제, 박석치를 올라서서 좌우 산천 둘러보니, 산도 예 보던 산이요, 물도 예 보던 물이라. 광한루야 잘 있더냐, 오작교야 무사하냐? 객사청청유색신(客舍靑靑柳色新)[209]은 나귀 매고 놀던 데요, 양류청청도수인(楊柳靑靑渡水人)[210]은 우리 춘향 추천 매고 놀던 데라.

그렁저렁 춘향 문전 다다르니 들쭉 측백(側柏) 전나무는 단장 안에 홀로 서고 비창(扉窓) 전(前) 누운 개는 기운 없이 조을다가 구면객(舊面客)을 몰라보고 꽝꽝 짖고 내다르니,

"요 개야 짖지 마라. 주인 같은 손이로다."

화정(花亭)을 살펴보니 화간(花間)의 학 두루미는 짝을 잃고, 한 마리 남은 것이 개에 물려 그러한지 부러진 날개 땅에 끌면서 난간 담을 넘으려고, 한 발은 오그리고 짧은 목 길게 빼어 낄룩 뚜루룩 징검징검 나오는 양을 어사또 보시더니,

"인면부지하처거(人面不知何處去) 도화의구소춘풍(桃花依舊笑春風)이라.[211] 가이인혜(可以人兮)여 불여조(不如鳥)로다마는[212] 너의 주인 어디 가고

---

208) 방색(防塞): 남의 청을 받아들이지 않음.

209) 객사청청유색신(客舍靑靑柳色新): 객사에 푸릇푸릇한 버들 빛이 새롭구나. 왕유(王維)의 「송원이사안서(送元二使安西)」 중의 한 구절.

210) 양류청청도수인(楊柳靑靑渡水人): 버들은 푸르고 푸른데, 시냇물 건너가는 사람들. 당나라 왕유(王維)의 「한식사상작(寒食氾上作)」의 한 구절.

211) 인면부지하처거(人面不知何處去) 도화의구소춘풍(桃花依舊笑春風)이라: 그 여인은 어

네가 나와 반기느냐."

　중문(中門)을 바라보니, 내 손으로 쓴 글자가 충성 충자(忠字)가 완연터니 가운데 중자(中字)는 어디 가고 마음 심자(心字)만 남았는데, 광풍(狂風)을 못 이기어 기운 없이 펄렁펄렁 사람의 수심(愁心) 도와낸다.

　그렁저렁 들어가니, 내정(內庭)은 적막한데 어디서 슬픈 소리 들리거늘, 자상이 듣고 보니 춘향어미 우는 소리라. 후원 정한 곳에 칠성단(七星壇) 정쇄(精灑)키 하여 새 소반 새 사발에 정화수(井華水)를 받쳐 놓고 애연히 비는 말이,

　"비나이다. 비나이다. 남도(南道) 칠성(七星)님 전에 비나이다. 사해용왕(四海龍王) 제불보살(諸佛菩薩) 화위동심(化爲動心)하와 다 굽어보옵소서. 무남독녀로서 근근이 길러내어 어진 사람 도련님과 백년기약 깊이 맺어 영귀할까 바랐더니, 새 사또 도임 초에 수청 아니든다고 몹시도 꽝꽝 때리어 방재옥중(方在獄中)하여 기지사경(幾至死境)이오니, 올라가신 도련님이 청운(靑雲)에 높이 올라 전라감사 전라어사나 양단간(兩端間)에 하여, 내 딸 춘향이 살려주오."

하더니, 말 못하고 기절하는지라.

　어사또 하는 말이,

　"내가 우리 선영음덕(先塋蔭德)으로 벼슬한 줄 알았더니, 이제 와 보니 춘향어미 정성이로다. 춘향어미 게 있나."

　춘향어미 나오더니,

　"게 뉘가 나를 찾는가?"

　디로 가고 복사꽃만이 봄바람에 웃고 서 있노라. 당(唐)나라 시인 최호(崔護)의 「제도성남장(題都城南莊)」의 한 구절.
212) 가이인혜(可以人兮)여 불여조(不如鳥)로다마는: 『대학』의 한구절인 "사람이 새만도 못해서야 되겠는가(可以人而不如鳥乎)"를 변형시켰음.

"이서방일세."

"이서방이라니. 옳지, 이풍헌(李風憲) 아들 이서방인가."

"허허, 장모 망녕이로세. 나를 몰라보나."

"자네가 뉘긴고?."

"내가 누구여. 서울 이서방, 준백이.[213] 할미 사위 나를 몰라."

춘향어미 이 말 듣고,

"이게 웬 말인가?"

와락 뛰어 달려들어 어사의 목을 안고,

"애고, 이게 웬 말인가? 이서방이라니. 하늘로서 떨어진가, 땅으로서 솟았는가? 바람결에 풍겨온가, 구름 속에 숨겨온가? 고관대작 영귀(榮貴)로운가, 한번 올라가시더니 일장소식 돈절(頓絕)한가? 이리 오소. 들어가세. 이 몹쓸 사람아."

끌고 들어가 촛불 앞에 앉혀놓고 자세히 살펴보니 가슴이 획 틀렸구나. 그만 환장을 하여서 후원으로 우루루 가더니, 축수하던 상을 제 담에다 부딪치며,

"남토신령(南土神靈)이 영(靈)타더니 기운이 무령(無靈)하여 공든 탑이 무너지며 심은 나무 꺾어지네. 하느님은 어이하여 죽을 춘향 못 살리며, 귀신은 어찌하여 죽을 너를 돌보지 못하는고? 무슨 죄가 대단하여 이리 죄가 지중(至重)한고? 애고 이제는 죽었구나. 불쌍코 가련타."

어사또는 눅은 정(情)으로 말을 하는데,

"여보소 장모. 나를 보아 참소. 내가 시장하여 못 배기겠네. 날 밥 좀 주소."

춘향어미 이 말 듣고 환장을 하는데,

---

213) 준백이: 33장본에서는 이도령 이름이 '준백'임.

"여봐라 향단아. 이 사람 몰아내라. 울화 나 나 죽겠다. 널로 하여 몇 사람이 죽는데, 밥속만 꾸미느냐?"

이때 향단이 옥에 갔다 나오더니, 저의 아씨 야단하는 소리에 가슴이 우둔우둔, 정신이 월렁월렁, 정처 없이 들어가서 가만히 살펴보니 전의 서방님이 와겼구나. 하도 반가워 급한 마음 우르르 들어가서,

"향단이 문안(問安)이오. 대부인(大夫人) 기체후일향만안(氣體候一向萬安)하옵시며, 도련님께서도 멀고 먼 천리(千里)길에 평안이 행차하옵시오? 여보시오 아씨, 마오 그리 마오. 멀고 먼 천리길에 뉘로 하여 와겼건데 이 괄세가 웬 일이오. 만일 애기씨가 알으시면 지레 야단이 날 것이니 너무 괄세 마옵소서."

부엌으로 들어가서 먹던 밥에 저리김치 풋고추 단 간장에 냉수 가득 떠서 들고 도련님 전(前) 올리면서,

"더운 진지(進旨) 할 도막214)에 시장하옵신데 우선 요기(療飢)나 하옵소서."

사또 반가워서,

"밥아, 너 본 지 오래로구나."

여러 가지 것을 한데다가 모으더니, 숟가락 댈 것 없이 손으로 뒤져서 한데로 몰아치더니 가뭇없이215) 먹는지라. 춘향어미 보더니,

"얼씨구, 밥 빌어먹기는 공성이 났구나."

이때에 향단이는 외면하고 돌아서서 저의 아기씨 신세를 생각하고 크게 울든 못 하고 칙칙 울며,

"어쩔거나요, 어쩔거나요. 도덕 높은 우리 아기씨 어찌하여 살리시랴오. 어쩔거나요 어쩔거나요."

---

214) 도막: 동안.
215) 가뭇없이: 눈에 띄지 않게 감쪽같이.

칙칙 울고 섰는 모양 어사또 보시고 기가 막혀,

"봐라, 향단아. 울지 마라 울지 마라. 너의 아씨 설마 살제 죽을쏘냐. 행실이 지극하면 사는 날 있느니라."

춘향어미 듣더니,

"애고, 양반이라고. 대체 자네가 왜 저 모양인가."

"어, 내 말 듣소. 서울로 올라간 바 벼슬줄 떨어지고, 사세가 말 못되어 하는 수 있는가? 우리 아버지는 양주 땅으로 학장질 가고, 우리 어머님은 친정으로 바느질품 팔려고 가고 본 즉, 나는 갈 데 없어 춘향이나 찾아보고 전백(錢百)216)이나 얻어갈까 하고 내려와서 보니, 내 일이 낭패로세. 그러나 춘향이나 좀 보세."

춘향어미 듣더니,

"애고, 춘향이 생각나는감만. 춘향이 죽고 없네."

향단이 하는 말이,

"지금 문을 닫았으니 바라 치거든 가사이다."

이때에 바라를 뎅뎅 치는데, 향단이는 잠을 아니 자고 있다가,

"애고, 아씨. 바라 쳤나이다. 아기씨한테 아니 가시려오."

"오냐, 가자. 등롱(燈籠)에 불 밝히어라."

향단이는 미음상 들고 춘향어미는 등롱 들고, 어사 걸인은 뒤를 따라 옥문간에 당도하니, 춘향어미 거동 보아라. 목장제비217)하며 실성발광(失性發狂)하여 옥문을 쫑쫑 두드리며,

"춘향아, 춘향아."

이때 춘향이는 아무런 줄 모르고서 비몽사몽간(非夢似夢間)에 서방님이 오셨는데, 머리는 금관이요, 몸에는 홍삼(紅衫)이라. 식불감(食不甘)

---

216) 전백(錢百): 적지 않은 돈.
217) 목장제비: 미상. 눈의 모양을 말하는 것임.

침불안(寢不安)하여 상사일념(相思一念)에 목을 안고 만단정회(萬端情懷)
못 다하여 부르는 소리에 깨달으니, 붙들었던 임은 인홀불견(人忽不見)
간 데 없고, 칼머리만 붙들었네. 타기황앵(打起黃鶯) 이 문밖에 경첩몽
(驚妾夢)[218]이 고이하다. 형장 맞아 죽은 귀신 태장 맞아 죽은 귀신 둘
씩 셋씩 마주 서서 어이어이 이렇듯이 야단할 제, 춘향이 기가 막혀,

　"네 이 몹쓸 귀신들아. 너의 명으로 너 죽고, 내 명으로 나 죽는 데
너의 비명으로 나 죽을쏘냐. 엄급급여율영사파(唵急急如律令娑婆)횟쎄."[219]

　진언(眞言) 치고 앉았으니, 춘향어미 듣더니,

　"애고 저 년, 어미를 보고 귀신으로 알고 진언을 치는구나. 춘향아!
네 이 몹쓸 년아."

　춘향이 모친인 줄 알고,

　"애고 어머니."

　"오냐. 내다."

29　"애고 어머니는 어찌 달 없는 그믐밤에 뉘를 보려고 예 왔소?"

　"오냐. 왔다."

　"왔다니 누가 왔소? 날 볼 이가 없건만 게 뉘라 날 찾어? 기산영수
별건곤(箕山潁水別乾坤)[220]에 소부(巢父) 허유(許由) 날 찾소? 양양강수

---

218) 타기황앵(打起黃鶯) 경첩몽(驚妾夢):「이주가(伊州歌)」에 나오는 구절임.
　　타기황앵아(打起黃鶯兒) 꾀꼬리 깨워
　　막교지상제(莫敎枝上啼) 울게 하지 말아요
　　제시경첩몽(啼時驚妾夢) 그 울음소리에 놀라 첩의 꿈이 깨면
　　부득도요서(不得到遼西) 꿈에서라도 요서에 갈 수 없어요

219) 엄급급여율령사파(唵急急如律令娑婆)횟쎄: 율령을 실행하듯이 빨리 해주십시오. 진언
　　(眞言)의 끝에 쓰이는 말. '唵'은 불교 진언의 첫머리에 나오는 말로 '옴'으로 발음함.
　　'急急如律令'은 '율령처럼 빠르게'라는 의미로 원래 공문서에 쓰이던 말이었으나, 후에
　　주문의 마지막에 쓰이는 상투어가 되었음. '娑婆'는 원만한 성취라는 뜻의 '娑婆訶'를 줄
　　여서 쓴 것으로 불경 진언의 마지막 쓰이는 말. '횟쎄'는 '娑婆訶'의 '訶'나 '칙칙'같이 진언
　　의 마지막에 쓰이는 말인데 이것 대신에 쓰는 말.

(洋洋江水) 맑은 물에 고기 낚는 어옹(漁翁)들 술을 싣고 날 찾소? 형문
(刑問) 맞고 수년 옥중에 기운이 쇠진하여 촌보(寸步)할 길 바이없네.
누가 누가 찾아 왔소?"

"너의 서방님이 왔다! 주야축수(晝夜祝手) 바라더니 어찌 이 지경으
로 되었구나. 네 신세 내 팔자야 서럽고 분한 마음 어찌하여 애를 썩
일거나."

춘향이 듣더니,

"이게 웬 말이요? 아까 꿈에 왔던 임이 생시에 오셨다니."

하도 반가워 급한 마음 와락 뛰어나오잔들 목에는 전목칼[221]이요,
수족(手足)에는 항쇄 족쇄, 형문(刑問) 맞은 다리 장독(杖毒)이 나서 수
족 놀릴 길 전혀 없네. 만수비봉(漫垂飛蓬)[222]에 흩어진 머리 그렁저렁
집어 얹고 이리 비틀 저리 비틀 간신히 나와서,

"애고 서방님 와겼소?"

"오냐. 내 왔다."

"애고, 말소리 들어보니 이전에 듣던 소리로구나. 여봐라 향단아.
등불 이리 대라. 서방님 얼굴이나 좀 보자. 애고, 올라가실 때는 조그
만 하시더니 헌헌장부(軒軒丈夫)[223]가 되었구나."

한참 이리 하더니 아무 말도 없는지라. 춘향어미 하는 말이,

"애고 저것들 보소. 이것들이 무슨 일을 내는구나. 여보소 이서방.
자네 어서 멀리 가소. 공연히 여담절각[224]으로 살인 당하리."

---

220) 기산영수별건곤(箕山潁水別乾坤): 소부와 허유가 살던 기산과 영수의 별천지.
221) 전목칼: 두꺼운 널빤지로 만든 칼.
222) 만수비봉(漫垂飛蓬): 어지럽게 흘러내린 뒤엉킨 머리카락.
223) 헌헌장부(軒軒丈夫): 풍채가 좋은 건장한 남자.
224) 여담절각(汝-折角): 너의 집 담이 아니었으면 내 소의 뿔이 부러졌겠느냐는 뜻으로,
    남에게 책임을 지우려고 억지를 쓰는 말.

춘향이 하는 말이,

"앗소. 어머니 그게 무슨 말씀이오. 여보시오 서방님, 우리 모(母) 하는 말은 속상하여 노망이오니 허물치 마르시고 나의 말 들어 보오. 첩의 중심 원하기를 유정낭군(有情郎君) 귀히 되어 이 설치(雪恥) 하여 줄까 주야(晝夜) 축수(祝手) 바라더니, 저렇듯이 그릇되어 걸객으로 오셨으니 이도 다 내 팔자라. 한탄한들 쓸 데 있나. 여보시오 어머니. 이 제는 하릴없이 십분구사225) 되었으니 하릴없소. 나 찌르던 금봉채(金鳳釵) 자개 함롱 속에 넣었으니, 시문(市門)에 내어다가 되는 대로 팔아서 서방님 관망(冠網) 의복 날 본 듯이 하여주고, 나는 이미 죽거니와 어머니가 아무쪼록 시시(時時)로 공경을 착실히 받들어 천행으로 도련님이 귀히 되거드면 설마 괄세하오리까. 여봐라 향단아. 너와 나와 정이 어떠하냐. 살아 둘이 부모님 봉양하잤더니 천명이 이뿐인지 나는 이미 죽거니와 너는 어쨌든지 날 본 듯이 봉양타가 우리 모친 백세후(百歲後)226)에 세상을 버렸을 때에 너의 은공 갚으리라."

어사또 하는 말이,

"여봐라 춘향아. 그게 다 남이 들으면 웃을 말이로다. 죽더라도 네모친더러 날 불쌍히 여기게 당부나 좀 하여라."

"애고. 여보 서방님. 그런 말씀 마르시고 내 원대로 하여주오. 내일 본관(本官)의 생일이라 잔치 끝에 나를 죽인다 하니, 부디 멀리 가지 말고 삼문(三門) 밖에 있다가 집장사령 '춘향이 물고(物故)' 하거든 삯군인 체 달려들어 둘러업고 우리 처음 만나 놀던 부용당의 적막하고 고요한 데 뉘어놓고 서방님 손수 감장(監葬)하되, 나의 혼백을 위로하여 입은 옷 벗기지 말고 그대로 따뜻한 양지에 편하게 묻어두었다가, 서

30

---

225) 십분구사(十分九死): 반드시 죽게 되었다는 의미로 쓴 말.
226) 백세후(百歲後): 죽은 후.

방님 귀히 되어 청운(靑雲)에 오르거든 잠시도 두지 말고 서울로 올려
다가 구산(舊山)²²⁷⁾ 하에 묻어주되 무덤 앞에 비를 세워 비문(碑文)에
'수절원사춘향지묘(守節冤死春香之墓)'라 여덟 자만 새겨주오. 부탁할 말
그뿐이오."

한숨짓고 있는 양은 아무리 철석(鐵石)인들 아니 간장 녹으랴.

이때 어사 기가 막혀 동헌(東軒)을 바라보며 하는 말이,

"경각에 일이 나겠고."

춘향어미와 향단이 눈이 붓게 울고 어사도 어찌 울었던지 눈이 붓고
목이 쉬어 사람의 정상을 못 볼레라. 춘향어미 자탄을 하는데,

"칠십이 불원(不遠)한 것이 누구를 의지하여 살꼬? 자네 어디로 갈란
가?"

"나 갈 데 없네. 자네 집으로 갈라네. 어디로 가든지 따라갈 수밖에
없네."

이때 어사 곰곰 생각하니, 절개 있는 계집이라 밤 일을 알 수 없어
단단히 부탁하되,

"여봐라 춘향아. 내가 서울서 네 소식 듣고 편지 맡아 순영문(巡營
門)²²⁸⁾에 부쳤으니 내일 오시(午時)면 백방(白放)하리라. 그때는 우리
다시 만나 이 일을 옛 일 삼아 이별 없이 살고지고. 부디 죽지 말고
명일 오시(午時)만 기다리라."

하고, 춘향집에 돌아와 전에 놀던 빈 방안에 전전반측(輾轉反側) 잠 못
이루어 삼사오경(三四五更) 겨우 지나 계명성(鷄鳴聲) 난 연후에 평명(平
明)이 되니, 본관의 거동 보소.

생일잔치 배설(排設)할 제, 구름 같은 차일(遮日)은 반공(半空)에 솟았

---

227) 구산(舊山): 조상의 무덤이 있는 곳. 여기서는 이도령의 선영(先塋)을 말함.
228) 순영문(巡營門): 감영(監營). 여기서는 전주의 전라감영을 말함.

는데, 근읍(近邑) 수령(守令) 모여들 제, 청천(靑天)에 구름 뫼듯, 용문산
(龍門山) 안개 뫼듯[229] 차례로 들어올 제, 곡성(谷城), 운봉(雲峰), 구례
(求禮), 광양(光陽), 순창(淳昌), 담양(潭陽), 옥과(玉果), 창평(昌平) 근읍
(近邑) 수령 좌우 나졸 일등 미색(美色) 각색(各色) 풍류(風流) 들여놓고
풍악이 낭자한데, 헌 갓 쓴 저 걸인이 문 밖에 바장이며,

"여봐라 사령들아. 여쭈어라. 좋은 잔치 당하였으니 술 한 잔 얻어
먹자꾸나."

나졸이,

"여보 이 양반."

등을 밀어내니, 걸인이 기둥을 덥석 안고 고함을 지르거늘, 본관(本
官) 원님 거동 보소. 범같이 성을 내어,

"네 바삐 쫓아내라."

저 걸인 거동 보소.

"술 한 잔 주옵소서. 안주 한 점 먹사이다."

만좌 중에 운봉영장(雲峰營將) 출반(出班)하여 하는 말이,

"그 걸인이 의상은 남루하나 양반의 후예로다. 말석(末席)에 올려 앉
혀 술 한 잔이나 대접하라."

하니, 중계(中階) 오르거늘, 본관이 대질(大叱)하되,

"운봉은 진찬하오.[230] 저런 걸인 가차하면[231] 숟가락 모두 잃는 법
이니 맹랑한 짓 마오."

어사 거동 보소. 두 무릎 정히 꿇고 좌우를 둘러보니, 좌상의 모든

---

229) 용문산(龍門山) 안개 뫼듯: 여기저기서 모여드는 것을 비유한 말. 용문산은 경기도 양평
군에 있는 산.
230) 진찬하오: 미상.
231) 가차하면: 가까이하면.

수령 취흥(醉興)이 양양(洋洋)하여 갖은 음식 다 먹으며, 박박주(薄薄酒) 한 잔에 콩나물 깍두기 모 떨어진 개상반에 흘림흘림232) 갖다 놓니, 어찌 아니 분할쏘냐? 연일불식(連日不食) 굶은 중 기갈(飢渴)이 자심(滋甚)이라. 눈을 궁굴려233) 보니 갈비 한 대 먹고 싶어 부채로 운봉의 옆갈비를 꽉 지르니, 운봉이 혼이 나서,

"어허 이 양반, 웬 일이오?"

어사 이른 말이,

"갈비 한 대 먹사이다."

운봉 하는 말이,

"다라도 잡수시오."

이렇듯이 진퇴할 제, 본관이 흥을 내어 운자(韻字)를 부른다. 기름 고(膏)자 높을 고(高)자 운(韻)이거늘, 걸인이 이른 말이,

"걸인도 아이 적에 추구(抽句)234) 권(卷)이나 읽었더니, 좋은 잔치 참예하여 주효(酒肴)를 포식하였으니 차운(次韻) 한 수 하여이다."

운봉이 반겨 필연(筆硯)을 내어주니, 좌중(座中)이 다 못하여서 글 한 수를 얼른 지어 운봉 주며 하는 말이,

"좋은 잔치에 와 주효를 포식하고 가니, 본관의 덕이로소이다."

하직코 간 연후에 운봉이 펴 보니, 그 서(書)에 하였으되,

금준미주(金樽美酒)는 천인혈(千人血)이요

옥반가효(玉盤佳肴)는 만성고(萬姓膏)라

촉루낙시(燭淚落時)에 민루낙(民淚落)이요

---

232) 흘림흘림: 한 번에 주어야 할 것을 조금씩 여러 번에 거쳐 나누어 주는 모양.
233) 궁굴리다: 이리저리 굴리다.
234) 추구(抽句): 한시의 좋은 구절을 뽑아서 묶은 책.

가성고처(歌聲高處)에 원성고(怨聲高)라

그 글 뜻은,

금동이 아름다운 술은 일천 사람의 피요
옥소반 아름다운 안주는 일만 백성의 기름이라
촛불 눈물 떨어질 때에 백성의 눈물이 떨어지고
노랫소리 높은 곳에 백성의 원망이 높았더라

이렇듯이 지어놓니 그 아니 명작인가. 운봉영장 글을 보고 속으로 읊으면서, 어사 보고 글 보고, 글 보고 어사 보고,235) 엄동설한(嚴冬雪寒) 만난 듯이 벌벌 떨며,

"하관(下官)은 오늘 학질(瘧疾) 차례요. 부득이 가옵네다."

구례현감 눈치 채고,

"하관은 기민(饑民) 주러 가나이다."

이렁저렁 흩어질 제, 책방(冊房)이 눈치 채고 삼방하인 수군수군, 예서 수군 제서 수군. 서리는 눈을 끔쩍. 청파역졸(靑坡驛卒)236) 거동 봐라. 달 같은 마패(馬牌)를 해같이 둘러메고 삼문(三門)을 냅다 치며,

"암행어사(暗行御史) 출또야."

한 번을 고함하니 강산이 무너지고, 두 번을 고함하니 초목이 떠는 듯, 세 번을 고함하니 남원이 우근우근.

"공형(公兄) 공형."

"공형이 들어가오."

---

235) 앞에서 어사가 갔다고 했으나, 여기서는 가지 않고 그 자리에 있음.
236) 청파역졸(靑坡驛卒): 서울 숭례문 밖에 있던 청파역에 소속된 하인.

등채로 휘다닥,

"애고, 허리야."

"공방(工房) 공방"

공방이 자리를 둘둘 말아 옆에 끼고,

"안 할라고 하는 공방을 부득이 하라더니 저 불 속에 어찌 들어가랴."

등채로 휘다닥,

"애고, 박237) 터졌네."

좌수(座首) 별감(別監) 넋을 잃고, 이방(吏房) 호장(戶長) 정신없어,

"네가 누구냐?"

운봉 곡성 겁을 내어 말을 거꾸로 타고, 삼색나졸(三色邏卒)238) 넋을 잃어 어찌할 줄 모르는데, 깨지나니 거문고요, 궁구나니 북 장구라. 본관의 거동 보소. 칼집 쥐고 오줌 누며, 탕건(宕巾) 잃고 요강 쓰며, 갓 잃고 전립(戰笠) 쓰며, 인통(印桶)239) 잃고 연상(硯床) 들며,

"문 들어온다 바람 닫아라. 물 마르다 목 들이어라."

관청색(官廳色)240)은 상(床)을 잃고 문짝 이고 내달으니, 서리(胥吏) 역졸(驛卒) 달려들어 '후다닥',

"애고, 나 죽네. 어찌하여야 이 불을 면할꼬?"

이때 어사또 분부하되,

"이_골은 대감(大監)이 좌정(坐定)하시던 데라. 사정이 없지 아니하니, 훤화(喧譁) 금하고 객사(客舍)로 자리 포진(鋪陳)하라."

좌정 후에 옥형리(獄刑吏) 불러 분부하되,

32

---

237) 박: 대갈박. 머리의 낮춤말.
238) 삼색나졸(三色邏卒): 지방 관아에 속하여 죄인을 다루는 일이나 심부름 따위를 하던 나장(羅將), 군뢰(軍牢), 사령(使令).
239) 인통(印桶): 인궤(印櫃). 관청에서 쓰는 도장을 넣어두는 궤.
240) 관청색(官廳色): 관청빗. 수령의 음식물을 맡은 아전.

"너희 골에 죄인이 몇이나 갇히었느냐?"

옥형리 아뢰되,

"다른 죄인 없삽고 이 골 기생 춘향이 관가(官家)²⁴¹)에게 포악하였기로 옥중에 있삽네다."

"바삐 부르라."

분부가 나니 사장이 거동 보소. 옥문 열대 손에 들고 옥문 떨걱 열다리며,

"여봐라 춘향아. 썩 나이거라. 수의사또 출또하사 너를 급히 올리라시니 어서 급히 나오너라."

춘향이 기가 막혀,

"여봐라, 향단아. 서방님 어디 계신가 보라. 어제 저녁에 옥문간에 와계시어 천 번이나 당부하였더니 어디를 가셨는지. 나 죽는 줄 모르는고?"

정신없이 들어갈 제,

"춘향이 대령하였소."

"해칼하라."²⁴²)

"해칼하였소."

어사또 급한 마음 와락 뛰어와서 야단이 날 터인데, 절개 있는 계집이라니 한번 질러보리라 하고,

"너만한 년이 수절한다 하고 관장에게 포악하였으니 살기를 바랄쏘냐? 죽어 마땅하건과 나의 수청도 거역할까?"

춘향이 기가 막히어,

"내려오는 관장마다 개개이 명관(明官)이로구나. 수의사또 들조시

---

241) 관가(官家): 고을의 수령을 이르는 말.
242) 해칼하라: 목에 씌운 칼을 벗겨주라.

오. 층암절벽 높은 바위 바람 분들 무너지며, 청송녹죽(靑松綠竹) 푸른 나무 눈이 온들 변하리까? 그런 분부 마옵시고 이제 어서 죽여주오."

어사또 기가 막히어 금낭(錦囊)을 열고 옥지환(玉指環)을 내어 기생 불러,

"춘향 주라."

춘향이 지환 보고 정신이 혼미하여 어쩔 줄 모르다가 손에다 껴보더니,

"이전에 낄 적에는 손에가 딱 맞더니, 그 새 옥중 고생에 몸이 축져 그러한지 헐렁헐렁 하는구나."

지환 보고 대상(臺上) 보니 어제 저녁에 옥문간에 걸객으로 왔던 낭군 어사또 되어 두렷이 앉았구나. 반 웃음 반 울음에,

"얼씨구나 좋을시고, 지화자 좋을시고. 어사낭군 좋을시고. 남원 읍내 추절(秋節)이 들어 떨어지게 되었더니, 객사에 봄이 들어 이화춘풍(梨花春風) 날 살렸다. 목의 칼을 벗겨놓니 목 놀리기 좋을시고. 손의 수갑 끌러놓니 활개 떨쳐 춤추기 좋을시고. 발의 족쇄 끌러놓니 걸음 걷기 좋을시고."

아장아장,

"여보, 서방님. 내 얼굴 보지 말고 걸음만 보아 짐작하오. 모친은 어디 가고 나 이리 된 줄 모르시나보다. 이런 때에 만났으면 모녀 동락(同樂)하오리라. 지화자 좋을시고."

이때에 춘향어미 삼문 밖에 있다가 춘향 노는 거동 보고 오죽이 들어가련만, 어사에게 하도 과(過)히 하여 차마 들어가지 못하다가, 춘향이 찾는 소리에,

"어디 가야. 여기 있다. 사령들아 삼문(三門) 잡아라. 어사 장모 들어간다. 오늘 내 눈에 미운 연놈 죽일란다. 사위 사위 어사사위 좋을시고. 얼씨구절씨구, 어제 저녁에 우리 사위 걸객으로 왔더구나. 천기누

33

설(天機漏洩) 아니하려고 머퉁이243)를 하였더니 그 일 부디 노여 마소. 노여하면 어찌할라는가. 나 아니면 춘향 날까. 얼씨구절씨구 지화자 좋을시고. 여보소 남원읍내 사람들, 내 말을 들어보소. 아들 낳기 힘쓰지 말고 춘향 같은 딸을 낳아 이런 즐거움들 보소. 얼씨구절씨구, 지화자 좋을시고."

어사또 반만 웃고 수형리(首刑吏) 불러 본관의 전후 죄목 낱낱이 적어내어 나라에 장계하고, 유죄무죄간 옥중의 죄수들을 일병(一竝) 방송(放送)하니, 갇혔던 죄인들이 춤을 추며 어사를 송덕하여 만세를 부르더라.

전하께옵서 남원부사 죄목 보옵시고 어사를 칭찬하사, 춘향이는 정렬(貞烈) 가자(加資)를 내리시고 어사는 병조판서를 제수하시니, 어사 성은(聖恩)을 축사(祝辭)하시고 춘향과 그 모(母)를 서울로 올려 태평으로 지내더라.

오자(誤字) 낙서(落書)244) 많으오니 살펴보압.

丙午孟夏 完山開刊245)

---

243) 머퉁이: 입을 닫고 있었다는 의미로 보임.
244) 낙서(落書): 글자를 빠뜨리고 쓴 것을 말함.
245) 병오맹하(丙午孟夏) 완산개간(完山開刊): 1906년 4월 전주에서 간행했다는 말.

별춘향전이라 극상

|29장본|

숙종대왕(肅宗大王) 즉위 초에 시화연풍(時和年豊)하고 국태민안(國泰民安)하여, 만물이 번성하고 백성이 효도하여 충신은 만조정(滿朝廷)이요 여염(閭閻)에 열녀로다.

이때 삼청동(三淸洞)[1] 이한림(李翰林)[2]을 전하(殿下)가 낙점(落點)하사 남원부사(南原府使)[3] 제수(除授)하니, 도임한 지 일삭(一朔)만에 백성에 선정(善政)하여 거리거리 목비(木碑)로다. 사또[4] 자제 이도령[5]이 연광(年光)은 이팔(二八)이요 풍채(風采)는 두목지(杜牧之)[6]라. 문장(文章)은 이백(李白)[7]이요 필법(筆法)은 왕희지(王羲之)[8]라.

이때는 어느 때냐. 때마침 삼춘(三春)이라. 아니 놀고 어이하리. 일일(一日)은 불승춘흥(不勝春興)하여 방자 불러 이른 말이,

"이곳 경처(景處)[9] 어드메냐?"[10]

---

1) 삼청동(三淸洞): 현재 서울 종로구 삼청동.
2) 이한림(李翰林): 한림은 예문관(藝文館)의 직책.
3) 남원부사(南原府使): 부사는 부(府)의 우두머리로 종3품임.
4) 사또: 일반 백성이나 하급 벼슬아치들이 자기 고을의 원(員)을 존대하여 부르던 말.
5) 도령: 총각을 대접하여 부르는 말.
6) 두목지(杜牧之): 당(唐)나라 시인 두목(杜牧). 목지는 그의 자(字).
7) 이백(李白): 당나라 시인. 자(字)는 태백(太白).
8) 황희지(王羲之): 동진(東晉)의 서예가. 자(字)는 일소(逸少).
9) 경처(景處): 경치 좋은 곳.
10) 어드메냐: 어느 곳이냐.

방자놈 여쭈오되,

"글공부 세우는 도련님이 경처 알아 무엇하시려오?"

이도령 하는 말이,

"어허 이놈 너 모른다. 시중천자(詩中天子) 이태백(李太白)은 채석강(采石江)11)에 놀아 있고, 적벽강(赤壁江) 추야월(秋夜月)에 소자첨(蘇子瞻)12) 놀았으니 아니 놀든 못하리라."

방자가 다시 여쭈오되,

"서울로 이를진대 자문밖13) 내달아 칠성암 청련암14) 세검정(洗劍亭)15)이 어떠하온지 몰라와도, 전라도(全羅道) 오십삼관(五十三官)16) 중에 남원이라 하옵는 곳에 광한루(廣寒樓)17)라 하는 곳이 놀음직하다 하옵네다."

이도령 이른 말이,

"광한루 구경 가게 행장(行裝)을 차리라."

방자놈 거동 보소. 나귀 솔질 살살 하여 갖은 안장 지을 적에, 홍영자공산호편(紅纓紫鞚珊瑚鞭)에 옥안금천황금륵(玉鞍錦韉黃金勒)18)이라.

---

11) 채석강(采石江): 이태백이 술에 취해 강물에 비친 달을 잡으려다 죽었다는 전설이 있는 곳으로 안휘성(安徽省)에 있다. 원래의 이름은 우저기(牛渚磯)였음.

12) 소자첨(蘇子瞻): 중국 송(宋)의 문학가 소식(蘇軾). 자첨은 그의 자(字). 그의 「적벽부(赤壁賦)」에 "임술년 가을 7월 16일에 나는 손님과 더불어 적벽 아래에서 놀았다.(壬戌之秋 七月旣望 蘇子與客 泛舟游於赤壁之下)"는 구절이 있음.

13) 자문밖: 자하문(紫霞門) 밖의 줄인 말. 자하문은 서울 종로구 창의동에 있는 창의문(彰義門)을 말함.

14) 칠성암 청련암: 미상.

15) 세검정(洗劍亭): 자하문 밖에 있는 정자. 인조반정(仁祖反政) 때 이귀(李貴), 김류(金瑬) 등이 이곳에 모여 거사를 의논하고 칼을 씻었다고 한다.

16) 오십삼관(五十三官): 전라도의 관청 숫자가 53개였음.

17) 광한루(廣寒樓): 남원에 있는 누각.

18) 홍영자공산호편(紅纓紫鞚珊瑚鞭) 옥안금천황금륵(玉鞍錦韉黃金勒): 붉은 실로 만든 굴레와 산호로 만든 채찍, 옥으로 만든 안장과 비단으로 지은 언치 그리고 황금색 실로 얽은

청홍사(靑紅絲) 고운 굴레 주락상모(珠絡象毛)[19] 덥벅 달아 앞뒤걸이[20]
질끈 매고, 층층다래[21] 은잎등자[22] 호피(虎皮)돋움[23] 새가 난다. 도련
님 치레 볼작시면, 신수(身手) 좋은 고운 얼굴 분세수[24] 정히 하고, 감
태(甘苔)[25] 같은 채머리[26]에 해남[27]을 많이 발라 반달 같은 용얼레[28]
로 설설이 흘려 빗겨 궁초(宮綃)댕기[29] 석황(石黃)[30] 물려 맵시 있게
잡아매고, 보라 수주(水紬) 잔누비돌지[31] 육사단(六紗緞) 겹배자(褙
子)[32] 밀화(密花) 단추[33] 달아 입고, 분주(盆紬)[34] 바지 세포(細布)[35]
버선, 통행전(筒行纏)[36] 무릎 아래 넌짓[37] 매고, 영초단(英綃緞)[38] 허

2

굴레. 잠삼(岑參)의 「위절도적표마가(衛節度赤驃馬歌)」의 한 구절.

19) 주락상모(珠絡象毛): 임금이나 벼슬아치가 타는 말에 붉은 줄과 붉은 털로 꾸민 치레.
원문의 '주먹상모'는 '주락상모'의 잘못.

20) 앞뒤걸이: 선후걸이. 말의 가슴걸이와 후걸이를 아울러 이르는 말.

21) 다래: 말다래. 장니(障泥). 말의 배 양쪽에 달아서 흙이 튀는 것을 막는 제구.

22) 은잎등자: 은엽등자(銀葉鐙子). 은으로 만든 등자. 등자는 말을 타고 앉아서 두 발을 딛는
제구.

23) 호피(虎皮)돋움: 말 등에 까는 호랑이 가죽.

24) 분세수: 세수하고 분을 바르는 일.

25) 감태(甘苔): 김의 한 종류. 검고 윤기가 나는 머리를 감태같은 머리라고 함.

26) 채머리: 머리채. 길게 늘어뜨린 머리털.

27) 해남: 머리에 바르는 기름을 말하는 듯.

28) 용얼레: 용을 새긴 얼레빗.

29) 궁초(宮綃)댕기: 궁초로 만든 댕기. 궁초는 비단의 일종. 댕기는 길게 딴 머리 끝에 드리
는 헝겊이나 끈.

30) 석황(石黃): 석웅황(石雄黃). 천연광물. 댕기에 물리는 장식.

31) 잔누비돌지: 미상. 잘게 누빈 것을 말함.

32) 육사단(六紗緞) 겹배자(褙子): 비단으로 만든 겹으로 된 배자. 배자는 저고리 위에 덧입는
조끼 모양의 옷.

33) 밀화(密花) 단추: 밀화로 만든 단추. 밀화는 누른빛이 나는 보석으로 호박(琥珀)의 한
종류.

34) 분주(盆紬): 평안도와 황해도에서 나는 비단.

35) 세포(細布): 가는 올로 짠 베.

36) 통행전(筒行纏): 행전은 바지나 고의를 입을 때 정강이에 꿰어 무릎 아래에 매는 물건.

리띠 모초단(毛綃緞) 두리낭자,39) 대고팔사(八絲)40) 갖은 매듭41) 고42)
를 내어 넌짓 매고, 청사 도포(道袍)43) 몸에 맞게 지어 입고 궁초 띠를
흉중(胸中)에 넌짓 매고, 맹호연(孟浩然)44)의 본을 받아 갖은 안주 국화
주(菊花酒)를 왜화병(倭畵瓶)45)에 가득 넣어 나귀 등에 넌짓 싣고, 은죽
산 부산(釜山)대에 별낙죽(別烙竹)46) 길게 맞춰, 삼등초(三豋草)47) 꿀물
을 맞게 축여48) 천은(天銀) 설합(舌盒)에 가득 넣어 자지(紫地) 녹비(鹿
皮)끈을 달아 방자놈게 채운 후에,49) 나귀 등에 섭적 올라 홍선(紅扇)
으로 일광(日光)을 떡 가리오고 맹호연(孟浩然)의 본을 받아50) '호호달
랑 호호달랑'51) 오작교 다리 가에 광한루 섭적 올라 좌우를 둘러보니

통행전은 보통행전.

37) 넌짓: 넌지시. 느슨하게.

38) 영초단(英綃緞): 중국에서 나는 비단의 하나. 모초(毛綃)와 비슷한데 품질이 조금 낮다.

39) 두리낭자: 도리낭. 동그랗게 만든 주머니.

40) 대고팔사: 당팔사(唐八絲)의 잘못으로 보임. 당팔사는 중국에서 수입한 끈.

41) 갖은 매듭: 여러 가지 매듭. 매듭은 실을 묶어서 여러 가지 모양을 낸 것.

42) 고: 옷고름이나 노끈 등을 잡아 맬 때에 풀리지 않게 한 가닥을 조금 빼어 고리처럼
   맨 것.

43) 도포(道袍): 예복으로 입던 남자의 겉옷. 소매가 넓고 등 뒤에는 딴 폭을 댄다.

44) 맹호연(孟浩然): 당나라의 시인. 소식(蘇軾)의 「증사진하수재(贈寫眞何秀才)」에 "그대는
   또한 보지 못하였는가 눈 오는데 나귀를 탄 맹호연을, 눈썹을 찌푸리며 시를 읊는데 어깨
   는 산처럼 움직이도다.(又不見雪中騎驢孟浩然 皺眉吟詩肩聳山)"라는 구절이 있음.

45) 왜화병(倭畵瓶): 일본에서 수입한 꽃을 그린 병.

46) 은죽산 부산(釜山)대에 별낙죽(別烙竹): 부산에서 만든 무늬를 넣은 담뱃대를 말함. 은죽
   산은 미상.

47) 삼등초(三豋草): 평안도 삼등에서 나는 품질이 좋은 담배.

48) 맞게 축여: 알맞게 축여. 담배가 마르지 않고 향기도 나게 하기 위해 꿀물을 뿌림.

49) 방자놈게 채운 후에: 방자에게 채워준 후에. 오동나무로 만든 서랍에 녹비끈을 단 것을
   방자가 차고 감.

50) 맹호연(孟浩然)의 본을 받아: 당나라 시인 맹호연이 나귀를 타고 파교(灞橋)를 지나면서
   시상이 떠올랐다는 고사를 말함.

51) 호호달랑: 당나귀 목에 달린 방울 소리.

산천물색(山川物色) 새로웁다.

악양루(岳陽樓) 고소대(姑蘇臺)와 오초동남수(吳楚東南水)는 동정호(洞庭湖)로 흘러지고, 연자(燕子) 서북(西北)에 팽택(彭澤)[52]이 완연하고, 또 한곳 바라보니 백백홍홍난만중(白白紅紅爛漫中)[53] 앵무(鸚鵡) 공작(孔雀) 날아들고, 산천경개(山川景槪) 둘러보니 반송(盤松)솔[54] 떡가랑잎[55]은 춘풍에 너울너울. 폭포유수(瀑布流水) 시냇가에 계변화(溪邊花)는 벙긋 벙긋. 낙락장송(落落長松) 울울(鬱鬱)하고 녹음방초승화시(綠陰芳草勝花時)[56]라. 벽도화지(碧桃花枝) 만발한데 별유건곤(別有乾坤) 여기로다.

난간에 비껴 앉아 한곳을 바라보니 어떠한 일미인(一美人)이 봄새 울음 한가지로 온갖 춘정(春情) 못다 이겨 두견화(杜鵑花) 질끈 꺾어 머리에도 꽂아 보며 함박꽃도 질끈 꺾어 입에 함쑥 물어보고, 옥수(玉手) 나삼(羅衫)[57] 반만 걷고 청산유수(靑山流水) 흐르는 물에 손도 씻고 발도 씻고 물도 머금어 양수(養漱)[58]하고, 조약돌도 덥석 쥐어 버들가지 꾀꼬리도 희롱하고, 버들잎도 주르륵 훑어내어 물에도 훨훨 흘려보고, 백설(白雪) 같은 흰나비는 꽃꽃마다 희롱하고, 황금 같은 꾀꼬리는 숲 숲이 날아들어 온갖 소리 다 할 적에, 춘향이 거동 보소.

3

---

52) 연자(燕子) 서북의 팽택(彭澤): 원문의 '연지'는 '연자'의 잘못. 연자는 중국 강소성(江蘇省) 동산현(銅山縣) 서북쪽에 있는 누각의 이름. 팽택은 강서성(江西省) 호구현(湖口縣)에 있으므로 여기서는 팽성(彭城)을 잘못 쓴 듯함.

53) 백백홍홍난만중(白白紅紅爛漫中): 흰색과 붉은색의 꽃이 어지럽게 피어 있는 가운데.

54) 에굽은 반송(盤松)솔: 조금 굽은 반송. 반송은 키가 작고 가지가 가로 퍼진 오래된 소나무. 반송솔은 반송에 솔을 붙인 겹말임.

55) 떡가랑잎: 떡갈잎. 떡갈나무 잎.

56) 녹음방초승화시(綠陰芳草勝花時): 푸른 숲과 향기로운 풀이 꽃보다 아름다운 시절. 여름의 아름다운 경치를 말함. 왕안석(王安石)의 시 「초하즉사(初夏即事)」에 '綠陰幽草勝花時'라는 구절이 있음.

57) 나삼(羅衫): 얇고 가벼운 비단으로 만든 적삼. 적삼은 저고리 모양의 홑옷.

58) 양수(養漱): 양치질.

춘흥을 못 이기어 추천(鞦韆)을 하려 하고 편숙마59) 추천줄 수양버
들 상상지(上上枝)에 친친 얽어 감아 매고, 세류(細柳) 같은 고운 몸을
단정히 노닐 적에, 청운(靑雲) 같은 고운 머리 반달 같은 용얼레로어60)
설설 흘려 빗어 전반같이 넌짓 땋아, 뒷단장 민죽절(竹節)61)과 앞치레
볼작시면, 밀화장도(蜜花粧刀)62) 옥장도(玉粧刀) 광원사 겹저고리 백방
사(白紡絲) 주지 속곳에63) 수화(水禾) 유문(有紋) 초록(草綠) 장옷64) 남방
사주(藍紡絲紬) 홑단치마65) 훨훨 벗어 걸어두고, 자지(紫地) 비단 수당
혜(繡唐鞋)66)를 썩썩 벗어 떨쳐두고, 황건 백건 지우자67)를 뒷단장 떡
붙이고, 섬섬옥수(纖纖玉手) 넌짓 들어 추천줄을 갈라 잡고, 백릉(白綾)
버선68) 두 발길로 섭적 올라 발구를 제, 한 번 굴러 힘을 주어 두 번
굴러 통통 차니, 반공에 훨쩍 솟아 가지가지 버들잎을 솟구쳐 툭툭 차
니, 송이송이 피는 꽃이 반공중에 뚝 떨어져 흩날릴 제, 뒤에 찌른 금
봉채(金鳳釵)69)며 앞에 찌른 옥비녀는 시냇가 반석상(盤石上)에 떨어지
는 소리 쟁쟁(琤琤) 하고, 가지가지 놀던 새는 평림(平林)으로 날아들

---

59) 편숙마: 연숙마(軟熟麻)의 잘못. 연숙마는 삼[麻] 껍질을 잿물에 삶아서 부드럽게 만든
    것. 이것으로 밧줄을 만듦.
60) 용얼레로어: 마지막의 '어'는 잘못 들어간 것임.
61) 민죽절(竹節): 아무 장식이 없는 죽절비녀.
62) 밀화장도(蜜花粧刀): 밀화로 장식을 한 장도. 밀화는 호박(琥珀)의 일종인 보석.
63) 주지 속곳: 진솔 속곳의 잘못으로 보임.
64) 수화(水禾) 유문(有紋) 초록(草綠) 장옷: 수아주에 무늬가 있는 초록빛 비단으로 만든
    장옷. 수아주는 품질이 좋은 비단이고, 장옷은 부녀자가 나들이할 때 머리에 써서 온몸을
    가리던 옷.
65) 남방사주(藍紡絲紬) 홑단치마: 남색 비단으로 만든 홑단치마.
66) 자지(紫地) 비단 수당혜(繡唐鞋): 자주빛 비단으로 만든 수놓은 당혜(唐鞋). 당혜는 가죽
    신의 하나로 무늬를 새겼음.
67) 황건 백건 지우자: 미상.
68) 백릉(白綾)버선: 흰 비단으로 지은 버선.
69) 금봉채(金鳳釵): 금으로 만든 머리꽂이에 봉황을 새긴 것.

고, 비거비래(飛去飛來) 하는 양은 지황연이[70] 난봉(鸞鳳) 타고 옥경(玉京)으로 향하는 듯, 무산선녀(巫山仙女) 구름 타고[71] 양대상(陽臺上)에 내리는 듯, 그 태도 그 형용은 세상 인물 아니로다.

이도령 정신이 어찔하며 안경(眼境)이 희미하여 방자 불러 이른 말이,

"저 건너 화류간(花柳間)에 아른아른 하는 것이 무엇인지 알겠느냐?"

방자놈 여쭈오되,

"과연 분명 모르나이다."

이도령 이른 말이,

"금(金)이냐, 옥(玉)이냐?"

방자 여쭈오되,

"금생여수(金生麗水)[72] 아니어든 금이 어이 난다 하며, 옥출곤강(玉出崑岡)[73] 아니어든 옥이 어이 있으리까?"

"네 말이 그럴진대 신선(神仙)이냐, 귀신(鬼神)인다?"

방자 여쭈오되,

"영주(瀛洲) 봉래(蓬萊)[74] 아니어든 신선 오기 만무하고, 천음우습(天陰雨濕)[75] 아니어든 귀신 있기 고이하여이다."

"네 말이 그러할진대 네 정녕 무엇인다?"

4

---

70) 지황연이: 진왕녀(秦王女)의 잘못. 진나라의 왕녀 농옥(弄玉)은 난새를 타고 옥경(玉京)으로 올라갔다 함.

71) 무산선녀(巫山仙女) 구름 타고: 초회왕(楚懷王)이 양대(陽臺)에서 낮잠을 자다가 무산의 선녀를 만나는 꿈을 꾸었다는 고사.

72) 금생여수(金生麗水):『천자문』의 한 구절. 중국 운남성(雲南省) 영창부(永昌府)의 여수는 금이 나는 곳으로 유명함.

73) 옥출곤강(玉出崑岡):『천자문』의 한 구절. 곤강은 중국의 지명으로 이곳에서는 좋은 옥이 많이 남.

74) 영주(瀛洲) 봉래(蓬萊): 방장(方丈), 봉래, 영주는 신선이 산다는 삼신산(三神山)을 말함.

75) 천음우습(天陰雨濕): 하늘이 흐리고 비가 내려 습기가 많음.

방자 다시 여쭈오되,

"이 고을 기생 월매 딸 춘향이란 계집 아이, 낮이면 추천(鞦韆)하고 밤이면 풍월(風月) 공부하와 돌하기로76) 일읍(一邑)에 낭자하여이다."

이도령 대희하여 분부하여 이른 말이,

"그러할시 분명하면 잔말 말고 불러오라."

방자놈 분부 뫼와 춘향 초래(招來)하러 갈 제, 논틀이며 밭틀이며 두 죽77)을 높이 지고 껑충 거려 건너가서 춘향 초래하는 말이,

"책방 도령 분부 내에 너를 급히 부릅신다."

춘향이 깜짝 놀라 이른 말이,

"너더러 춘향(春香)이니 온향이니 고향(故鄕)이니 잘량78)이니 너더러 종지리새 열씨 까듯79) 다 외워 바치라더냐."

방자 이른 말이,

"추천을 할 양이면 네 집 후원에서 할 것이제, 탄탄대로 나아와서 에구분 늙은 버들 장장채승(長長彩繩) 그넷줄을 양수(兩手)에 갈라 쥐고, 백릉(白綾)버선 두 발길로 백운간(白雲間)에 노닐 적에 물명주 속곳 가래80)도 남풍에 펄렁펄렁. 박속같은81) 네 살결이 백운간(白雲間)에 희뜩희뜩하니 도련님이 네 태도 잠깐 보고 정신이 혼미하여 너를 급히 불렀으니, 네 어이 거역하리."

춘향이 거동이야. 추천하던 그 태도로 한 번 걸어 주저하고 두 번 걸어 사양하니, 방자놈 이른 말이,

5

---

76) 돌하기로: 도뜨기로. 도뜨다는 말씨나 행동이 정도가 높은 것을 말함.
77) 죽: 죽지. 팔죽지. 팔과 어깨가 이어진 관절의 부분.
78) 잘량: 개잘량. 털이 붙은 채로 만든 개가죽 방석.
79) 종지리새 열씨 까듯: 종달새가 삼씨를 까듯. 종알종알 떠드는 것을 말함.
80) 속곳 가래: 속곳 가랑이. 속곳은 여자의 속옷인 속속곳과 단속곳의 총칭.
81) 박속같다: 매우 흰 것을 말함. 박속은 박의 안에 씨가 박혀 있는 하얀 부분.

"네 교태(嬌態) 한 번에 나의 수노(首奴) 갈 데 있냐?[82] 사양 말고 바삐 가자."

춘향이 거동 보소. 옥태화용(玉態花容) 고운 태도 백모래 바탕[83]에 금자라 기듯, 대명전(大明殿) 대들보에 명매기걸음[84]으로, 양지(陽地) 마당에 씨암탉걸음[85]으로 앙금살짝[86] 건너와서 공경하여 예(禮)한 후에, 이도령의 거동 보소. 단순호치(丹脣皓齒) 반개(半開)하여 웅사(雄辭) 교담(巧談)으로 말씀하여 이른 말이,

"네 얼굴 보아하니 일국(一國)의 절색(絶色)이라. 네 바삐 오르거라."

춘향이 거동 보소. 추파(秋波)[87]를 잠깐 들어 이도령을 살펴보니, 만고(萬古)의 호걸이요 진세간(塵世間) 기남자(奇男子)라. 천정(天庭)[88]이 높았으니 소년공명(少年功名)할 것이요, 오악(五嶽)[89]이 조귀(朝歸)하니 보국충신(輔國忠臣)[90]할 것이매, 춘향이 흠모(欽慕)하여 아미(蛾眉)[91]를 숙이고 염슬단좌(斂膝端坐)[92]뿐이로다.

---

82) 네 교태 한 번에 나의 수노(首奴) 갈 데 있냐: 춘향이 교태를 부려 도령에게 잘 보이면, 방자 자신도 수노 자리를 맡을 수 있다는 의미.

83) 백모래 바탕: 흰모래가 깔린 바닥.

84) 대들보의 명매기걸음: 대들보에 앉은 제비가 걷는 모양. 새의 걸음걸이를 여자의 성적매력과 결부시켜 하는 말. 명매기는 제비와 비슷하게 생긴 새.

85) 씨암탉걸음: 아기작거리며 걷는 걸음.

86) 앙금살짝: 앙금쌀쌀. 처음에는 굼뜨게 기다가 차차 빠르게 기는 모양.

87) 추파(秋波): 미인의 눈이 가을 물같이 맑은 모양.

88) 천정(天庭): 관상에서 이마를 말함. 『신상전편(神相全篇)』에 "이마가 높으니 소년부귀를 기약할 만하다.(天庭高聳 少年富貴可期)"고 했음.

89) 오악(五嶽): 관상에서 왼쪽과 오른쪽의 광대뼈, 이마, 턱, 코를 말함. 『신상전편』에 "오악이 조공하면 당대에 돈을 많이 번다.(五嶽朝歸 今世錢財自旺)"고 했음.

90) 보국충신(輔國忠臣): 보국숭록대부(輔國崇祿大夫)는 정1품의 벼슬이나, 여기서는 충신의 의미를 강조한 것임.

91) 아미(蛾眉): 미인의 눈썹. 누에나방의 더듬이 모양처럼 가늘고 길며 굽은 눈썹을 말함.

92) 염슬단좌(斂膝端坐): 무릎을 꿇고 단정히 앉음.

이도령 하는 말이,

"네 연세(年歲) 얼마며, 네 성은 무엇인다?"

춘향이 여쭈오되,

"연세는 십륙 세요, 성자(姓字)는 성가(成哥)라 하나이다."

이도령 거동 보소.

"어허 그 말 반갑도다. 네 연세 들으니 나와 한데 동갑(同甲)이요, 성자를 들으니 이성지합(二姓之合)93)이라. 천연(天緣)94)일시 분명하다. 날 섬김이 어떠하뇨?"

춘향이 여쭈오되, 팔자(八字) 청산(青山)95) 찡기며 주순(朱脣)96)을 반개(半開)하여 가는 목 겨우 열어 여쭈오되,

"충불사이군(忠不事二君)이요 열불경이부절(烈不更二夫節)97)은 옛글에 일렀사오니, 도련님은 귀공자(貴公子)요 소녀는 천첩(賤妾)이라. 한 번 탁정(託情)한 후 인하여 버리시면 독수공방(獨守空房) 누어 우는 내 아니고 누가 할꼬. 그런 분부 마옵소서."

이도령 이른 말이,

"네 말을 들어보니 어이 아니 기특하리. 우리 둘이 인연 맺을 제 금석뇌약(金石牢約)98) 맺으리라. 네 집이 어드메뇨?"

춘향의 거동 보소. 섬섬옥수(纖纖玉手) 높이 들어 한곳 넌짓 가리키되,

"저 건너 저 건너 동편에 송정(松亭)이요, 서편에는 죽림(竹林)이요,

---

93) 이성지합(二姓之合): 서로 다른 두 성이 합한다는 뜻으로 남녀의 혼인을 이르는 말. 여기서는 이도령과 성춘향이 합한다[李成之合]는 이중의 의미가 있음.
94) 천연(天緣): 하늘이 정해준 인연.
95) 팔자(八字) 청산(青山): 미인의 눈썹.
96) 주순(朱脣): 붉은 입술. 여인의 아름다운 모양.
97) 충불사이군(忠不事二君)이요 열불경이부절(烈不更二夫節): 충신은 두 임금을 섬기지 않고 열녀는 남편을 바꾸지 않는 절개.
98) 금석뇌약(金石牢約): 쇠와 돌같이 굳은 약속.

앞뜰에 도화(桃花) 피고 뒤뜰에 매화 피고, 초당(草堂) 앞에 연못 파고 연못 위에 석가산(石假山)[99] 무은[100] 것이 소녀의 집이니이다."

하거늘, 춘향을 보낸 후에 책방에 돌아와 춘향을 생각하니 말소리 귀에 쟁쟁 고운 태도 눈에 암암(暗暗)하여 해지기를 기다릴새, 방자 불러 이른 말이,

6

"오늘 해가 어느 때뇨?"

방자 여쭈오되,

"동에서 아귀[101] 트나이다."

이도령 이른 말이,

"어허 이 놈 괘씸하다. 서으로 지는 해가 동으로 도로 가랴?"

하고 다시금 살피라 하니, 이윽하야 방자 아뢰되,

"일락황혼(日落黃昏)이로소이다."

석반(夕飯)이 맛이 없어 전전반측(輾轉反側)[102] 어이하리. 방자 불러 분부하되,

"퇴령(退令)을 기다리라."

하고 서책(書冊)을 보려할 제, 『맹자(孟子)』[103]를 내어놓고 읽을새,

"맹자견양혜왕(孟子見梁惠王)하신대 왕왈쉬불원천리이래(王曰叟不遠千里而來)하시니 역장유이리오국호(亦將有以利吾國乎)리까? 아서라 그 글 못 읽겠다."

---

99) 석가산(石假山): 뜰이나 연못 같은 곳에 돌을 쌓아올려 조그맣게 만든 산.

100) 무은: 만들다. 쌓다.

101) 아귀: 사물의 갈라진 부분.

102) 전전반측(輾轉反側): 마음이 불안해서 몸을 뒤척이는 것. 輾은 반 바퀴를 도는 것, 轉은 한 바퀴를 구르는 것. 反은 4분의 3을 도는 것. 側은 4분의 1을 도는 것.

103) 맹자(孟子): 이도령이 읽은 부분은 『맹자』의 첫머리인 "맹자가 양혜왕을 뵈신대, 왕이 묻기를, 그대가 천리 길을 멀다 않고 찾아주신 것은 장차 우리나라를 이롭게 해주시려는 것이겠지요?"라는 대목임.

하고,

"『시전(詩傳)』104)을 들여라. 관관저구(關關雎鳩) 재하지주(在河之洲)로 다. 요조숙녀(窈窕淑女) 군자호구(君子好逑)로다. 아서라 그 글도 못 읽 겠다.

『대학(大學)』105)을 들여라. 대학지도(大學之道)는 재명명덕(在明明德) 하며 재신민(在新民)하며 재지어지선(在止於至善)이니라. 아서라 그 글 도 못 읽겠다.

『주역(周易)』106)을 들이라. 원(元)은 형(亨)코, 정(貞)코, 춘향이 코 내 코 딱 대이니 좋고 하니라. 아서라 그 글도 못 읽겠다.

천자(千字)107)를 들여라."

방자놈 여쭈오되,

"아래는 강아지 품은 듯한108) 도련님 천자를 읽으리까?"

이도령 이른 말이,

"천자라 하는 것이 음양지도(陰陽之道)를 자세히 읽을 게109) 들어보라."

하고,

"자시(子時)110)에 생천(生天)하니 광대무사부(廣大無私覆) 호호탕탕(浩 浩蕩蕩)111) 하늘 천(天)

---

104) 시전(詩傳): 『시경』에 설명을 붙인 책. 아래는 『시경』의 첫머리. "낄낄 우는 징경이는 황하의 가에 노니도다, 아리따운 아가씨는 임의 좋은 짝이로다."
105) 대학(大學): 『대학』의 첫머리인, "대학의 도(道)는 밝은 덕을 밝히는 데 있고, 인민을 새롭게 하는 데 있으며, 지극한 선에 이르는 데 있다."는 대목을 이도령이 읽었음.
106) 주역(周易): 『주역』의 첫머리는 "乾은 元, 亨, 利, 貞이라.(乾元亨利貞)"인데, 여기서는 잘못하여 '元은 亨코 貞코'라고 하였다.
107) 천자(千字): 천자문. 중국 양(梁)나라 주흥사(周興嗣)가 썼다고 전해지는 책.
108) 아래는 강아지를 품은 듯한: 성적(性的)으로 성숙한 어른이라는 뜻으로 보임.
109) 음양지도(陰陽之道)를 자세히 읽을 게: "음양지도를 자세히 일렀으니, 내 자세히 읽을 게"에서 글자가 빠졌음.
110) 자시(子時): 하루를 열둘로 나눈 첫 번째 시간. 곧 밤 11시부터 1시 사이.

축시(丑時)112)에 생지(生地)하니 만물장생(萬物長生)에 따 지(地)

춘풍세우호시절(春風細雨好時節)에 현조남남(玄鳥喃喃)113) 감을 현(玄)

금(金) 목(木) 수(水) 화(火) 오행중(五行中)에 중앙을 맡았으니 토지정

색(土之正色) 누루 황(黄)114)

금풍삽이석기(金風颯而夕起)115)하니 옥우쟁영(玉宇峥嶸)116) 집 우(宇)

안득광하천만간(安得廣厦千萬間)117)에 살기 좋은 집 주(宙)

구년지수(九年之水)118) 어이하리 하우천지(夏禹天地) 넓을 홍(洪)

세상만사(世上萬事) 믿지 마라 황당(荒唐)하다 거칠 황(荒)

요간부상삼백척(遙看扶桑三百尺) 번듯 솟아 날 일(日)

일락함지(日落咸池)119) 황혼 되고 월출동령(月出東嶺) 달 월(月)

추야공산(秋夜空山) 저문 날에 낙화분분(落花紛紛) 찰 영(盈)

춘향 불러 술 부어라 넘쳐간다 기울 측(昃)

하도낙서(河圖洛書)120) 잠깐 보니 일월성신(日月星辰) 별 진(辰)

---

111) 광대무사부(廣大無私覆) 호호탕탕(浩浩蕩蕩): 광대하여 사사로이 덮음이 없으니 매우
넓고 끝이 없다. 범중엄(范中淹)의 「악양루기(岳陽樓記)」의 한 구절.

112) 축시(丑時): 오전 1~3시.

113) 현조남남(玄鳥喃喃): 제비가 지저귐.

114) 토지정색(土之正色) 누루 황(黄): 오행 중 토(土)는 중앙이고, 흙의 색깔은 황색임.

115) 금풍삽이석기(金風颯而夕起): 가을바람 불어오는 저녁에. 가을은 오행에서 금(金)에 속
하므로 추풍(秋風)을 금풍(金風)이라고도 함.

116) 옥우쟁영(玉宇峥嶸): 옥황상제의 집이 우뚝 솟은 모양.

117) 안득광하천만간(安得廣厦千萬間): 어떻게 천만간이나 되는 넓은 집을 구하여. 두보(杜
甫)의 「모옥위추풍소파가(茅屋爲秋風所破歌)」의 한 구절로 가난한 선비들을 구호해 주고
싶다는 뜻.

118) 구년지수(九年之水): 중국 요(堯)나라 때 9년이나 계속되었다는 큰 비. 이 홍수를 우(禹)
임금이 다스렸다.

119) 일락함지(日落咸池): 해 지는 서쪽 함지. 함지는 해가 지는 곳.

120) 하도낙서(河圖洛書): 주역(周易)과 홍범구주(洪範九疇)의 근원이 되는 전설의 도서. 하
도는 옛날 중국 복희 때에 황하에서 용마(龍馬)가 지고 나왔다는 55개의 점으로 된 그림
으로 일정한 수의 배열을 그려놓은 것이고, 낙서는 우왕이 홍수를 다스릴 때 낙수(洛水)

원앙침(鴛鴦枕) 비취금(翡翠衾)에 훨훨 벗고 잘 숙(宿)

양각(兩脚)을 추켜드니 사양 말고 벌일 열(列)

등 맞추고 배 맞추고 온갖 만사 베풀 장(張)

아서라 그 글도 못 읽겠다."

7   방자 불러 이른 말이,

"하마 거의 야심(夜深)이라. 초롱에 불 밝혀라. 춘향의 집 찾아 가자."

일개(一個) 방자 앞세우고 춘향의 집을 나간다. 춘향집 다다르니, 인적야심(人寂夜深)한데 대접 같은 금붕어는 임을 보고 반기는 듯, 월하(月下)의 두루미는 흥을 겨워 짝 부른다.

이때 춘향이 칠현금(七絃琴) 비껴 안고 춘면곡(春眠曲)121) 타올 때에 이도령이 그 금성(琴聲)을 반겨 듣고 글 두 귀를 읊었으되,

"세사(世事)는 금삼척(琴三尺)이요 생애(生涯)는 주일배(酒一杯)라

서정강상월(西亭江上月)이요 동각설중매(東閣雪中梅)라"122)

춘향어미 듣고 나와,

"신동인가, 선동(仙童)인가?"

이도령 이른 말이,

"선동일러니, 할미집 술 있다 하기로 내 왔노라."

하거늘, 할미 대답하되,

"이게 주가(酒家)가 아니라. 이 아래 행화촌(杏花村)을 찾아 갑소."

에서 나온 신령한 거북의 등에 쓰여 있었다는 45개의 점으로 된 아홉 개의 무늬.

121) 춘면곡(春眠曲): 12가사의 하나.

122) 「추구(推句)」의 한 구절.
    세사금삼척(世事琴三尺) 세상일은 세 자 거문고에 맡기고
    생애주일배(生涯酒一杯) 평생 술 한 잔으로 지낸다
    서정강상월(西亭江上月) 서쪽 정자에는 강 위로 오르는 달
    동각설중매(東閣雪中梅) 동쪽 누각에는 눈속의 매화

이도령 하는 말이,

"내 일정(一定) 선동이 아니로시."

방자가 이르기를,

"사또 자제 도련님이 춘향 구경 와겼으니 잔말 말고 들어가소."

춘향이 이 말 듣고 바삐 나와 소매를 부여잡고,

"들어가사, 들어가사."

춘향의 방을 들어가서 방안 치레 볼작시면, 청릉화(靑菱花) 도벽(塗壁)에123) 황릉화(黃菱花) 띠를 띠고,124) 황릉화(黃菱花) 도벽(塗壁)에 청릉화(靑菱花) 띠를 띠고, 왜경대(倭鏡臺) 경 가께수리125) 이렁저렁 벌여 놓고, 자개함농(紫介函籠) 반다지126)며, 벽상(壁上)을 둘러보니 온갖 그림 다 붙였다.

어떠한 그림 붙었는고, 부춘산(富春山) 엄자릉(嚴子陵)127)은 간의태후 [諫議大夫] 마다하고, 백구(白鷗)로 벗을 삼고 원학(猿鶴)으로 이웃 삼아, 양구(羊裘)를 떨쳐입고 추동강(秋桐江) 칠리탄(七里灘)에 낚싯줄 던진 경을 역력히 그려 있고, 진처사(晉處士) 도연명(陶淵明)128)은 팽택령(彭澤令)을 마다하고 오류촌(五柳村) 북창하(北窓下)에 국화주(菊花酒)를 취케

---

123) 청릉화(靑菱花) 도벽(塗壁)에: 푸른 마름 무늬의 벽지로 벽을 바른 것에.

124) 황릉화(黃菱花) 띠를 띠고: 누런 마름 무늬 종이로 굽도리를 하고.

125) 가께수리: 여닫이 문 안에 서랍이 많이 설치된 작은 궤. '경'은 서울에서 만든 물건임을 말하는 것으로 보임.

126) 반닫이: 앞의 위쪽 절반이 문짝으로 되어 아래로 잦혀 여닫는 가구.

127) 엄자릉(嚴子陵): 중국 동한(東漢) 사람. 그의 친구 조광윤(趙匡胤)이 송(宋)나라를 세우고 그에게 벼슬을 주었으나 끝내 벼슬을 사양하고 부춘산에서 농사짓고 동강(桐江) 칠리탄(七里灘)에서 낚시질하며 세월을 보냈음.

128) 도연명(陶淵明): 중국 동진(東晉)의 시인 도잠(陶潛). 연명(淵明)은 그의 자(字)이다. 그는 팽택(彭澤)의 현령이 되었으나 넉 달 만에 사직했다. 그의 시 「귀거래사(歸去來辭)」는 벼슬을 버리고 전원에 돌아가 유유자적하는 모습을 잘 그려내었다. 오두미는 다섯 말 쌀이라는 뜻으로 월급을 말함.

먹고, 백학(白鶴)을 희롱하고 무현금(無絃琴)129) 무릎에 비껴놓고 소리
없이 깊은 경을 역력히 그려 있고, 또 저 편 바라보니, 남양초당(南陽草
堂) 풍설중(風雪中)에 한종실(漢宗室) 유황숙(劉皇叔)130)이 와룡선생(臥龍
先生) 보려하고 걸음 좋은 적로마(的盧馬)131)를 뚜덕 꿉벅 바삐 몰아 지
성으로 가는 경을 역력히 그려 있고, 또 저 편을 바라보니, 상산사호
(商山四皓)132) 네 노인이 바둑판 앞에 놓고, 어떠한 노인은 백기(白
碁)133)를 들고 또 어떠한 노인은 흑기(黑碁)를 들고, 또 한 노인은 구절
죽장(九節竹杖)134)에 호로병(胡虜瓶) 매어 에후리쳐 질끈 짚고 요마만큼
하여 있고, 또 한 노인은 훈수(訓手)를 하다가 무렴을 보고135) 암상(巖
上)에 홀로 앉아 조으는 양(樣)을 역력히 그려 있고, 또 저 편 바라보
니, 채석강(采石江) 명월야(明月夜)에 시중천자(詩中天子) 이태백(李太白)
은 포도주 취케 먹고 낚싯배 비껴 앉아 지는 달 건지려고 물밑에 손
넣는 양을 역력히 그려 있고, 백이(伯夷) 숙제(叔齊) 채미경(採薇景)136)
과 만고성인(萬古聖人) 공자(孔子) 그림, 오강(烏江)의 항우(項羽)137) 그
림, 광충다리138) 춘화(春畵) 그림을 역력히 그렸는데, 구경을 다한 후

---

129) 무현금(無絃琴): 줄이 없는 거문고. 도연명은 음률(音律)을 알지 못하여 줄이 없는 거문
고를 하나 가지고 있으면서 술이 취하면 이것을 어루만졌다고 함.
130) 유황숙(劉皇叔): 중국 삼국시대 촉한(蜀漢)의 유비(劉備). 그가 제갈공명(諸葛孔明)을 찾
아가 삼고초려(三顧草廬)한 고사가 유명함.
131) 적로마(的盧馬): 유비가 타던 말 이름.
132) 상산사호(商山四皓): 중국 진시황 때 세상의 어지러움을 피해 상산에 숨어살던 네 사람.
동원공(東園公), 기리계(綺里季), 하황공(夏黃公), 녹리(甪里)를 말하는데, 이들의 수염
과 눈썹이 모두 희기 때문에 사호라고 했음.
133) 백기(白碁): 흰 바둑돌.
134) 구절죽장(九節竹杖): 마디가 아홉인 대나무로 만든 지팡이.
135) 무렴을 보고: 무안을 당하고.
136) 채미경(採薇景): 백이와 숙제가 수양산에서 고사리를 캐는 모양.
137) 오강(烏江)의 항우(項羽): 항우는 해하(垓下)의 전투에서 패한 후 오강을 건너지 않고
자살했음.

에 이도령 춘향더러 이른 말이,

"나도 태후[大夫]집 자제로서 경성(京城)에 생장하여 청루미색(靑樓美
色) 고운 계집 거의 다 구경하였으되, 네 인물 네 태도는 세상사람 아
니로다. 근원 있어 그러한가, 연분 있어 그러한가? 네가 일정 국색(國
色)인가, 내가 미쳐 그러한가? 이리 혜고 저리 혜도 놓고 갈 뜻 전혀
없다. 만일 나곧 아니런들 너의 배필 누가 되며, 만일 너곧 아니런들
나의 가인(佳人) 누가 되리. 너 죽어도 나 못 살고, 나 죽어도 너 못 살
리로다. 나 살아야 너도 살고 너 살아야 나도 살고, 너의 연세(年歲) 들
어하니 나와 같이 이팔(二八)이라. 이도 또한 천정(天定)인지 반갑기도
그지없다. 우리 둘이 잊지 말자."

깊은 맹서 맺을 적에, 공단(貢緞) 대단(大緞) 두리줌치,139) 주홍사(朱
紅絲) 벌매듭140)을 차례로 끌러 놓고, 면경(面鏡) 석경(石鏡) 들어내어
춘향 주며 이른 말이,

"대장부 정절행(貞節行)이 석경(石鏡) 빛과 같을진대, 진토(塵土) 중에
빠져서도 천만년이 지나간들 변할 때 있을쏘냐?"

춘향이 재배(再拜)하고 석경 받아 품에 품고 저도 또한 신(信)141)을
낼 제, 섬섬옥수(纖纖玉手) 흘리 들어 보라대단(大緞)142) 속저고리 제색
고름 어루만져 옥지환(玉指環)을 끌러 내어, 옥수(玉手)에 걸어들고 단
정이 궤좌(跪坐)하여 이도령께 드릴 적에, 가는 목 겨우 열어 옥성(玉
聲)으로 여쭈오되,

"여자의 진절행(眞節行)이 옥지환과 같을지라. 진애(塵埃) 중에 빠져   9

---

138) 광충다리: 광충교(廣沖橋). 서울 청계천의 광교(廣橋).
139) 두리줌치: 두루주머니.
140) 벌매듭: 벌 모양의 매듭.
141) 신(信): 신물(信物). 믿음의 표시로 서로 주고받는 물건.
142) 보라 대단(大緞): 보라색의 비단.

서도 천만년이 지나간들 변할 때 있을쏘냐."

이도령 옥지환 받아 금낭(錦囊)에 넌짓 넣고 춘향보고 이른 말이, "야심인적(夜深人寂)하였으니 잔말 말고 잠을 자자."

춘향이 거동 보소. 주효(酒肴)를 차릴 적에 기명(器皿) 등물(等物) 볼작시면, 통영소반(統營小盤)143) 안성유기(安城鍮器)144) 왜화기(倭畫器)145) 당화기(唐畫器)146)며, 동래(東萊)주발147) 적벽(赤壁) 대접148) 천은(天銀)술149) 유리저(琉璃箸)150)에.

안주 등물(等物) 볼작시면, 대양푼 가리찜151)에 소양푼의 제육초152)에 풀풀 뛰는 숭어고기 퍼드득 퍼드득 메추리찜에, 꼬기오 연계탕(軟鷄湯)153)에 톰방톰방 오리탕에 곱작곱작 대하(大蝦)찜에, 동래(東萊) 울산(蔚山) 대전복(大全鰒)154)을 맹상군(孟嘗君)155)의 눈썹처럼 어슷비슷 오려 놓고, 염통산적(散炙)156) 양(胖)볶이157)며 낄낄 우는 생치(生雉)다리158) 석가산(石假山)같이 덩그렇게 고여놓고.

---

143) 통영소반(統營小盤): 통영반. 경상남도 통영에서 만든 소반. 통영은 자개가 유명함.
144) 안성유기(安城鍮器): 경기도 안성에서 만든 놋그릇.
145) 왜화기(倭畫器): 일본에서 들여온 그림을 그린 그릇.
146) 당화기(唐畫器): 중국에서 수입한 그림을 그린 그릇.
147) 동래(東萊)주발: 경상도 동래에서 만든 주발.
148) 적벽(赤壁)대접: 경기도 장단의 적벽에서 나던 대접.
149) 천은(天銀)술: 좋은 은(銀)으로 만든 순가락.
150) 유리저(琉璃箸): 유리로 만든 젓가락.
151) 대양푼 가리찜: 큰 양푼에 갈비찜. 양푼은 음식을 담거나 데우는 데 쓰는 놋그릇.
152) 제육초[猪肉炒]: 돼지고기 볶음.
153) 연계탕(軟鷄湯): 영계탕. 어린 닭으로 만든 탕.
154) 동래(東萊) 울산(蔚山) 대전복(大全鰒): 경상도 울산과 동래에서 나는 큰 전복.
155) 맹상군(孟嘗君): 중국 제(齊)나라 때의 인물. 식객(食客)이 수천 명이었다는 것으로 유명함.
156) 염통산적(散炙): 염통고기를 넓게 저며 양념을 해서 꼬챙이에 꿰어 구은 것.
157) 양(胖)볶이: 소의 밥통을 볶은 음식.
158) 생치(生雉)다리: 꿩의 다리를 요리한 것.

술병 치레 볼작시면, 일본기물(日本奇物) 유리병과 벽해수상(碧海水
上) 산호병(珊瑚瓶)[159]과 화원녹죽(綠竹)[160] 죽절병(竹節瓶)과 엽락금정
(葉落金井) 오동병(梧桐瓶)[161]과 티끌 없다 백옥병(白玉瓶)과 쇄금병(碎金
瓶)[162] 천은병(天銀瓶)[163]과 자라병[164] 황새병[165]과 왜화병(倭畵瓶) 당
화병(唐畵瓶)[166] 차례로 놓았는데 갖음도 갖을시고.

술 치레로 볼작시면, 도연명(陶淵明)의 국화주(菊花酒)와 두초당(杜草
堂)[167]의 죽엽주(竹葉酒)며 이적선(李謫仙)[168]의 포도주(葡萄酒)와 안기
생(安期生)[169]의 자하주(紫霞酒)며 산림처사(山林處士) 송엽주(松葉酒)와
천일주(千日酒)를 가지가지 놓았는데, 향기로운 연엽주(蓮葉酒)[170]를 그
중에 골라내어 주전자에 가득 부어 청동화로 쇠적쇠[171]에 덩그렇게
걸어놓고, 불한불열(不寒不熱) 데워내어 유리배(琉璃杯) 앵무잔(鸚鵡盞)
을 그 가운데 띄웠으니, 옥경(玉京) 연화(蓮花) 피는 꽃이 태을진인(太乙
眞人) 연엽선(蓮葉船)[172] 띄듯 각읍 수령(守令) 일산(日傘) 띄듯 둥덩실

159) 벽해수상(碧海水上) 산호병(珊瑚瓶): 푸른 바다의 산호 모양의 술병.
160) 화원녹죽: 기원녹죽(淇園綠竹)의 잘못으로 보임. 『시경』에 "瞻彼淇澳, 綠竹猗猗(저 기수
    의 언덕에 푸른 대나무가 아름답도다."라는 대목이 있음.
161) 엽락금정(葉落金井) 오동병(梧桐瓶): 오동나무 무늬를 그린 술병. "우물에 오동나무 잎
    이 떨어지니 가을이 왔네(葉落金井梧桐秋)"라는 싯귀가 있음.
162) 구경답다 쇄금병(鎖金瓶): 구경할만하다 쇄금병. 쇄금병은 금으로 장식한 병을 말하는
    것으로 보임.
163) 천은병(天銀瓶): 좋은 은으로 만든 병.
164) 자라병: 자라 모양으로 납작하고 둥근 몸에 짧은 목이 달린 병.
165) 황새병: 황새 모양으로 목이 긴 병.
166) 왜화병(倭畵瓶) 당화병(唐畵瓶): 일본과 중국에서 수입한 그림이 있는 병.
167) 두초당(杜草堂): 두보(杜甫).
168) 이적선(李謫仙): 이태백(李太白).
169) 안기생(安期生): 고대 중국의 신선.
170) 연엽주(蓮葉酒): 찹쌀밥에 누룩가루를 버무려 연잎에 싸서 담근 술.
171) 쇠적쇠: 쇠로 만든 석쇠. 석쇠는 고기 같은 것을 굽는데 쓰는 부엌세간의 한 가지.
172) 태을진인(太乙眞人) 연엽선(蓮葉船): 하늘나라 신선이 연잎으로 만든 배를 탔다는 의미.

띄워놓고, 권주가(勸酒歌) 한 곡조에 일배일배부일배(一杯一杯復一杯)[173]
반취(半醉)하게 먹은 후에,

　분벽(粉壁) 사창(紗窓) 깊은 밤에 둘이 안고 마주 누워 굽이굽이 깊은
사랑

　시냇가 수양같이 척 처지고 늘어진 사랑

　화우동산(花雨東山) 목단화(牧丹花)같이 펑퍼지고 고운 사랑

10　　포도 다래 넌출같이 휘휘친친 감긴 사랑

　연평(延坪) 바다 그물같이 얽히고 맺힌 사랑

　은하(銀河) 직녀(織女) 직금(織金)[174]같이 올올이 이은 사랑

　청루(靑樓)[175] 미녀 침금(枕衾)같이 혼솔[176]마다 감친 사랑

　은장(銀欌) 옥장(玉欌)[177] 장식(粧飾)같이 모모이[178] 잠긴 사랑

　남창북창(南倉北倉) 노적(露積)같이[179] 다물다물[180] 쌓인 사랑

　이 내 눈에 다 든 사랑

　이 내 몸에 다 찬 사랑

　너는 죽어 꽃이 되고 나는 죽어 나비 되어 삼춘(三春)이 다 진토록
떠나지 마자 하고, 만첩청산(萬疊靑山) 늙은 범이 살찐 암캐 물어놓고
흥치며 노닐 적에 춘종춘유야전야(春從春遊夜專夜)[181] 청루(靑樓)에 혼

---

173) 일배일배부일배(一杯一杯復一杯): 한 잔 한 잔 또 한 잔. 이백의 「산중대작(山中對酌)」의
　　한 구절.
174) 직금(織金): 금실이나 은실을 섞어서 여러 가지 무늬를 놓아 화려하게 짠 천의 한 가지.
175) 청루(靑樓): 창가(娼家) 또는 기생집.
176) 혼솔: 홈질한 옷의 솔기.
177) 은장(銀欌) 옥장(玉欌): 은과 옥으로 장식한 장롱.
178) 모모이: 모서리마다.
179) 남창북창(南倉北倉) 노적(露積)같이: 남북의 창고에 쌓아 놓은 곡식처럼.
180) 다물다물: 무더기무더기 쌓여 있는 모양.
181) 춘종춘유야전야(春從春遊夜專夜): 봄에는 봄을 따라 놀고 밤에는 밤마다 놀았네. 백거
　　이(白居易) 「장한가(長恨歌)」의 한 구절.

침(昏沈)하여182) 주야(晝夜)를 분별치 못하더니, 이때 호사(好事)에 다마 (多魔)라.183) 조물(造物)이 시기(猜忌)로다.

이때 방자놈 급히 와 여쭈오되,

"사또께옵서 갈리어 계시니다."

급히 고(告)하거늘, 도련님이 이 말 듣고 깜짝 놀라,

"이 어인 말가?"

방자놈 다시 여쭈오되,

"사또 선정(善政)한다 하옵시고 내직(內職)으로 승차(陞差)하였다 하나이다."

한대, 이도령 이 말 듣고 깜짝 놀라거늘, 춘향이 이도령 거동 보고,

"이 어인 일이시니까? 이러한 경사에 과도히 심려(心慮) 마옵소서."

위로하니, 이도령 하는 말이,

"내 경사(慶事)를 놀람이 아니라. 그런 일이 있도다."

하니, 춘향이 대왈(對曰),

"무삼 일이니까?"

이도령 탄식코 하는 말이,

"내 너를 두고 갈 터이니 그러한 연고로다."

한대, 춘향이 이 말 듣고 안색을 졸변(猝變)하여 왈,

"당초에 둘이 만나 맹약(盟約)을 어떻게 하였삽나? 못하나니 가망 없고 무가내(無可奈)184)제. 날 죽이고 가옵제 살리고는 못 가오리."

이도령 하릴없어 춘향을 달랜 후에 책방으로 돌아와 동헌에 들어가 사또께 뵈온데, 사또 말씀하시되,

---

182) 혼침(昏沈)하여: 정신이 혼미하여.

183) 호사(好事)에 다마(多魔)라: 좋은 일에는 방해가 많음.

184) 무가내(無可奈): 무가내하(無可奈何). 어찌할 수 없음.

"너는 급히 내행(內行)을 모셔 바삐 치행(治行)하라."

하신대, 이도령 이 말씀 듣고 내행 모셔 오리정(五里亭)으로 나가니라.

이때 춘향이 이별 거조(擧措)를 차리니, 풋고추 저리김치 문어 전복 곁들여 환소주(還燒酒)[185] 꿀 타서 향단이 들리고, 세대삿갓[186] 숙여 쓰고 오리정으로 나가 이도령을 기다릴새, 이때 이도령이 나와 춘향더러 이별할 제, '이별이야 이별이야.' 청강(淸江)에 놀던 원앙 '울여' 하고 떠나는 듯, 광풍(狂風)에 놀란 봉접(蜂蝶) 가다가 돌치는 듯, 석양은 재를 넘고 정마(停馬)는 슬피 울 제, 나삼(羅衫)을 부여잡고 한숨질 눈물지니, 이도령 이른 말이,

"기룬 사랑[187] 한데 만나 이별 마자 백년기약(百年期約), 죽지 말고 한데 있어 잊지 말자 처음 맹서, 일조(一朝)에 이별할 줄 어이 알 리."

춘향이 거동 보소. 아미(蛾眉)를 나직하고 옥 같은 두 귀밑에 진주 같은 눈물을 흘리면서, 이별주 가득 부어 도련님께 권하면서,

"첫째 잔은 인사주요, 둘째 잔은 근원주요, 셋째 잔은 이별주오니 부디 부디 백년언약(百年言約) 잊지 마소."

이도령 이른 말이,

"오냐 부디 잘 있거라."

춘향이 여쭈오되,

"도련님은 경성(京城)에 올라가서, 절대가인(絶代佳人) 미색들과 영웅호걸 문장(文章)들 데리고 밤이면 가무(歌舞)하고 낮이면 풍악(風樂)할 제, 나 같은 하방(遐方) 천첩(賤妾)이야 손톱만치나 생각하리까. 나만 나만 데려가오. 우리 둘이 만날 적에 일월(日月)로 본증(本證) 삼고, 산

11

---

185) 환소주(還燒酒): 소주를 다시 고은 것으로 알코올 함량이 높음.
186) 세대삿갓: 가늘게 조갠 대나무로 만든 삿갓.
187) 기룬 사랑: 그리는 사랑.

천(山川)으로 증인 삼아 떠나 사지 마잤더니, 간단 말이 웬 말이오. 죽어 영이별(永離別)은 남대되[188] 하거니와 살아 생이별(生離別)은 생초목(生草木)에 불이 붙네. 나만 나만 데려가오. 쌍교(雙轎)는 금법(禁法)이요 독교(獨轎)[189]는 내가 싫고, 워르렁 충청[190] 걷는 말에 반부담(半負擔)[191] 지어 날 데려가오."

이도령 이른 말이,

"울지 말고 잘 있거라. 네 울음 한 소리에 이 내 일촌간장(一寸肝腸)[192] 다 녹는다. 내 너 데려갈 줄 모르랴마는, 양반의 자식이 하방(遐方)에 와 첩을 하면 문호(門戶)에 욕이 되고 사당(祠堂) 참알(參謁) 못하기로 못 데려가느니. 부디부디 좋이 있거라. 어린 아이 너무 울면 뺨이 붓고 눈이 붓나니라. 울지 말고 좋이 있거라. 내 수이 다녀오마."

이렇듯이 이별할 제, 방자놈 거동 보소. 와당퉁탕 바삐 와서,

"아나 이 애 춘향아. 이별이라 하는 것이 '도련님 부디 평안이 가오.' '오냐. 부디 잘 있거라.' 이것이었지. 날이 지우도록[193] 이별이란 말이 어인 말가? 단삼취에[194] 사또 나오시면, 도련님 꾸중 듣고 나는 곤장 맞고, 너의 늙은 어미 형문(刑問) 맞고 귀양 가면 네게 유익함이 무엇이랴? 울지 말고 잘 있으라."

하며, 나귀를 채쳐 몰아 이 모롱이 지내어 저 모롱이 지내어 박석

12

---

188) 남대되: 모든 사람이.

189) 독교(獨轎): 말 한 마리가 끄는 가마.

190) 워르렁 충청: 말의 걷는 모양을 묘사한 의태어.

191) 반부담(半負擔): 부담은 말이나 소에 싣는 작은 농짝인데, 반부담은 이 작은 부담짝과 함께 사람이 타는 것을 말한다.

192) 일촌간장(一寸肝腸): 한 치의 간과 창자라는 뜻으로, 애달프거나 애가 타는 마음을 이르는 말.

193) 지우다: 시간을 보내다.

194) 단삼취에: 미상.

치195)를 넘어서니, 요만큼 뵈다가 저만큼 뵈다가, 밤지내196)를 지내어 가뭇없이197) 올라가니, 춘향이 하릴없어 잔디를 와드등 와드등 쥐어 뜯으며 울음 울198) 제, 춘향어미 거동 보소.

"어따 이 년아. 이 년아. 우리는 너만 때 행창(行娼)으로 이별을 여러 번 하였으되 저다지 하여본 일이 없다."

하니, 춘향이 대답지 아니하고, 할 수 없어 향단이 데리고 집에 돌아와 이 날부터 단장을 전폐(全廢)하고 독숙공방 홀로 앉아 이별시(離別詩)를 지어 벽상의 걸었으니, 그 노래에 하였으되,

남북(南北)199)에 군신(君臣) 이별
호지(胡地)에 모자(母子) 이별200)
역로(驛路)에 형제 이별
운수(雲水)에 붕우(朋友) 이별201)
이별마다 설건마는 임 이별 같을런가
여자 몸 생겨날 제 이별조차 타고 났을까
이별이야 이별이야

이렇듯이 세월을 보내더니, 이때 신관사또 났으되, 자학골 막바지

---

195) 박석치: 박석고개. 남원에서 전주로 가는 길에 있는 고개.

196) 밤지내: 임실에 있는 지명.

197) 가뭇없이: 흔적이 없이.

198) 울음 울: 원문은 '운서질'임.

199) 남북: 원문은 '복'이나 '남북'의 잘못임.

200) 호지(胡地)에 모자(母子) 이별: 중국 한(漢)나라 소무(蘇武)가 흉노(匈奴)에 잡혀갔을 때 그곳의 여자와 사이에 아들 소통국(蘇通國)을 낳았는데, 소무가 중국으로 돌아올 때 그 아들 소통국과 어머니가 이별하며 슬퍼한 일.

201) 운수(雲水)에 붕우(朋友) 이별: 정처 없는 친구 사이의 이별.

변학도라 하는 양반이 났으되, 성정(性情)이 혹독하여 색정(色情)이라 하면 범연치 아니하더니, 이때 남원부가 색향(色鄕)이란 말을 듣고 염문(廉問)하여 춘향의 어진 이름을 듣고 마음을 진정치 못하던 차에, 남원부 하인이 현신(現身)[202] 아뢰거늘, 사또 이방(吏房) 불러 분부하되,

"네 고을에 '양이'가 있다 하니 그 말이 옳으냐?"

이방 여쭈오되,

"소인 고을에 남창(南倉)에 염소도 있삽고, 한량(閑良) 못되면 잘량도 있삽고, 고양이도 있삽나이다."

하니, 사또 대로 왈,

"그 양 말고 사람 양이 없느냐?"

이방 다시 아뢰되,

"소인의 고을에 안양이라 하는 기생도 있삽고, 난양이라 하는 기생도 있삽나이다."

사또 더욱 대로하여,

"네 고을에 일정(一定) 양이란 기생이 그 뿐인다?"

이방 아뢰되,

"월매 딸 춘향이라 하는 기생 있사오되, 구관(舊官)사또 자제 이도령님과 백년언약(百年言約) 맺어 수절하나이다."

사또 춘향이란 말을 듣고 내심(內心)에 대희하여 하는 말이,

"어허 그러하면 춘향이 편안히 계시냐?"

이방 아뢰되,

"무고(無故)히 있나이다."

"그러하면 이제 치행(治行) 차려 명일(明日)에 득달 못할까?"

13

---

202) 현신(現身): 아랫사람이 윗사람에게 처음으로 자신을 보이는 것.

이방 아뢰되,

"천리마(千里馬) 있사오면 금일 내 득달하오려니와 천리마 없사오니 대죄(待罪)하나이다."

"그러하면 행차(行次)를 급히 차리라."

이방 청령(聽令)하고 치행 차릴 적에, 구름 같은 별연(別輦)203) 독교(獨轎) 좌우(左右) 청장(靑帳)204) 높이 매고, 남대문 밖 썩 내달아 동작강(銅雀江)205)을 얼핏 건너, 과천(果川)206)을 지내어 광주(廣州)207)를 지내어 여산(礪山)208)을 다다라, 전주(全州)에 들어와 객사(客舍)209)에 연명(延命)210)하고, 영문(營門)에 잠깐 다녀, 이날에 임실(任實) 숙소하고, 오수(獒樹)211) 중화(中火)212)하여 도임(到任)할새, 이때 삼반하인(三班下人)213) 맞아 나와 동헌(東軒)214)에 좌기(坐起)하고, 삼반하인 현신(現身) 받고 도임 삼일 후에 이방 불러 분부하되,

"다른 정사(政事) 다 버리고 호장(戶長)215)에게 분부하여 기생 점고(點考)216) 바삐 하라."

---

203) 별연(別輦): 임금이 타는 가마와는 다르게 만든 가마.
204) 청장(靑帳): 가마의 휘장.
205) 동작강(銅雀江): 한강의 동작나루 근처를 부르는 말.
206) 과천(果川): 지금 경기도 과천시.
207) 광주(廣州): 현재 경기도 광주시. 과천을 지나 전라도로 갈 때 광주는 지나가지 않음.
208) 여산(礪山): 전라북도 익산시 여산읍.
209) 객사(客舍): 각 지방 관아의 왕명을 받고 오르내리는 벼슬아치들이 묵던 집. 여기에 궐패(闕牌)를 모셔놓는다. 궐패는 객사 안에 있는 '闕'자를 새긴 나무패로 임금을 상징한다.
210) 연명(延命): 감사나 수령 등이 부임할 때 궐패 앞에서 임금의 명령을 전달하는 의식.
211) 오수(獒樹): 현재 임실군 오수면. 들불이 났을 때 개가 개울에 가서 몸에 물을 묻혀와 술 취한 주인을 살렸다는 전설이 있음.
212) 중화(中火): 길을 가다가 도중에서 먹는 점심.
213) 삼반하인(三班下人): 지방 관아에 딸린 관노 사령 등의 총칭.
214) 동헌(東軒): 지방 관아의 원(員)들이 공무를 처리하는 대청마루.
215) 호장(戶長): 고을 구실아치의 우두머리.

호장이 분부 뫼와 기생안책(妓生案冊)217) 펴어 손에 들고 기생 호명
(呼名) 차례로 아뢸 제,

"우후동산(雨後東山)에 명월(明月)이."

"예, 등대(等待)하왔소."

"적막추강(寂寞秋江)에 홍련(紅蓮)이."

"예, 등대하왔소."

"백운공산(白雲空山)에 강선(降仙)이."

"예, 등대하왔소."

"영산회상(靈山會上)218) 긴 장단에 춤 잘 추는 무선(舞仙)이."

"예, 등대하왔소."

"차문주가하처재(借問酒家何處在)219)요 목동요지(牧童遙指) 행화(杏花)."

"예, 등대하왔소."

"비거비래(飛去飛來) 채봉(彩鳳)이."

"예, 등대하왔소."

"똥 찔끔 분덕(糞德)이."

"예, 등대하였소."

사또 분부하되,

"기생 점고를 다 하여도 춘향이 어이 없단 말이냐?"

호장이 여쭈오되,

"구관사또 자제와 백년언약 맺어 수절하여 있삽네다."

---

216) 점고(點考): 명부에 일일이 점을 찍어가며 사람 수를 낱낱이 조사하는 것.

217) 기생안책(妓生案冊): 기생의 이름 등을 기록한 장부.

218) 영산회상(靈山會上): 영산회상곡(靈山會相曲). 석가여래가 설법하던 영산회(靈山會)의 불보살(佛菩薩)을 노래한 악곡.

219) 차문주가하처재(借問酒家何處在): 묻노니 술집은 어디메 있느뇨. 두목(杜牧)의 시 「청명(淸明)」의 한 대목.

사또 진노하여,

"제가 수절하면 우리 마누라는 기절할까. 이제 바삐 부르라."

방울 덜렁.

"사령이."

"예."

"춘향을 바삐 부르라."

사령놈 하는 말이,

"걸리었다, 걸리었다."

"누가 누가."

"춘향이 걸리었다. 좋을시고 좋을시고. 양반서방 얻었노라 하고 도고함220)도 도고하고 도랑함221)도 도랑터니, 어서 가자 바삐 가자."

춘향의 문전에 다다르니, 춘향이 벌써 저 잡으러 온 줄 알고 문을 열고 내달아 김번수(金番首)222)며 이번수(李番首)며 손을 잡고,

"김번수야 이번수야. 이리 오소 이리 오소. 이번 신연길에 노독(路毒)이나 아니 나계신가? 도련님 서간(書簡) 한 장도 아니 오던가?"

방으로 들여앉히고 주찬(酒饌)으로 대접하고 온 연고(緣故)를 물은대,

"신관사또 분부 뫼시고 너를 잡으러 왔으되, 너를 보니 잡아갈 길 전혀 없다."

한대, 춘향이 궤를 열고 돈 닷 냥을 내어주며,

"받아가 한 때 주채223)나 하소."

하거늘, 사령 등이 술을 취케 먹고 돈 받아 차고 주정하며 하는 말이,

---

220) 도고하다: 제 딴에 잘난 체하면서 거만함.

221) 도랑하다: 지나치게 똘똘하고 거리낌이 없음.

222) 김번수(金番首): 김씨 성의 번수. 번수는 제 차례에 근무하는 사령을 말함.

223) 주채: 술값.

"너의 죄는 우리가 당하마. 곤장(棍杖)에 대갈224) 박아 치며 태장(笞
杖) 바늘 박아 치랴."

하고 들어가 아뢰되,

"춘향 잡으러 갔던 사령이옵더니, 아뢰나이다. 춘향을 잡으러 갔삽
더니, 어제 죽어 그저께 초빈(草殯)하였삽더니다."

또 한 놈 아뢰라 호령하거늘, 한 놈이 다시 아뢰되,

"춘향의 집에 가온즉, 춘향 돈 닷 냥과 술을 많이 주옵기로 먹삽고,
참아 잡아오지 못하와 그저 오다가, 그 돈으로 술 사먹고 재전(在
錢)225)이 다만 냥 두 돈226) 오 푼이오니, 이 돈이나 사또 쓰시고 소인
의 덕으로 그만저만 마옵소서."

사또 대로하여,

"저 놈 둘을 일병(一竝) 결곤(決棍)227) 하옥(下獄)하고 춘향을 바삐 잡
아 대령하라."

호령한대, 청령(聽令) 사령 거동 보소. 썩 내달아,

"춘향아 바삐 가자서라."

춘향이 할 수 없어 수절하던 그 태도로 들어가 청령하니, 사또 춘향
을 보고,

"네 바삐 오르라."

하신대, 춘향 대답하여 아뢰되,

"무삼 분부옵신지 알아지이다."

"네 무삼 잡말하느뇨. 어서 바삐 오르거라."

---

224) 대갈: 말굽에 편자를 박을 때 쓰는 징. 대가리가 크고 짧은 쇠못.
225) 재전(在錢): 셈을 하고 남은 돈.
226) 냥 두 돈: 한 냥(兩) 두 돈을 말함.
227) 일병(一竝) 결곤(決棍): 모조리 곤장을 쳐서.

15   춘향이 올라가 앉으니,

"책방(册房)의 목낭청(睦郎廳)228)을 부르라."

낭청이 들어와 앉거늘, 사또 이른 말이,

"자네 알거니와, 평양감영(平壤監營) 갔을 제, 저러한 어여쁜 아이 보고 한 손에 돈 서 푼도 주었제. 그 아이 매우 어여쁘제."

낭청이 대답하되,

"그 아이 어여쁘이다."

"저 아이 일색(一色)이제."

낭청 대답하되,

"예. 일색이오."

"자네 왜 나의 하는 대로 하는가?"

"예. 나의 하는 대로 하옵네다."

"에, 그것 고이한 것이로고."

낭청 대답하되,

"예. 그것 고이한 것이로고."

"이것이 무엇이니?"

"에, 이것이 무엇이니?"

사또 대로(大怒)하여, '이제로 올라가라' 하고, 춘향더러 분부하여 이른 말이,

"몸단장 정히 하고 오늘부터 수청(守廳)하라. 수청하거드면 관청고(官廳庫)가 네 반찬장이 될 것이요, 관수미(官需米)229)가 네 곳집이 될

---

228) 목낭청(睦郎廳): 목씨 성을 가진 낭청. 낭청은 조선시대 임시 기구에서 실무를 맡아보던 당하관 벼슬이나, 여기서 목낭청은 실제 낭청벼슬을 하는 사람이 아니라 서울에서 같이 온 사또의 친구를 그냥 높여서 부른 것임.

229) 관수미(官需米): 수령(守令)의 양식(糧食)으로 일반 백성에게 거두어들이던 쌀.

것이요, 관고(官庫) 돈이 네 돈이 될 것이니 잔말 말고 수청 들라."

춘향이 여쭈오되,

"충불사이군(忠不事二君)이요, 열불경이부절(烈不更二夫節)을230) 본받
고자 하옵거늘, 분부 시행 못하옵겠소."

"잔말 말고 수청하라."

춘향이 아뢰되,

"죽으면 죽사와도 분부 시행 못하겠나이다."

"네 무삼 잔말하는고? 이제 바삐 수청 들라."

춘향이 또 아뢰되,

"사또님은 세상이 변하오면 무릎을 꿇어 두 임군을 섬기려 하시나
이까?"

사또 이 말을 듣더니 목이 막혀 낭청더러 이른 말이,

"저 년이 나더러 욕을 하였제."

"예 그년이 사또더러 바로 역적이라 하옵네다."

사또 대로하여,

"이 년 급히 잡아내리라."

좌우 통인이 춘향을 차날리니 뜰아래 급창이며 맹범231)같은 군뢰(軍
牢) 사령(使令) 벌떼같이 달려들어 춘향의 감태(甘苔) 같은 채머리를 전
정 시절에 연실 감듯,232) 사월파일 등(燈)대233) 감듯, 뱃사공의 닻줄
감듯 휘휘친친 감아 매고, 넓은 대뜰 아래 동댕이쳐서 내리니, 김번수

16

---

230) 충불사이군(忠不事二君)이요 열불경이부절(烈不更二夫節)을: 충신은 두 임금을 섬기지
　　않고, 열녀는 지아비를 바꾸지 않는 절개를.
231) 맹범: 맹호(猛虎). 여태명본은 제16장이 낙장이므로 정명기본으로 보충했음.
232) 전정 시절에 연줄 감듯: 무엇을 잘 감아쥔다는 의미인 "상전시정(床廛市井) 연(鳶)실
　　감듯"을 잘못 썼음. 상전(床廛)은 잡화를 파는 가게를 말함.
233) 등(燈)대: 4월 8일 석가탄신일에 등을 달기 위해 세우는 긴 대.

며 이번수며 오른 어깨 빼어 들고, 일분(一分) 사정 두는 동관(同官)이면 박살(撲殺)시키리라 약속하고, 춘향을 동틀에 비껴 매고, 사장이 거동 봐라. 형장(刑杖)이며 태장(笞杖)234)이며 곤장(棍杖)이며 능장(稜杖)235) 이며 좌우로 벌여 쌓아놓고, 이 놈도 고르고 저 놈도 고르며 등심 있고 빳빳한 놈 가리어 들고 대상(臺上)에서 분부 나기만 기다리더니, 귀먹은 형방(刑房) 하나가 들어와 춘향더러 분부하되, "건곤(乾坤)이 불로월장재(不老月長在)하니 적막강산금백년(寂寞江山今百年)이라."236) 한데, 사 또 대로(大怒)하야 수형방(首刑房) 잡아내리라 호령하니, 형방이 잡혀 엎 드리니 사또 분부하되,

"네 들으라. 건곤이 불로월장재란 말이 어인 말고?"

형방이 아뢰되,

"건곤이 불로월장재란 말씀이, 사또는 건(乾)이 되고 춘향은 곤(坤) 이 되어 백년언약(百年言約)하시란 분부로소이다."

사또 대희(大喜)하여,

"네 그 형방 나가다 제 돈 두 푼 있거든 막걸리 한 잔 사먹고 댁으로 나가시래라."

하고, 다른 형방 들라 호령하니, 다른 형방 들어 청령(聽令)할새, 사또 대로하여 문목(問目)하되,237)

"너 같은 창녀에게 수절이 알련 것가? 요망한 말 내지 말고 분부 시 행 바삐 하라. 내 분부 일정 거역다가 네 목숨 죽으리라."

---

234) 태장(笞杖): 죄인의 볼기를 치는 몽둥이나 막대.

235) 능장(稜杖): 긴 몽둥이.

236) 건곤(乾坤)이 불로월장재(不老月長在)하니 적막강산금백년(寂寞江山今百年)이라: 너와 내가 늙지 말고, 저 한없는 달과 같이, 적막한 강산에서 평생을 지내고저. 12가사의 하나 인 「죽지사(竹枝詞)」의 한 구절.

237) 문목(問目)하다: 죄인을 조목조목 들어 신문(訊問)하다.

춘향이 여쭈오되,

"충신 열녀 일반이온데 불경이부절(不更二夫節)을 죽이려 하옵시니, 사또의 충절 유무(有無) 이로써 알소이다. 죽어도 분부 시행 못하겠사오니 어서 바삐 죽이소서."

17

소같이 성낸 사또 뇌성같이 호령하되,

"대상집사(臺上執事) 거행할 제 춘향의 앞정강이 한 매에 분지르라. 만일 헛장(杖)하다가는 네 어깨 부수리라."

춘향의 약한 몸이 속절없이 죽게 되나, 사또 다시 분부하되,

"한 매에 골치 내어238) 각별히 매우 치라."

집장사령 여쭈오되,

"사또 분부 지엄(至嚴)한데 저만 년을 일분(一分) 사정 두오리까."

검장(檢杖)소리 하는 곁에 집장하는 저 사령놈 나는 듯이 달려들어 형틀 앞에 번듯 서며 에후리쳐 딱 붙이니, 뇌성벽력 벼락 치듯, 두멧놈이 장작 패듯239) 각별이 매우 치니, 춘향의 약한 다리 쇄골(碎骨)하여 부서지니, 옥 같은 두 귀밑에 흘리나니 눈물이요 솟아나니 유혈(流血)이라. 하나 치고 짐작할까, 둘 치고 짐작할까,

"이부종사(二夫從事) 뜻이 없소."

셋 넷을 딱 붙이니,

"사지(四肢)를 갈라내어 사대문(四大門)에 회시(回示)하여도 분부 시행 못 하겠소."

다섯 여섯 일곱째 낱을 딱 붙이니,

"칠거지악(七去之惡)240) 아니어든 이 형벌이 어인 일이오."

---

238) 골치 내어: 뼈가 드러나게. 골치는 골수(骨髓)를 말함.

239) 두멧놈이 장작 패듯: 산골 사람이 장작 쪼개듯.

240) 칠거지악(七去之惡): 아내를 내쫓을 수 있는 일곱 가지 허물. 시부모에게 불손함, 자식

열 치고 해박(解縛)할까? 삼십도(三十度)를 맹장(猛杖)하여 착칼241)
엄수(嚴囚) 영이 나니, 연약한 자로서 호흡이 막힌 중에 정신을 차릴쏘
냐? 그 중에 크나큰 전목(全木)칼242)을 옥(玉) 같은 목에 무릅쓰고243)
항쇄(項鎖) 수쇄(手鎖) 족쇄(足鎖)244)하고 칼머리에 인봉(印封)하고 거멀
못 철박하여245) 옥으로 내리오니, 춘향이 통곡하며 이른 말이,

"국곡투식(國穀偸食)246)하였던가 엄형중수(嚴刑重囚)247) 무삼 일고?
살인죄인(殺人罪人) 아니어든 항쇄 족쇄 무삼 일고?"

사장이248) 등에 업히어서 기색(氣塞)249)하야 나올 적에, 이때 남원
한량(閑良) 거숙이 무숙이 평숙이 진숙이 여숙이 부숙이 차문주가(借問
酒家)하올 적에,250) 이때 춘향이 중장(重杖)하고 나옴을 보고 깜짝 놀
라 달려들어 춘향 손 덥벅 잡고,

"어따, 이 애. 웬 일이냐. 정신 차려 진정하라. 동변(童便)251)을 들여
라. 소합환(蘇合丸)252) 들여라. 청심환(淸心丸) 들이라."

없음, 행실이 음탕함, 투기함, 몹쓸 병을 지님, 말이 지나치게 많음, 도둑질을 함 등이다.
241) 착칼: 착가(着枷). 죄인의 목에 칼을 씌우는 것.
242) 전목(全木)칼: 두꺼운 널빤지에 구멍을 뚫어 죄인의 목을 씌우게 만든 형구. 전목은
　　두꺼운 널빤지.
243) 무릅쓰다: 뒤집어서 머리에 덮어쓰다.
244) 항쇄(項鎖) 수쇄(手鎖) 족쇄(足鎖): 항쇄는 목에 씌우는 칼, 수쇄는 손에 채우는 수갑,
　　족쇄는 발에 채우는 차꼬를 말함.
245) 거멀못 철박하여: 거멀못 박아. 거멀못은 사개가 물러나지 않도록 잡아주는 못.
246) 국곡투식(國穀偸食): 나라의 곡식을 도둑질하여 먹음.
247) 엄형중수(嚴刑重囚): 엄한 형벌을 가하고 중대한 죄수로 가둠.
248) 사장이: 옥사쟁이. 죄수를 지키는 사람.
249) 기색(氣塞): 기(氣)의 소통이 막히는 현상.
250) 차문주가(借問酒家)하올 적에: 술집에서 술 마시는 것을 이렇게 표현했음. 두목(杜牧)의
　　「청명(淸明)」의 '借問酒家何處在'라는 구절에서 따온 것임.
251) 동변(童便): 열두 살 이하 사내아이의 오줌을 약재로 이르는 말.
252) 소합환(蘇合丸): 정신을 맑게 하는 환약.

무숙이 썩 내달아,

"내 줌치253)에 있더니라."

"그러면 속히 내소."

한 줌을 쥐어 낼 제 토끼똥이 분명하다. 거숙이 썩 내달아,

"내 줌치에 청심환 있더니라."

하고, 강즙(薑汁)254)에 급히 갈아 춘향을 불러 먹인 후에,

"정신 차려 진정하라."

평숙이는 칼머리를 들고, 진숙이는 부축하여 옥중에 내려가서 옥방을 점화(點火)하고 뉘어 놓고 위로할 제, 춘향이 정신 차려 통곡하여 이른 말이,

"송백(松柏) 같은 굳은 절개 추호나 변할쏘냐?"

옥방 형상 볼작시면, 무너진 헌 벽이며 부서진 죽창문(竹窓門)에 살쏘나니 바람이요, 헌 자리 벼룩 빈대 만신(滿身)을 침노하고, 허튼 머리 주린 이는 여기저기 흩어지니, 수절 정절 절대가인 참혹히 되었구나. 문채(文彩) 좋은 형산백옥(荊山白玉) 티끌 속에 묻혔는 듯, 향기로운 상산초(商山草)255)가 잡(雜)풀 속에 섞였는 듯, 오동(梧桐) 속에 노는 봉황 형극(荊棘) 속에 깃들인 듯, 이렇듯이 울을 적에,

"자고(自古)로 성현(聖賢)네도 무죄하고 궂겼으니256)

요순우탕(堯舜禹湯)257) 인군(人君)네도 걸주(桀紂)258)의 포악(暴惡)으로

---

253) 줌치: 주머니.

254) 강즙(薑汁): 생강즙.

255) 상산초(商山草): 향기로운 풀. 상산(商山)은 진시황 때 난리를 피해 숨어서 산 네 사람의 노인[商山四皓]이 살던 산.

256) 궂기다: 일에 장애가 생기어 잘 되지 않는 것.

257) 요순우탕(堯舜禹湯): 중국의 대표적인 훌륭한 임금 네 사람.

하대옥(夏臺獄)259)에 갇혔더니 도로 놓여 성군(聖君) 되고

명덕치민(明德治民) 주문왕(周文王)260)도 상주(商紂)261)의 음학(淫虐)

으로

유리옥(羑里獄)262)에 갇혔더니 도로 놓여 성군 되고

만고성현(萬古聖賢) 공부자(孔夫子)263)도 양호(陽虎)의 얼을 입어

광야(匡野)에 갇혔더니 도로 놓여 대성(大聖) 되시고

정충대절(精忠大節) 중랑장(中郎將)264)도 흉노국(匈奴國) 욕을 보고 도

로 놓여 고국에 살아오니

이런 일로 볼작시면 무죄(無罪)한 나의 목숨

행여나 살아나서 세상 구경 다시 볼까

갑갑하고 원통하다 날 살릴 이 뉘 있으리

우리 서방 이도령님 처음 언약 맺을 적에

나 주던 석경(石鏡) 빛은 변치 아니하여 있건마는

사오 년이 지나가도 소식이 돈절하니

보고지고 보고지고 어찌 그리 못 보는가 아주 잊고 모르는가

19

258) 걸주(桀紂): 중국 역대 임금 가운데 포악한 임금의 대표적인 인물 두 사람.
259) 하대옥(夏臺獄): 중국 하(夏)나라 시대의 감옥. 하나라 걸왕(桀王)이 탕임금을 이 옥에
    가두었음.
260) 주문왕(周文王): 주(紂)왕을 쳐서 은(殷)나라를 없애고 주(周)나라를 세운 주무왕(周武
    王)의 아버지. 그는 은(殷)나라의 제후 서백(西伯)이었는데 아들이 주나라를 세우고 문왕
    (文王)이라고 추존(追尊)했음.
261) 상주(商紂): 은(殷)나라의 주(紂)임금. 은나라의 처음 이름이 상(商)이었음.
262) 유리옥(羑里獄): 은(殷)나라의 감옥. 주(紂)임금이 주문왕을 여기에 가두었음.
263) 공부자(孔夫子): 공자(孔子)를 높여서 말한 것. 공자가 송(宋)나라 광(匡) 지방을 지날
    때, 광 지방 사람들이 공자를 양호(陽虎)로 잘못 알고 막은 일이 있음. 양호가 일찍이
    광 지방 사람들에게 포악했기 때문에 양호와 비슷하게 생긴 공자를 잘못 알고 이런 일이
    있었던 것임. '얼을 입다'는 남 때문에 화를 당하는 것.
264) 중랑장(中郎將): 소무(蘇武)가 흉노에 잡혀 있다 돌아온 고사. 소무의 벼슬이 중랑장(中
    郎將)이었음.

춘수(春水)는 만사택(滿四澤)하니 물이 깊어 못 오던가

하운(夏雲)이 다기봉(多奇峰)하니265) 뫼가 높아 못 오던가

일모창산(日暮蒼山)이 멀었으니266) 날이 저물어 못 오던가

독조한강설(獨釣寒江雪)하니 눈이 막혀 못 오던가

만경(萬徑)에 인종멸(人蹤滅)하니267) 길을 몰라 못 오던가

노중다로노무궁(路中多路路無窮)268)하니 길이 막혀 못 오는가

금강산(金剛山) 상상봉(上上峰)이 평지 되거든 오랴신가

병풍(屏風)에 그린 황계(黃鷄) 두 나래를 둥둥 치며

짜른 목 길게 빼어 사경(四更) 일점(一點)269)에

날 새라고 꼬끼오 울거든 오랴신가

---

265) 하운(夏雲)이 다기봉(多奇峰)하니: 도잠(陶潛)의 시 「사시(四時)」의 한 구절. 이 시는
고개지(顧愷之)가 지은 것이라고도 한다.
　춘수만사택(春水滿四澤) 봄 물은 사방 못에 가득하고
　하운다기봉(夏雲多奇峯) 여름의 구름은 기이한 봉우리가 많도다
　추월양명휘(秋月揚明輝) 가을 달은 밝게 비추고
　동령수고송(冬嶺秀孤松) 겨울 언덕에 외로운 소나무 하나 빼어나다
266) 일모창산(日暮蒼山)이 멀었으니: 유장경(劉長卿) 「봉설숙부용산(逢雪宿芙蓉山)」이 한
구절.
　일모창산원(日暮蒼山遠) 날 저물어 푸른 산은 아득하고
　천한백옥빈(天寒白屋貧) 차가운 날씨에 가난한 초가집
　시문문견폐(柴門聞犬吠) 사립문에 개 짖는 소리 들리는데
　풍설야귀인(風雪夜歸人) 눈보라 치는 밤에 돌아오는 사람
267) 독조한강설(獨釣寒江雪) 만경(萬徑)에 인종멸(人蹤滅)하니: 유종원(柳宗元)의 시 「강설
(江雪)」의 한 구절.
　천산조비절(千山鳥飛絕) 온 산에 새는 날지 않고
　만경인종멸(萬徑人蹤滅) 모든 길엔 사람 발길 끊어졌다
　고주사립옹(孤舟蓑笠翁) 외로운 배에 삿갓 쓴 노인
　독조한강설(獨釣寒江雪) 눈 내려 차가운 강에 홀로 낚시질 한다
268) 노중다로노무궁(路中多路路無窮): 길에 길이 많아 끝이 없네. 『백련초해(百聯抄解)』의
한 구절.
269) 사경(四更) 일점(一點): 새벽 3시 반 무렵. 저녁 7시부터 새벽 5시까지의 시간을 다섯
경(更)으로 나누고, 한 경은 다섯 점(點)으로 나누었음.

오늘이나 소식 올까 내일이나 소식 올까 그린 지도 오래겠다
이렇듯이 죽어갈 제 벼슬길로 내려오면
죽을 나를 살려놓고 나의 설치(雪恥)하련마는
소식이 돈절하고 종적이 끊겼으니 죽을밖에 하릴없네."

이때 이도령이 춘향을 이별하고 경성(京城)에 올라가서 글공부 힘써
하더니, 국태민안(國泰民安) 시절 되어 태평과(太平科)270)를 뵈이거늘,
서책(書冊)을 품에 품고 장중에 들어가서 글제를 살펴보니 '강구(康衢)
에 문동요(聞童謠)'271)라 두렷이 걸렸거늘, 해제(解題)272)를 생각하여
시지(試紙)를 펼쳐 들고 용지연(龍池硯)273)에 먹을 갈아 당황모(唐黃毛)
무심필(無心筆)274)을 반중동 덥벅 풀어 일필휘지(一筆揮之) 지어내어 선
장(先場)에 일천(一天)하니,275) 상시관(上試官)276) 이 글을 보고,
　"문불가점(文不加點)277) 좋을시고. 이태백의 귀작(句作)278)이요, 왕
희지(王羲之) 필법(筆法)이라. 구구(句句)이 비점(批點)279)이요 자자(字字)
이 관주(貫珠)280)로다."

---

270) 태평과(太平科): 나라에 경사가 있을 때 특별히 실시하던 과거.
271) 강구(康衢)에 문동요(聞童謠): 요(堯)임금이 길거리에서 아이들의 노래를 들었다는 고사
　　로, 태평한 시절을 말함.
272) 해제(解題): 문제를 푸는 것.
273) 용지연(龍池硯): 용모양을 새긴 벼루. 용미연(龍尾硯)의 잘못일 수도 있음. 용미연은
　　중국 안휘성(安徽省) 용미산(龍尾山)에서 나는 돌로 만든 좋은 벼루.
274) 당황모(唐黃毛) 무심필(無心筆): 족제비털로 만든 중국산 붓. 무심필은 가운데 심을 박
　　지 않은 붓.
275) 선장(先場)에 일천(一天)하니: 첫 번째로 답안지를 내니. 선장과 일천은 모두 과거 시험
　　에서 첫 번째로 답안지를 내는 것을 말함.
276) 상시관(上試官): 과거 때 수석 시험관.
277) 문불가점(文不加點): 문장에 점 하나 더할 수 없을 정도로 잘 되었음.
278) 귀작(句作): 구작(句作). 시나 문장을 구법(句法)대로 지음.
279) 비점(批點): 시나 문장이 아주 잘된 곳에 찍는 점.

장원급제(壯元及第) 하이시고, 금방(金榜)281)에 이름 불러 사은숙배
(謝恩肅拜)하온 후에 어주삼배(御酒三杯)282) 받아먹고 성은(聖恩)을 축사
한대, 전하(殿下)가 대희하여,

"기특다 인재로다. 무삼 벼슬 하려느냐? 전라감사(全羅監司) 하려느
냐, 한림학사(翰林學士) 하려느냐?"

이도령 여쭈오되,

"국중(國中)이 깊고 깊어 사해가 막막하오니, 백성 서룬 정(情)을 날
날이 적어다가 전하께 아뢰리다."

전하 어사 제(除)하이시니,283) 평생의 원(願)이라. 수의(繡衣)284)를
안에 입고 어사화(御賜花)285)를 숙여 꼽고 장안 대도상(大道上)에 완완
(緩緩)히286) 나오니 그 위의(威儀) 거동이 비할 데 없더라.

집에 도문(到門)하여 부모께 하직하고 이날에 발행할새, 어사의 거
동 보소. 숫사람287)을 속이려고 철대 없는 헌 파립(破笠)288)에 조색(皂
色)289) 갓끈 달아 쓰고, 편자290)만 남은 헌 망건에 갓풀관자(貫子)291)

20

---

280) 관주(貫珠): 시나 문장이 잘된 곳에 붉은 색으로 치는 동그라미.
281) 금방(金榜): 과거에 급제한 사람의 이름을 써 붙인 방.
282) 어주삼배(御酒三盃): 임금이 신하에게 내리는 세 잔의 술.
283) 제(除)하이시니: 벼슬을 주시니.
284) 수의(繡衣): 수놓은 옷이라는 의미로 암행어사의 옷을 말함.
285) 어사화(御賜花): 과거 급제자에게 임금이 주던 종이로 만든 꽃.
286) 완완(緩緩)히: 급하지 않고 느릿느릿하게.
287) 숫사람: 순진하고 어수룩한 사람.
288) 철대 없는 헌 파립(破笠): 갓철대가 없는 못 쓰게 된 헌 갓. 갓철대는 갓양태의 테두리 부분.
289) 조색(皂色): 검은색.
290) 편자: 망건편자. 망건을 졸라매기 위하여 붙인 말총으로 짠 띠.
291) 갓풀관자(貫子): 아교로 된 관자. 싸구려 관자라는 의미. 관자는 갓을 망건에 매어 고정 시키는 줄을 매기 위해 망건에 다는 단추 같은 것. 관자는 금, 옥, 마노 같은 것으로 만들었음.

달아 쓰고, 깃만 남은 헌 베도포(道袍) 삼동 이은 헌 복띠292)를 흉복(胸
腹)통을 졸라매고, 목만 남은 헌 길목,293) 뒤축 없는 헌 짚세기294) 이
렁저렁 걸어 매고, 청파역졸(靑坡驛卒)295) 불러 분부하고, 남대문 밖
썩 내달아 칠패(七牌)296) 청파(靑坡) 배다리297) 건너 밥전거리298) 와
밥 한 그릇 사서 먹고, 모래톱299) 지내어 동작(銅雀)이300) 건네어 승방
(僧房)들301) 지내어 남태령(南泰嶺)302) 넘어 과천(果川)에 중화(中火)303)
하고, 사근내304) 지내어 수원(水原) 들어 숙소하고, 웃버드내 아래버
드내305) 대황교(大皇橋)306) 지내어 떡전거리307) 진개울308) 죽산(竹
山)309) 자고, 천안(天安) 김제역(金蹄驛)310) 말 갈아타 역졸에게 분부하
고, 금강(錦江)이 얼핏 건네여 높은행길311) 여기로다. 소개312) 널티313)

<hr>

292) 삼동 이은 헌 복띠: 세 조각을 이어서 만든 웃옷에 눌러 띠는 띠.
293) 길목: 길목버선. 먼 길을 갈 때 신는 허름한 버선.
294) 짚세기: 짚신.
295) 청파역졸(靑坡驛卒): 청파역의 역졸. 청파는 현재 서울 청파동 근처의 지명임.
296) 칠패(七牌): 현재 서울 염천교 부근의 지명.
297) 배다리: 주교(舟橋). 청파동 근처에 있던 다리.
298) 밥전거리: 현재 삼각지 부근의 지명.
299) 모래톱: 현재 용산구 동부 이촌동 자리에 있던 한강 백사장을 말하는 것으로 보임.
300) 동작(銅雀)이: 동재기 나루. 현재의 동작동. 나루가 있었음.
301) 승방(僧房)들: 승방평(僧房坪). 현재 동작구 우면동 지역에 있던 지명.
302) 남태령(南泰嶺): 지금의 동작구에서 과천시로 넘어가는 고개.
303) 중화(中火): 길을 가다가 도중에 점심을 먹는 것.
304) 사근내: 사근천(沙斤川). 현재 의왕시 고촌동에 있는 내.
305) 웃버드내 아래버드내: 상류천(上柳川) 하류천(下柳川). 현재 수원시 권선구(勸善區) 세
류동(細柳洞)의 마을 이름.
306) 대황교(大皇橋): 현재 수원시 권선구 대황교동에 있던 다리.
307) 떡전거리: 병점(餠店).
308) 진개울: 현재 경기도 화성시 향남읍 증거리(增巨里)에 있던 지명.
309) 죽산(竹山): 경기도 안성시 죽산면. 죽산은 이 길로 가다가 들릴 수 있는 곳이 아님.
310) 김제역(金蹄驛): 천안 남쪽에 있던 역. 현재 충청남도 연기군 소정면 대곡리 역말마을.
311) 높은행길: 공주시 소학동(巢鶴洞)에 있는 마을 이름.

무너미314)며 경천(敬天)315) 중화하고, 노성(魯城)316) 풋개317) 사다
리318) 닭다리319) 황화정(皇華亭)320) 지내어 여산(礪山)321) 숙소하고,
서리(胥吏) 불러 분부하고 전주(全州)로 달려들어 한벽루(寒碧樓)322) 구
경하고, 남천교(南川橋)323)로 반수역324)에 군호(軍號)하고, 좁은목325)
만마동(萬馬洞)326) 노구바우327)로 임실(任實) 숙소하고, 오수(獒樹) 중
화하여 남원읍을 향할새, 이때 방농시절(方農時節)이라328) 밤지내329)
를 다다르니 농부가를 하는구나.

  어이여 여여루 상사디요330)
  역산(歷山)331)에 밭을 가니 여기저기 농처(農處)로다

312) 소개: 공주시 신기동(新基洞)에 있는 마을 이름.
313) 널티: 널재. 판치(板峙). 공주와 경천의 사이의 고개.
314) 무너미: 수유리(水踰里). 공주시 계룡면에 있는 마을 이름.
315) 경천(敬天): 공주시 계룡면 경천리.
316) 노성(魯城): 논산시 노성면 읍내리.
317) 풋개: 초포(草浦). 충남 논산시 광석면 항월리에 있는 마을 이름.
318) 사다리: 사교(沙橋) 또는 사제(沙梯). 충남 논산시 부적면 신교리에 있던 다리.
319) 닭다리: 위의 사교(沙橋)의 다른 이름.
320) 황화정(皇華亭): 논산시 연무읍 황화정.
321) 여산읍(礪山): 전라북도 익산시 여산읍.
322) 한벽루(寒碧樓): 전주 한벽당(寒碧堂)을 말함.
323) 남천교(南川橋): 전주 남천에 놓인 다리.
324) 반수역: 반석역(半石驛). 전주 남쪽의 역 이름.
325) 좁은목: 전주 남쪽의 좁은 길목.
326) 만마동(萬馬洞): 만마관(萬馬關). 상관(上關)이라고도 함.
327) 노구바우: 전주와 임실(任實)의 경계에 있는 지명. 남관(南關)이라고도 함.
328) 방농시절(方農時節)이라: 바야흐로 농사철이라.
329) 밤지내: 임실에 있는 지명.
330) 어여로 상사디요: 여럿이 힘을 합쳐 지르는 흥을 돋우는 말.
331) 역산(歷山): 순(舜)임금이 역산(歷山)에서 밭을 갈았는데 역산의 사람들이 모두 밭을
    양보했다고 함.

이봐 농부네 들어 보소

풍년이라 좋아 말고 흉년이라 싫어 마소

어이여 여여루 상사디요

은왕성탕(殷王成湯)332) 어진 임금 칠년대한(七年大旱)333) 만났도다

어이여 여여루 상사디요

하우씨(夏禹氏)334) 어진 임금 구년지수(九年之水)335) 만났도다

어이여 여여루 상사디요

21 이 농사를 지어내어 보리밥 찰밥 많이 짓고

호박국을 많이 끓이고

어이어 여여루 상사디요

양주(兩主) 부처(夫妻) 마주 앉아 많이많이 먹어 내고

어이여 여여루 상사디요

어사의 거동 보소. 답두336)에 바짝 올라서며 하는 말이,

"어허 그 농부 제 밥그릇에 똥 누었고?"

하고,

"저 농부네 말 좀 물어봅세?"

그 중의 젊은 농부 썩 나서서 어사의 멱살을 잡고,

"이 놈, 이 놈. 고약한 놈."

---

332) 은왕성탕(殷王成湯): 중국 은(殷)나라의 첫 번째 임금인 탕(湯)왕. 7년 동안 가뭄이 들었
을 때 이를 극복했음.

333) 칠년대한(七年大旱): 중국 은(殷)나라 탕(湯)왕 때에 있었던 큰 가뭄.

334) 하우씨(夏禹氏): 하(夏)왕조의 시조라고 하는 전설상의 인물. 대규모의 치수공사(治水工
事)를 하여 구년 동안의 가뭄을 견뎌냈음.

335) 구년지수(九年之水): 중국 요(堯)나라 때 9년이나 계속되었다는 큰 비. 이 홍수를 우(禹)
임금이 다스렸음.

336) 답두: 논둑을 말하는 것으로 보임.

이리할 때에 늙은 농부 곁에 섰다,

"마소, 마소. 그리 마소. 걸인(乞人) 죽으면 살인(殺人) 없나. 여보 이 양반, 저보 저 양반. 무삼 말인지 나더러 하오."

줌치 썩 벌려 주녁이337) 쥐어내어 손바닥에 침 탁 뱉어 뜨적뜨적 뜨적일새, 지간(指間)에 흐르는 침을 이리저리 훔쳐, 곰방대 쑥 잡아 빼어 꾹꾹 뭉쳐 화로 불끈 잡아당겨 손 불끈 쑥 넣어 이리 뒤적 저리 뒤적 곰방대 쿡 처녀 두 볼때기가 오목오목 빨아낼 제, 두 콧궁기338)서 내339)가 홀홀 나며,

"어허 그 담배 맛있고."

어사의 이른 말이,

"이 골 사또 정체(政體) 어떠한고?"

농부 대답하되,

"우리 사또 정체 어떠할 것 있소. 원님은 노망(老妄)이요, 좌수(座首)는 주망(酒妄)이요, 아전(衙前)은 도망이요, 백성은 원망이니, 사망340)이 물밀듯하지요."

어사 다시 무르되,

"들으니 춘향이가 사또 수청들시 분명한가?"

저 농부 대골이 출(出)하여341) 하는 말이,

"옥(玉) 같은 춘향 몸에 누추한 말 어이 함나? 구관사또 자제 이도령인가 난정의 아들인가, 춘향과 백년가약(百年佳約) 맺었던지, 이도령 오기만 기다리고 독숙공방(獨宿空房) 빈 방안에 수절하더니, 신관(新官)

---

337) 주녁이: '주먹에'라는 의미로 보임. 다른 본에는 '손으로'라고 했음.
338) 콧궁기: 콧구멍.
339) 내: 연기.
340) 사망: 장사에서 이익이 많이 남는 것.
341) 대골이 출(出)하여: 크게 골을 내어.

도임 초에 급히 불러 수청 들라 하니, 수절이 정절이라. 수청 아니 든다 하고 무죄한 춘향을 옥 같은 다리에다 독한 형문(刑問) 학치342) 맹장(猛杖)하여 항쇄(項鎖) 수쇄(手鎖)에 금수옥중(禁囚獄中)하여 명재경각(命在頃刻) 하였으니, 그러한 선정지관원(善政之官員)343)은 아국(我國)에 어디 있으랴?"

22

어사 농부를 하직하고 석양 그늘에 돌아드니, 조그마한 아이 신세 타령하되,

"어떤 사람 팔자(八字) 좋아 대광보국(大匡輔國) 숭록대부(崇祿大夫) 팔도방백(八道方伯) 각읍수령(各邑首領) 다 살았는데, 요 내 신세 들어보소. 십세(十歲) 안에 양친(兩親)을 조별(早別)344)하고 길품으로 나서니 단 십리를 못 나와서 열 발가락이 아니 아픈 데가 없이 다 아프네. 요 내 약한 다리로 몇 날 걸어 서울을 가며, 동지장야(冬至長夜) 길고 긴 밤에 몇 밤 자고 한양(漢陽) 가리. 조자룡(趙子龍)345)의 용총마(龍驄馬)346)가 있거드면 이제 잠깐 가련마는. 애고 애고 서룬지고. 육백여 리를 언제 갈꼬?"

어사 마침 지나다가 이 아이 노래를 듣고,

"아나 이 아이, 네 어디 살며 네 어디를 가는다?"

이 아이 대답하되,

"남원부 사옵더니, 구관사또 자제 이도령님이 춘향과 백연기약을 맺고 가신 후에 소식조차 돈절(頓絶)347)할 뿐 아니라, 춘향이 방장(方

---

342) 학치: 정강이.
343) 선정지관원(善政之官員): 선정을 베푸는 관원.
344) 조별(早別): 일찍이 이별함.
345) 조자룡(趙子龍): 삼국시대 촉한(蜀漢)의 조운(趙雲). 자룡은 그의 자(字).
346) 용총마(龍驄馬): 잘 달리는 좋은 말.
347) 돈절(頓絶): 편지나 소식 따위가 딱 끊어짐.

將)348) 형문 맞고 옥중에 앉아 편지 맡아 가는 길이오."

"이봐라 아이. 그 편지 이 다고. 너 나 아니 만났던들 허행(虛行)할 뻔하였다."

아이 이 말 듣고,

"그 어인 말씀이니까?"

"네 내 말을 들어보라. 이도령과 격린(隔隣)터니, 그 집이 문질(門疾)349)이 나서 씨아들도 없이 다 죽었느니라."

그 편지 떼어보니 하였으되,

두어 자 글월을 도령 좌하(座下)에 올리나니, 전라좌도(全羅左道) 남원부 천변리(川邊里) 거(居)하는 임자생(壬子生) 신(身) 춘향은, 도련님 올라가신 후로 신관사또 내려와서 수청 아니 든다 하고 형문 때려 항쇄 수쇄하여 옥중에 엄수하여 거의 죽게 되었으니, 도련님 내려와겨 불쌍한 춘향을 살려주옵심을 천만(千萬) 복망(伏望)하옵네다.

눈물을 뚝뚝뚝뚝 흘리며 혈서(血書)를 하였거늘, 이도령이 편지를 붙들고 대성통곡(大聲痛哭)하거늘, 이 아이 만류하니, 그 아이 다른 데로 보내고 남원 지경 다다르니, 면주인(面主人)350)놈 나오며 탄식하여 하는 말이,

"내일 사또 생일잔치에 걸태 전령(傳令)351) 내어주며 매호(每戶)에 계란 오만 개 걷으라 하니 이 일을 어이하잔 말고? 일락서산(日落西山) 거의로다. 이 일을 어이하잔 말가? 하잔 말가?"

23

---

348) 방장(方將): 지금.

349) 문질(門疾): 한 집안에 대대로 전해 내려오는 병.

350) 면주인(面主人): 각 고을에 파견되어 면(面)과 연락을 맡아보던 사람.

351) 걸태 전령(傳令): 걸태질하라는 지시. 걸태질은 마구 재물을 긁어모으는 짓.

무수히 탄식하거늘, 어사의 묻는 말이,

"남원에 춘향이 있다 하니, 춘향이 잘 있나?"

주인놈 대답하되,

"춘향이 어제 죽어 그저께 내다가 저 건너 새로 초빈(草殯)352) 저게 기요."

어사 이 말 듣고 깜짝 놀라며 주인놈 배송(拜送)하고, 그 초빈 찾아 가서 갓 벗어 내뜨리고 뒹굴며 탄식고 우는 말이,

"춘향아 죽단 말이 웬 말이냐? 내 너를 보려고 좋은 벼슬 다 버리고 이 지경이 되어 내려오는데 죽단 말이 웬 말이냐?"

한창 이리 울 마디에 옹상인(邕喪人)353) 내달아 보고 저의 동생 불러 이른 말이,

"저 뉘라 와서 우는고? 나가 보자."

하고 나가 보니, 웬 사람 하나가 와서 춘향을 부르며 울거늘,

"방죽안 손아.354) 아지 못게라. 어머님 이름이 춘향이던거냐?"

물으니, 이도령 울다가 치어다보니 웬 상인(喪人)이 왔거늘, 울다가 울음을 그치고 파립(破笠) 주워 쓰고 그만 드러내노와355) 남원 읍내를 들어와 보니, 산도 예 보던 산이요, 물도 예 보던 물이라. 광한루야 잘 있더냐? 오작교야 무사하냐?

이렁저렁 두류(逗留)356)할 때, 이때에 춘향이 옥중에 앉아 울음으로 벗을 삼고 한숨으로 세월을 보내더니, 일일은 한 꿈을 얻으니 고이하고 맹랑하다. 저의 어미 불러 이른 말이,

---

352) 초빈(草殯): 시체를 안에 둘 수 없을 때, 임시로 이엉 따위로 덮어서 밖에 두는 것.
353) 옹상인(邕喪人): 옹씨 성을 가진 상제.
354) 방죽안 손아: 옹상인이 동생을 부르는 것으로 보임.
355) 드러내노와: 달아난다는 의미로 보임.
356) 두류(逗留): 머물러 있음.

"봉사 하나 청하여 주소. 해몽(解夢)이나 하여보세."

이러할 즈음에 마침 외촌(外村) 허봉사(許奉事)357)가 춘향 굿긴단358) 말을 듣고 위문차로 오더니, 똘359)을 건너뛰다가 마침 똥을 짚어 놀라 뿌리다가 담 돌에 부딪치니, 엉겁에 입에 무니 구린내 나니 탄식코 하는 말이,

"명천(明天)이 사람 낼 제 별로 후박(厚薄) 없건마는, 말 못하는 벙어리도 부모 동생과 만물을 보건마는, 어찌타 나의 신세 앞 못 보는 맹인 되어 검은 것이 희다 하여도 알 수가 없고, 긴 것을 짜르다 하여도 알 수가 없어 흑백장단(黑白長短)을 모르는고?"

옥중의 춘향이 봉사 지나감을 알고 사장이 불러 봉사를 청하니, 봉사 들어와 앉으며 하는 말이,

"내 네 소식을 듣고 벌써 한 순(巡)이나 와서 볼되, 빈즉다사(貧則多事)360)라 이제야 보니 무안(無顔)토다."

발명(發明)361)하니 춘향이 대답하여 인사하되,

"이 새 봉사님 기체(氣體)362) 안녕하시니까? 나는 신수(身數)가 불길하야 이 고생이 웬 고생이오."

봉사 왈,

"인명(人命)이 재천(在天)이라. 간대로363) 죽으랴?"

---

357) 외촌(外村) 허봉사(許奉事): 고을 밖에 있는 마을에 사는 허씨 성의 장님. 봉사(奉事)는 종8품의 벼슬이나, 장님을 높여서 부르는 의미로 많이 썼는데, 장님들이 점을 많이 치므로 점쟁이라는 의미로도 씀.
358) 굿기다: 일에 문제가 생겨 잘 안됨.
359) 똘: 도랑.
360) 빈즉다사(貧則多事): 가난하면 일이 많다.
361) 발명(發明): 잘못이 없음을 밝혀 발뺌함.
362) 기체(氣體): 윗사람의 기력과 건강상태를 이르는 말.
363) 간대로: 그리 쉽사리.

하고 장처(杖處)가 어떠하냐 하며, '내 만져보자' 하고 손이 깊이 들어오거늘, 춘향이 깜짝 놀라 하는 말이,

"여보, 봉사님 웬 일이오. 봉사님 내 부친 생시에 나를 가지고 서로 어르며, '내 딸, 내 딸이제' 하시더니, 부친은 일찍 돌아가시고 봉사님을 뵈오니 부친 뵈오나 다름없나이다. 그러나 저러나 간에 날 해몽이나 하여주오. 간밤 몽사(夢事)가 여차여차 하오니 해몽하여 보옵소서."

봉사 왈,

"네 무삼 꿈인다?"

춘향이 대답하되,

"단장하던 거울이 한복판이 깨져 뵈고, 동창(東窓)에 앵(櫻)꽃이 떨어져 뵈이고, 문 위에 허수아비 달려 뵈오니 그 아니 흉몽(凶夢)이니까?"

봉사 침음양구(沈吟良久)364)에 산통(算筒)을 내어 들고 흔들며 축사(祝辭)를 외우거늘, 축사에 왈,

"천하언재(天何言哉)며 지하언재(地何言哉)시리오. 고지즉응(叩之卽應)하나니 감이순통(感而順通)하사365) 금우태세(今于太歲)366) 모년 모월 모일 남원부 천변리 거(居)하는 임자생 신(身) 열녀 성춘향(成春香)이 엄수옥중(嚴囚獄中)하였으니, 경거(京居)하는 이가(李哥) 양반을 어느 때나 만나보며, 하일하시(何日何時)에 방사옥중(放赦獄中)367)하오며, 몽사(夢事) 길흉여부(吉凶與否) 미능상지(未能詳知)하니, 복걸(伏乞) 첨신신명(僉神神明)368) 소시물비괘효(昭示勿秘卦爻)하옵고369) 감이순통 감이순통하

---

364) 침음양구(沈吟良久): 한참 동안 속으로 깊이 생각함.
365) 고지즉응(叩之卽應)하나니 감이순통(感而順通)하사: 두드리면 곧 응답하나니, 감응하시어 순조롭게 통하게 하시어.
366) 금우태세(今于太歲): 올해의 간지(干支).
367) 방사옥중(放赦獄中): 옥에서 풀려나옴.
368) 첨신신명(僉神神明): 하늘과 땅의 여러 신령.

소서."

점을 다한 후에 눈을 희번덕이며 글 두 귀를 지었으되,

화락(花落)하니 능성실(能成實)이요 파경(破鏡)하니 기무성(豈無聲)가
문상(門上)에 현우인(懸偶人)하니 만인개앙시(萬人皆仰視)라

봉사 이른 말이,

"몽사(夢事)를 해득하니, 동창(東窓)에 앵도화 떨어져 뵈니 능히 열매
열 것이요, 거울이 깨져 뵈니 어찌 소리 없으며, 문 위에 허수아비 달
렸으니 일만 사람이 우러러 볼 꿈이라. 어허 이 꿈 잘 꿨도다. 쌍가마
탈 꿈이로다. 너희 서방님이 지금 고추 같은 벼슬370) 띠고 오니 내일
정녕(丁寧) 만나리라. 네 과도히 슬퍼 말고 때를 잠깐 기다리라."
하고, 봉사 돌아가며 일정(一定) 두고 보라더니, 마침 이때 까마귀 옥
담에 앉아 가옥 가옥 울거늘, 춘향 탄식 왈,

"여보 봉사님. 저 까마귀 날 잡아갈 까마귀 아니오?"

봉사 이른 말이,

"까마귀 출처를 들어봐라. 가옥 가옥 하는 뜻은, 가 자는 아름다울
가(佳) 자요, 옥 자는 집 옥(屋)자라. 너의 집에 경사 있을 징조로다."
하고 일어 가거늘.

차설(且說). 암행어사 일락황혼(日落黃昏) 후에 춘향의 집 찾아가니,
행랑(行廊)은 꾀를 벗고371) 몸채는 쓸어졌는데, 춘향어미 거동 보소.
목욕재계(沐浴齋戒) 정(淨)히 하고 새 소반 새 그릇에 정화수(井華水)372)

---

369) 소시물비괘효(昭示勿秘卦爻)하옵고: 점괘를 감추지 말고 밝게 알려주옵고.
370) 고추 같은 벼슬: 미상.
371) 꾀를 벗다: 발가벗다.

를 정히 놓고,

"비나이다, 비나이다. 하나님께 비나이다. 명천(明天)이 감동하사 서울 계신 이도령님 전라감사 같은 벼슬이나 어사 같은 벼슬이나 하여 가지고 내려와 우리 무죄한 춘향이 살려지이다."

도련님 이 말 듣고, '나의 벼슬이 선영(先塋)의 음덕(蔭德)373)인 줄 알았더니 반드시 춘향어미 정성이로다.' 하고, 어사 거동 보소.

"예 보소 장모. 나 왔네, 나 왔네."

춘향어미 이 말 듣고,

"남원장 파장(罷場)이면 미친놈들이 막걸리 잔이나 얻어먹고 장모니 개모니 하고 미친 자식 흔하더라."

"내 이서방일세."

춘향어미 하는 말이,

"게 어인 이서방인가?"

나와 보니 이도령일시 분명커늘, 두 손뼉 땅땅 치며,

"잘되었다, 잘되었다. 정절 춘향이 잘되었다. 잘되었다. 이제는 하릴없이 죽겠구나. 걸배374) 중에는 상(上)걸배가 되었구나."

향단이 썩 내달아,

"아씨 아씨, 큰아씨. 그리 마오. 우리 아기씨가 그 도련님을 어떻게 하옵더이까? 그리 마오."

춘향어미 이도령 데리고 옥문 밖에 다다라서 문밖에 세우고,

"춘향아, 춘향아."

26

---

372) 정화수(井華水): 이른 새벽에 처음 길어온 우물물. 부정을 타지 않은 깨끗한 물이므로 정성을 들여 귀신한테 바치거나 또는 약을 달이는 물로 썼음.

373) 선영(先塋)의 음덕(蔭德): 조상이 드러나지 않게 베푸는 덕.

374) 걸배: 거지.

춘향이 하는 말이,

"무삼 일로 날 찾는가? 겨우 잠을 얻어 꿈을 꾸니, 우리 서방님이 머리에는 금관(金冠)이요, 몸에는 금포(錦袍) 입고 와서 만단정회(萬端情懷) 못 다하여 뭐하려고 날 찾는가?"

춘향어미 이른 말이,

"왔다, 왔다. 너의 서방님인지 남방님인지 왔다."

춘향이 깜짝 놀라 내달으며,

"이 말이 웬 말인가?"

우닐면서 왈칵 뛰어 내달을 제, 전목칼 목에 걸고 때 묻은 저고리에 행주치마 감발하고,375) 옥 같은 귀밑에 머리가 으쳤는데,376) 옥문 안에 춘향 서고 옥문 밖에 걸인 서서 문틈으로 손을 내어 두 손길 마주 잡고,

"하늘로서 떨어진가, 땅으로 솟았는가? 구름 속에 싸여 온가, 바람 끝에 풍겼는가? 어찌 그리 못 왔던가? 어이 그리 더디던가?"

이렇듯이 반겨하며 문틈으로 살펴보니, 편자377) 없는 헌 망건에 종이 당줄378) 갖풀관자(貫子)379) 그렁저렁 잘라 쓰고, 철대 없는 헌 파립(破笠)380) 물레줄381)로 벌이줄382) 그렁저렁 벌여 매고, 목만 남은 헌

375) 감발하고: 천으로 발을 감싸고.
376) 으쳤는데: 으츠러졌는데. 으츠러지다는 연한 것이 다른 것에 부딪치거나 눌려 부스러지는 것을 말함.
377) 편자: 망건편자. 망건을 졸라매기 위하여 망건 아래쪽의 말총으로 짠 띠.
378) 당줄: 망건당줄. 망건에 달아 상투에 동여매는 줄.
379) 갖풀관자(貫子): 아교로 된 관자. 싸구려 관자라는 의미. 관자는 갓을 망건에 매어 고정시키는 줄을 매기 위해 망건에 다는 단추 같은 것. 관자는 금, 옥, 마노 같은 것으로 만들었다.
380) 철대 없는 헌 파립(破笠): 갓철대가 없는 못 쓰게 된 헌 갓. 갓철대는 갓양태의 테두리 부분.
381) 물레줄: 물레바퀴를 돌릴 때 거는 줄.

길목382)에 뒤축 없는 헌 집신에 다 떨어진 헌 겹바지 헌 베도포에 도막 이은 띠384)를 띠고, 문앞 지켜 섰는 거동 상(上)동냥치385) 되었구나. 어찌 아니 슬플쏘냐. 춘향이 이른 말이,

"언제 그다지 걸인 되어 저 지경이 되었는고?"

어사가 대답하되,

"댁집이 죄를 만나 과거(科擧)도 못 마치고, 불승기한(不勝飢寒)386)이 지경이 되었네."

"너의 형상 볼작시면 이제는 하릴없네. 내 일찍 입어오는 보라 대단(大緞) 속저고리 남방사주(藍紡紗紬) 홑단치마 함롱 속에 넣었으니 팔아다가 관망(冠網),387) 도포(道袍) 급히 지어 서방님께 드리소서. 죽어도 한이 없네. 서방님 나의 말 듣소. 내일은 본관사또 생일잔치한다 하니, 취중(醉中)에 주광(酒狂) 나면 나를 올려 칠 것이니, 내 집에 잠을 자고 내일은 일찍 와서 칼머리나 들어주소. 불쌍한 내 신체 구산(舊山)388)에도 가지 말고 신산(新山)389)에도 가지 말고, 서방님 다니신 길가에 묻어주면 서방님 발길이 내 가슴 밟히겠소."

설운 말 못 다하고 옥방(獄房)으로 울고 드니, 일촌간장(一寸肝腸)390)이 굽이굽이 끊기는 듯 그 아니 분할쏘냐. 걸인의 거동 보소. 혼잣말

27

---

382) 별이줄: 갓을 매는 줄.
383) 목만 남은 헌 길목: 다 떨어진 길목버선. 길목버선은 먼 길을 갈 때 신는 허름한 버선.
384) 도막 이은 띠: 몇 도막을 이어붙인 띠.
385) 동냥치: 동냥아치. 거지.
386) 불승기한(不勝飢寒): 굶주림과 추위를 이기지 못함.
387) 관망(冠網): 갓과 망건.
388) 구산(舊山): 조상의 무덤이 있는 곳.
389) 신산(新山): 새로 쓰는 묘.
390) 일촌간장(一寸肝腸): 한 치밖에 안 되는 자그마한 간장이란 뜻으로 애가 타서 잔뜩 졸아든 애간장을 비겨 이르는 말.

로 칭찬하되, '기특하다 우리 춘향. 전에 없는 열녀로다. 혼자 마음 굳
게 먹고 본관놈을 깨물리라. 내 솜씨로 출또하면 급한 풍파 먼저 나서
만경창파(萬頃蒼波)391) 될 것이니, 춘향 목숨 살려 놓고 이 설치(雪恥)
하여볼까.'

춘향집에 돌아가서 전에 놀던 빈 방안에 전전반측(輾轉反側) 잠 못
이뤄 삼사오경(三四五更) 겨우 지나 계명성(鷄鳴聲)392) 난 연후에 평명
(平明)에 돌아오니, 본관의 거동 보소. 생일잔치 배설(排設)할 제 구름
같은 차일(遮日) 반공(半空)에 솟았는데, 근읍(近邑) 수령(守令) 모여들
제, 청천(靑天)에 구름 모둣, 용문산(龍門山)에 안개 모둣393) 차례로 들
어올 제, 곡성(谷城)이며 운봉(雲峰)이며, 구례(求禮)며 광양(光陽)이며,
순창(淳昌)이며 담양(潭陽)이며, 옥과(玉果)며 창평(昌平)이며 좌우 나졸
미색(美色) 등물(等物) 각색(各色) 풍류(風流) 들여놓고 풍악이 자자한데,
헌 갓 쓴 저 걸인이 문 밖에 바장이며 아래 사령더러,

"여쭈어라 나졸들아. 어디 있는 걸인으로 좋은 잔치에 당하였으니
술 한 잔 얻어먹자꾸나."

나졸의 거동 보소. '이 양반아, 저 양반아.' 등 밀쳐내거늘, 걸인의
거동 보소. 울울두퉁퉁 올라가서 기둥을 덥석 안고 고함을 지르거늘,
본관(本官) 원님 거동 보소. 범같이 성을 내어,

"네 바삐 쫓아내라."

저 걸인 거동 보소.

"술 한 잔 주옵소서 안주 한 점 먹사이다."

---

391) 만경창파(萬頃蒼波): '만경창파에 되강오리'에서 '되강오리'가 빠졌음. '만경창파에 되강
   오리'는 "한 없이 넓고 넓은 바다에 떠 있는 농병아리"라는 의미.
392) 계명성(鷄鳴聲): 닭의 울음소리.
393) 용문산(龍門山)에 안개 모둣: 경기도 양평군에 있는 용문산에 안개가 피는 것처럼 사람
   이 사방에서 모이는 것을 말함.

만좌 중 운봉영장(雲峰營將)394) 출반(出班)하여 하는 말이,

"그 걸인의 의상은 남루하나 양반의 후예로다. 말석(末席)에 올려 앉혀 술잔이나 주라."

하니, 중계(中階) 오르거늘, 본관이 대책(大責)하되,

"운봉은 진찬하오.395) 저런 걸인 가차하거드면396) 숟가락 모두 잃는 법이니 맹랑한 짓 마오."

어사의 거동 보소. 두 무릎을 정히 꿇고 좌우를 둘러보니, 좌상의 모든 수령 취흥(醉興)이 양양(洋洋)하여 갖은 음식 다 먹으며, 박박주(薄薄酒)397) 한 사발에 콩나물 깍두기 모 떨어진 개상반398)에 흘림흘림399) 갖다 노니, 어이 아니 분할쏘냐? 연일불식(連日不食) 굶은 중에 기(其)라도 감식(甘食)하고, 눈을 궁굴려400) 둘러보니 갈비 한 대 먹고 싶어 부채로 운봉의 견갑(肩胛)을 꽉 지르니, 운봉이 혼이 나서,

"어이, 이 양반 웬 일이오?"

어사 이른 말이,

"갈비 한 대 먹사이다."

운봉이 하는 말이,

"다라도 먹으시오."

이렇듯이 진퇴할 때, 본관이 흥을 내어 운자(韻字)를 부르거늘, 기름 고(膏)자 높을 고(高)자 운(韻)이거늘, 걸인이 통하는 말이,

---

394) 운봉영장(雲峰營將): 운봉은 현재 남원시 운봉면. 영장은 진영장(鎭營將)을 말함. 운봉 현감이 영장을 겸임하였음.
395) 진찬하오: 미상.
396) 가차하거드면: 가까이 하게 되면.
397) 박박주(薄薄酒): 질이 좋지 않은 술.
398) 개상반: 개다리소반.
399) 흘림흘림: 한 번에 주어야 할 것을 조금씩 여러 번에 걸쳐 나누어 주는 모양.
400) 궁굴리다: 이리저리 굴리다.

"걸인도 아이 적에 추구(抽句)⁴⁰¹⁾ 권(卷)이나 알았더니, 좋은 잔치 당하였다 주효(酒肴)를 포식하고 차운(次韻) 한 수 하여이다."

운봉이 반겨 듣고 필연(筆硯)을 내어주니, 좌중(座中)이 다 못하여서 글 두 귀를 지었으되,

금준미주(金樽美酒)는 천인혈(千人血)이요
옥반가효(玉盤佳肴)는 만성고(萬姓膏)라
촉루낙시(燭淚落時)에 민루낙(民淚落)이요
가성고처(歌聲高處)에 원성고(怨聲高)라

그 글 뜻은,

금동이에 아름다운 술은 일천 사람의 피요
옥소반 아름다운 안주는 일만 백성의 기름이로다
촛불 눈물 떨어질 때에 백성의 눈물이 떨어지고
노랫소리 높은 곳에 원망하는 소리가 높았더라

이렇듯이 지어내니 그 아니 명작인가. 운봉영장 이 글을 보고 속으로 읊으면서, 어사 보고 글을 보고, 글을 보고 어사 보고, 엄동설한(嚴冬雪寒) 만난 듯이 벌벌 떨면서,

"하관(下官)은 오늘이 학질(瘧疾) 직 차례(次例)⁴⁰²⁾로 가나이다."

구례현감 눈치 차리고,

"하관은 기민(饑民) 주러 가나이다."

---

401) 추구(抽句): 한시의 좋은 구절을 뽑아서 묶은 책.
402) 학질(瘧疾) 직 차례(次例): 학질의 발작이 주기적으로 일어나는 차례.

이렁저렁 흩어질 제, 책방(冊房)에서 쑤군쑤군, 삼반하인 쑤군쑤군,
예서 쑤군 제서 쑤군. 서리(胥吏)는 눈을 꿈적. 청파역(靑坡驛)놈403) 거
동 보아라. 달 같은 마패를 해같이 둘러메고 소리를 높이 하여, '암행
어사 출또야' 하는 소리 반공(半空) 진동하여 일부가 뒤눕는 듯,404) 당
상(堂上)의 모든 수령(守令) 천방지축(天方地軸) 달아날 제, 겁낸 거동 기
구하다. 자빠지며 엎어지며 본관의 거동 보소. 칼집 쥐고 오줌 누며
갓모자 떼어 쓰고, 두 눈을 뒤켜쓰고 언어수작 둘러할 때,

"문 들어온다 바람 닫아라. 물 마르다 목 들여라."

곡성현감(谷城縣監) 거동 보소. 말을 거꾸로 타고 '이랴 이랴' 채친들
동헌(東軒)으로 가는구나. 본관(本官)은 개궁기 찡기어서405) 열청이406)
가 되었구나. 좌우 나졸 미색(美色)들이 흩어질 제, 딩구나니 거문고
요, 깨지나니 북통이라.

수의어사 거동 보소. 좌기례(坐起禮)407)를 바삐 차려 본관은 봉고(封
庫)하고, 옥사장이를 급히 불러,

"옥에 갇힌 춘향이를 나졸은 다 물리고 기생들로 메어오라."

형방 사장 거동 보소. 옥문 열쇠 손에 쥐고 함정같이 잠긴 문을 와
당탕 바삐 열어,

"춘향아 바삐 나라."

춘향이 이 말 듣고 놀라 통곡하는 말이,

"이제는 죽었구나. 어제 저녁 옥문 밖에 불승(佛僧)408) 모양 우리 낭

---

403) 청파역(靑坡驛)놈: 청파(靑坡) 역졸(驛卒).
404) 일부가 뒤눕는 듯: 천지가 뒤집어지는 듯.
405) 개궁기 찡기어서: 개구멍에 끼어서.
406) 열청이: 미상.
407) 좌기례(坐起禮): 좌기하는 절차를 말하는 것으로 보임.
408) 불승(佛僧): 불교 승려.

군 손을 잡고 이른 말씀. 내일은 본관사또 잔치 끝에 날 올리라 할 것
이니 칼머리나 들어 주소 백번 당부하였더니, 그다지 나를 잊고 구복
(口腹)409) 채우려고 어디를 가겼는고."

이 말 끝에 기절하여 속절없이 죽었으니, 기생들이 메어다가 대
뜰410) 앞에 내려놓고 죽은 말씀 여쭈오니, 어사또 깜짝 놀래어 버선발
로 내달아,

"너희 년들 무내하다.411) 춘향을 죽이려고 무소관정(誣訴官廷)412)하
였으니, 춘향이 씌운 칼을 네 입으로 물어뜯어라."
한대, 기생들이 열 개 한 뼈 뜯듯 뜨덤뜨덤 물어뜯어 일시에 벗겨내
니, 볼 터진 년, 이 빠진 년, 언청이가 되었구나.

전목칼을 벗겼으니 목 쓰기가 좋을시고. 수쇄(手鎖)를 벗겨놓니 손
춤 추기 더욱 좋다. 어사또 이른 말이,

"어서 바삐 오르거라. 네 서방 될 사람이 참 걸인이 되었으리?"

춘향이 혼미 중에 눈을 들어 살펴보니, 어사 서방 적실하다. 꿈일런
가 생실런가 어사 서방이 좋을시고. 춘향이 춤추며 노래하되,

"은(殷)나라 부열(傅說)413)이도 궁곤(窮困)하여 부암(傅巖)에 담 쌓더니
무정(武丁) 임군 맞아다가 재상(宰相)될 줄 제 뉘 알고, 위수(渭水)의 강태
공(姜太公)은 선팔십궁곤(先八十窮困)하여414) 곧은낚시 물에 넣고 곧추이

<hr>

409) 구복(口腹): 입과 배.
410) 대뜰: 댓돌과 집채 사이의 좁고 긴 뜰.
411) 무내하다: 미상.
412) 무소관정(誣訴官廷): 없는 일을 꾸며서 관청에 고소함.
413) 부열(傅說): 은(殷)나라 무정(武丁)은 부암(傅巖)의 들에서 성을 쌓는 일을 하던 부열(傅說)을 발탁하여 재상으로 삼았다.
414) 강태공(姜太公)은 선팔십궁곤(先八十窮困)하여: 강태공은 위수에서 곧은낚시를 하며 80세가 될 때까지 곤궁하게 살며 문왕을 기다렸는데, 문왕을 만난 후에는 높은 벼슬에 올라 자기의 뜻을 폈다. 강태공의 본이름은 상(尙). 여상(呂尙)이라고도 함. 주무왕(周武王)을

앉았더니 주무왕(周武王)을 반겨 만나 재상[415]될 줄 제 뉘 알리."

어사또 즐겨 대답하되,

"사서삼경(四書三經) 강(講) 받을 제 선비 오기 제격이오. 후포(帿
布)[416] 과녁 세운 곳에 호반(虎班)[417] 오기 제격이오. 열녀 춘향 죽게
된 데 어사 오기 제격이라."

하고, 춘향어미 불러 천금으로 상사(賞賜)하니, 춘향어미 거동 보소.
궁둥이를 흔들면서,

"이 궁둥이 두었다가 논을 살까 밭을 살까. 흔들 대로 흔들어 보세.
남원읍내 사람들아. 아들 낳아 좋아 말고 딸 낳기만 힘을 쓰소. 어사
사위가 좋을시고 지화자 좋을시고."

어사또 행장(行裝) 차려 춘향이를 거느려 경성으로 가다. 광대 목도
쉬니 쿵쿵쿵쿵.

보좌하여 은(殷)나라를 쳤다.
415) 재상: 원문은 '제亽'.
416) 후포(帿布): 베로 만든 활을 쏘는 과녁.
417) 호반(虎班): 무인(武人). 무관의 반열.

별춘향전이라

|26장본|

숙종대왕(肅宗大王) 즉위 초에 시화연풍(時和年豊)하고 국태민안(國泰民安)하여 강구동요(康衢童謠) 격양노옹(擊壤老翁)[1] 제(帝)의 힘을 어이 알리. 조정에 충신이요 효자 열녀는 가가재(家家在)로다.

이때 전라도 남원부사 도임 초에 사또 자제 이도령이 연광(年光)은 이팔(二八)이요, 풍채(風采)는 두목지(杜牧之)요, 문장은 이백(李白)이라. 평생이 허랑(虛浪)하여 놀기를 즐기더라.

이때는 어느 땐고, 놀기 좋은 삼춘(三春)이라. 구십춘광(九十春光) 좋을시고 화류(花柳)시절 이 아닌가. 산천경개 구경 가자. 나귀 솔질 살살하여 갖은 안장 지을 적에, 홍영자공산호편(紅纓紫鞚珊瑚鞭)에 청홍사(靑紅絲) 고은 굴레 주먹상모[2] 덥뻑 달아 은입사(銀入絲) 후(後)거리[3] ******[4] 피하여 맵시 있게 ******사단 도리줌치[5] 주홍사(朱紅絲) 벌매듭[6]에 옥색수주(玉色水紬)[7] 긴 겹옷에 한산모시 청도포에 세초띠

1

1) 강구동요(康衢童謠) 격양노옹(擊壤老翁): 요(堯)임금 때에 길거리에서 노인이 땅을 치며 제왕의 은혜가 관계가 있느냐는 노래를 불렀다는 고사. 태평한 시대를 말함.

2) 주먹상모: 주먹처럼 뭉툭한 상모. 여기서는 주락상모(珠絡象毛)를 잘못 말한 것임. 주락상모는 높은 사람이 타는 말에 붉은 줄과 붉은 털로 꾸민 치레를 말함.

3) 은입사(銀入絲) 후(後)걸이: 은실을 넣어 장식한 말의 후걸이.

4) 원문의 몇 글자를 읽을 수 없다는 표시임.

5) 도리줌치: 도리주머니.

6) 주홍사(朱紅絲) 벌매듭: 주홍색 실로 만든 벌 모양의 매듭. 매듭은 실끈을 사용하여 매고 죄며 여러 모양을 만드는 수법으로, 노리개·허리띠·주머니끈에 활용됨.

눌러 띠고, 평안도 삼등초(三豋草)[8]를 천은(天銀)서랍에 가득 넣어 자지녹비(紫地鹿皮) 끈을 달아 부산(釜山) 백통 은수복(銀壽福)에 김해간죽(金海簡竹)[9] 즐겨 맞추어,

"방자야, 네 들어라."

맹호연(孟浩然)[10]의 본을 받아 나귀 등에 선뜻 올라 호호 걸어 나아갈 제, 남문 밖 썩 나서서 오작교 얼른 지나 광한루에 올라가니 사방 풍경 좋을시고. 벽계(碧溪)에 드린 버들 춘풍을 못 이기어 흐늘흐늘 하는 경(景)과 월색도화(月色桃花) 난만한데 화중두견(花中杜鵑) 우는 소리 골골마다 봄 소리라. 산(山)은 첩첩(疊疊) 명승지요 만 ****** 려 있고, 물은 출렁 굽이 되어 은하구처[11] 분명하다.

백백홍홍난만중(白白紅紅爛漫中)에 한 곳 넌짓 바라보니, 옥태화용(玉態花容) 한 미인이 추천(鞦韆)을 뛰려 하고 장장채승(長長彩繩)[12] 높은 줄을 벽도화상(碧桃花上) 높은 가지 휘휘친친 감아 매고, 초록 상직(常織)[13] 윗저고리 다홍 대단(大緞) 홑단치마 척척 벗어 암상(巖上)에 던져 두고, 섬섬옥수(纖纖玉手) 두 손길로 양 줄을 갈라 잡고 백릉(白綾) 버선 두 발길로 서뿐 올라 발구를 제, 한 번 굴러 두 번 굴러 반공에 솟아올라 난만(爛漫) 도화 높은 가지 발길로 희롱할 제, 구름같이 땋은 머리 설설 절로 풀어지니 은죽절(銀竹節)[14] 금봉채(金鳳釵)는 화류(花柳) 중에

---

7) 옥색수주(玉色水紬): 옥빛을 띤 수아주. 수아주(紬)는 수화주(水禾紬)라고도 하는 품질이 좋은 비단의 하나.
8) 삼등초(三豋草): 평안남도 삼등에서 나는 품질이 좋은 담배.
9) 부산(釜山) 백통 은수복(銀壽福)에 김해간죽(金海簡竹): 부산에서 만든 백통 담뱃대를 말함.
10) 맹호연(孟浩然): 당(唐)나라 시인.
11) 은하구처: 은하수를 말하는 것으로 보임.
12) 장장채승(長長彩繩): 오색의 긴 끈.
13) 상직(常織): 옷감의 명칭이나 정확한 것은 미상.
14) 은죽절(銀竹節): 은으로 만든 죽절비녀.

2

떨어지고, 의상은 표표(飄飄)하여 옥패(玉佩) 소리 쟁쟁한데, 왕래하는
그 거동은 진왕이 학을 타고15) 옥경(玉京)에 오르는 듯, 무산선녀(巫山
仙女) 구름 타고16) 양대상(陽臺上)에 내리는 듯, 천연(天然)한 그 태도는
세상 인물 아닐러라.

　이도령 거동 보소. 정신이 황홀하여 방자 불러 묻는 말이,
　"저 건너 오락가락 하는 것이 무엇(인지 알겠느냐?)"17)
　"소인의 눈에는 아니 뵈옵나이다."
한대,
　"어따, 이놈아, 눈도 양반 상놈이 다르단 말이냐?"
　방자 여쭈오되,
　"자세히 보오니 화류(花柳) 중에 무엇이 있나이다."
한대, 이도령 묻는 말이,
　"그러하면 그게 금이냐 옥이냐?"
한대, 방자놈 여쭈오되,
　"금생여수(金生麗水) 아니어든 금이 어이 논다 하며, 옥출곤강(玉出崑
岡) 아니어든 옥이 어찌 있으리까?"
　"그러면 신선이냐, 귀신이냐?"
　방자 다시 여쭈오되,
　"영주(瀛洲) 봉래(蓬萊) 아니어든 신선 오기 뜻밖이요, 천음우습(天陰
雨濕) 아니어든 귀신 어이 있으리까?"
한대, 이도령 하는 말이,

---

15) 진왕이 학을 타고: 진(秦)나라의 왕녀 농옥(弄玉)이 난새를 타고 옥경(玉京)으로 올라갔다
　는 고사를 잘못 말한 것임.
16) 무산선녀(巫山仙女) 구름 타고: 초회왕(楚懷王)이 양대(陽臺)에서 낮잠을 자다가 무산의
　선녀를 만나는 꿈을 꾸었다는 고사.
17) (　) 표시는 원문은 읽을 수 없으나, 다른 본을 참고하여 추정한 것임.

"진실로 그러할시 분명하면 네 자상히 보아라. 어떠한 집 여자관대 저다지 수려하여 이 내 간장 다 썩인다? 네 항유18) 알을쏘냐?"

방자가 여쭈오되,

3 "이 고을 월매라 하는 기생의 딸 춘향이로소이다."

이도령이 이 말 듣고 대희하여 방자더러 분부하되,

"그러할시 분명하면 잔말 말고 불러오라."

방자 놈의 거동 보소. 도련님 분부 맡아 한 걸음에 바삐 가서,

"이 애 춘향아. 계집아이라 하는 것이 추천을 하려거든 너의 집 들보에나 매고 뛰거나, 송정(松亭)에다 매고 뛰던지 하는 것이 옳거든, 삼도(三道) 네거리에 호기 있게 추천하니 우리 도련님이 네 거동 잠깐 보고 바삐 부르시니 어서 가자."

춘향이 이 말 듣고 깜짝 놀라 하는 말이,

"너더러 춘향이니 안양이니, 네미19)니 네 할미니 종지리새 열씨 까듯20) 조랑조랑 하라더냐?"

"어따, 이 애야, 사또 자제 분부어든 네 어이 거역하리. 우리 도련님이 만고일색(萬古一色)이라. 사양 말고 어서 가자."

춘향이 (거동 보소. 옥태화)용(玉態花容) 어린 양자(樣子) 추천하던 거동으로 백모래 바탕에 금자라 걷듯, 양지(陽地) 마당에 씨암탉걸음으로 가만가만 걸어와서 아미(蛾眉)21)를 반만 숙여 공경하여 예(禮)한 후에, 이도령 한 번 보매 정신이 혼미하여 하는 말이,

"네 얼굴 잠깐 보니 일국(一國)의 절색(絕色)이라."

18) 항유: 미상.
19) 네미: 네 어미.
20) 종지리새 열씨 까듯: 종달새가 삼씨를 까듯. 종알종알 떠드는 것을 말함.
21) 아미(蛾眉): 미인의 눈썹을 말하는데, 여기서는 머리라는 의미로 썼음.

옥수(玉手)를 넌짓 잡고,

"네 나이 몇 살이냐?"

춘향의 거동 보소. 팔자청산(八字靑山)²²) 찡그리며 단순호치(丹脣皓齒) 반개(半開)하여 옥성(玉聲)으로 여쭈오되,

"내 나은 이팔(二八)이요, 생일은 사월 초팔일 해시(亥時)로소이다."

이도령이,

"허허 좋다. 나도 또한 십륙 세라. 나는 초구일 자시(子時)로다. 네 어머니가 좀 참았거나 울 어머니가 좀 일찍 낳더면 너와 나와 한날한시에 나올랐다. 그러나 히자을 분이라.²³) 네 성이 무엇이냐?"

"내 성은 성가(成哥)요."

한대,

"어허 이상한 일이로다. 내 성은 이가로다. 이성지합(二姓之合)²⁴)이 그 아니 천정(天定)인가. 날 섬김이 어떠하뇨?"

4

춘향이 여쭈오되,

"도련님은 귀공자요 소인은 천첩(賤妾)이라. 한 번 탁정(託情) 후에 인하여 버리시면 내 아니 민망하오. 그런 분부 마옵소서."

이도령 말씀 보소.

"네 말이 그럴진대 어찌 아니 기특하리. 우리 둘이 인연 맺을 적에 금석뇌약(金石牢約) 맺으리라."

천지(天地)로 맹세하고 일월(日月)로 증인 삼아 허다(許多) 정담 다 한 후에,

---

22) 팔자청산(八字靑山): 여덟 八자 모양의 봄 산이라는 의미로 미인의 눈썹을 말함.

23) 히자을 분이라: 미상.

24) 이성지합(二姓之合): 서로 다른 두 성이 합하였다는 뜻으로 남녀의 혼인을 이르는 말인데, 여기서는 이가와 성가가 합한다는 이성지합(李成之合)의 의미로 썼음.

"방자야 술 들여라, 술이나 먹고 놀자."

사오 배에 반취(半醉)하여 취흥을 못 이기어,

"방자야 술 한 잔 먹어라."

방자 여쭈오되,

"황송하오이다."

"황송이나 누렁송이나[25] 어서 먹어라."

한참 이리 노니다가, 이도령 묻는 말이,

"네 집이 어디뇨?"

춘향의 거동 보소. 섬섬옥수 잠깐 들어 한 곳을 가르치되,

"저 건너 동편에 송정(松亭)이요 서편에 죽림(竹林)이요, 앞뜰에 도화 피고 뒤뜰에 매화 피고, 초당 앞에 연못 파고 연못 위에 석가산(石假山) 무은 게 소녀의 집이오."

이도령 하는 말이,

"네 말을 들으니 남방(南方)에 제일이라."

종일 즐기더니, 춘향이 하는 말이,

"여자가 종일 놀기 불가(不可)하니 가겠나이다."

이도령이 허락하고,

"석양에 갈 것이니 어서 가 기다리라."

이도령이 춘향을 보내고 책방(冊房)으로 돌아와서 해지기를 기다린다.

"방자야, 해 어도록[26] 졌느냐?"

"어제 이만 때나 되었소."

"이 놈아, 해 어도록 되었느냐?"

"인자 동에서 아귀 텄소."

---

25) 황송이나 누렁송이나: 황송아지나 누렁송아지나. 황송의 말장난임.

26) 어도록: 어느 정도.

"그 놈 고이헌 놈이로고. 책이나 들여라, 글이나 읽어 보자.

『사략(史略)』을 들여라. 태고(太古)라 천황씨(天皇氏)는 이목덕(以木德)으로 왕(王)하여. 수인.[27]

이십삼년(二十三年)이라 초명진대부위사조적한건(初命晋大夫魏斯趙籍韓虔)하여 위제후(爲諸侯)하다.[28] 아서라 그 글 못 읽겠다.

맹자견양혜왕(孟子見梁惠王)하신대, 왕왈수불원천리이래(王曰叟不遠千里而來)하시니.[29] 아서라 그 글 못 읽겠다. 천자(千字)나 읽어보자."

방자 곁에 있다가,

"점잖한 도련님이 천자는 웬 일이오?"

"네가 모르는 말이로다. 천자라 하는 것이 음상동(音相同)하여 읽으면 들을 만하니라.

자시(子時)에 생천(生天)하니 광대(廣大)에 무사부(無私覆) 호호탕탕(浩浩蕩蕩) 하늘 천(天)

축시(丑時)에 생지(生地)하니 만물창생(萬物蒼生) 따 지(地)

춘풍세우(春風細雨) 호시절(好時節)에 현조남남(玄鳥喃喃) 감을 현(玄)

금목수화(金木水火) 오행중(五行中)에 중앙(中央)을 맡았으니 토지정색(土之正色) 누루 황(黃)

추풍삽이석기(秋風颯而夕起)하여 옥우쟁영(玉宇峥嵘)[30] 집 우(宇)

안득광하천만간(安得廣厦千萬間)에 살기 좋은 집 주(宙)

구년지수(九年之水) 어이 하리 하우천지(夏禹天地) 넓을 홍(洪)

27) 수인: 수인씨(燧人氏)를 쓰려고 한 것으로 보임.
28) 이십삼년(二十三年)이라~: 『통감』의 첫 구절. 23년이라. 처음에 진나라 대부(大夫) 위사, 조적, 한건을 명하여 제후로 삼다.
29) 맹자견양혜왕(孟子見梁惠王)~: 『맹자』의 첫 구절. 맹자께서 양혜왕을 만나셨을 때, 왕이 말하기를, 노인께서 천리를 멀다 않고 찾아오시니.
30) 옥우쟁영(玉宇峥嵘): 화려하고 웅장한 집이 높이 솟았음.

세상만사(世上萬事) 믿지 마라 황당(荒唐)하다 거칠 황(荒)

요간부상삼백척(遙看扶桑三百尺)에 번뜻 떴다 날 일(日)

일락함지(日落咸池) 황혼(黃昏) 되어 월출동령(月出東嶺) 달 월(月)

향기 춘주(春酒)31) 좋은 술을 미주영준(美酒盈樽) 찰 영(盈)

미색(美色) 불러 술 부어라 넘쳐간다 기울 측(昃)

하도낙서(河圖洛書) 잠깐 보니 일월성신(日月星辰) 별 진(辰)

원앙금(鴛鴦衾) 비취금(翡翠衾)에 훨훨 벗고 잘 숙(宿)

양각(兩脚)을 추켜드니 사양 말고 벌일 열(列)

등 치며 온갖 정담(情談) 베풀 장(張)

어허 그 날 참도 차다 소한(小寒) 대한(大寒) 찰 한(寒)

정든 임 기다릴 제 어서 오소 올 래(來)

동지(冬至) 섣달 차다 마소 유월염천(六月炎天) 더울 서(暑)

손잡고 이별할 제 임 떠나니 갈 왕(往)

이제 가면 언제 올꼬 엽락오동(葉落梧桐)32) 가을 추(秋)

임 손수 지은 농사 자연 추성(秋成) 거둘 수(收)

공산 저문 날에 백설분분(白雪紛紛) 겨울 동(冬)

정든 임 떠난 후에 온갖 의복 갈물 장(藏)

세월이 원수로다 일 년 십이 삭(朔)에 윤삭(閏朔) 좇아 부루 윤(閏)

관산원로(關山遠路) 망견(望見)33)하니 천리만리(千里萬里) 남을 여(餘)

이 몸 훨훨 날아가니 평생소원 이룰 성(成)

백발노인 탄식하니 송구영신(送舊迎新) 해 세(歲)

---

31) 춘주(春酒): 좋은 술을 말함.

32) 엽락오동(葉落梧桐): 오동잎 떨어지는.

33) 관산원로(關山遠路) 망견(望見)하니: 관산의 먼 길을 바라보니. 관산은 관문(關門) 주위
   의 산.

아내 박대 못 하나니 『대전통편(大典通編)』[34] 법중 율(律)

너는 죽어 법중 율(律)자 되고 나는 죽어 법중 여(呂)자 되어 두 입 한데 닿은 법중 여(呂)자 이 아니냐."

6

동헌에서 깜짝 놀라,

"이게 웬 소리냐?"

"책방의 도련님이 글 읽는 소리로소이다."

"양반의 자식이 되어 글을 글럿쳐로[35] 읽는단 말이냐?"

꾸중하시니, 통인이 급히 나와,

"글을 어떻게 읽관대 사또께옵서 꾸중이 대단하시니 그 게 웬 일이오?"

"잔말 마라, 듣기 싫다."

해 지기를 기다린다.

"방자야 어서 가자."

청사초롱 앞에 세고[36] 춘향의 집 나아간다. 문전에 당도하니 청삽사리 짖고 단장(短墻) 안에 백구(白鷗) 한 쌍 넘노는데 나를 보고 반기는 듯, 그 안에 들어가니 니지도[37] 좋을시고, 풍경도 거룩하다. 사방을 둘러보니 온갖 화초 피었는데 무슨 화초 피었는고. 어주축수애산춘(漁舟逐水愛山春)하니 양안도화(兩岸桃花) 복상꽃,[38] 위성조우읍경진(渭城朝雨浥輕塵)하니 객사청청(客舍青青) 버들꽃,[39] 차문주가하처재(借問酒家何

---

34) 대전통편(大典通編): 조선 22대 정조의 명으로 편찬한 책으로, 그때까지의 모든 제도와 문물에 관한 것을 한데 모아 놓은 책.

35) 글럿쳐로: 미상. '그렇게'라는 의미로 보임.

36) 세고: 세우고.

37) 니지도: 미상.

38) 어주축수애산춘(漁舟逐水愛山春)하니 양안도화(兩岸桃花) 복상꽃: 고기잡이배는 물길 따라가며 봄산을 즐기니 강변 양쪽으로 복숭아꽃이 피었네. '漁舟逐水愛山春'은 왕유(王維)의 「도원행(桃源行)」의 한 구절.

處在)요 목동(牧童)이 요지(遙指) 살구꽃,40) 산중(山中) 송백(松柏) 월삼경
(月三更)에 두견제되

　　-제6장 뒷면 낙장-
　　-제7장 낙장-

8　　후에 이도령이 춘향더러 하는 말이,
　"나도 태후[大夫]집 자제로서 경성에 생장하여 청루(靑樓) 미색(美色)
거의 다 구경하였으되 눈에 들 이 없더니, 너를 보매, 근원 있어 그러
한가, 연분 있어 그러한가? 네가 일색(一色)인지 내가 미쳐 그러한지,
날이 새고 머리 세되41) 놓고 갈 뜻 전혀 없다. 만일 나곧 아니면 너의
배필 누가 되며, 만일 너곧 아니런들 나의 가인(佳人) 누가 될꼬? 너
죽어도 나 못 살고, 나 죽어도 너 못 살고, 너 살아야 나도 살고 반갑
기도 그지 업다. 그도 또한 천정(天定)이라, 우리 둘이 잊지 말자."
　깊은 맹세 맺을 적에, 공단(貢緞) 대단(大緞) 도리줌치 주홍사 벌매듭
을 차례로 내어 놓고 면경(面鏡) 석경(石鏡) 갖추어서 춘향 주며 이른
말이,
　"대장부 정절행(貞節行)이 석경 빛과 같을지니, 이토(泥土) 중에 빠져
서도 천만년 지나간들 변할 때 있을쏘냐."
　춘향이 석경 받아 품에 품고 저도 또한 신(信)을 뵐 제, 섬섬옥수 흘

39) 위성조우읍경진(渭城朝雨浥輕塵)하니 객사청청(客舍靑靑) 버들꽃: 위성(渭城)에 내리는
　아침 비는 가벼운 먼지를 적시니, 객사에 버들꽃 푸르네. 왕유의 시「송원이사안서(送元二
　使安西)」의 첫 구절인 '渭城朝雨浥輕塵 客舍靑靑柳色新'의 마지막 세 자를 버들꽃으로 바
　꿨음.
40) 차문주가하처재(借問酒家何處在)요 목동(牧童)이 요지(遙指) 살구꽃: 술집이 어디 있는가
　하고 물으니, 목동은 멀리 행화꽃을 가리키네. 두목(杜牧)의「청명(淸明)」의 한 구절.
41) 날이 새고 머리 세되: 29장본과 33장본의 같은 대목은, "이리 혜고 저리 혜도"임.

리 들어 보라 대단 속저고리 제색 고름 어루만져 옥지환(玉指環)을 끌러 내어 옥수(玉手)에 걸어 들고 단정히 공경하여 이도령께 드릴 적에, 가는 목 겨우 열어 옥성(玉聲)으로 여쭈오되,

"여자의 진절행(眞節行)이 옥지환과 같을지라. 진애(塵埃) 중에 빠져서도 천만 년이 지나간들 변할 때 있을쏜가."

이도령이 옥지환을 받아 금낭(錦囊)에 넌짓 넣고 춘향 보고 이른 말이,

"밤이 이미 깊었으니 잔말 말고 잠을 자자."

춘향의 거동 보소. 주효를 차릴 적에 기명(器皿) 등물(等物) 볼작시면, 대양푼에 갈비찜 소양푼에 제육초며, 풀풀 뛰는 숭어찜에 후둑푸둑 메추리적과 꼬리 흔들 민어 자반 허리 늘씬 잉어회며, 꼬꼬 우는 연계탕(軟鷄湯)에 옴방톰방 오리탕에, 염통산적 양(胖)볶이며 끌끌 우는 생치(生雉)다리, 동래(東萊) 울산(蔚山) 대전복(大全鰒)을 맹상군(孟嘗君)42)의 눈찌처럼43) 어식비식 에후리쳐 석가산(石假山) 뭇듯 덩그렇게 고여 놓고.

술병을 볼작시면, 벽해수상(碧海水上) 산호병(珊瑚瓶)과 기원녹죽(淇園綠竹)44) 죽절병(竹節瓶)과 엽락금정(葉落金井) 오동병(梧桐瓶), 티끌 없는 백옥병(白玉瓶) 보기 좋은 쇄금병(鎖金瓶) 조촐하다 천은병(天銀瓶), 목 짜룹다 자라병 목 길었다 황새병, 등 넓었다 거북병, 왜화병(倭畵瓶), 당화병(唐畵瓶)을 차례로 놓았는데, 갖음도 갖을시고.

술치레 볼작시면 도연명(陶淵明)의 국화주(菊花酒)와 두초당(杜草堂)의 죽엽주(竹葉酒)며, 이적선(李謫仙)의 포도주와 안기생(安期生)의 자하주

9

42) 맹상군(孟嘗君): 중국 제(齊)나라 때의 인물. 식객(食客)이 수천 명이었다는 것으로 유명함.

43) 눈찌처럼: 눈썹처럼.

44) 기원녹죽(淇園綠竹): 기수(淇水) 언덕의 푸른 대나무. 『시경』「기욱(淇奧)」에 "첨피기욱 녹죽의의(瞻彼淇奧 綠竹猗猗, 저 기수의 세찬 물굽이를 바라보니, 푸른 대나무 아름답게 우거졌네.)"에서 온 것임.

(紫霞酒)며, 산중처사 송엽주(松葉酒)와 삼고선녀45) 천일주(千日酒)며,
백화주(百花酒) 과하주(過夏酒)며 청주(淸酒)를 가지가지 각색으로 놓았
는데, 향기로운 연엽주(蓮葉酒)를 그 중에 골라내어 주전자에 가득 부
어 청동화로 쇠적쇠에 마침맞게 거냉(去冷)하여, 유리배(琉璃杯) 앵무잔
(鸚鵡盞)을 그 가운데 띄웠으니, 옥경(玉京) 연화(蓮花) 만발한대 태을선
인(太乙仙人) 연엽선(蓮葉船) 띄듯, 각읍 수령 일산(日傘) 띄듯, 노들 습
진(習陣)46)에 기치(旗幟) 띄듯 덩그렇게 띄워놓고, 권주가(勸酒歌) 한 곡
조에 일배일배부일배(一杯一杯復一杯)하여 반취(半醉)하게 먹은 후에 둘
이 안고 마주 누어,

　사랑 사랑 내 사랑 어허 둥둥 내 사랑 내 간간이제. 내 사랑 굽이굽
이 맺힌 사랑. 어여쁘고 아리따운 내 사랑. 만수산(萬壽山) 칡넌출이 너
울어져 얽힌 사랑. 아침 이슬 머금은 듯 모란꽃이 저러한가, 나의 간
장 다 녹인다. 아이고 내 사랑이제. 포도넌출 감기듯이 이리저리 감긴
사랑. 안거라 보자 서거라 보자. 아무리 보아도 보고 싶은 내 사랑. 칠
산(七山)바다47) 그물같이 맺힌 사랑. 당명황(唐明皇)48)의 양귀비(楊貴
妃) 갱생(更生)한들 이에서 더할쏘냐. 이 내 눈에 다 찬 사랑. 너는 죽어
당도리선(船)49) 되고 나는 죽어 돛대 되어 밤이나 낮이나 둥덩둥덩 놀
아볼까. 너는 죽어 방아확50) 되고 나는 죽어 방아고51) 되어 사시장춘
떨구덩 찧어 보자. 너는 죽어 꽃이 되고 나는 죽어 나비 되어 삼춘(三

10

45) 삼고선녀: 마고선녀(麻姑仙女). '麻'를 훈으로 '삼'이라고 한 것으로 보임.
46) 노들 습진(習陣): 한강의 노들(노량진) 북쪽 모래사장에서 군사 훈련을 했음.
47) 칠산(七山)바다: 전라남도 영광 앞 바다.
48) 당명황(唐明皇): 당나라 현종(玄宗). 양귀비(楊貴妃)를 총애하여 나라를 혼란에 빠뜨렸음.
49) 당도리선(船): 당도리배. 당도리는 바다로 다니는 큰 나무배.
50) 방아확: 절구의 아가리부터 속까지 움푹 들어간 부분.
51) 방아고: 방앗공이. 방아확의 물건을 찧는 몽둥이.

春)이 다 진(盡)토록 떠나 사지 마잤더니, 인간에 일이 하고52) 조물이 시기하여 애달손 이별이야.

이등사또53) 선정(善政)타고 내직으로 승천(陞遷)하여 바삐 떠나 올라갈 제, 어와 이별이야. 청강에 놀던 원앙(鴛鴦) '울여' 하고 떠나는 듯, 광풍에 놀란 봉접(蜂蝶) 가다가 돌치는 듯, 석양은 재를 넘고 정마(停馬)는 슬피 울 제 나삼(羅衫)을 부여잡고 한숨 지고 눈물지니, 이도령 이른 말이,

"그린 사랑 한데 만나 이별 말자 백년기약, 죽지 말고 한데 있어 잊지 말자 처음 맹세, 일조(一朝)에 이별할 줄 어이 알리. 한탄한들 어이하며 원망한들 어이하리."

춘향이 거동이야. 아미(蛾眉)를 나직하고 옥 같은 두 귀밑에 진주 같은 눈물을 흘리면서, 이별잔 가득 부어 이도령께 권하면서 팔자청산(八字靑山) 두 눈썹에 털끝마다 맺힌 수심 하염없이 절로 날 제, 통곡하며 우는 말이,

"어와, 이별이야, 이제 가면 언제 올꼬? 이 내 몸 죽기 전에 부디부디 찾으소서. 천금 언약 잊지 마소, 백년 맹세 배반 마소. 경성(京城)에 올라가와 어진 배필 얻으시고, 소년급제 하신 후 부모님께 영화 뵈고 벼슬길로 내려올 제, 고정(故情)을 잊지 말고 부디부디 찾으소서."

이도령 눈물지고 이별잔 받아 들고 대답하여 이른 말이,

"흥진비래(興盡悲來)는 옛부터 이름이라.
맺힌 마음 살뜰 사랑 임의 손에 붙여 두고
슬픈 노래 긴 한숨을 벗을 삼아 돌아오니

---

52) 일이 하고: 일이 많고.
53) 이등사또: 이씨 성의 원님. 이도령의 아버지.

어와 저 임이야 생각하면 원수로다

간장이 다 썩으니 목숨인들 보전하랴

일신에 병이 드니 만사에 무심하다

서창을 굳이 닫고 섬서히54) 누웠으니

화자월태(花姿月態) 안중(眼中)에 걸렸는데

분벽사창(粉壁紗窓)은 침변(枕邊)에 잠겼어라

하엽(荷葉)에 노적(露滴)55)하니 별루(別淚)를 뿌렸는 듯

공산야월(空山夜月)에 두견이 제혈(啼血)할 제

11 슬프다 저 새소리 나와 같이 불여귀(不如歸)라

삼경(三更)에 못 든 잠을 사경에 겨우 들어

상사하던 우리 낭군 꿈 가운데 잠깐 만나

천수만언56) 못 다하여 일쌍 호접(胡蝶) 깨달으니

수심 겨워 잠들었다 덧없이도 깨겠구나

어와 황홀하다 꿈을 생시 삼고지고

아리따운 옥빈홍안(玉鬢紅顔) 곁에 얼핏 앉았는 듯

허희(歔欷) 퇴침(退枕)하고 바삐 일어 바라보니

운산은 첩첩하여 천리목(千里目)을 가리우고

호월(皓月)은 창창하여 양향심(兩鄕心)에 비추었다57)

어와 내 일이야 이 임의 탓이로다

이리저리 그리면서 어이 그리 못 가는고

---

54) 섬서히: 서먹서먹하게. 데면데면하게. 무심하게.

55) 하엽(荷葉)에 노적(露滴): 연잎에 이슬이 방울져 맺힘.

56) 천수만언: 천수만한(千愁萬恨)의 잘못으로 보임.

57) 운산은~: 『백련초해(百聯抄解)』에 山疊未遮千里夢 月孤相照兩鄕心.(산은 첩첩 막혔어도 천리를 달려가는 꿈을 막지 못하고, 달빛은 홀로 밝아 두 고을 그리는 마음까지 비쳐 주네.)이라는 구절이 있음.

약수삼천리(弱手三千里)58) 멀단 말이 일로 두고 이름이라

세월이 여류(如流)하여 엊그제 이월 꽃이 안전(眼前)에 붉었더니

그다지 훌훌하여 낙엽이 추성(秋聲)이라

새벽 서리달59)에 기러기 슬피 울 제

반가운 임의 소식 행여 올까 바라더니

창망한 구름 밖에 빗소리뿐이로다

지리하다 이별이야 그리던 임 언제 만나 이런 회포 다 하리오

산두(山頭)의 반달같이 임의 낯에 비취고저

석상(石上)의 오동(梧桐)60)같이 임의 무릎 베고지고

천지간 오행(五行) 중에 동군(東君)61)이 신필(神筆) 되어 춘향조차 그
려낸가

너 같은 정국색(正國色)이 그림에나 있을쏘냐

삼산(三山) 정기를 너 혼자 타 나와서

장부의 간장을 그다지 썩이는다

금일 이별 언제 볼꼬

하늘이 정한 배필 이별할 줄 어이 알리

사랑 깊어 뫼가 되어 무너질 줄 몰랐거든 끊어질 줄 어이 알리

어와 내 일이야 이 일을 어이하리

장부의 공명을 널로 좇아 이루리라."62)

---

58) 약수삼천리(弱水三千里): 신선이 살았다는 중국 서쪽의 전설의 강으로 길이가 3천리.
부력(浮力)이 매우 약해 기러기 털도 가라앉는다고 함.

59) 서리달: 서리가 내리는 밤의 차가워 보이는 달.

60) 석상(石上)의 오동(梧桐): 거문고의 앞판은 돌 위에서 자란 오동나무가 가장 좋다고 함.

61) 동군(東君): 태양신. 또는 봄의 신.

62) 이 노래는 12가사의 하나인 『춘면곡(春眠曲)』임.

이때 춘향이 이도령을 암연(黯然)히 이별하고 금일부터 의복단장 전폐하고 적막한 빈 방안에 칭병(稱病)하고 혼자 누어 이별곡 슬피 지어 벽상에 걸었으니, 그 노래에 하였으니,

"남북(南北)에 군신(君臣) 이별

호지(胡地)에 모자(母子) 이별

역로(驛路)에 형제 이별

운수(雲水)에 붕우(朋友) 이별

이별마다 섧건마는 임 이별 같을쏜가

여자 몸 삼겨날 제 이별조차 타스며[63]

근심조차 먹였으며 이 걱정이야 하며

죽어 영이별(永離別)도 망극커니와

살아 생이별(生離別)은 생초목에 불이 붙네

어와 이별이야

이별 이자(二字) 내던 사람 나와 백년 원수로다."

분벽사창 굳이 닫고 무정세월을 이별가로 벗 삼아 보내더라.

이때 구관은 올라가고, 신관이 사은숙배(謝恩肅拜)하고 집에 돌아와 신연관속(新延官屬)[64] 현신(現身) 받은 후에 이방 불러 분부할 즈음에, 춘향의 이름을 잊고 무르되,

"네 고을에 '양이'가 있느냐?"

이방이 아뢰되,

"소인의 고을에 양(羊)은 없사와도 염소는 한 이십 마리 있나이다."

---

63) 타스며: '타고났으며'의 잘못임.

64) 신연관속(新延官屬): 새로 임명된 관리를 맞이하러 그 집으로 간 남원의 관속들.

신관이 하는 말이,

"어따, 이놈아. 기생의 양이 있느냐?"

이방이 그제야 알아듣고 여쭈오되,

"기생의 춘향이 있사오되 이름은 기생안(妓生案)에는 없나이다."

신관이 이 말을 듣고 놀라 창(窓)으로 다그어65) 앉고 이르되,

"이 말이 어인 말인다?"

이방이 여쭈오되,

"다름이 아니오라 구관사또 자제 도련님과 상약(相約)한 후 대비정속(代婢定屬)66)하고 지금 수절하고 있나이다."

신관이 하는 말이,

"이 무삼 말고? 어린 자식들이 작첩(作妾)이란 말 되는 말가? 아직 물렀으라."

하고 치행(治行) 차려 떠날 새,

남대문 바삐 나서 칠패(七牌) 팔패(八牌)67) 청파(靑坡) 돌모로68) 동작(銅雀)이69)를 얼픗 건너, 남태령(南泰嶺)70) 급히 넘어, 과천(果川) 갈뫼71) 사근내72) 참나무정(亭)이73)를 얼픗 지나 신수원(新水原)74) 숙소(宿所)하고, 상류천(上柳川), 하류천(下柳川),75) 중미(中彌),76) 오뫼77)를 지나 진

---

65) 창(窓)으로 다그어: 창 쪽으로 다가가.
66) 대비정속(代婢定屬): 종을 대신 바치고 기생명부에서 이름을 빼냄.
67) 칠패(七牌) 팔패(八牌): 염천교 부근의 지명.
68) 돌모로: 석우(石隅). 이태원 어구의 지명.
69) 동작(銅雀)이: 동재기 나루. 현재의 동작동 한강에 있던 나루.
70) 남태령(南泰嶺): 지금의 동작구에서 과천시로 넘어가는 고개.
71) 갈뫼: 갈산(葛山). 현재 안양시 평촌동에 있던 지명.
72) 사근내: 사근천(沙斤川). 현재 의왕시 고촌동에 있는 내.
73) 참나무정(亭)이: 수원 북쪽의 지명.
74) 신수원(新水原): 정조 때 수원성을 새로 쌓았으므로 신수원이라고 했음.
75) 상류천(上柳川) 하류천(下柳川): 수원과 병점(餠店) 사이의 태황교(太皇橋) 부근에서 내려

위(振威)78) 읍(邑)에 중화(中火)79)하고, 칠원,80) 성환(成歡), 비토리,81) 천안(天安)삼거리 숙소(宿所), 김제역(金蹄驛)82) 바삐 지나 덕평(德坪),83) 인제원(仁濟院),84) 광정(廣程),85) 몰원,86) 공주감영(公州監營)87) 중화하고, 널티[板峙],88) 경천(敬天),89) 노성(魯城)90) 숙소하고, 은진(恩津), 닥다리,91) 여산(礪山), 능기울,92) 삼례(參禮)를 지나 전주(全州) 들어 중화하고, 노구바우,93) 임실(任實)을 얼풋 지나 남원(南原) 오리정(五里亭)94)에 다다르니, 일읍관속(一邑官屬)이 위의(威儀) 차려 영접하되,

청도(淸道)95) 한 쌍(雙), 홍문(紅門)96) 한 쌍, 주작(朱雀),97) 남동각(南東

오는 물 이름.

76) 중미(中彌): 수원과 진위(振威) 사이에 있는 지명.

77) 오뫼: 오산(烏山).

78) 진위(振威): 평택 위쪽에 있던 현(縣).

79) 중화(中火): 길을 가다가 먹는 점심.

80) 칠원: 갈원(葛院). 경기도 진위 남쪽 20리에 있던 곳.

81) 비토리: 현재 천안시 부대동(富垈洞).

82) 김제역(金蹄驛): 천안 남쪽 23리에 있던 역.

83) 덕평(德坪): 김제역과 원터(院基) 사이에 있는 지명.

84) 인제원(仁濟院): 공주 북쪽 52리에 있던 원(院).

85) 광정(廣程): 공주 북쪽 45리에 있던 역.

86) 몰원: 모로원(毛老院). 공주 북쪽 26리에 있던 원.

87) 공주감영(公州監營): 조선시대 충청감영은 공주에 있음.

88) 널티: 판치[板峙]. 공주와 경천의 도중에 있는 지명.

89) 경천(敬天): 공주 남쪽 40리에 있는 지명.

90) 노성(魯城): 부여 근방에 있던 성으로 경천 아래에 있음.

91) 닥다리: 논산천을 건너는 다리. 사교(沙橋).

92) 능기울: 능개울. 삼례 위에 있는 지명.

93) 노구바우: 노구암(爐口巖). 만마관(萬馬關) 너머의 지명.

94) 남원(南原) 오리정(五里亭): 남원 동북쪽 5리쯤에 있는 정자.

95) 청도(淸道): 청도기(淸道旗). 행군할 때 선두에 세우는 깃발. 행군의 앞을 치우라는 의미로 세웠음. 이 대목은 『병학지남(兵學指南)』에 있는 행군할 때 깃발과 악기 그리고 군졸등의 행진 순서를 써놓은 도표인 「대장청도도(大將淸道圖)」의 내용임.

96) 홍문(紅門): 붉은 색의 문기(門旗). 문기는 진문 밖에 세우던 군기로 동서남북과 중앙의

角)98) 남서각(南西角), 홍초(紅招),99) 남문(藍門) 한 쌍, 청룡(靑龍),100) 동남

각(東南角) 서남각(西南角), 남초(藍招), 황문(黃門) 한 쌍, 등사(螣蛇),101) 순

시(巡視)102) 한 쌍, 황초(黃招), 백문(白門) 한 쌍, 백호(白虎),103) 동북각

(東北角) 서북각(西北角), 흑초(黑招), 홍신(紅神), 백신(白神), 황신(黃神),

남신(藍神), 흑신(黑神), 표미(豹尾),104) 금고(金鼓)105) 한 쌍, 호총(號

銃)106) 한 쌍, 나(鑼) 한 쌍, 정(鉦)107) 한 쌍, 나발(喇叭) 한 쌍, 세악(細

樂)108) 두 쌍, 고(鼓) 두 쌍, 적(笛)109) 한 쌍, 발(鈸)110) 한 쌍, 영기(令

旗)111) 두 쌍, 중사명(中司命), 좌관이(左貫耳), 우영전(右令箭).112) 집사(執

13

오방에 남색, 붉은색, 흰색, 검은색, 누런색을 각각 둘씩 세웠음.

97) 주작(朱雀): 주작기(朱雀旗). 대오방기(大五方旗) 가운데 하나로, 진영의 앞에 세워 전군
(前軍)을 지휘하는 데에 쓰던 군기. 주작을 그려넣었음. 대오방기는 청룡기(靑龍旗), 백호
기(白虎旗), 주작기(朱雀旗), 등사기(螣蛇旗), 현무기(玄武旗) 등 다섯 가지임.

98) 남동각(南東角): 남동쪽을 알려주는 각기(角旗). 각기는 진중에서 방위를 표시하던 깃발
로 위아래로 각각의 방향을 표시하는 색깔을 넣었다. 이 아래에 여러 가지 각기가 나옴.

99) 홍초(紅招): 홍초기(紅招旗). 붉은색의 고초기(高招旗). 고초기는 군기의 하나로, 동서남
북과 중앙의 다섯 방위에 나누어 그 방위에 따라 파란색(남초), 흰색(백초), 붉은색(홍초),
검은색(흑초), 누런색(황초)으로 나타내고 팔괘(八卦)와 불꽃무늬를 그렸음.

100) 청룡(靑龍): 청룡기(靑龍旗).

101) 등사(螣蛇): 등사기(螣蛇旗).

102) 순시(巡視): 순시기(巡視旗). 군대 안에서 죄를 범한 자를 잡아 올 때에 쓰이던 군기(軍旗).

103) 백호(白虎): 백호기(白虎旗).

104) 표미(豹尾): 표미기(豹尾旗). 표범의 꼬리가 그려진 군기. 이 기를 세워 놓은 곳에는
함부로 드나들지 못하도록 했음.

105) 금고(金鼓): 금고기(金鼓旗). 군대에서 취타수를 지휘할 때 쓰던 깃발.

106) 호총(號銃): 신호용 총.

107) 정(鉦): 징.

108) 세악(細樂): 장구, 북, 피리, 저, 해금 등으로 구성된 소규모의 군악대.

109) 적(笛): 피리.

110) 발(鈸): 작은 향발(響鈸). 바라 같이 생겼는데 더 작음.

111) 영기(令旗): '令'자를 쓴 깃발.

112) 중사명(中司命) 좌관이(左貫耳) 우영전(右令箭): 가운데는 사명기(司命旗), 왼편에는 관이
전(貫耳箭), 오른편에는 영전(令箭). 관이전과 영전은 행진할 때 들고 가는 의전용 화살.

事)113) 한 쌍, 군뢰(軍牢) 두 쌍 직렬(直列),114) 좌마(坐馬)115)와 독(纛)116)
이요, 난후친병(攔後親兵)117) 교사(敎師)118) 당보(塘報)119) 각 두 쌍으로
벌였는데, 아이 기생 녹의홍상(綠衣紅裳) 어른 기생 착전립(着戰笠)하고
모든 관속이 전후에 시배(侍陪)하니, 위의(威儀) 거룩하되 신관의 속마
음은 춘향만 오매불망(寤寐不忘)이러라.

　도임 후에 환상(還上) 전결(田結) 펴줄 것을 묻지 아니하고,

　"우선 기생 점고 먼저 하라."

　기생안(妓生案)을 앞에 놓고 차례로 호명하되,

　"적막추강(寂寞秋江)에 홍련(紅蓮)이."

　"예, 등대(等待)하였소."

　"우후동산(雨後東山)에 명월(明月)이."

　"예, 등대하였소."

　"백운공산(白雲空山)에 강선(降仙)이."

　"예, 등대하였소."

　"영산회상(靈山會相) 긴 장단에 춤 잘 추는 무선(舞仙)이."

　"예, 등대하였소."

　"차문주가하처재(借問酒家何處在)요 목동요지(牧童遙指) 행화(杏花)."

　"예, 등대하였소."

　"비거비래(飛去飛來) 채봉(彩鳳)이."

---

113) 집사(執事): 각 군영과 지방 관아의 군무에 종사하던 낮은 벼슬아치.

114) 두 쌍 직렬(直列): 두 명씩 두 줄로 섬.

115) 좌마(坐馬): 벼슬아치가 타던 관청의 말.

116) 독(纛): 둑. 임금이 타고 가던 가마나 군대의 대장 앞에 세우던 큰 깃발.

117) 난후친병(攔後親兵): 후방을 맡은 근위병.

118) 교사(敎師): 군사 교육과 훈련을 담당하는 군인.

119) 당보(塘報): 적의 정세를 살피는 군사.

"예, 등대하였소."

"명환예리출장낭(鳴環曳履出長廊)[120]하니 쟁그럽다 명옥(鳴玉)이."

"예, 등대하였소."

사또가 분부하되,

"기생점고를 다하여도 춘향이 어이 없단 말가?"

호장이 여쭈오되,

"구관(舊官)사또 자제와 백년언약 맺어 수절하였삽나이다."

사또 진노(震怒)하여,

"제가 수절하면 우리 마누라는 기절할까. 이제 바삐 부르라."

방울 떨렁,

"사령이."

"예."

"춘향을 바삐 부르라."

사령놈 하는 말이,

"걸리었다 걸리었다."

"뉘가 뉘가."

"춘향이가 걸리었다. 좋을시고 좋을시고. 양반 서방 하였노라 하고 도고함도 도고하고 도랑함도 도랑터니 어서 가자 바삐 가자."

춘향의 문전 다다르니, 춘향이 벌써 저 잡으러 온 줄 알고 문을 열고 내달아 김번수며 이번수며 손을 잡고,

"김번수야 이번수야, 이리 오소, 이리 오소. 이번 신연(新延)길에 노독(路毒)(이나 아니 나계)신가. 도련님 서간 한 장도 아니오던가."

방으(로 들여앉히고 주찬(酒饌)으로 대접하)고 온 연고를 물은대,

14

---

120) 명환예리출장낭(鳴環曳履出長廊): 패옥소리 울리고 신발 끌며 긴 복도를 나가네. 왕발(王勃)의 「추야장(秋夜長)」의 한 구절.

"신(관사또 분부 뫼시고 너를 잡으러 왔으되, 너를) 보니 잡

-22행 정도 원문이 없음-

분부하되,
"오늘부터 수(청으로 거행하라."
춘)향이 여쭈오되,
"구관사또 자제와 백년언약 정하온 후에, '만일 언약 배반 마소' 금
석뇌약(金石牢約)하였기로 분부 시행 못하겠나이다."
사또 다시 분부하되,
"너 같은 창녀에게 수절이 아랑곳가? 요망한 말 내지 말고 분부 시
행 바삐 하라. 내 분부 거역타가 네 목숨 끊치리라."
춘향이 여쭈오되,
"충신 열녀 일반인데 불경이부(不更二夫) 죄를 죽이려 하옵시니, 사
또의 충절 유무(有無) 이 일로 알소이다. 죽어도 분부 시행 못하겠사오
니 어서 급히 죽이소서."
소같이 성낸 사또 뇌성(雷聲)같이 호령하되,
"이 년 바삐 결박하라."
좌우 나졸 불작시면, 곤장(棍杖) 주장(朱杖) 각기 쥐고 벌떼같이 달려
들어 춘향의 허튼 머리 휘휘친친 감아쥐고 동댕이쳐 끌어내려 형틀 위
에 결박하고, 세친 사령(使令)121) 날랜 군뢰(軍牢) 십여 명을 별택(別擇)
하여 주장 형장 골라잡고, 구척(九尺) 장수(長手) 긴 팔대에 한 어깨를
엇메우고 나는 듯이 달려들며, 대상집사(臺上執事) 검장(檢杖)소리,122)

___
121) 세친 사령(使令): 힘센 사령이라는 의미로 보임.
122) 대상집사(臺上執事) 검장(檢杖)소리: 일을 집행하는 사람이 곤장 치는 것을 지시하는

"춘향의 앞정강이 한 매에 분지르라. 만일 헛장하다가는 네 정강이 부수리라."

춘향의 약한 몸이 속절없이 죽겠구나. 사또 다시 분부하되,

"한 매에 골이 나게[123] 각별히 매우 치라. 만일 사정 두다가는 네 정강이 골이 나게 능장(稜杖)모로 팰 것이니 조심하여 매우 치라."

집장사령 여쭈오되,

"사또 분부 지엄한데 어찌 저만 년을 일분사정(一分私情) 생심이나 두오리까?"

검장소리 하는 끝에 집장하는 저 사령놈 나는 듯이 달려들어 형틀 앞에 번듯 서며 후려치니, 뇌성벽력 벼락 치듯 두멧놈이 장작 패듯 각별히 매우 치니, 춘향의 약한 다리 쇄골(碎骨)하여 부서지니, 옥 같은 두 귀밑에 흐르나니 눈물이요, 살 쏘나니 유혈이라. 춘향이 울며,

"여보 사또, 일편단심 먹은 마음 일부종사(一夫從事) 뜻을 두고 일일이 각(刻)한 마음 일년이 다 못 가서 요런 형벌 또 있는가?"

둘째 낱 딱 붙이니,

"애고 애고 설운지고. 서울 가신 우리 낭군 이 장하(杖下)에 나 죽는 줄 모르는가?"

16

셋째 낱 딱 붙이니,

"삼종지의(三從之義) 중(重)한 근원 삼십삼천(三十三天)이 감동하사 삼차 형문(刑問)에 삼년 정배(定配)하여도 훼절은 못하겠소."

넷째 낱 딱 붙이니,

"사대부 사또님은 사기사(事其事)[124]를 모르시오. 사지를 가른 데도

소리.

123) 골이 나게: 골수(骨髓)가 드러나게.

124) 사기사(事其事): 일을 일대로 바르게 함.

분부 시행 못하겠소."

다섯째 날 겨우 맞고,

"오매불망(寤寐不忘) 우리 낭군 오늘 올까 내일 올까. 세우(細雨) 잔잔 저문 날에 임의 모양 처량하다."

여섯째 날 딱 붙이니,

"여보 사또 생각하오. 청춘소년 춘향 마음 육십 노인 섬길쏜가? 육만 번 죽여주오."

일곱째 날 딱 붙이니, 춘향이 악을 쓰며 기가 막혀 하는 말이,

"이게 칠거지악(七去之惡)오? 칠종칠금(七縱七擒)[125]하던 제갈량(諸葛亮)인들 소첩(小妾)을 달랠쏜가?"

여덟째 날 딱 붙이니,

"팔년풍진(八年風塵)[126] 초패왕(楚覇王)의 용맹으로 소첩을 버힌 데도 분부 시행 무가내(無可奈)[127]요."

아홉째 날 겨우 맞고,

"구곡간장(九曲肝腸) 썩은 물이 눈으로 솟아날 제, 구년지수(九年之水) 되겠구나."

열째 날 딱 붙이니,

"십생구사(十生九死) 되었으니 금일 명일 죽을 목숨 어서 바삐 죽여주오."

열 넘고 스물 넘어 스물다섯 겨우 맞고,

"이십오현탄야월(二十五絃彈夜月)터니 불승청원각비래(不勝淸怨却飛來)

---

125) 칠종칠금(七縱七擒): 제갈공명이 맹획을 일곱 번 사로잡았다가 일곱 번 놓아주었다는 고사.
126) 팔년풍진(八年風塵): 초패왕 항우와 유방의 싸움이 8년 동안 계속되었던 것을 말함.
127) 무가내(無可奈): 어찌할 수 없음.

라."128)

삼십도에 맹장(猛杖)하니, 춘향의 약한 목에 전목(全木)칼을 메웠으니 손에는 수쇄(手鎖)하고 발에는 족쇄(足鎖)로다.

삼문(三門)밖에 끄내치니,129) 이때 남원부 한량(閑良)들이 있는 대로 모였더라. 누구누구 모였던고. 여숙이 달숙이며 채숙이 무숙이 등 무리 좌우에 모였다가 춘향 나온 거동 보고 일시에 달려들어 소합환(蘇合丸) 청심환(淸心丸)을 소주(燒酒)에 진(津)케 갈아 춘향을 먹일 적에, 한 한량 썩 나서며,

"여봐 이 애들아, 춘향이 당시에 제 집 문앞에나 들어섰느냐?"

이럴 즈음에 춘향어미 달려들어,

"이게 웬일이냐? 나 죽는다. 우리 춘향이만 살려주소."

이리 야단할 제, 옥형방(獄刑房)이 재촉하니 모든 한량들이 춘향을 업고 칼머리도 들고 옥중에 들어가니, 춘향이 통곡하는 소리,

"나의 죄 무삼 죈(罪ㄴ)고? 국곡투식(國穀偸食)130)하였던가 엄형중치(嚴刑重治) 무삼 일고? 어전기망(御前欺罔)131)하였던가 항쇄(項鎖) 족쇄(足鎖) 무삼 일고? 애고 애고 설운지고. 내 팔자가 왜 이러한고? 아무리 겁박(劫迫)한들 송백(松柏)같이 굳은 절개 추호나 변할쏜가?"

옥방(獄房) 형상 볼작시면, 무너진 벽 헌 죽창(竹窓)에 동지섣달 찬바람은 살 쏘듯이 들어오고, 다 떨어진 헌 자리에 벼룩 빈대 약한 몸을 다 뜯으며, 허튼 머리는 여기저기 흩어지니, 수절 정절 나의 몸이 참

17

---

128) 이십오현탄야월(二十五絃彈夜月)터니 불승청원각비래(不勝淸怨却飛來)라: 달밤의 이십 오현 비파 소리에 맑은 한을 이기지 못해 날아가는가. 당나라 전기(錢起)의 「귀안(歸雁)」의 한 구절.

129) 끄내치다: 끌어 내치다.

130) 국곡투식(國穀偸食): 나라의 창고에 쌓아놓은 곡식을 도둑질해 먹는 것.

131) 어전기망(御前欺罔): 임금의 앞에서 속임.

혹히도 되었구나. 문채(文彩) 좋은 형산백옥(荊山白玉) 티끌 속에 묻혔는 듯, 향기로운 상산초(商山草)¹³²)가 잡풀 속에 섞였는 듯, 오동(梧桐) 속에 우는 봉황(鳳凰) 형극(荊棘) 속에 깃들인 듯.

"자고로 성인(聖人)네도 무죄(無罪)하고 죽었으며
은왕(殷王) 성탕(成湯) 어진 인군 걸주(桀紂)의 포악(暴惡)으로
하대옥(夏臺獄)에 갇혔다가 도로 놓여 성군(聖君) 되고
명덕치민(明德治民) 주문왕(周文王)도 상주(商紂)의 음학(淫虐)으로
유리옥(羑里獄)에 갇혔다가 도로 놓여 성군(聖君) 되고
도덕관천(道德貫天) 공부자(孔夫子)¹³³)도 양호(陽虎)의 얼을 입어
광야(匡野)에 갇혔다가 도로 놓여 성인(聖人) 되고
정충대절(精忠大節) 중랑장(中郎將)과 소무(蘇武)¹³⁴) 같은 절개로도
흉노국(匈奴國)의 욕을 보아 크낙한 큰 굴속에 갇혔다가
고국에 살아오니 이로 볼작시면
금수(禽獸)라도 아는 절개 무죄한 나의 목숨
옥중에 벗어나서 세상 구경 다시 할까
갑갑하고 원통하다 죄 없는 이 내 몸이
사지에 들었은들 뉘라서 살려낼꼬
우리 낭군 이도령은 처음 언약 맺을 적에
날 주던 석경 빛은 지금까지 변치 않고 전과 같이 있건마는
도련님 이별 후에 사오 년이 되었으되

/ 18

132) 상산초(商山草): 상산의 사호(四皓)가 뜯었다는 약초.
133) 도덕관천(道德貫天) 공부자(孔夫子): 도덕이 하늘을 꿰뚫는 공자(孔子)님.
134) 중랑장(中郎將)과 소무(蘇武): 소무의 벼슬이 중랑장(中郎將)임을 잘 모르고 둘을 다른 사람으로 보았음.

소식이 돈절하니 그리도 무정한가.

춘수(春水)는 만사택(滿四澤)하니 물이 깊어 못 오는나

하운(夏雲)이 다기봉(多奇峰)하니 산이 높아 못 오는나

일모창산원(日暮蒼山遠)하니 날이 저물어 못 오는가

독조한강설(獨釣寒江雪)하니 눈이 막혀 못 오는가

만경(萬徑)에 인종멸(人蹤滅)하니 길을 몰라 못 오는가

노중(路中)에 노무궁(路中路無窮)하니 길이 많아여 못 오는가

곤륜산(崑崙山) 상상봉이 평지 되거든 오려는가

만경창파(萬頃蒼波) 물이 말라 밭 갈거든 오려는가

태백산 갈가마귀 머리 희거든 오려는가

조그마한 조약돌이 바위 되거든 오려는가

병풍에 그린 황계(黃鷄) 두 날개를 툭툭 치며

우닐거든 오려는가 어이 그리 못 오는고

약수삼천리(弱水三千里)와 만리장성 가리었던가

잡춘귀법135)에 촉도지난(蜀道之難)136)이 가리었던가

어이 그리 못 오는고

오늘이나 소식 올까 내일이나 몸소 올까

이렇듯이 죽어갈 제 벼슬길로 내려오면   19

죽는 나를 살려놓고 이 설치(雪恥)를 하련마는

사오 년 지나가되 소식이 막막하고

종적이 끊겼으니 죽을밖에 하릴없네."

각설. 이때 이도령이 춘향을 이별하고 경성(京城)에 올라가서 글공

---

135) 잡춘귀법: 미상.
136) 촉도지난(蜀道之難): 촉나라 가는 길은 매우 험난함.

부를 힘써하여, 국태민안(國泰民安) 시절 되어 태평과(太平科)를 보이거
늘, 서책(書冊)을 품에 품고 장중에 들어가서 글제를 바라보니 하였으
되, '강구(康衢)에 문동요(聞童謠)'라 하였거늘, 해제(解題)를 생각하니
평생에 짓든 바라. 시지(試紙)를 펼쳐 놓고 용지연(龍池硯)에 먹을 갈아
왕희지(王羲之) 필법(筆法)으로 조맹부(趙孟頫)의 체(體)[137]를 받아 일필
휘지(一筆揮之)하여 선장(先場)을 지어 올리니, 전하(殿下) 그 글을 보시
고 칭찬하시고 왈,

　　"이 사람의 재주는 만고(萬古)에 드문지라."

하시고, 문불가점(文不加點)[138]이라. 자자(字字)이 주옥(珠玉)이요, 귀(句)
마다 비점(批點)이라. 장원급제(壯元及第) 하이시고, 신래(新來)[139]를 높
이 불러 사오순(四五巡) 진퇴(進退)[140] 후에 사은숙배(謝恩肅拜)하고 어주
삼배(御酒三杯) 먹은 후에 국은(國恩)을 축사하온대, 전하 대희하사,

　　"한림학사(翰林學士) 하려느냐, 전라감사(全羅監司) 하려느냐?"

　　이도령 여쭈오되,

　　"국중(國中)은 깊어 사해(四海)가 너르오니, 백성의 민정(民情)을 낱낱
이 살펴 계하(階下)에 올리리다."

　　즉시 전라어사를 제수하시니 평생의 소원이라. 수의(繡衣)를 속에
입고 집으로 돌아와 서리와 청파역졸(靑坡驛卒) 지위(知委)하여[141] 분별
하고, 칠패(七牌) 팔패(八牌) 얼른 지나 동작(銅雀)이를 건너서서, 다 떨
어진 헌 망건에 석새 도포[142] 떨쳐 입고, 헌 짚세기 들메 신고,[143] 철

---

137) 조맹부(趙孟頫)의 체(體): 중국 원(元)나라 서예가 조맹부의 글씨체.
138) 문불가점(文不加點): 문장에 점 하나 더할 수 없을 정도로 잘 되었음.
139) 신래(新來): 새로 과거에 급제한 사람.
140) 진퇴(進退): 과거 급제자를 축하하는 의미로, 앞으로 나오고 뒤로 물러나게 하며 희롱하
　　　던 일.
141) 지위(知委)하다: 명령을 내려 알려줌.

대 없는 헌 파립(破笠)을 벌이줄을 총총 매어 눌러쓰고, 금강(錦江)을   20
얼른 지나 여산(礪山)에 숙소하고 전주(全州)에 들어와서 잠행(潛行)을
한 연후에, 노구바위 얼른 지나 오수역(獒樹驛)에 숙소하고 박석치를
당도하니, 이때는 방농시(方農時)라. 농부들이 술을 취케 먹고 농부가
로 노닐 적에,

    어여루 상사디요
    네 다리 빼라 내 다리 박자
    어여루 상사디요
    이 농사를 어서 지어 부모 봉양하여보세
    어여루 상사디요, '투두룽 퉁퉁 꽝매 꽝'
    여봐라 동무들아 죽어가는 춘향이를 살려볼까

    어사가 가만히 서서 구경하다가,
    "여보소 농부님네, 근래 춘향이 잘 지내요?"
한대, 농부 허허 웃고,
    "춘향이 말은 물어 무엇하게요? 춘향이 어제 죽어 그저께 출상(出喪)
하여 저 건너 초빈(草殯)한 게 기요."
    어사또 이 말 듣고 기가 막혀 초빈 앞에 나아가서 초빈을 안고,
    "춘향아, 일어나거라. 장원급제하여 수의어사(繡衣御使) 하였다. 잠
을 자느냐, 아주 죽었느냐? 일어나서 날 보아라."
    대성통곡할 제, 옹상인(甕喪人) 형제 빈소에 와서,
    "이게 웬 놈이야."

---

142) 석새 도포: 석새삼베로 만든 도포. 석새삼베는 성글고 굵은 베.
143) 헌 짚세기 들메 신고: 헌 짚신을 벗겨지지 않게 단단히 조여 매어 신고.

상장(喪杖)막대로 무수히 치며,

"그게 우리 자친(慈親) 빈소로다."

하니, 어사 허망하여 돌아올 제, 한 아이 가거늘,

"이 고을 원님이 명치(明治)한단 말이 옳으냐?"

아이 답왈,

"사망144)이 물밀 듯하오. 원님은 노망이요, 좌수는 원망이요, 아전
은 도망이요, 백성은 민망이오. 그러하나 본관이 춘향을 겁탈하려 한
즉, 구관자제 이도령과 백년기약 맺었노라 송백(松柏)같이 굳은 절개
죽기로 거역하니, 엄형중치(嚴刑重治) 죽게 되어 방재옥중(方在獄中)하
여 옥귀신(獄鬼神)을 만들도록 이도령인지 난정의 아들인지 그런 계집
버려두고 찾들 아니하니, 그런 쥐아들 괴아들놈이 어디 있으리오."

하거늘, 이도령 이 말 듣고 혼자 이른 말이,

"그 욕먹기 아름답다. 과연 그러할 양이면 전에 없는 열녀로다."

일락서산(日落西山) 저문 날에 남원읍내 들어가서 춘향집 찾아 가니,
춘향어미 거동 보소. 탕관(湯罐)에 죽을 쑤며 눈물 흘려 탄식하는 말이,

"나의 팔자 기박하여 조상부모(早喪父母)하고 중년에 상부(喪夫)하고
말년에 딸 하나 낳았더니, 원수 이도령만 믿고 저 지경을 당하니 이를
어찌하잔 말가?"

하거늘, 이도령이 이 말을 들으매 그 경상(景狀)이 가련하다. 춘향어미
를 부르니, 춘향어미 대답하는 말이,

"뉘라서 이 심난 중에 와 부르는고?"

나와 익히 보다가 하는 말이,

"거어지는 눈도 없는가? 내 집 모양 보다 모를쏜가? 동냥 줄 것 없는

---

144) 사망: 장사에서 이익을 많이 얻는 운수. 여기서는 뒤의 네 가지 '망'을 말한 것임.

지라. 바삐 돌아가라.”

　이도령이 어이없어 또 부르되,

　“전 책방도련님이로라.”

하니, 춘향어미 그제야 알아듣고 두 눈을 이리 씻고 저리 씻고 자세히 보다가 깜짝 놀라 하는 말이,

　“이제는 하릴없네. 저 지경이 되었으니 아까울사 춘향 목숨 죽을밖에 하릴없다.”

　이때 춘향이 옥중에서 한 꿈을 얻으니, 창밖에 꽃이 어지러이 떨어지고, 도련님 주던 석경 한복판이 깨어지며, 자던 방문 위에 허수아비 달려 보니, 이 꿈이 내 몸 죽을 꿈이로다. 한숨하고 앉았을 제, 외촌(外村)의 친한 봉사 춘향의 갇힌 말 풍편(風便)에 잠깐 듣고 옥문 밖에 와 찾거늘, 춘향이 슬피 울며 해몽(解夢)을 간청한대, 봉사 산통(算筒)을 얼핏 내어 점을 잠깐 하되,

　“천하언재(天何言哉)시며　지하언재(地何言哉)시리오.　고지즉응(叩之卽應)하나니 금차(今次) 열녀 춘향이 하일하시(何日何時)에 방옥(放獄)하올지, 몽사(夢事) 길흉(吉凶)을 미능상지고(未能詳知故)로 감복문(敢伏問)하오니, 복걸(伏乞) 첨신(僉神) 물비괘효(勿秘卦爻) 신명소시(神明昭示) 감이순통(感而順通)하옵소서.”[145]

　점 다한 후 글 두 귀를 적었으니,

　화락(花落)하니 능성실(能成實)이요, 파경(破鏡)하니 필유성(必有聲)이라.

---

145) 천하언재(天何言哉)시며~: 하늘이 무엇을 말하시며, 땅이 무엇을 말하시리오. 두드리면 곧 응답하나니, 이번에 열녀 춘향이 어느 날 어느 시에 옥에서 풀려나올지, 꿈의 길흉을 아직 자세히 알지 못하는 고로, 감히 엎드려 묻습니다. 엎드려 빌건대, 여러 신령님께서는 점괘를 감추지 마시고 신령들은 밝게 알려주옵소서. 감응하시어 순조롭게 통하게 하십시오.

문상(門上)에 현우인(懸偶人)하니, 인인(人人)이 개앙시(皆仰視)라.

22 꽃이 떨어지매 능히 열매가 열 것이요
거울이 깨어지매 반드시 소리가 있을지라
문 위에 허수아비 달려 뵈니
사람마다 우러러 보리라.

봉사 또 이른 말이,
"좋은 일이 있을 것이니 때를 부디 기다리라."
하고 봉사 돌아가며,
"일정 두고 보소. 내 말이 어떠할지."
이때에 수의어사 춘향집에 들어가서 수작 끝에 이른 말이,
"춘향이나 잠깐 보고 돌아가세."
춘향어미 이 말 듣고 한숨짓고 통곡하다가 초롱에 불 켜 들고 걸인을 뒤에 세고 옥문 앞에 다다르며,
"춘향아 놀래지 말고 내 말 잠깐 들어보아라. 너의 서방인지 남방인지 여기 왔다. 상걸인(上乞人)을 대면하여라."
춘향이 이 말 듣고,
"이게 웬 말인가? 정말인가 헛말인가? 참으로 와 계신가?"
우닐면서 커다란 전목칼을 무릅쓴146) 채 벽을 잡고 간신이 일어서서 문틈으로 내다보니 도련님이 와겼구나. 손을 내어 이도령을 부여잡고,
"어찌 그리 못 오던가? 그다지 무정한가?"
대성통곡하는 말이,

---

146) 무릅쓰다: 위에서 덮어 내린 것을 그대로 씀.

"도련님이 벼슬길로 내려올까 천만축수(千萬祝手) 바랐더니 저 모양이 되었구나. 이제는 하릴없이 나 죽겠네. 이 설치를 누가 할꼬. 애고 애고 설운지고. 하늘로서 떨어진가, 땅으로서 솟았는가? 구름 속에 섞여 온가, 바람결에 풍겨 온가? 어찌 그리 못 오던가? 야속키도 무정하네. 몽중(夢中)에도 잊었던가? 이제야 대면하니, 이제 죽다 한이 없네."

옥 같은 두 귀밑에 비봉난발(飛蓬亂髮)147) 덮였는데, 흐르나니 눈물이라. 이도령이 춘향 손길 다시 잡고,

"네 정상 볼작시면 어찌 아니 한심하랴."

춘향이 자상이 살펴보니, 편자 없는 헌 망건에 철대 상한 헌 파립에 깃만 남은 베도포에 도막 이은 띠를 띠고, 한 뼘 못된 조대통148)을 삼노149)로 감아 매고 웅숭그려 팔짱끼고 섰는 거동 상걸인 되었구나. 춘향이 하는 말이,

"어느덧에 걸인 되어 저 지경 되었는가?"

걸인이 대답하되,

"댁집이 근래에 과기(瓜期)150)도 못 마치고 벼슬길이 끊어지니 불승기한(不勝飢寒) 죽게 되어 동서 개걸(丐乞) 다니더니, 네 정성 다시 보니 분한 마음 측량없다."

춘향이가 어미더러 당부하되,

"나 죽기는 섧지 아니하여도, 서방님 의상이 남루하고 저 모양이 되었으나 너무 천대 마르시고 함롱(函籠) 속에 갖은 의복 팔아다가 관망(冠網) 도포(道袍) 급히 지어 서방님께 드리소서. 서방님 부디 내 집에

---

147) 비봉난발(飛蓬亂髮): 헝클어진 머리털.
148) 조대통: 대나무나 진흙 따위로 담배통.
149) 삼노: 삼노끈. 삼 껍질로 꼰 노끈.
150) 과기(瓜期): 벼슬의 임기가 끝나는 시기.

23   가 평안히 쉬고, 명일은 사또 생일이라 잔치 끝에 일이 있을 것이니,
칼머리나 들어주소."
    이도령 하는 말이,
    "아무리 하여도 기탄(忌憚) 말라."
하고 춘향어미를 데리고 가더니, 한 모퉁이 지나서며 하는 말이,
    "도련님 어디로 가랴나뇨?"
    이도령이 어이없어 대답하되,
    "자네 아무리 구박하여도 오늘만 자고 갈 것이니 염려 말라."
    춘향의 집 가서 밤을 지내고, 이튿 평명(平明)에 관문 밖에 왕래하여
탐지하니, 과연 본관의 생일이라. 구름차일(遮日) 높이 치고 산수병(山
水屛) 인물병(人物屛) 둘렀는데, 근읍(近邑) 수령이 차례로 앉은 후에 배
반(杯盤)이 낭자(狼藉)한데, 이도령이 들어가고자 하나 혼금(閽禁)이 지
엄하니 문밖으로 다니면서 혼잣말로 이르대,
    "이 놀음이 얼마 오래이뇨? 이따가 똥 싸 보아라."
하고 문밖에서 주저할 즈음에, 문군사가 소피(所避)하러 간 사이에 왈
칵 뛰어 동헌으로 들어가 바로 청상(廳上)에 올라 하는 말이,
    "내 마침 지나다가 오늘 성연(盛宴)에 음식이나 얻어먹을까 하노이다."
    본관은 미안이 여기되 운봉영장(雲峰營將)이 웃고 하는 말이,
    "그 양반 좌석에 참예함이 무방하다."
하니, 이도령이 한 가에 앉았더니, 이윽고 배반을 드릴새 운봉이 통인
을 분부하여,
    "저 양반 것을 들이라."
    이도령이 트집하는 말이,
    "어떤 데는 기생으로 권주가(勸酒歌) 하고 어떤 데는 더벅머리 아이
놈 하여 얼렁뚱땅 하니 어찐 일고? 술이 권주가 없으면 무미(無味)하니

기생 중 묘한 년으로 하나 보내오."

본관이 이른 말이,

"어, 그것 고객(苦客)이로다. 이런 고약한 꼴 어디 있으리오."

운봉이 웃고 기생에게 분부하여,

"아무 년 나가 보라."

한 년이 마지못하여 내려가며 하는 말이,

"권주가 없으면 술이 목궁기 넘어가지 아니하나."

하고 술을 부어 권주가 하되,

잡으시오. 잡으시오. 이 술 한 잔 잡으시오.

이 술 한 잔 잡으시면 천만년이나 사오리다.

이 술이 술이 아니라 한무제(漢武帝) 승로반(承露盤)[151]에 이슬 받은

것이오니 쓰나 다나 잡으시오.

이도령 하는 말이,

"매우 좋으니 또 한 잔 먹어보자."

24

인간이별(人間離別) 만사중(萬事中)에 독숙공방(獨宿空房) 더욱 섧다

상사불견(相思不見) 이 내 진정(眞情) 제 뉘 알리 나 뿐인가 하노라.[152]

북두칠성 하나 둘 셋 넷 다섯 여섯 일곱 분께 민망한 소지(所志)[153]

한 장 아뢰나이다

---

151) 승로반(承露盤): 한무제가 이슬을 받기 위하여 설치한 구리로 만든 쟁반 이름.

152) 인간이별(人間離別)~: 가사 「상사별곡(相思別曲)」의 첫 구절.

153) 소지(所志): 청원이 있을 때에 관청에 내는 글.

그리던 임을 거야(去夜) 간밤에 만나 만단정회(萬端情懷) 채 못하여
동방이 장차 밝았으니

비나니 세 성(星)[154]에게 분부하여 샛별 없게 하옵소서.[155]

노래를 파한 후에 큰 상을 차례로 드릴 제, 이도령의 상은 모 떨어
진 헌 평반(平盤)에 떡 한 쪽, 대추 하나, 밤 하나, 배 한 점, 콩나물과
박박주 한 사발을 놓아 사자상(使者床)[156]같이 하여 주거늘, 이도령이
심술을 내어 두 발로 상을 차 엎지르고 그 음식을 그러모아 두 소매에
묻혔다가 좌상(座上)에 뿌리면서, ‘아깝다’ 하니, 본관의 얼굴에 다 튀
었는지라. 본관이 상을 찡그리고 하는 말이,

"인사불성(人事不省)이로고."

이도령이 좌우로 둘러보니, 갈비 한 대 먹고 싶어 부채로 운봉의 견
갑(肩胛)을 꽉 지르니, 운봉이 혼이 나서,

"어, 그 양반 웬 일이오?"

어사 이른 말이,

"갈비 한 대 먹고지고."

운봉이 하는 말이,

"다라도 먹으시오."

이렇듯이 진퇴(進退)할 때, 본관이 취흥을 내어 운(韻)자를 부르되,
기름 고자(膏字) 높을 고자(高字)를 부르거늘, 걸인이 청하는 말이,

"걸인도 아이 적 추구(抽句) 권(卷)이나 배웠더니, 좋은 잔치 마침 왔

---

154) 세 성(星): 삼태성(三台星).
155) 북두칠성 하나 둘 셋~: 당시 유행하던 시조의 하나.
156) 사자상(使者床): 초상난 집에서 죽은 사람의 넋을 부를 때 저승사자에게 대접하는 간단
    한 밥상.

다 주효(酒肴)를 포식하고 그저 가기 무미(無味)하니 차운(次韻) 한 수 하여이다."

본관이 하는 말이,

"어, 그것 꼴불견이로고."

운봉이 웃고 필연(筆硯)을 내어주니, 좌중(座中)이 다 못 하여서 글 두 구(句)를 지었으되,

금준미주(金樽美酒)는 천인혈(千人血)이요
옥반가효(玉盤佳肴)는 만성고(萬姓膏)라
촉누낙시민루낙(燭淚落時民淚落)이요
가성고처원성고(歌聲高處怨聲高)라

그 글 뜻은,

금(金)동이에 아름다운 술은 일천 사람의 피요
옥소반(玉小盤)의 아름다운 안주는 일만 백성의 기름이로다
촛불 눈물 떨어질 때에 백성의 눈물이 떨어지고
노래 소리 높은 곳에 원망하는 소리가 높았더라

이렇듯이 지었으니 그 아니 명작인가. 운봉영장이 글을 이윽히 보   25
고 속으로 하는 말이,

"이 글이 원을 시비하고 백성을 위함이니 가장 수상하다. 삼십육계 (三十六計) 중 줄행랑이 제일이라. 먼저 빼리라."

어사 보고 글을 보고, 글을 보고 어사 보니 엄동설한 만난 듯이 벌 벌 떠일면서,

"하관(下官)은 오늘이 학질 직 차례(次例)로 가나이다."

전주판관(全州判官) 눈치 채고,

"하관은 기민(饑民) 주러 가나이다."

이렁저렁 흩어질 제, 예서 수군, 제서 수군, 서리는 눈을 꿈적. 청파 역놈 거동 보소, 달 같은 마패를 해같이 둘러메며 소리를 높이 하여, '암행어사 출또야' 하는 소리 반공에 진동하여 일부가 뒤눕는 듯, 당상(堂上)의 모든 수령(守令) 천방지방(天方地方) 달아날 제, 겁낸 거동 기구하다. 자빠지며 엎어진다. 본관의 거동 보소. 칼집 쥐고 오줌 누며 언어 수작 둘러할 제,

"문 들어온다 바람 닫아라. 물 마르다 목 들여라."

곡성현감 거동 보소, 말을 거꾸로 (타고 '이랴 이랴') 채친들 동헌(東軒)으로 가는구나. 좌우 나졸 흩어(질 제, 딩구)나니 거문고요 깨지나니 북통이라. 본관은 똥을 싸고 이방은 기절하네. 원님이 떨며 이른 말이,

"겁을 보고 너를 내랴."

하며 창황분주하더라.

수의어사 거동 보소. 본관을 봉고파출(封庫罷黜)하고 조정에 장계(狀啓)한 후에 전후 공사를 처결할 제,

"우선 죄수 춘향을 올리라."

옥사장이 춘향을 압령(押領)하여 들어올 제, 춘향이 울며 하는 말이,

"우리 도련님더러 오늘 칼머리나 들어달라 천만당부하였더니, 그다지 나를 잊고 구복(口腹)을 채우려고 어디를 가 이 경상을 아니 보는고."

하며 방성대곡하더라.

나졸이 춘향을 올린대, 형방이 이르되,

"어사또 분부 내어 오늘부터 너를 수청들이라 하시니 그대로 거행하라."

춘향이 여쭈오되,

"전등사또 자제와 백년결약(百年結約)하였기로 분부 시행 못하겠삽
네다."

어사또 이르대,

"노류장화(路柳墻花)에 수절이 불가하니 바삐 수청 들라."

하고 기생을 분부하여,

"춘향의 쓴 칼을 이로 물어뜯어 벗기라."

26

모든 기생이 달려들어 물어뜯어 벗겨내니, 어사가 춘향더러 분부하되,

"네 얼굴 들어 나를 보라."

춘향이 눈을 들어 살펴본즉 이곧 이도령이라. 불문곡직(不問曲直)하
고 뛰어올라가며,

"얼싸절싸 좋을시고. 이런 일 또 있는가. 엊그제 걸인으로 오늘 암
행어사 될 줄 그 뉘 알며, 옥중에서 고생하다가 어사 서방 만나 세상
구경 다시 할 줄 뉘 알쏘냐? 이것이 꿈인가 생신가? 정말인가 거짓말
인가? 좋을시고, 어사 서방 좋을시고."

이리 춤추며 저리 춤추어 만 가지 즐길새, 춘향어미 이 소식을 듣고
삼문 안에 뛰어 들어 궁둥춤을 추며,

"얼싸 좋다. 지화자 좋을시고. 내 딸 춘향이를 이제도 뉘라서 털끝
이나 건들일까? 남원읍내 사람들아, 아들 낳다 좋아 말고 딸 낳기만
힘쓰소서. 어제 저녁 그 걸인이 어사될 줄 알았으면 닭도 잡고 개도
잡아 대접이나 잘 할 것을. 늙은이 망령됨을 촉기 마소 취설 마소.[157]
좋을시고 어사 사위 좋을시고. 즐거울싸 어사 사위 즐겁도다."

이리 놀며 저리 노는지라. 어사 분부하여 대연을 배설하고 춘향과

---

157) 촉기 마소 취설 마소: 미상.

종일 동락(同樂)한 후에 이튿날 다 진(盡)해 공사를 다 처결하고 연유를 나라에 주달한대, 상(上)이 아름다이 여기사 정렬부인 직첩을 내리오시니, 어사가 천은을 축사하고 춘향을 쌍교에 덩그렇게 실어 경성으로 올라가니 호사 무궁하고 영화도 그지없다. 광한루 다리 가에 구경하는 사람이 아니 칭찬할 이 없더라.

대저 여염(閭閻) 부녀도 수절하기 극난하거든, 하물며 창가 여자로 정절을 지키어 필경 뜻을 이루니, 고금에 희한한 일이매 대강 기록하여 이후 사람으로 충렬지행(忠烈之行)을 효칙(效則)케 하노니, 비록 장부라도 임군 섬기는 자는 반드시 두 마음을 두지 말지니라.

戊申季秋完西新刊[158)

---

158) 무신계추완서신간(戊申季秋完西新刊): 1908년 9월 전주 서쪽에 있는 방각본업소에서 새로 간행했다는 의미임.

찾아보기

이윤석

연세대학교 국어국문학과 교수

저서
『남원고사 원전비평』
『홍길동전 필사본 연구』

논문
「고소설의 작자와 독자」
「상업출판의 관점에서 본 19세기 고지도」
「고수관이 부른 노래는 판소리인가」
「한문방각본의 성격에 대하여」

완판본 춘향전 연구

2016년 2월 26일 초판 1쇄 펴냄

지은이 이윤석
펴낸이 김흥국
펴낸곳 도서출판 보고사

책임편집 이경민
표지디자인 이준기

등록 1990년 12월 13일 제6-0429호
주소 경기도 파주시 회동길 337-15 보고사 2층
전화 031-955-9797(대표)
       02-922-5120~1(편집), 02-922-2246(영업)
팩스 02-922-6990
메일 kanapub3@naver.com / bogosabooks@naver.com
http://www.bogosabooks.co.kr

ISBN 979-11-5516-531-7 93810
ⓒ 이윤석, 2016

정가 23,000원

이 도서의 국립중앙도서관 출판예정도서목록(CIP)은 서지정보유통지원시스템 홈페이지
(http://seoji.nl.go.kr)와 국가자료공동목록시스템(http://www.nl.go.kr/kolisnet)에서
이용하실 수 있습니다.(CIP제어번호: CIP2016004186)